Prix du Meilleur Polar
des lecteurs de POINTS

Les éditions POINTS organisent chaque année
le Prix du Meilleur Polar des lecteurs de Points.

Pour connaître les lauréats passés
et les candidats à venir, rendez-vous sur

www.prixdumeilleurpolar.com

La Filière émeraude
Christian Bourgois, 2000
et « Points », n° P887

Les Gardiens de la vérité
Christian Bourgois, 2001
et « Points », n° P978

Les Âmes perdues
Christian Bourgois, 2004
et « Points », n° P1314

La Vie secrète de E. Robert Pendleton
Christian Bourgois, 2007
et « Points », n° P1931

Minuit dans une vie parfaite
Christian Bourgois, 2011
et « Points », n° P2817

Michael Collins

LES PROFANATEURS

ROMAN

Traduit de l'anglais (États-Unis)
par Jean Guiloineau

Christian Bourgois éditeur

TEXTE INTÉGRAL

TITRE ORIGINAL
The Resurrections
© original : Michael Collins, 2001

ISBN 978-2-7578-3366-7
(ISBN 2-267-01624-9, 1ʳᵉ publication)

© Christian Bourgois éditeur, 2002, pour la traduction française

Pour mes parents, ma femme et ma fille

Je remercie pour leurs conseils et leur soutien
mes éditeurs Dan et Judith Wesley,
Peter Friedman,
Mark Crawford,
Steve Bamesberger,
Tom Parker,
Rich et Teri Frantz,
Richard Napora

et tous les chats qui ont hanté mon bureau au
cours des années :
Spike, Wicklow, Jasper, Esau et Maggie.

Chapitre premier

Je n'ai pas pu emmener tout le monde sans incident à l'enterrement de mon père. Nous avons eu des problèmes en chemin. Il nous a fallu deux voitures volées sur la route jusqu'à la maison. Ce n'est pas très facile de se rendre à un enterrement de l'autre côté du pays quand on est dans les dettes jusqu'au cou, quand on n'a absolument pas l'argent pour se payer un billet d'avion, et qu'on a une voiture avec un joint de culasse pété. Vous savez ce que coûte un enterrement, mais avez-vous déjà rencontré quelqu'un qui serait allé gratuitement en avion enterrer un être cher ? Cela fait partie d'un mythe angélique. C'est comme pour tout, il y a des histoires dans les histoires.

Le « tout le monde » dont je parle c'est moi, ma femme et nos gosses, les personnages principaux qui m'ont soutenu, si ce n'est par amour, du moins parce qu'ils ont besoin de moi en tant que père nourricier. J'ai accepté de porter la croix de la paternité avec un sentiment excessif d'héroïsme. Ma femme, Honey, a diagnostiqué ça comme un SIC,

9

un « syndrome incurable de connerie ». Elle dit que c'est un syndrome terrible, parce que, en général, ça tue ceux qui sont autour de la victime et pas la victime. Ça résume assez bien la nature des choses au moment où on a mis les voiles pour aller enterrer mon père.

Je dis que nos gosses sont venus avec nous, mais l'aîné, Robert Lee, n'est pas de moi, au sens où je ne l'ai pas engendré comme on dit dans la Bible. Robert Lee, je l'appelle « la pièce à conviction n° 1 », dans une longue suite de griefs contre ma femme, Honey Wainscot, qui utilise toujours le nom de son ex-mari par égard pour Robert Lee, pour lui donner une stabilité, une histoire, pour l'aider à passer à l'âge adulte, et aussi parce que je soupçonne avec certitude que son ex-mari, Ken, une vraie ordure qui est dans le couloir de la mort en Géorgie, est le grand amour de sa vie.

Mais je m'égare. Je lisais le journal avant mon service de midi au Big Boy quand, dans les dernières pages, j'ai vu un titre : « Un fermier assassiné par un homme mystérieux », et là, tenez-vous bien, il y avait une petite photo de mon père qui me fixait avec son regard dur et impénétrable de luthérien. L'essentiel de l'histoire était très simple, et pourtant bizarre.

Copper, Michigan. – La tranquillité d'une petite ville endormie et calme a été réduite à néant avec la découverte du cadavre d'un homme de 56 ans à son domicile. La police a signalé que le fils de la victime avait trouvé le corps dans la maison familiale à 13 heures. La victime, Ward Cassidy, a été tuée d'une seule balle tirée dans la tête.

Le fils de la victime aurait entendu des bruits à l'étage, avant de s'enfuir et d'appeler la police.

À leur arrivée, les autorités ont découvert un homme dans une chambre à l'arrière de la maison. Il s'est laissé arrêter sans incident. Les premiers rapports indiquaient qu'il n'y avait aucun signe d'effraction et que rien n'avait été volé.

Le suspect, qui aurait une cinquantaine d'années, est détenu sans caution dans la prison du comté de Copper. Personne dans cette communauté très soudée n'a été capable d'identifier le suspect.

J'ai appelé mon frère en P.C.V. depuis mon boulot, et merde on n'aurait jamais cru que c'était le mec qui avait découvert son père avec la tête éclatée. Il m'a tout de suite demandé : « Comment est-ce que tu as appris ça, Frank ? » J'ai entendu sa moralisatrice de femme prononcer mon nom et s'écrier : « Oh, nom de Dieu ! »

J'ai dit : « Encore merci de m'avoir prévenu, Norman !

— T'as déménagé tellement souvent, Frank, on n'a même pas ton adresse.

— Si j'avais gagné à la putain de loterie, je parie que tu m'aurais retrouvé ! »

J'entendais Martha qui parlait, et qui demandait ce que je voulais. Elle a ajouté : « C'est pas ses oignons ! »

En un sens, elle avait raison et tort à la fois. Vous voyez, dans la nature compliquée de la vie réelle, les choses n'étaient pas si simples. Mon soi-disant père était, en fait, mon oncle. Quand j'avais cinq ans, mes parents sont morts dans l'incendie d'une maison, et mon oncle m'a recueilli et élevé. Mais disons simplement que cet arrangement n'a pas été une partie de plaisir. Alors quand j'ai déclaré : « J'ai l'intention de revenir pour lui rendre un dernier hommage », vous imaginez aisément que je leur ai coupé le sifflet. J'ai dit ça d'un ton penaud parce que la vérité de l'histoire c'est que j'avais besoin de faire un emprunt pour retourner au Michigan. J'ai dit : « Norman, au fond de ton cœur, tu serais vraiment capable de me chasser de la maison ? »

Norman n'a pas dit exactement non. Voici ce qu'il a répondu : « Le prix du porc a atteint son niveau le plus bas, Frank. Je suis sincère, Frank. Je ne peux pas. » Norman avait une drôle de façon de parler, un accent épais qui vous faisait croire qu'il avait une cinquantaine d'années, alors qu'il n'avait que vingt-cinq ans. C'était le péquenaud typique, une vraie brute, bête comme un âne.

J'ai entendu la femme de Norman : « Demande-lui quel est son programme. Demande-lui ! Non, passe-moi plutôt le téléphone, Norman, laisse-moi régler ça ! J'ai des choses à lui dire ! »

J'ai pris le ton de celui qui souffre réellement. J'ai dit : « Est-ce que le regret est un programme, Martha ? Je veux simplement lui rendre un dernier hommage. »

Martha a épelé le mot *non* : « N-O-N. » Elle a hurlé : « Les choses ne sont pas encore réglées ici,

Frank. L'enquête est en cours en ce moment même. On ne sait absolument pas ce qui va se passer. Ça change tout le temps, un vrai cauchemar. Tu n'as pas besoin de ça, Frank, pas dans ton état... »

Elle faisait bien sûr référence à mon histoire de dépression, mais j'ai dit : « Mon *état*. Merde, t'es médecin ou quoi, Martha ? »

Mon patron, Louis Schwartz, a froncé les sourcils et m'a indiqué sa montre.

Norman a repris le téléphone à Martha et a essayé de calmer le jeu : « Frank, je te parle en toute honnêteté, Ward n'est pas beau à voir. Le cercueil sera fermé pour l'enterrement, Frank. C'est obligatoire après ce qui s'est passé, à cause de... de la façon dont on l'a tué. »

Pour la première fois peut-être, j'ai pensé à Ward comme à un cadavre, mais avant que j'aie pu dire quelque chose, Martha a crié très fort : « Raccroche tout de suite. Il appelle en P.C.V., Norman ! »

Norman a dit : « Excuse-moi, Frank... excusemoi, mais t'es pas le bienvenu ici. »

J'ai dit : « Norman, là où il y a un testament, il y a des parents ! »

J'ai entendu Martha à l'arrière : « Un testament... Nom de Dieu, y'a pas de testament ! Pas question qu'il vienne ! » et j'ai raccroché, parce que c'était l'heure du déjeuner, et que mon patron n'arrêtait pas de me faire voir sa montre de merde bon marché.

Ça a mis fin à ma carrière dans le New Jersey. Même s'il y avait eu la possibilité de régler les choses à l'amiable avec mon frère, c'était fini, terminé en cette unique conversation. En réalité, Norman était mon cousin, mais nous nous étions toujours considérés comme des frères.

Je ne crois pas que quitter le New Jersey était un choix envisageable quand j'avais décroché le téléphone, mais maintenant c'était le seul qui me restait si je voulais obtenir ma part de la ferme.

Je me suis dit que je devais terminer ce qui était sur le gril, servir ce que j'avais mis en route, parce qu'on partageait les pourboires après le déjeuner. J'ai fait dorer six pâtés à la viande, j'ai fait griller des petits pains et j'ai fourré le tout dans un sac en plastique. La faim nous attendait dans un proche avenir, sur la route. Mais je n'ai pas fui mon travail sans une dernière provocation qui a renforcé ma décision de me tirer le cul d'ici. Le directeur adjoint, ce gros con, est venu vers moi en se dandinant et m'a dit : « Table quatre, ils veulent leurs steaks saignants. » J'en avais marre de ce genre de connerie.

Je suis sorti du Big Boy en criant au patron : « Allez, ce n'est pas un mauvais herpès. Je vous jure que ces plaies ne sont même pas contagieuses ! » Ça a mis les clients dans tous leurs états.

Alors que j'allais retrouver Honey en voiture, je me suis brusquement rendu compte que je n'avais pas eu une seule journée de congé en deux ans.

Quand je suis arrivé, j'ai simplement dit : « Mon père est mort. »

Honey Wainscot, ma fiancée, était dans son bureau d'expédition des messages, cette boîte en verre, dans sa position élevée en tant qu'agent d'expédition des messages, une voix pour les malheureux routiers dans la nuit. Au-dessus de sa porte en verre, un panneau disait : « M. Crédit est en vacances. Jusqu'à nouvel ordre, veuillez traiter avec M. Paiement Comptant. »

Honey a changé de position dans sa tourelle. Elle avait une torsade de cheveux qui lui descendait plus bas que la raie du cul, son seul lien durable avec sa jeunesse et son innocence. En la regardant là-haut, je me suis dit : « Une nouvelle Mélisande ! La vie au-delà des contes », une naufragée dans un endroit sinistre où les fées n'osaient pas s'aventurer. Je me souviens encore des premières paroles qu'elle m'avait adressées, peut-être pas exactement les premières mais à peu près : « J'ai perdu ma virginité, mais j'ai toujours la boîte dans laquelle elle était. »

Honey a vu mon expression, et dans sa tête les rouages se sont mis en route. « Tu crois que tu peux récupérer quelque chose ? » C'était le ton qu'elle employait avec moi en général, proche de l'indignation. Une cigarette brûlait au milieu de son visage. Je lui ai fait signe de descendre de sa tourelle. Ce n'était pas le genre de femme dont on peut se payer la gueule. Plus d'une fois, elle s'était assise sur moi au lit, jusqu'à m'étouffer. Honey était dangereuse au sens physique du terme.

Honey a pris sa position habituelle, terre à terre et méfiante, les bras écartés comme un Christ cerné pour une deuxième crucifixion, un Pepsi Light dans une main, une cigarette dans l'autre, un langage corporel qui signifiait simplement : « Ton problème n'est pas obligatoirement le mien. » Honey a bu bruyamment son Pepsi, elle a tiré sur sa cigarette, et a recraché un filet de fumée au coin de sa bouche tandis que je parlais.

J'ai dit : « Je pense que j'ai un sacré paquet à toucher sur la ferme.

— Comment ça, Frank?

— Voilà. » J'ai hésité un moment. « J'ai peut-être négligé de te raconter deux, trois trucs sur mon passé. C'était pas parce que je te cachais quelque chose, mais simplement ça ne me semblait pas important. »

Honey a parlé plus fort. « Frank?

— D'accord. Pour commencer, l'homme que tu m'as toujours entendu appeler mon père n'était pas vraiment mon père.

— C'était qui, merde, Frank? »

Je n'avais pas envie d'entrer dans les détails à ce moment précis, mais si je voulais la convaincre de s'en aller, il fallait qu'elle connaisse la vérité, alors je lui ai raconté le minimum sur l'incendie et comment j'étais allé vivre avec mon oncle, et j'ai seulement haussé les épaules quand j'ai eu fini.

Honey m'a regardé. « Et il ne t'est jamais venu à l'idée de me raconter ça? »

Je ne lui ai rien répondu.

« Alors qu'est-ce que tu comptes faire, maintenant, Frank?

— Eh bien, comme je vois les choses maintenant que mon oncle est mort, j'imagine que la ferme m'appartient peut-être, non? Ou au moins que j'aurai droit à un gros paquet de fric quand j'obligerai Norman à vendre la ferme ou à me racheter ma part d'héritage. »

Honey s'est contentée de secouer la tête. « Je n'aime pas ça, Frank... pas du tout. »

Je lui ai parlé franchement. « Allez! Je ne vois pas comment les tribunaux pourraient légalement m'exclure de ce qui aurait été à moi si mon père avait vécu. Je te parie des dollars contre des beignets que rien de légal n'a été signé qui donne la propriété de la ferme à mon oncle, et si j'entame une procédure tout de suite, j'aurai la ferme...

— Joue pas à l'avocat, Frank. C'est un truc qu'un véritable avocat devrait traiter. Je ne me sens pas à l'aise de prendre un pari sur un "et si", Frank. À mon avis, c'est quelque chose qu'on peut faire d'ici. On n'a pas besoin d'y aller. »

Avant que j'aie pu ajouter quoi que ce soit, Leonard, le contrôleur des expéditions de messages, est arrivé et m'a regardé. Il marchait en sautillant. Je savais ce qu'il allait dire; une des deux choses suivantes : « Qui a laissé la cage ouverte? » ou « Merde, voilà les ennuis », et au bout du compte, il a marmonné : « Merde, voilà les ennuis. »

Si on avait été des chiens, on se serait entre-déchirés, mais nous étions d'une espèce plus évoluée, alors j'ai seulement dit : « Leonard », en insistant sur le L.

Leonard m'ignorait déjà. « Un camion qui transporte des poulets surgelés est coincé dans une collision près de Charlotte. L'élément de réfrigération du semi-remorque est foutu. Il faut qu'on mette les poulets sur la glace et fissa. Tu veux bien t'en occuper, Honey?

— Bien sûr, Leonard. »

Leonard est resté là. « Alors ?

— Je m'en occupe, Leonard. Compte sur moi. Deux minutes. »

J'ai attendu. Je regardais Leonard. Il portait une chemise de travail grise avec son prénom brodé en lettres rouges, *Leonard*. En fait, on avait tous notre nom brodé sur notre tenue de travail. Il n'y a que là que nous étions vivants. Sur ma tenue, il y avait : *Frank – Service avec le sourire !*

Leonard est parti. Il était maigre, comme une sauterelle, et il avait en permanence deux taches de sueur qui s'étalaient sous ses aisselles et qui ressemblaient tout à fait à deux ailes repliées.

Honey a dit : « Il faut que je m'en occupe.

— Tu viens avec moi, hein ?

— Merde, Frank, tu veux vraiment qu'on s'en aille comme ça ? Pourquoi ne pas faire appel à un avocat, Frank ? Tu ne m'as toujours pas répondu.

— Les avocats font payer chaque putain de mot. Chaque mot, Honey. Qui a autant d'argent ?

— Et s'en aller comme ça, est-ce que ça ne va pas coûter une fortune ?

— Merde, je parle de fric qui nous tombe dessus sans qu'on s'y attende, quelque chose qui peut nous aider à nous en sortir. » J'ai regardé autour de moi « Tu sais ce que c'est ici, Honey ? Une prison sans barreaux !

— C'est toujours de la grande mise en scène avec toi, non ?

— C'est une occasion qui ne se présente qu'une fois dans la vie !

— On dirait un marchand de voitures qui vend un lot de bagnoles d'occasion, Frank. »

Leonard a passé la tête par une porte et m'a regardé de haut, puis sa tête a disparu en silence. Honey aussi.

J'ai cru que ça allait se terminer sur-le-champ, la fin brutale d'une union absurde entre deux losers. J'ai pensé que je pouvais peut-être récupérer mon plus jeune fils, Ernie, à l'école de l'Immaculée-Conception, et me tirer au Michigan.

Mais Honey est revenue et m'a dit : « T'es toujours là ? » ce qui était sa façon de me dire : « Reste. » Honey m'a regardé, l'air paumé comme si elle ne savait pas quoi faire. Elle a dit : « Dans la salle de repos, si tu tapes sur la machine à café juste au moment où tu mets ta pièce, tu récupères ta pièce, et tu as quand même le café. Ça marche aussi avec le distributeur de friandises. »

J'ai dit : « C'est une occasion qui ne se présente qu'une fois dans la vie... » Puis : « C'est ton jour de chance, voilà ce que c'est, le jour du salut ! C'est comme de trouver un ticket de loterie... »

Honey a dit : « Je réfléchis, Frank... d'accord ? »

J'ai attendu dans la salle de repos. Il faisait froid comme dans un congélateur. J'ai eu mon café gratuitement. Ça a marché exactement comme Honey l'avait dit, mais pas avec le distributeur de friandises. La machine à café donnait une tasse avec l'image d'un joker de jeu de cartes. Je me suis assis loin de l'air conditionné, en tenant ma tasse de café à deux mains. La chaleur me brûlait les doigts et c'était bon.

C'était la première fois que je m'asseyais depuis que j'avais lu l'article sur mon oncle. Comme je l'ai dit, je ne peux pas affirmer qu'il y ait jamais eu une quelconque relation entre mon oncle et moi. Il y avait des choses entre nous qui m'ont hanté toute ma vie, ce qu'on appelle des souvenirs refoulés de la nuit où mes parents sont morts. Merde, le simple fait de dire *souvenirs refoulés*, d'utiliser des termes médicaux, m'a fait grimacer. Si j'avais entendu quelqu'un dire ça, j'aurais répondu : « Et si on te bottait vraiment le cul, peut-être que ça te rafraîchirait la mémoire ! » Mais en réalité, il m'était arrivé quelque chose de terrible.

Après l'incendie, mon oncle et moi nous avons donné des versions contradictoires de ce qui s'était passé cette nuit-là. Merde, je n'avais que cinq ans quand mes parents sont morts, qui allait me croire plutôt que mon oncle ? Les choses ont été claires entre nous dès le départ, la putain de peur et finalement la haine qui ont caractérisé notre existence pendant toutes les années où j'ai vécu avec lui. Assis là, à repenser à ces choses-là, je me suis dit que j'avais fui ce qui était arrivé dans cette ferme, peut-être pas consciemment mais en profondeur. C'était quelque chose qui m'avait fait traverser littéralement la moitié du pays. Je me suis tiré le cul du Michigan le lendemain du bac et j'ai filé à Chicago. C'était quelque chose qui m'avait fait admettre dans un établissement psychiatrique de Chicago pendant quelque temps.

Sans cette putain de sensation que j'allais pouvoir récupérer quelque chose dans ce testament là-bas, si mon indignation n'avait pas été si forte, si je n'avais pas voulu me venger de mon oncle, j'aurais peut-être même suivi les conseils de Norman et de sa femme. J'aurais peut-être eu la décence de ne pas les entraîner avec moi. En fait, il fallait régler les choses avec Norman. Tout ce que je voulais, c'était ma part. Norman était un balourd mais je me souvenais toujours du jour où il m'avait défendu. J'avais sept ans de plus que lui et il devait en avoir dix le jour où il a attrapé le bras de Ward qui venait de me donner des coups de ceinture. Norman avait simplement dit « Non », et, même s'il n'avait que dix ans, il avait déjà quelque chose du géant qu'il est effectivement devenu. Je me souviens de Ward complètement ahuri. Ward tenait la ceinture et il a frappé Norman sur les épaules et la poitrine. Norman a eu un petit sursaut. Il n'y a eu que ce coup de ceinture, mais cet acte de défi a rendu la vie supportable pendant la dernière année où j'ai vécu avec Ward. Je voulais rappeler cette histoire à Norman, pour qu'on se retrouve, mais je ne lui ai pas retéléphoné. En un sens, il avait mieux valu que Martha intervienne, il serait plus facile de faire ce qui devait être fait.

Je pense que j'en étais arrivé à ce point de la vie où l'opinion des autres ne comptait plus, où toute humanité, si l'on peut dire, m'avait entièrement quitté. Et peut-être qu'au plus profond de moi, je rentrais aussi pour d'autres raisons. Quand j'avais lu le titre, « Un fermier assassiné par un homme mystérieux », je m'étais dit « Il faut que je voie cet homme mystérieux de mes propres yeux. » La main froide de la justice avait finalement appuyé sur la gâchette, comme un châtiment divin.

La C.B. a sifflé dans la grisaille du couloir. Leonard est apparu dans l'entrée, fumant une cigarette. Son pantalon était attaché très haut, par une ceinture, au-dessus du nombril. Il m'a dit sans prendre de gants : « Je vais te faire une offre que tu ne peux pas refuser pour cette femme.

— C'est pas moi que tu dois convaincre, Leonard. »

Leonard a secoué la tête. « Les femmes ! » Il me méprisait. Je le voyais bien. Il a ricané et il a disparu.

Plus j'attendais Honey, plus je savais que ce que je faisais était bien. J'ignore comment on avait tenu le coup, vraiment. Dans ma tête, j'essayais de trouver les mots justes à dire à Honey quand elle reviendrait, pour la décider à partir. Ça n'aurait pas dû demander d'effort, pas avec ce qu'on avait vécu dans le New Jersey, mais on finit par s'habituer à tout. Je veux dire, si je vous donnais les faits de base, vous diriez : « Je ne le crois pas. Je ne crois pas que vous soyez restés. Aucune personne sensée ne vivrait comme ça. » Mais c'est ce que nous avons fait.

Prenez par exemple l'année où on a emménagé dans l'appartement. Honey a été agressée dans l'ascenseur en rentrant chez nous. Deux types l'ont attrapée. L'un d'eux lui a posé un couteau sur la gorge et l'autre avait des cisailles. Le type avec les cisailles lui a dit : « Tu retires cette bague de ton doigt sinon je te le coupe. Tu m'entends, sale pute ? » Honey s'est cassé le doigt en enlevant la bague. Elle a entendu son annulaire se briser mais ça ne lui a pas fait mal, pas sur le moment. Elle avait une sacrée décharge d'adrénaline. C'était une chose terrible pour une femme qui avait remporté le concours de dactylo de Géorgie, à Macon. Elle m'a parlé du concours la nuit où on l'a agressée, quand je suis allé la chercher aux urgences. Je sentais les doigts de sa bonne main dans mon dos, les mouvements rapides d'une excellente dactylo. Elle m'a confié que le secret pour taper c'était de ne pas essayer de comprendre ce qu'on tapait, mais de laisser ses doigts travailler de façon automatique, de ne pas réfléchir. Je n'ai rien dit, mais je pense que c'est comme ça que nous vivons nos vies, pour l'essentiel, sans réfléchir. Et, bien sûr, nous sommes restés. Il n'a jamais été question qu'on s'en aille.

Honey parlait à nouveau sur le bruit de fond du bureau. Ça chauffait. Lentement, j'ai écouté ce qui se disait, Leonard et elle discutaient avec le type qui leur tenait tête sur l'autoroute. Il voulait plus d'argent pour prendre les poulets en train de dégeler. J'écoutais malgré moi. Le désastre des poulets surgelés se déroulait comme un vrai drame. La vie avait une façon de vous entraîner dans les choses les plus banales et de rendre normal le plus horrible. C'était une sorte de principe de nivellement, je suppose, d'effet de choc, une secousse sismique qui va vers l'extérieur, loin du centre des choses. C'était difficile de localiser avec précision la genèse de ce qui avait fait de nous ce que nous étions, de circonscrire les événements qui nous définissaient.

Je me souviens encore de la nuit où Honey a été agressée ; au lit, je lui avais caressé le visage, je lui avais pris son doigt fracturé pour l'embrasser. On entendait Robert Lee qui sanglotait dans la chambre à côté. Honey a cogné contre le mur et lui a dit à voix basse : « Ne m'oblige pas à aller te calmer, Robert Lee. Arrête, tu m'entends ? » Elle voulait taper sur quelque chose. Je la sentais tendue. Elle avait besoin d'infliger un châtiment. C'était pour Robert Lee cette nuit-là, je le savais. J'ai dit doucement : « Tu te souviens quand Robert Lee avait de la fièvre, et qu'on l'a mis dans la baignoire pour la faire baisser ? J'ai couru dans tout l'immeuble en criant que j'avais besoin de glace, je hurlais : "Robert Lee est brûlant de fièvre. Au secours !" Et tous les gens se sont levés pour aller chercher de la glace dans les frigos, et ils se sont précipités chez nous et on a pu remplir la baignoire. » Je lui ai caressé le visage. J'ai chuchoté : « Honey, c'était bien, et tu dois mettre ça en face de ce qui est arrivé ce soir. » J'avais relevé sa chemise de nuit au-dessus de ses seins. Je fermais les yeux.

Mais elle s'est levée. J'ai vu la pâleur de son derrière comme une lune énorme, puis sa chemise de nuit est retombée. Robert Lee pleurait toujours. Je l'ai entendue qui le frappait violemment. J'ai senti le choc du corps de Robert Lee contre le mur. Elle lui disait des choses horribles dans un murmure contrôlé, peut-être comme celles que les types de l'ascenseur lui avaient dites. Je regardais fixement le mur. Quand elle frappait Robert Lee comme ça, il y avait tout un cérémonial. Il enfouissait la tête dans son oreiller. C'était quelque chose qu'elle avait apporté dans notre couple, quelque chose qui se passait entre elle et Robert Lee, bien avant que j'entre dans sa vie, pendant toute la période où elle avait vécu dans des motels, après que son ex-mari eut tué deux personnes. Je ne pouvais rien faire. Puis Honey est revenue dans le lit à côté de moi et elle a relevé sa chemise de nuit au-dessus de sa poitrine. Elle avait les cuisses humides et chaudes. Je sentais son cœur qui battait sous le poids flasque de ses seins. J'entendais Robert Lee qui pleurait encore dans son oreiller. Notre plus jeune fils, Ernie, a dit quelque chose à Robert Lee. J'ai senti que Honey collait son dos contre mon ventre. « On ne peut pas en venir à bout, Frank, absolument pas en venir à bout. » J'avais le visage contre son dos humide, et j'écoutais le doux bruit de succion de notre intimité, comme un enfant qui suce son pouce dans le noir.

Honey est apparue dans la grisaille de l'entrée. Elle a dit : « Une journée comme ça, on ne fait que gaspiller son maquillage. »

J'ai pris son annulaire tordu qui ne portait toujours pas de bague et je l'ai sentie tressaillir.

Elle a baissé les yeux : « Frank, s'il te plaît... »

J'ai dit : « Tu es venue de Géorgie, et qu'est-ce que tu as ?

— J'étais jeune en ce temps-là, Frank. C'était une époque différente de ma vie.

— Tu es toujours jeune !

— Tu le penses vraiment ? »

J'ai hoché la tête. « Tu n'as jamais pensé aller vivre dans l'Ouest, en Californie, le soleil, l'océan ? Si j'arrive à récupérer l'argent de la ferme, on recommencera quelque chose de mieux.

— Oh, Frank, combien est-ce que tu crois qu'elle va rapporter cette ferme ? » Mais avant que j'aie pu répondre Honey a dit : « Peut-être que tu devrais aller voir ce que tu peux faire sans qu'on te suive, Frank. »

Brusquement j'ai eu peur qu'il y ait quelque chose entre elle et Leonard. J'ai dit : « Non, on y va ensemble, nous tous, ou on se sépare maintenant. Tu suis ta route et moi la mienne... »

Honey m'a regardé avec de grands yeux. « Me donne pas d'ultimatum, Frank, pas à moi. Ce n'est pas seulement à cause de toi et de moi. Je ne crois pas que je peux faire ça maintenant...

— Nom de Dieu ! C'est à cause de Ken, hein ? » Ken en était à la dernière étape des bagarres judiciaires et on avait déjà fixé plusieurs fois une date pour son exécution, mais la menace était là.

Honey a détourné les yeux. « Ça ne va plus tarder maintenant, Frank. Il faut que je pense à Robert Lee. Il voudra peut-être revenir voir Ken quand le moment sera venu, et si on est partis dans le Michigan... »

Je l'ai interrompue : « Si on a l'argent, lui et toi vous pourrez aller en Géorgie en avion. Quand le moment sera venu, tu voudras peut-être y aller, et où est-ce qu'on trouvera l'argent si on en vient là, si tu veux descendre là-bas et qu'on n'a pas d'argent ? »

Honey m'a regardé à nouveau et a dit : « Ah, merde, pourquoi est-ce que tout arrive en même temps ? »

J'ai répété : « C'est comme de gagner à la loterie, Honey. On a une chance de repartir à zéro. »

Leonard a réapparu et n'a rien dit, mais il a jeté un coup d'œil à sa montre puis à Honey et à nouveau à sa montre, avant de s'en aller.

Honey m'a regardé : « Je ne serai pas payée cette semaine si on part maintenant. Leonard est très strict. Sans préavis de quinze jours on touche rien de ce qui nous revient.

— Vous avez été amis tous les deux, Honey. Explique-lui. Merde, dis-lui que tu vas revenir. Pas la peine qu'il sache que c'est définitif. »

Honey a souri. « Il va voir dans mon jeu. Il sait déjà. Je le sais à sa façon de faire. »

J'ai entendu Leonard qui hurlait après Honey quand je suis revenu dans la violente lumière à l'extérieur. Je l'ai entendu qui me criait : « Connard ! » Une odeur de gasoil flottait dans l'air frais.

Dans ma Pinto rouillée, j'ai suivi une Cadillac noire, j'admirais la voiture étincelante dans la lumière de fin d'après-midi et j'ai décidé que le requiem pour la mort de mon oncle commencerait dans cette Cadillac noire.

Ça faisait bizarre d'entrer un petit moment dans une autre vie de suivre quelqu'un. On a pris de l'essence, on est allé dans une pharmacie dans une rue piétonne, puis dans une teinturerie, et la femme a laissé son moteur tourner. C'est à ce moment-là que j'ai pris possession du véhicule, avec la certitude que la propriétaire était assurée, que je ne commettais pas vraiment un délit. Le prix de cet acte avait été évalué dans les livres de comptes des assureurs.

Ils avaient anticipé mon acte. J'étais dans les statistiques inévitables.

En quittant le parking, je pensais à Ken. Contrairement à l'ex-mari de Honey, Ken, je n'avais tué personne ni participé au chaos qui nous entourait. En tant qu'infâme loser, j'avais joué mon rôle dans notre magnifique société, j'avais vécu selon les lois du pays, pour l'essentiel. Un type moins bien que moi, comme Ken, aurait peut-être voulu prendre le sac de la victime par-dessus le marché et il aurait fini par la tuer. J'ai imaginé la bagarre, la strangulation, ses pieds qui s'agitaient frénétiquement alors que la vie de cette innocente s'achevait, tout ça pour quelques misérables dollars.

Au cours de l'année écoulée, et en grande partie à cause de la mort prochaine de Ken enfermé dans le pénitencier de l'État de Géorgie, j'avais peut-être passé trop de temps à essayer de prouver que Dieu n'existe pas. La plupart des gens que j'avais vus commettre le mal s'étaient fait prendre, mais je ne pense pas que cela justifie l'existence de Dieu ou de la Justice comme l'imaginent, à leur grand désespoir, les gens qui n'ont rien. Leur monde est dépourvu d'ironie, avec pour unique conviction celle de vouloir survivre. La bêtise et le désespoir n'égalent pas le mal, contrairement à ce que certains voudraient nous faire croire.

Quand je suis arrivé à la maison, Honey avait fait les bagages et les deux garçons regardaient la télévision. Honey avait coupé les cheveux d'Ernie.

Robert Lee avait son distributeur de bonbons avec la tête de Nixon posé sur la table à côté de lui. Sa bizarre obsession de Richard Nixon avait commencé avant que j'entre en scène. Honey disait qu'il avait écouté la cérémonie d'*impeachment* de Nixon dans le motel où ils se planquaient l'année où on avait arrêté Ken.

Ernie était assis avec un dinosaure en plastique dans les mains. Je pense que c'était Tyrannosaurus Rex ou quelque chose comme ça. Ernie avait toute une collection de dinosaures. Il connaissait tous leurs noms – brontosaure, tricératops, ptérodactyle. C'était comme une forme d'autisme, cette fixation sur les dinosaures, une sorte de sublimation de la douleur qu'il ressentait, une douleur si profonde qu'il ne pouvait l'exprimer qu'au travers du gigantisme de créatures préhistoriques. Ce que les gosses savent intuitivement, ça me foutait une trouille à en chier dans mon froc, comment la folie de nos vies s'infiltre dans leurs âmes. J'avais toujours envie de lui demander : « Est-ce que ça ressemble à ça quand maman et papa se battent ? »

Honey m'a fait un clin d'œil. « Ernie dit qu'il veut rester ici, Frank. »

J'ai hoché la tête et j'ai dit : « Bien sûr. On a une clef de plus. Montre-lui comment on se sert de l'ouvre-boîtes électrique et ça ira. Ça ne le dérange pas de s'occuper de Juniper ? Il faut remplir son bol d'eau et nettoyer la litière de sa boîte deux fois par jour. Ça ira comme ça, Honey ? »

Pendant un moment, Ernie a eu l'air perplexe.

Robert Lee a dit : « Reste, Ernie. Tu t'en tireras très bien ici. »

Honey a dit : « Arrête, Robert Lee, tu m'entends ? »

J'ai ignoré la remarque de Robert Lee. Je suis allé serrer la main d'Ernie dans un geste magnanime et aimable, comme si j'étais prêt à partir. J'ai dit : « Honey, t'imagines ce qu'on économise en frais scolaires ? »

La lèvre inférieure d'Ernie est devenue humide et s'est mise à trembler, comme s'il allait pleurer, mais Honey a dit : « Il n'a pas dit qu'il était certain de ne pas partir, Frank. » Elle a regardé Ernie. « Alors, est-ce que tu as décidé, Ernie ? »

Ernie a simplement répondu : « Je pars, Frank. » Il tenait un de ses dinosaures dans ses petites mains.

Robert Lee s'est moqué : « Dégonflé ! »

Nous avons mangé les steaks que j'avais pris au restaurant sur la petite table de la cuisine, puis j'ai sorti une carte et j'ai préparé notre fuite avec l'assurance d'un général contemplant un champ de bataille. La stratégie consistait à arriver à la périphérie des grandes villes, dans la ceinture de motels, en début de soirée et de voler une autre voiture. J'ai choisi Cleveland comme première destination potentielle.

J'ai regardé à la fin de l'atlas le tableau qui donnait les distances entre les grandes villes des États-Unis et nous avons improvisé une sorte de jeu : je choisissais deux villes et chacun essayait de deviner la distance. On gagnait si on trouvait à une soixantaine de kilomètres près.

Évidemment, Robert Lee n'a pas joué, et Honey semblait n'avoir aucune idée que des endroits comme Helena, au Montana, existaient. J'ai dit :

« Merde, Helena c'est la capitale du Montana, Honey. » J'ai essayé de lui montrer mais elle s'est contentée de dire : « Tu veux t'arranger un peu pour la route, Frank ? Tu ne peux pas aller à un enterrement comme tu es. »

Son haleine sentait la vodka mais elle n'était pas saoule. Je l'ai laissée me couper les cheveux. J'avais une serviette sur les épaules. Elle tenait un petit bol rempli d'eau et les mouillait avec les doigts. Quand elle a eu fini, elle m'a massé les tempes et m'a serré la nuque. J'ai senti mon corps se détendre. « Tu as perdu du poids récemment, Honey ?

— Je ne sais pas, tu crois ?

— Je pense que tu en as perdu. Je le pense vraiment. »

Honey a tourné la tête et a fait un rond de fumée. C'est à ce moment-là que j'ai vu les suçons dans son cou. Il y en avait trois. Elle a vu que je la regardais. J'ai senti mon ventre se serrer. J'ai dit : « J'aimerais être très loin d'ici en ce moment. En Chine peut-être. »

Honey a dit : « Ne commence pas, Frank ! Ne commence pas ! »

Il y a eu le dernier épisode inévitable avec Robert Lee, mais nous avons fini par le faire monter en voiture. Il a pris possession de la place avant dans la Cadillac en nous menaçant de nous dénoncer aux flics sinon.

Quand nous sommes allés vers la voiture, Ernie m'a regardé comme s'il comprenait qu'elle n'était pas à nous. Je crois qu'il ne voulait pas y monter.

J'ai dit : « Je l'ai gagnée en jouant aux cartes, pas vrai Honey ? »

Elle a dit : « Ouais, Frank l'a gagnée aux cartes, Ernie. »

Ernie avait l'air du gosse pas convaincu, mais il est quand même monté, il a grimpé à l'arrière et a sauté sur le siège.

Robert Lee jouait avec le réglage du siège.

J'ai dit : « La pression en bas du dos c'est pour soutenir les lombaires. »

Robert Lee a dit : « Je sais, c'est des conneries. Je sais très bien ce que c'est le soutien des lombaires. Les lombaires c'est le bas de la colonne vertébrale. »

J'ai dit : « Nom de Dieu, t'entends ça, Honey ? Les lombaires c'est le bas de la colonne vertébrale. On a un médecin avec nous. »

Robert Lee m'a regardé. Il a dit : « Tu seras jamais mon putain de père, alors arrête de faire semblant, Frank. »

Honey a dit : « Robert Lee, fais attention avec ton siège à ne pas écrabouiller Juniper, tu m'entends ? » Elle a dit : « Minou, minou », et le chat a miaulé. Il était quelque part, dans les régions inférieures, sous le siège. Je savais au plus profond de moi qu'avant longtemps, il se ferait couper la queue.

Au-dehors, je voyais les pylônes électriques qui se dirigeaient vers les usines et les clôtures de grillage de cette chaîne industrielle de chaque côté de l'autoroute. C'était comme si l'on quittait une existence enfermée dans une grande cage, et la Cadillac c'était quelque chose, somptueuse avec un parfum de spray à la cerise. Je n'avais pas l'impression qu'elle était volée mais qu'elle m'appartenait légitimement en un sens un peu particulier. C'est vrai, j'avais oublié de changer les plaques minéralogiques, et ça m'inquiétait, mais je n'allais pas m'arrêter maintenant. Aux yeux d'un flic, nous avions l'air d'une famille normale qui se dirigeait quelque part dans une voiture respectable. Quand on vole des choses, l'idée c'est de ne pas être parano en croyant qu'on vous observe. La grande vérité, c'est que nous n'étions pas le centre du monde, ni de la vie des autres, sinon dans notre tête. En essence, nous n'étions que des riens obscurs.

J'ai pris un air sûr de moi quand nous sommes arrivés au péage. Robert Lee jouait toujours avec le réglage du siège. J'ai dit : « Docteur Folamour, tu veux arrêter un peu ? »

La ville de New York étincelait dans le rétroviseur, une galaxie lointaine qui s'éloignait. J'ai appuyé lentement sur le frein et la voiture a ralenti en s'approchant du péage. Un homme sans visage, invisible dans la lumière violente, a pris mon argent. Dans la voiture, nous n'étions que des ombres. Il y avait quelque chose de prophétique dans tout ça, comme si l'on entamait une traversée du Styx vers le pays des morts, un voyage de retour vers le centre des choses, vers les secrets auxquels je ne m'étais pas autorisé à penser pendant des années.

2

Des éclairs illuminaient le ciel de la Pennsylvanie comme des rayons X et révélaient le squelette des arbres. La lumière des phares trouait à peine les zébrures d'argent de la pluie battante. J'ai entrouvert ma fenêtre et l'humidité froide a murmuré à mon oreille. La radio craquait et sifflait. La météo annonçait que les orages dureraient toute la nuit.

Robert Lee est resté en sentinelle dans l'obscurité pendant les trois cents premiers kilomètres, alors que nous traversions les collines basses de Pennsylvanie.

Dans une station-service, j'ai sauté sur place derrière la voiture. Le visage lunaire d'Ernie endormi souriait derrière la vitre arrière. Il tenait son dinosaure entre ses mains.

Quand nous sommes revenus sur l'autoroute, il faisait nuit noire. Une pluie diluvienne s'abattait sur le pare-brise comme si quelqu'un avait jeté des poignées de cailloux. Des points de lumière flottaient au loin dans l'ombre soyeuse, le long voyage nocturne des marchandises.

Au travail, Honey avait dû parler à certains de ces hommes sur la C.B. Beaucoup ne vivaient que dans leur camion et transformaient leur cabine en petite grotte avec des illuminations de Noël et la photo des êtres chers qu'ils avaient quittés. Parfois, mari et femme travaillaient en tandem, perpétuellement en mouvement, manœuvrant dangereusement un changement de conducteur sans s'arrêter, le camion fonçant sur la route à plus de cent à l'heure. Et, au plus profond d'eux, ils partageaient de vagues idées d'évasion définitive, des rêves de maison sur la côte de Caroline, ou d'élevage de chevaux dans le Kentucky. À ce moment-là, je me suis demandé à quoi ça ressemblerait concrètement si l'on entassait toute la merde que ces routiers avaient transportée au cours d'une vie, je veux dire, de regarder l'énorme masse entassée dans un champ et de se dire : « Voilà le travail de toute une vie ! »

Je sentais l'os dans l'articulation de ma hanche à cause de ces conneries de sauts à la station-service. J'ai vu une borne kilométrique et je n'ai plus pensé qu'à ça, mes yeux attendaient que la borne suivante apparaisse dans le noir. Les bornes kilométriques descendaient vers l'ouest. Compter dans l'ombre de la voiture m'a ramené des années en arrière, quand j'étais gosse : allongé, je comptais à l'envers en remontant de cent à un, dans cette pièce obscure, avec un psychologue, au cours des semaines sombres qui ont suivi la mort de mes parents, quand les choses se détraquaient, quand j'ai commencé à contredire ce que mon oncle avait raconté sur l'incendie.

J'ai senti la voiture se déporter légèrement, comme si elle m'avait échappé un instant. Robert Lee a dû le sentir aussi. Il a ouvert les yeux : « Qu'est-ce que tu fous, Frank ? T'essaies de nous tuer, connard ? »

Dans le rétroviseur, j'ai vu Ernie blotti contre Honey, qui ronflait.

Au sud, les collines se détachaient dans les reflets des derniers éclairs qui révélaient un monde immense au-delà de l'obscurité qui enveloppait la voiture.

J'ai senti mon passé ouvert dans les ténèbres de l'autoroute, des choses que j'avais laissées derrière moi se rapprochaient à chaque kilomètre parcouru. Je refaisais un voyage, je retournais vers le passé. J'ai eu un vertige, j'ai failli m'effondrer sur le pare-brise, je me suis senti projeté dans la nuit qui venait vers moi. C'est un effet de la route, en particulier quand on conduit la nuit, une interrogation silencieuse. J'aurais dû m'arrêter mais je ne l'ai pas fait, j'ai continué à foncer dans le noir.

L'idée que mon oncle était mort a traversé des couches de refus et de colère, avant de s'installer quelque part au plus profond de l'obscurité du regret et de la culpabilité. Le ton de bravade sur lequel j'avais parlé à Norman, cette plaisanterie à la con quand j'avais dit que, quand il y a un testament, il y a de la famille, s'est éteint au cours de cette première nuit. Quelque chose de nettement plus triste, de plus profond s'est emparé de moi dans la voiture. J'ai revu la maison, le gris pâle du salon avec ses meubles de style mission, froids, austères, unique-

ment fonctionnels, et il y avait mon oncle, sa silhouette sombre alors qu'il était assis comme
toujours avec son manteau et ses bottes, une sinistre
caricature de ce que la souffrance et le pays peuvent
faire à l'esprit de l'homme. Il était difficile de penser
qu'il avait cessé d'exister, que lorsque j'arriverais à la
maison il ne serait plus là, que le drame de nos vies
entrelacées s'était défait, que les secrets que nous
nous cachions ne signifiaient plus rien, que notre
lutte avait été éclipsée par la mort et le temps, et
qu'il n'y aurait ni réconciliation ni compréhension.
Je voulais le voir étendu, je voulais affronter le
simple fait que l'homme qui connaissait la vérité sur
ce qui était arrivé cette nuit fatale où mes parents
étaient morts ne parlerait plus jamais, que c'était bel
et bien terminé.

D'autres éclairs ont zébré le ciel et une brusque
averse de grêle s'est abattue sur la voiture. L'air qui
passait par l'ouverture de la vitre était propre et frais.
Une odeur d'automne, froide et vivifiante, avec une
touche de fermentation.

Honey a ouvert les yeux. « Ça va, Frank ? »

Le chat a miaulé et s'est enroulé autour de ma
jambe. J'ai entendu que Honey froissait un sachet et
une odeur de fromage a rempli la voiture.

« Passe-moi une cigarette, Frank. »

Robert Lee a appuyé sur l'allume-cigare. Il ne dormait toujours pas.

« Les cigarettes sont dans mon sac, Robert Lee »,
a-t-elle dit à voix basse pour ne pas réveiller Ernie.

Robert Lee a pris le paquet de cigarettes et a
enlevé l'emballage en plastique. Il a tapoté le paquet

avec la paume de la main. Il a mis la cigarette entre ses lèvres et l'a allumée. Une lueur orange a éclairé son visage. Il s'est retourné et a donné la cigarette à Honey, puis il m'a soufflé une longue bouffée dans l'oreille. Il a dit : « À quoi tu penses, Frank ?

— À rien.

— Tu mens. Je vois bien que tu penses à quelque chose. »

Le visage de Honey apparaissait et disparaissait tandis qu'elle fumait. « Tu devrais fumer, Frank. » Elle m'a passé sa cigarette. Elle a glissé son pied entre les sièges avant. « Juste là, Robert Lee. Masse juste là. » Honey avait les pieds plats. Elle a dit : « Je me suis abîmé les pieds quand j'étais serveuse. Je te l'ai déjà dit, Frank ? »

Robert Lee a massé la peau épaisse de la plante des pieds de Honey jusqu'à ce qu'elle se mette à ronfler. Alors Robert Lee s'est appuyé contre la portière et s'est endormi.

D'une pichenette, j'ai jeté le mégot par la fenêtre et je l'ai regardé briller et tomber au loin dans une gerbe d'étincelles.

Dans les années cinquante on supposait que le cerveau emmagasinait tout – ce qu'on voyait, ce qu'on entendait, ce qu'on sentait, tout. Mais parfois le cerveau voyait des choses qu'il aurait mieux valu ne pas voir et, dans ces cas-là, le cerveau avait une façon à lui de cacher ces choses-là à l'esprit conscient. Ce qui était vu dans ces moments extrêmes contournait le circuit de la conscience pour s'enfoncer dans le subconscient. On appelait ça

« refoulement » ou « amnésie sélective » dans les milieux psychiatriques. Les anciens combattants souffraient d'un syndrome similaire. Il leur fallait des mois et même des années avant qu'il y ait un certain recul, avant que le cerveau trouve le moyen d'affronter ce qu'il avait vu. Mais dans certains cas de refoulement, il y avait des manifestations extérieures montrant que quelque chose était passé dans le subconscient, des signes indiquant que quelque chose de terrible était caché dans les replis du cerveau.

J'ai secoué la tête. Mes yeux pleuraient. Une borne kilométrique floue a traversé ma conscience. Merde, rien que de penser à cette époque me mettait au supplice, l'austérité, la maladie et la peur qui envahissaient nos vies. Je sentais que les images menaçantes de tant de choses terribles me bombardaient l'esprit. C'est à peu près à l'époque où mes parents sont morts que mon autre oncle, Charlie, est revenu de Chicago au sanatorium local, victime de la polio. Sa femme l'avait abandonné quand il était tombé malade, et il était revenu au seul endroit qu'il connaissait. Je me souviens être allé voir Charlie avec Ward. Il était dans un poumon d'acier dans l'ancien sanatorium, au bout d'une longue salle qui ressemblait à une chaîne de montage de bombes atomiques avec des rangées de poumons d'acier. J'avais vu des photos de la bombe dans le magazine *Life* comme un énorme ballon de rugby.

J'ai pris une grande respiration et j'ai bâillé. Je sentais le glissement, les anciens souvenirs que j'avais repoussés pendant tant d'années.

En ce qui me concerne, j'ai manifesté le refoulement suite à la mort de mes parents en me rongeant les ongles. On m'appelait Rognure. En fait, le nom m'est resté jusqu'à ce que je quitte la région. Rognure. À l'école, le fait que je me ronge les ongles intéressait tout le monde, surtout parce que c'était une habitude dégoûtante. Si vous devez avoir un vice, ne vous rongez pas les ongles. Ils ont essayé une poudre pourrie au goût de merde, mais le besoin de me ronger les ongles était plus fort que le goût. Je crois que s'il s'était agi d'une autre névrose, on m'aurait laissé tranquille, mais le système d'éducation élémentaire avait moins pour but de vous apprendre quelque chose que de vous socialiser comme un animal de troupeau. À un moment, on m'a mis des gants.

Puis, un après-midi, des mois après l'incendie, je me suis levé de mon pupitre à l'école élémentaire, j'ai mis mon chapeau et mon manteau, et je suis sorti. Une institutrice m'a décrit comme un zombie, un somnambule. Elle m'a demandé où j'allais et je lui ai répondu quelque chose qui voulait dire que je rentrais chez mes parents. Cet unique aveu, cet unique fantasme a changé pour toujours mon univers.

Le lendemain, quand un psychologue du comté m'a demandé de lui dire où se trouvaient mes parents, j'ai regardé autour de la pièce ou derrière moi. Je ne pouvais pas dire au psychologue où se trouvaient exactement mes parents, mais je ne lui ai jamais avoué qu'ils étaient morts et je n'ai pas mentionné l'incendie. Je me suis contenté de me ronger les ongles.

Parfois je me demande si la psychiatrie a jamais cherché à savoir pourquoi l'évolution a doté l'esprit humain de ce don d'oubli.

Avec le recul, je me considère comme une victime des circonstances historiques, ce qui m'est arrivé était lié à la paranoïa générale de l'époque : le Conseil de l'Éducation du comté s'est senti obligé de me prendre comme spécimen pour m'examiner.

À ce moment particulier de notre histoire, au début des années cinquante, il n'y avait pas longtemps que nous avions incinéré deux villes japonaises. Les horreurs de la guerre nucléaire étaient encore trop apparentes. Nous avions vu les ombres de gens brûlés sur le pignon des immeubles d'Hiroshima, et la politique de la guerre froide d'anéantissement total et mutuel faisait de la bombe un ultime recours. Il devait y avoir des méthodes plus sublimes de vaincre le communisme. La facilité de l'esprit à se laisser influencer était un moyen potentiel détourné pour former la conscience. Dans des spectacles de variétés on montrait des transfuges russes qui pouvaient plier une cuiller avec leur esprit, ou lire les pensées de quelqu'un qui avait tiré une carte. Des saints indiens s'allongeaient sur des lits de clous et marchaient sur des braises sans douleur apparente et sans blessures.

J'étais enfant et je gobais tout ça, on m'inculquait la peur et la paranoïa de l'époque projetées sur l'écran de télé dans notre ferme. Et à l'école, on nous faisait faire des exercices, plonger sous nos pupitres et nous couvrir la tête. Nous comprenions les éléments de base de la guerre nucléaire. *Se cacher et se couvrir*, telle était la chanson que nous apprenions. Je ne me souviens plus si nous avons appris ça avant le serment d'allégeance ou l'inverse. Quoi qu'il en soit, ce sont les premières choses que j'ai apprises à l'école. Nous attendions une attaque imminente. Dans le gymnase, il y avait une porte jaune sur laquelle était écrit : ABRI CONTRE RETOMBÉES. En cas de guerre nucléaire, nous devions y descendre par couples, comme les animaux dans l'arche de Noé avant le déluge.

Et nous, les gosses, nous avions nos propres trucs, nos moyens secrets de communiquer, d'échapper à l'ennemi, avec nos anneaux décodeurs sur lesquels le capitaine Minuit envoyait des messages radio.

Ainsi, vous voyez comment le refoulement de la mort de mes parents est devenu un objet d'attention extraordinaire. Comment avais-je éteint le mécanisme de la mémoire, comment m'étais-je fait moi-même un *lavage de cerveau*? J'étais le cas sur lequel un chercheur en herbe écrivait un mémoire. Et ce qui aurait pu n'être qu'une quelconque thèse est devenu une affaire policière quand le psychologue qui travaillait avec moi m'a mis sous hypnose et que je me suis mis à parler.

Après l'école, on m'a emmené dans les locaux du Programme de développement agricole de l'institut d'État, un labyrinthe modulaire de fortune, composé de pièces qui communiquaient et étaient remplies de choses comme des manuels sur la façon d'incorporer des techniques d'agriculture chimique moderne afin d'augmenter les rendements. Il y avait sur les murs des photos de batteuses et de tracteurs John Deere verts et brillants. Dans le hall, loin des brochures, j'ai franchi une porte et je suis passé dans une autre section. Il y avait une salle pourvue d'une longue fenêtre pour observer ce qui se passait à l'intérieur, un peu comme ce que j'ai vu plus tard dans un hôpital où l'on garde des nouveau-nés. Dans cette pièce, il n'y avait pas de bébés, seulement des tiges de maïs et de haricots. On y passait de la musique classique. Je ne le savais pas à l'époque, mais une théorie générale avait cours selon laquelle les plantes éprouvaient des émotions. Derrière la salle des plantes, le bureau de l'administration n'avait pas de fenêtres, ce qui provoquait des états altérés de conscience. C'est là que j'avais mes séances après l'école.

Un après-midi, le shérif local a descendu mon oncle de son tracteur pour lui faire passer une série de tests psychologiques dans les locaux du Programme de développement agricole. En voyant mon oncle là, comme ça, j'ai compris que quelque chose n'allait pas, même si je ne comprenais pas ce qui se passait. Mon oncle avait sa salopette de travail, il était assis dans la pièce blanche quand je suis revenu dans le bureau de l'administration. Je l'ai entendu qui parlait. Je me suis arrêté et j'ai dit son nom, il s'est retourné et m'a lancé un regard vide. Il n'a rien dit. Je pense qu'il avait peur. Il était assis sur une petite chaise, avec sa salopette, ses grosses jambes repliées, et ses genoux lui arrivaient presque à hauteur de sa poitrine. Il ressemblait tout à fait à un quelconque connard qui n'a pas fini sa troisième. Il regardait quelque chose que j'ai pris pour une tache d'encre, parce que Mlle Potts était là avec lui et qu'elle me demandait toujours de lui dire ce que je voyais dans les taches d'encre.

J'ai traversé le vestibule et je suis entré dans le bureau de l'administration où l'on m'a hypnotisé, mais les choses que je disais étaient perdues pour ma mémoire consciente. J'avais simplement l'impression de dormir. Quand je suis ressorti, mon oncle était parti. C'est la seule fois où j'ai vu mon oncle là, et il ne m'en a jamais parlé à la ferme mais cela a tout changé entre nous.

Après coup, je pense que cette rencontre soi-disant due au hasard, dans les locaux du Programme de développement agricole, a été organisée comme on monte une expérience, comme quand on met une proie et un prédateur dans la même cage. Le résultat, c'est que ça a foutu une pétoche de tous les diables à mon oncle. Il savait que ce qu'ils avaient dit de moi était vrai, que je parlais dans un magnéto-phone, dans l'obscurité du bureau de l'administration, que je disais des secrets.

3

Je ne sais pas si vous avez déjà été retenu en otage par votre propre gosse, je veux dire au sens littéral, quand votre fils décide que le moment est venu de vous retenir en otage sur une aire de repos, et que vous ne pouvez que rester assis et attendre. C'est tout à fait la situation dans laquelle nous nous sommes retrouvés dans une oasis sur l'autoroute de l'Ohio.

La nuit s'était terminée. Le matin était apparu, gris zinc, détrempé à cause des pluies nocturnes. Le ciel semblait être descendu vers la terre, à vous rendre claustrophobe.

Nous étions tous éreintés et frigorifiés. La température était tombée depuis le New Jersey, le vent s'était renforcé et soufflait en rafales.

Honey a dit : « J'ai la vessie comme un ballon. » Elle a eu une grimace de douleur en descendant de voiture.

Nous avons mangé dans un McDonald's, construit juste au-dessus de l'autoroute. Regarder en bas donnait la nausée. Les camions défilaient en rugissant. Je les regardais et je fermais les yeux juste au moment où ils passaient sous le pont. Je ressentais comment ça devait être juste avant l'impact de la mort. J'en ai frissonné. Je me sentais dans cet état inconfortable qui suit une nuit sans sommeil, détaché des choses qui m'entouraient.

J'ai bu un café noir, en regardant au-delà de l'autoroute et de la rosée matinale des champs qui s'étendaient sur des kilomètres.

Des choses me passaient par la tête. Dans la journée, nous allions traverser l'Indiana et arriver dans le Michigan, au nord. Je pensais qu'on trouverait un motel pas cher en fin d'après-midi, qu'on y attendrait jusqu'à huit heures, qu'on volerait une autre voiture et qu'on gagnerait le nord sous le couvert de la nuit. Le mauvais temps m'inquiétait. Il faisait déjà froid alors j'imaginais qu'au nord il devait geler, peut-être cinq ou six degrés de moins si on tenait compte du vent glacial. Parfois, l'hiver arrivait brusquement du nord. Vous remontiez de quelques centaines de kilomètres et la neige commençait, en particulier près des Grands Lacs, là où nous allions. La région avait son propre climat avec la neige et l'air arctique du Canada.

Honey s'était gavée de crêpes trempées dans du sirop d'érable. Une cigarette se consumait dans le cendrier à côté d'elle. Robert Lee mangeait un œuf McMuffin et buvait du jus d'orange. Honey lui parlait. Je me tenais assez loin d'eux pour qu'ils puissent discuter ensemble comme ils le faisaient quand je n'étais pas là. J'ai entendu Honey lui dire :

« Un homme peut oublier comment on travaille, Robert Lee. Ça arrive comme ça. Quelque chose se passe dans une ville et tout ferme. Ça peut se terminer comme ça pour les gens. Ce n'est pas parce que ces gens sont mauvais, c'est simplement comme ça que les choses se passent. » Honey a soupiré pendant un moment dans ce silence voué au malheur qui ponctuait ses discussions avec Robert Lee. Elle a dit : « Peut-être que tu comprendras quand tu seras plus grand. »

Ils parlaient de leur sujet favori, les « procès et tribulations de Ken Wainscot », alors je n'ai plus écouté.

Un vieil homme seul était assis à une autre table. Il avait un de ces visages reptiliens qui ont trop vu le soleil. Le fanon de sa gorge ressemblait à celui d'un lézard. C'était un de ces retraités destinés à mourir sur la route, qui portait une chemise en polyester, un pantalon marron comme de la merde et des chaussures beiges en vinyle. Sa nourriture apportée dans un sac de papier et sa Thermos de café vous disaient qu'il avait été syndicaliste toute sa vie. Il parlait à un jeune couple qui se tenait les mains, deux tables plus loin. La fille avait peut-être seize ans et l'air de fuir sa famille. Elle portait une jupe qui lui venait sans doute de sa grande sœur et qu'on avait dû relâcher aux coutures. Je voyais bien qu'elle réfléchissait à ce qu'elle allait faire, simplement parce qu'elle se trouvait là, au milieu de nulle part, en tenant les mains d'un garçon, dans le petit matin. Elle avait pleuré.

Le vieil homme leur a dit : « À mon âge, tout le monde a tout fait deux fois. La première fois, on fait tout de travers, ensuite on passe le reste de sa vie à essayer de le défaire pour recommencer comme il faut. »

La fille a dit, pas méchamment, mais avec un air de défi que lui donnait l'amour : « Nous, on essaie de tout faire bien la première fois, merci beaucoup. C'est pas vrai, Donny ? »

Donny portait une casquette de base-ball usée, dont la visière lui descendait sur le front. Il regardait fixement le sol comme le font tous les fermiers. « J'crois », c'est tout ce qu'il a dit.

« Donny ! Ce que tu as là, c'est un vrai pétard de fête nationale. Tu comprends ça ? » a dit le vieil homme.

J'ai vu la fille qui relevait une mèche graisseuse derrière son oreille. Son autre main était posée sur le large dos de Donny.

Le vieil homme s'est levé et son corps a craqué. Il s'est avancé et a souri à la fille.

La fille l'a regardé dans les yeux.

Donny a eu une espèce de toux comme s'il se sentait mal à l'aise. Il a ôté sa casquette de base-ball et a passé les doigts dans ses cheveux humides. Le bord de la casquette lui avait laissé une marque comme une cicatrice rouge sur le front et les tempes. On aurait dit qu'il avait subi une opération du cerveau ou quelque chose comme ça, comme si on lui avait découpé la tête en deux. Puis il a remis sa casquette.

« Je vais vous donner un conseil pour la vie, si ça vous dérange pas, parce que c'est ce que font les vieux comme moi. »

La fille fixait le visage du vieil homme d'un regard vide.

« Il y a trois choses qu'une femme ne devrait jamais admettre savoir faire. » Le vieil homme a levé une main et a compté sur ses doigts crochus. « Faire le café, nettoyer le poisson et mettre en route une tondeuse à gazon... »

J'ai vu un sourire naître sur le visage de la fille. Donny lui-même a levé la tête pour regarder le vieil homme. Il a dit à la fille : « Je crois que t'as fait une erreur en mettant la tondeuse en marche. »

La fille a fait semblant de donner un coup de poing dans le bras de Donny.

Le vieil homme a cligné de l'œil, et les rides ont envahi son visage. « Rappelez-vous, ce n'est pas ce qui arrive, c'est ce que vous faites de ce qui arrive. » Là-dessus, il s'en est allé et la fille a dit : « Comment vous vous appelez, monsieur ? »

Le vieil homme s'est retourné : « Walter. Walter Ames. »

La fille le regardait toujours. « Je me demandais, c'est tout. » Elle a répété son nom : « Walter. Ça me plaît assez.

— Ça me va bien, à mon avis. »

Le vieil homme m'a regardé en passant et a incliné la tête. J'en ai fait autant. À ce moment-là, je me suis dit que Walter Ames avait peut-être été mis sur cette terre uniquement pour ça.

Ernie n'arrêtait pas de lever le nez de son petit déjeuner pour regarder passer les camions en dessous de nous. Je lui ai dit : « Si tu fermes les yeux,

on dirait une balle qui te siffle près des oreilles. »
Ernie s'est mis debout devant la vitre. Il a fermé les
yeux et son visage est devenu grave. Puis il a rouvert les yeux et m'a lancé un demi-sourire. À cet
instant, j'ai vu l'enfant en lui. Il s'est penché vers
moi, et j'ai posé la main sur sa tête. J'en avais
besoin comme d'une drogue, qu'il soit là, près de
moi.

Quand j'ai cessé de contempler l'autoroute, le
jeune couple était parti. J'ai regardé autour de moi
et j'ai vu Honey. Elle avait les yeux pleins de larmes
et Robert Lee n'était plus là. Honey m'observait.
Elle a écrasé ses larmes et a reniflé. « J'espère que ça
vaut vraiment le coup, Frank. »

Je suis allé chercher une tarte aux pommes
chaude et je l'ai mangée. Honey a récupéré un peu,
assez pour dire : « Tu trouves que j'ai bien vieilli,
Frank ? » Elle a hésité et a ajouté : « C'est-à-dire, si
on considère tout. » Elle se regardait dans un petit
miroir qu'elle avait sorti de son sac.

J'ai dit : « Tu es très bien. »

Honey a levé les yeux vers moi. Son visage s'est
fripé et ses yeux se sont remplis de larmes. « Oh,
mon Dieu... je ne sais absolument pas si nous faisons bien pour Robert Lee... Il m'a dit qu'il voulait... qu'il voulait m'ouvrir la gorge, Frank. »

Dehors, la voiture a refusé de démarrer. Je l'avais
noyée. J'ai senti une odeur d'essence. J'avais le cœur
qui battait. Je me suis dit à voix haute : « Laisse-la
reposer un moment. C'est une putain de Cadillac.
Elle va démarrer. Les Cadillac ne font pas ce genre

de connerie. Les Chevrolet Novas, oui, mais pas les
Cadillac ! » Pourtant, elle a refusé de démarrer. Je
voyais le chat qui regardait le monde par la fenêtre
arrière. Il battait de la queue. J'ai commencé à me
ronger les ongles juste comme ça, sans savoir ce que
je faisais. Je me suis vu en train de me ronger les
ongles dans le rétroviseur. J'ai éloigné mes mains de
ma bouche et j'ai craché les rognures d'ongle. J'ai
glissé les mains sous mes fesses. C'était le genre
d'envie qui me tombait dessus. Je sentais mes mains
brûler du besoin irrésistible d'être rongées.

Je suis sorti de la voiture. Je parlais à la Cadillac
et, derrière moi, j'ai entendu quelqu'un qui riait.

Robert Lee m'a dit : « Des ennuis de voiture,
Frank ?

— Espèce de petit salaud ! Qu'est-ce que t'as
fait ? »

Robert Lee a souri et m'a montré la tête de
Delco qu'il tenait dans la main. « Je parie que tu ne
sais même pas ce que c'est, Frank, c'est pas vrai,
connard ? »

J'ai éprouvé un curieux sentiment de soulagement de savoir que la Cadillac n'était pas vraiment
morte. Je l'ai regardé calmement. J'ai tendu la main
comme s'il n'y avait aucune raison de s'énerver. J'ai
dit : « Je ne sais pas quel est ton problème, mais je
parie que c'est difficile à prononcer. » J'ai laissé un
sourire s'étaler sur mon visage. « Tu as gagné,
champion. » J'ai levé les bras. « Je m'incline devant
ton génie de la mécanique ! » J'ai fait une fausse
révérence comme un cinglé de religieux.

Robert Lee a reculé d'un pas quand j'ai fait le
tour de la voiture en m'inclinant.

« Frank! Tu ne veux quand même pas qu'on se batte. » Il a fait des gestes de karaté. « Tu ne veux même pas essayer, Frank. Je pourrais te faire bouffer des fayots dès ce soir, Frank. Tout ce que j'ai à dire c'est que tu nous as kidnappés, Frank. C'est tout ce que j'ai à dire. » Il a claqué les doigts : « Comme ça, Frank. Franchir une frontière d'État avec une voiture volée c'est aussi un délit fédéral, Frank, au cas où tu ne t'en serais pas rendu compte. »

Robert Lee agitait les fils de la tête de Delco sous mon nez. J'ai continué à avancer lentement vers lui, mais il continuait à reculer vers les gens qui faisaient le plein dans la station-service. Certains ont commencé à nous regarder, alors je me suis arrêté.

« Viens, Frank! La voici, Frank! » Il a de nouveau agité la tête de Delco. J'aurais pu l'attraper mais je n'en ai rien fait. À la place, j'ai regardé autour de moi, les voitures, j'ai observé celles qui quittaient les ponts de graissage, celles qui étaient garées autour de nous, et j'ai secoué la tête. J'ai dit : « Tu sais, tu vas peut-être trouver que c'est des conneries, mais je pensais aux voitures volantes que nous étions censés conduire un jour. Tous ceux de ma génération y croyaient. » J'ai hoché la tête comme s'il s'agissait d'une révélation que je venais d'avoir. « Comment est-ce qu'on a pu se tromper comme ça? »

Robert Lee avait l'air stupéfait. Il s'est mis à hurler aussi fort qu'il a pu : « Frank, arrête tes conneries! Je rigole pas, Frank. Putain de merde, t'es vraiment un sale con! Je rigole pas, Frank! Merde, laisse-moi tranquille! Va te faire foutre, Frank! »

Un type qui prenait de l'essence a dit : « T'as un problème ? »

J'ai dit : « T'as quelque chose pour un adolescent amoureux ?

— Sûrement pas.

— Hé, monsieur, ce n'est pas mon père. C'est un type qui abuse des enfants. »

J'ai dit, à haute voix, pour que tout le monde entende : « Si tu veux appeler ta petite amie, te prive pas. »

L'homme qui prenait de l'essence m'a fait un clin d'œil : « Vous croyez que les garçons sont durs. » Et il a articulé silencieusement : « Et les filles alors ! »

La crise était passée.

J'ai suivi des yeux Robert Lee qui s'éloignait vers une petite clôture au-delà d'un talus où se trouvait une zone pour les chiens. Il s'est arrêté, m'a regardé et a tendu le doigt vers moi dans un geste obscène. Il y avait un minigolf à l'arrière, avec comme motifs Blanche-Neige et les sept nains. Blanche-Neige était assise sur un champignon et tenait un écriteau où l'on pouvait lire : FERMÉ POUR LA SAISON. Dans la vie, on remarque beaucoup de conneries. Elles se déversent dans les profondeurs de notre tête. Je me demandais pourquoi il y avait dans l'évolution ce besoin de mémoire. En psychologie à notre époque, le problème n'était plus de se souvenir mais d'oublier. Il y avait un traitement pour ça, les électrochocs.

Je suis revenu au McDo où Honey parlait avec un routier à la chemise constellée de strass qui brillait quand il bougeait. Honey a levé les yeux et a dit : « Tu sais que Skylab est en train de tomber du ciel ? C'est ce que Earl me racontait. »

J'ai dit · « Et qu'est-ce que tu veux que je fasse ? Que je l'évite ? »

Le routier a dit : « L'éviter, ça me plaît. » Il a quitté le siège en face de Honey comme s'il plongeait, puis s'est éloigné en faisant semblant de se protéger de la chute du Skylab. « L'éviter ! Merde, c'est marrant ! »

J'ai vu Ernie devant la vitre, avec ses dinosaures, qui contemplait l'autoroute.

Honey m'a regardé dans les yeux : « Tout est réparé, Frank ? »

J'ai dit : « Ce petit con de Robert Lee a enlevé la tête de Delco. »

Honey a porté les mains à ses tempes comme si elle allait avoir une de ses migraines. « Merde. Peut-être que c'est une erreur, tout ça ! Je n'aurais jamais dû venir, jamais ! »

J'ai dit : « Tu sais, parfois je me demande ce qui nous fait rester ensemble, parce que, sûr comme deux et deux font quatre, je ne vois pas ce que c'est en ce moment... »

Honey m'a donné une grande gifle en plein visage. « Merde, Frank ! Ne me cherche pas, tu m'entends, pas sur cette connerie d'autoroute, pas après m'avoir traînée jusqu'ici ! »

Deux heures ont passé. J'ai dormi la tête dans mes bras croisés sur la table. Le sang battait dans mon visage. De temps en temps, je me réveillais et c'était comme si je rêvais, mais je ne rêvais pas J'avais envie de retourner dans le New Jersey. J'avais toujours la tête posée sur la table mais j'ouvrais les yeux.

J'ai dit : « Ernie, reste à côté de moi, tu m'entends, petit ? »

Il m'a regardé et a dit : « D'accord, Frank. » Il faisait manger des frites et du ketchup à ses dinosaures.

À ce moment-là, être appelé Frank par mon gosse m'a fait mal.

J'ai dit : « Tu veux un chocolat au lait ou quelque chose, Ernie ? »

Ernie a souri.

Je suis allé près des distributeurs et j'ai essayé le truc sur la machine, mais ça n'a pas marché, et en plus elle a gardé mes vingt-cinq cents de monnaie. J'ai encore cogné sur la machine mais il ne s'est rien passé. « Saleté ! » Il y avait un panneau accroché à côté où on pouvait lire : NE PAS PENCHER, et l'image d'un type sur lequel tombait un distributeur. J'ai cogné la machine de toutes mes forces, à assommer un adulte. Et j'ai eu brusquement la sensation que, nous, les humains, nous serions réduits à ça, à attaquer des objets inanimés dans un monde où il n'y aurait aucun recours, aucune pitié, aucune faveur.

Nous sommes ressortis sur le parking et j'ai vu Honey et Robert Lee assis dans la voiture, deux têtes comme des marionnettes. Le chat regardait toujours par la vitre arrière, éternel otage. Je me suis dit que ce qui pouvait arriver de mieux pour eux, c'était qu'ils s'en aillent avec la voiture et qu'ils nous laissent, Ernie et moi. J'imaginais Honey avec un type comme celui à la chemise aux strass. Elle était opératrice radio. J'avais tellement envie qu'elle s'en aille que j'ai fixé la voiture en me posant les mains sur la tête, comme les anciens télépathes russes, et j'ai dit : « Va-t'en, Honey. Va-t'en tout de suite, Honey. Quitte Frank, Honey ! Va-t'en tout de suite ! » Merde, ça valait le coup d'essayer. Et pendant un instant, il m'a semblé qu'elle allait peut-être s'en aller. Mais elle n'est pas partie. Je voyais sa grosse tête bouger derrière la vitre.

J'ai à nouveau fermé les yeux et j'ai dit : « J'appelle Honey Wainscot. Allez, Honey Wainscot ! Quitte Frank. Va-t'en tout de suite. »

Rien !

Ernie a posé les mains sur sa tête et a dit : « J'appelle Honey Wainscot... Va-t'en maintenant » et, pendant un instant, cela m'a un peu détendu. Ernie et moi, nous sommes revenus sur nos pas et nous avons commandé un Happy Meal, comme si le bonheur pouvait sortir d'une petite boîte ; c'est pourtant ce qui s'est passé, pour un gosse comme lui, et j'en ai été reconnaissant.

À la table d'à côté, un homme racontait à un autre quelque chose sur le type qui avait créé McDonald's. L'homme a dit que la double arche dorée du M lui avait été inspirée par la poitrine de sa femme. Le fondateur de McDonald's était assis un soir chez lui, il a regardé sa femme et, bingo, il a vu le M de ses seins ; le reste c'était de l'histoire. J'ai entendu l'homme dire : « Croix de bois, croix de fer, c'est la vérité. »

L'autre homme a dit : « Ça me semble possible. »

J'avais entendu ce truc-là des milliers de fois. J'ai eu l'impression qu'il y avait vraiment beaucoup d'histoires à raconter dans la vie, comme si tous les mots avaient été utilisés. Ça m'était difficile de dire quoi que ce soit qui aurait ressemblé à ce que je ressentais désormais. Je pense que c'est cette autre dimension qu'évoquaient toujours les films de série B, la télépathie de la pure communication, sans aucune ambiguïté. J'imagine que c'est ce que nous voulons tous au bout du compte, être compris sans équivoque.

L'homme qui avait écouté l'histoire sur McDonald's a demandé : « Le panneau à l'extérieur qui dit : *Des millions servis,* c'est des gens ou des hamburgers ? »

J'ai pris une respiration longue et profonde. Je me sentais déjà fatigué et nous n'avions pas fait la moitié du voyage. Une vague de regret m'a envahi à l'idée de devoir voler une autre voiture. J'aurais dû faire comme l'avait dit Honey et retourner chez moi par avion. Je le savais maintenant. Mais, bien sûr, comme pour la plupart des choses que j'avais apprises dans la vie, ça venait trop tard.

Ernie avait fini son Happy Meal et dessinait dans un livre pour gosses qui était donné en cadeau.

J'ai dit : « Ça va, Ernie ?

— Regarde, Frank, regarde ça. »

C'était un de ces livres avec des pages blanches qu'on frottait avec un crayon magique pour faire apparaître une image. Ernie frottait et Ronald McDonald est apparu, faisant un signe à Ernie.

J'ai dit : « Il faut que j'aille téléphoner, Ernie. Reste ici. »

Il a fait oui de la tête.

J'ai à nouveau appelé Norman en P.C.V. Il s'est passé un petit moment avant qu'il accepte. J'ai dit : « Écoute, Norman, on est mal partis... » Je n'ai pas eu le temps de finir parce qu'il a demandé : « Où est-ce que tu es, Frank ?

— Je suis... je ne sais pas exactement... Nulle part... Écoute-moi, Norman. Je suis sur l'autoroute de l'Ohio avec ma famille. Nous avons des ennuis de voiture.

— Oh, merde, tu ne viens pas ici quand même, Frank ? J'espère que tu ne... Frank, je veux que tu m'écoutes attentivement, tu m'entends ? »

Je lui ai coupé la parole. « J'ai laissé tomber mon putain de boulot, Norman ! Joue pas au plus malin avec moi, Norman ! Je veux qu'on trouve un accord dès maintenant. » Même si j'avais voulu me réconcilier, c'était fini à nouveau.

Un homme est passé avec sa femme et ils m'ont regardé comme si j'étais dérangé. Ils se sont retournés quand ils ont été assez loin.

Norman a parlé à Martha et je l'ai entendue hurler : « Il ne peut pas venir ici maintenant ! Raccroche, Norman. Il appelle encore en P.C.V. On n'a pas d'argent à jeter par les fenêtres. Raccroche ! »

J'ai dit très fort : « Norman, écoute-moi, crétin de merde ! Soit vous faites ça à l'amiable, soit je vous attaque. Alors aide-moi, Norman. Je vais utiliser toutes les possibilités légales pour vous virer le cul de la ferme ! Tu m'entends, Norman ? »

Norman s'est mis à geindre. « Je t'ai jamais rien fait, Frank ! Je sais vraiment pas pourquoi tu te mets dans cet état contre moi. Pourquoi est-ce que tu te mets dans cet état contre moi, Frank ? »

J'ai dit : « Écoute-moi bien, Norman, je suis sur une putain d'aire de repos sur l'autoroute de l'Ohio, et j'ai des problèmes de voiture. J'ai besoin que tu m'envoies de l'argent, Norman, tu m'entends ? Si tu me traites comme un être humain civilisé, alors j'en ferai autant, mais si tu me cherches, Norman, alors je te le jure, je vous mets à la porte de la ferme, exactement comme ton putain de père m'a mis à la porte ! »

Norman a hésité. « Frank, le prix du porc s'est effondré, je te le jure devant Dieu. Je te l'ai dit quand tout ça a commencé, qu'on n'avait rien, comme toi, Frank... Écoute, si tu veux quelque chose on peut peut-être te l'envoyer dans le New Jersey, mais pour le moment, Frank, je... » Norman s'est arrêté de parler et j'ai cru qu'il éclatait en sanglots. J'ai entendu Martha dire : « Merde, Norman, t'as une crise. Assieds-toi... assieds-toi... » Norman rugissait comme un ours. Ça m'a foutu la pétoche. Je me suis brusquement rendu compte qu'après tout, c'était le père de Norman qui était mort.

J'ai attendu. Je n'étais pas très fier de moi mais j'étais coincé. Enfin, Martha a repris le téléphone. « T'es malade, Frank, je l'ai toujours su... Laisse-nous tranquilles, t'entends ? Appelle un dépanneur pour te faire remorquer, Frank, et demande-lui de te ramener dans le New Jersey ! »

Elle ne m'épargnait pas. J'ai dû éloigner le téléphone de mon oreille. Sa voix ressemblait au charabia des personnages de dessin animé quand ils se mettent à hurler dans un téléphone. J'ai rapproché l'appareil de mon oreille et j'ai dit : « Je ne comprends pas un mot de ce que tu racontes, tu m'entends ? »

Martha a recommencé mais en parlant moins fort : « Il n'y a jamais rien eu entre Ward et toi, tu m'entends, Frank ? Il a fait ce qu'il a pu pour toi tant qu'il a été en vie, et apparemment ça n'était jamais assez bien pour toi. Tu l'as ruiné, Frank, voilà le résultat, sans compter ce que tu as fait il y a des années, après ce qu'il avait fait pour toi, t'avoir pris comme un fils, et tu ne lui as jamais montré que du mépris, Frank, alors pourquoi faire semblant maintenant ? S'il y a quelque chose pour toi dans un testament, et je doute que ce soit le cas, Frank, tu en entendras parler, puisque les avocats sont obligés de prendre contact, c'est tout ce que j'ai à dire sur ce sujet ! Tu ne ramènes pas ici une pute dont le mari est dans le couloir de la mort, Frank ! Rien que d'y penser ça me rend malade, Frank, MALADE. Pas question que tu viennes ici, Frank ! Pas question ! C'est tout ce que j'ai à te dire, Frank. »

J'ai baissé la voix : « Écoute, je suis désolé... à chaque fois que j'ai appelé, je voulais parler comme quelqu'un de civilisé... »

Martha a paru se calmer pendant un moment. Elle a respiré un grand coup. « Écoute, Frank, ce n'est vraiment pas le moment. Si tu veux savoir la vérité, je te la dirai. C'est l'enfer ici.

— Qu'est-ce que tu veux dire, "c'est l'enfer" ?

— Ah, je ne sais pas par où commencer... Cette nuit, l'assassin de Ward s'est pendu dans sa cellule. Maintenant, il est dans le coma. On ne sait pas s'il va s'en tirer. »

J'ai dit : « Et où est le problème?

— Écoute, Frank, quand ils l'ont mis en cellule, ils ont trouvé un tatouage sur son bras, avec un nom, C. Green, et en dessous le mot Corée. »

Ça m'a fait un choc. « Chester Green? C'est... » J'ai hésité. « Tu veux dire, le fils de Sam Green? » Je secouais la tête. Ça m'a frappé. Les Green habitaient la ferme d'à côté, mais Chester Green était mort une trentaine d'années plus tôt dans une épidémie de grippe.

Martha a élevé la voix malgré mon silence : « Frank, écoute-moi. Reste en dehors de ça. Tout ce que je sais, Frank, c'est que les gens parlent. La police est venue. Ils nous ont cuisinés. Ça ne leur plaît pas qu'on sache pas ce qui s'est passé. Ils pensent qu'on sait. Ils ont interrogé Norman pendant des heures. Il ne sait plus à quel saint se vouer. » Martha a crié : « On n'en peut plus. Écoute-moi bien, Frank. Je ne veux pas que tu viennes ici, pas maintenant. Fais-toi remorquer dans le New Jersey. »

Je me sentais complètement engourdi.

« Frank, tu m'entends? Fais-toi remorquer! »

J'ai dit, plus pour moi que pour elle : « Chester Green est mort... » Puis j'ai repris mes esprits parce que Martha ne cessait de répéter la même chose, que je n'avais qu'à me faire remorquer. J'ai soupiré dans le téléphone. J'étais complètement paumé à ce moment, dans la cabine téléphonique.

J'ai dit : « Écoute, je le ferais bien, mais la voiture n'est pas exactement à moi.

— Quoi ? » Alors Martha a compris. « T'as pas... t'as pas volé une voiture, Frank ? »

Il y a eu un hurlement derrière elle. C'était Norman. J'ai compris que Martha mettait la main sur l'appareil pour que je n'entende pas ce qui se disait, puis elle a à nouveau poussé un profond soupir : « Frank, tu vas pousser Norman au suicide, voilà ce que tu vas faire. »

Alors, à ce moment-là, j'ai su que je n'aurais jamais dû quitter le New Jersey.

Norman a repris le téléphone. Sa voix tremblait. « Je pense qu'on s'est tout dit, Frank. Je pense qu'il n'y a rien à ajouter... Si tu veux, je peux peut-être trouver quelque chose comme cinq cents dollars, pour que tu puisses rentrer chez toi. Donne-moi le nom d'une ville et je t'enverrai un mandat télégraphique. »

J'ai entendu Martha dire à Norman : « Sa vie ne vaut plus un clou. »

À ce moment-là, je regardais le ciel. Je me suis demandé quelle était la probabilité statistique d'être écrasé par Skylab, aplati comme une crêpe, ici et maintenant. J'ai dit : « Garde ton argent, Norman. » Je lui ai raccroché au nez.

Je me sentais détaché de la vie ordinaire, perdu. Il m'a fallu un certain temps pour me calmer. Un frisson m'avait parcouru en entendant le nom de Chester Green. Honey m'avait dit que de temps en temps, au cours des années, je l'avais hurlé dans mon sommeil. Je faisais toujours le même cauche-

mar sur l'incendie et, d'une certaine façon, Chester
Green en était un des personnages dominants.
J'avais toujours attribué mon association avec le
nom de Chester Green au fait que, lorsqu'il agonisait, Sam Green s'était précipité chez nous en hurlant que son fils avait tellement de fièvre qu'il
« brûlait dans son lit ». Il était venu chez nous parce
qu'on avait le téléphone et pas lui. Et il criait la
même phrase dans l'appareil. Il m'avait fait peur
comme personne avant lui. Je n'avais pas l'habitude
de voir des inconnus à la ferme.

Après l'incendie j'avais mêlé le nom de Chester
Green à mes cauchemars d'incendie. Quand j'étais
gosse, j'imaginais un jeune sur un lit couvert de
flammes.

Je suis allé appuyer mon visage contre la vitre et
j'ai senti la vibration des camions qui fonçaient en
dessous de moi. À cet instant précis, l'avenir n'était
rien d'autre que des kilomètres d'autoroute. Il fallait que je m'en aille d'ici. On ne peut pas se sentir
plus abandonné dans toute l'Amérique que dans
une voiture volée sur une aire d'autoroute.

J'ai regardé Ernie. Il était assis avec d'autres
gosses dont les parents s'étaient arrêtés pour manger. Il avait aligné ses dinosaures sur la table. Il parlait avec son sérieux habituel. On voyait bien qu'il
était intelligent, et je ne dis pas ça comme un père
parle de son propre enfant. Non, il était unique,
spécial.

Je suis allé m'asseoir près de lui, et les autres
gosses se sont levés pour s'installer à une autre

table. Je crois que j'avais un air à faire peur. Je ne m'étais pas rasé depuis deux jours.

« Tes dinosaures mangent assez de viande, Ernie ? »

Il m'a regardé, a montré du doigt un des dinosaures et a dit : « C'est un *herbivore*, Frank.

— Qu'est-ce que ça veut dire ? »

Ernie a penché la tête et a dit : « Ça veut dire qu'il ne mange que des plantes, Frank. »

J'ai dit : « Oh... et s'il mange à la fois des légumes et de la viande, comment est-ce que ça s'appelle ? »

Ernie m'a regardé à nouveau, il a tordu la bouche et a fini par hausser les épaules : « Je sais pas, Frank. »

J'ai dit : « Un omnivore, voilà comment ça s'appelle, Ernie. »

Il a répété le mot : « Omnivore. »

J'ai dit : « Très bien, "omnivore". Et voici quelque chose d'autre, je parie que tu ne le sais pas. Des tas de mots dans la langue que nous parlons, l'anglais, viennent d'une langue très ancienne qu'on appelait le latin, et dans cette langue, le mot pour dire "tout" était *omni* et le mot *vore* voulait dire "manger". Tu vois comment ça marche, Ernie ? Une partie de cette langue, le latin, est utilisée en anglais. Notre langue est faite de ce qu'on appelle une langue morte. »

Je voyais que le cerveau d'Ernie comprenait, je voyais qu'il engrangeait de nouvelles choses, en créant un monde plus vaste au-delà de ce que nous ne faisons que voir et sentir, à la façon dont nos cerveaux humains créent l'histoire et le sens. Le regard d'Ernie allait de ses dinosaures à moi et aux gosses qui avaient commencé à manger. Il est allé les voir et leur a raconté, et les parents eux-mêmes ont été impressionnés, ou stupéfaits, parce qu'il était avec moi.

J'étais toujours perdu. Je ne savais pas si j'aurais le cran de retourner chez moi. Je veux dire que je n'avais vraiment pas envie de revoir ce trou de merde. Tout ça, l'incendie et mes relations avec Ward, m'avait presque détruit. Merde, j'avais été mis dans un établissement psychiatrique à cause de ça.

J'ai décidé de ne rien dire à Honey dans un premier temps, et nous sommes retournés à la voiture. J'ai frappé contre la vitre de la Cadillac et j'ai dit : « Veuillez me présenter les papiers du véhicule, s'il vous plaît », de la voix sévère des fédéraux, puis j'ai éclaté de rire simplement parce que je me sentais bien grâce à Ernie.

Honey a dit : « T'es un rigolo, Frank, un vrai rigolo. » Honey tenait la tête de Delco et souriait, comme si elle avait accompli un exploit, ce qui était le cas. Notre fuite.

J'ai ouvert la portière arrière pour Ernie, puis je suis monté à l'avant. J'ai dit : « Il y a un Holiday Inn pas loin. J'ai eu un bon de réduction au dos de l'atlas que nous avons acheté. Ça donne cinquante pour cent de réduction en dehors des week-ends. Je crois que nous avons tous besoin d'un sandwich et d'une bonne nuit de sommeil. »

Robert Lee m'a interrompu : « Il y a une piscine, Frank ? » Je voyais la masse noire de sa tête dans l'ombre.

« Il y a toujours une piscine dans les Holiday Inn. »

Robert Lee a dit : « Merde, j'ai pas de maillot de bain. »

J'ai dit : « On va en acheter. »

Honey a dit : « T'es sûr d'avoir de l'argent à gaspiller dans un hôtel, Frank ? »

J'ai menti : « Mon frère Norman m'a proposé de nous envoyer de l'argent », mais au fond de moi je me demandais comment trouver cet argent et le problème c'était qu'il n'y avait aucun moyen, aucun moyen légal en tout cas, et à cet instant précis, dans ce moment de répit, j'ai vu un avenir bien plus menaçant se profiler à l'horizon immédiat.

Le ciel s'assombrissait rapidement du côté de la nuit, à l'est. J'ai dit doucement, parce que je n'avais rien d'autre à dire : « Ils ont un truc bizarre pour les gosses, Honey.

— Qu'est-ce que tu veux dire, Frank ?

— Eh bien, au dos du bon de réduction de l'atlas, ils disent que les repas des enfants sont fonction du poids de chaque gosse. Ils ont une échelle de prix, on paie deux cents par kilo. »

Honey a dit : « Il est pas question qu'on me pèse, Frank. Pas question. »

Ernie était assis. Il s'est penché en avant et a simplement dit : « C'est seulement pour les enfants, Honey. »

Honey a dit : « Pourquoi est-ce que tu es si gentil, mon petit chou ? »

J'ai vu Ernie se serrer contre Honey et fermer les yeux.

Honey a dit : « C'est mon petit chou, mon petit garçon à moi. » Ernie tenait un dinosaure près de mon visage. Il sentait le ketchup.

Mes mains ont serré le volant. J'ai dit : « C'est vrai, bonhomme, c'est que pour les enfants, Honey. Il y a des choses dans ce monde qui ne sont que pour les enfants. »

Robert Lee remettait la tête de Delco en place. Il avait du mal. Je l'entendais qui jurait. J'ai dit : « Qu'est-ce qui ne va pas ? »

Honey m'a dit : « Laisse-le, Frank. Il pense que personne ne s'intéresse à lui.

— Oh, vraiment ? J'ai un remède pour ça. Si tu penses que personne ne s'intéresse à toi, essaie un peu d'oublier les traites de ta voiture.

— Arrête, Frank, s'il te plaît... il sait que Ken... que Ken va bientôt mourir... »

On avait froid à attendre dans la voiture. On aurait dû rester à l'intérieur. Quelque chose comme vingt minutes se sont écoulées. Nous observions Robert Lee plongé sous le capot. Finalement j'ai ouvert la portière et j'ai demandé : « Il y en a encore pour longtemps ? » Robert Lee m'a répondu : « Va te faire foutre, Frank. »

Honey m'a lancé un regard furibond : « Frank, laisse-le tranquille. Tu veux t'en aller d'ici, non ? » Elle me regardait toujours. « Et l'enterrement,

Frank? Comment est-ce qu'on peut aller dans un Holiday Inn si l'enterrement est demain? »

J'ai dit : « L'enterrement est reporté.

— Reporté? »

J'ai élevé la voix d'un cran : « Reporté. Le corps est une pièce à conviction. »

Honey a dit : « Une pièce à conviction! Je ne veux même pas poser la question! » Puis elle a ajouté : « Mais qu'est-ce qui se passe là-bas, Frank? »

J'ai raconté à Honey l'histoire du tatouage avec le nom de Chester Green. Je lui ai dit que le meurtrier était dans le coma.

Honey a mis un certain temps à comprendre et tout d'un coup elle a paru se souvenir : « Chester Green, c'est... c'est le nom que tu dis parfois en dormant, tu m'entends, Frank? »

J'ai dit : « Je sais. »

Honey m'a serré le bras. « Mais qu'est-ce qui se passe, nom de Dieu, Frank? Merde, regarde-moi, Frank! Tu le connais, ce Chester Green? »

J'ai dit : « Chester Green est mort il y a vingt-sept ans. » J'ai attendu une minute et j'ai dit : « De toute façon, le tatouage n'est que C. Green, pas Chester Green. C'est peut-être une simple coïncidence, c'est tout...

— Une coïncidence, Frank? Qu'est-ce qu'il y a d'autre que tu ne me racontes pas, Frank? Je n'aime pas du tout ça. Il y a quelque chose qui ne colle pas. Tu m'entends, Frank? Il y a quelque chose que tu ne me dis pas. Je le vois dans tes yeux! Pourquoi est-ce que tu retournes là-bas? »

J'ai dit : « Pour l'argent. Est-ce que ce n'est pas pour ça qu'on fait la plupart des choses dans la vie, pour ce putain d'argent ?

— N'élève pas la voix comme ça quand tu me parles, Frank ! »

Nous nous sommes tus, mais Honey a continué à marmonner.

Je regardais des gens détachés de la réalité, des visages que je ne reverrais jamais, ou peut-être y avait-il une réalité dans cette aire de repos d'autoroute. J'étais peut-être vraiment mort, et il s'agissait de quelques limbes profanes où les bons citoyens qui avaient de l'argent venaient faire le plein avant de s'en aller vers la Terre promise des grandes cités, mais où les damnés comme moi vivaient de friture et de café, et d'où nos voitures ne repartiraient jamais. À un certain moment de la vie, on se met à penser par paraboles, la parabole de la belle vie, la parabole de la mauvaise vie.

Au fond de moi, je me disais que c'était peut-être mon dernier jour de liberté. Nous étions complètement fauchés. Je passais en revue les façons de voler quelqu'un. J'observais l'aire de repos, à la recherche de voyageurs de commerce, de vieux dans des caravanes, peut-être un type comme Walter Ames : enfermer un type comme lui dans son coffre, ou ligoter et bâillonner un homme d'affaires dans sa chambre d'hôtel. Je sentais mon cœur battre dans ma poitrine. Si j'avais été marié à quelqu'un d'autre, j'aurais peut-être été capable d'expliquer ce qui s'était passé au téléphone, qu'on ne m'envoyait aucun argent, que nous étions paumés, mais je savais comment Honey aurait réagi, alors je mettais au point des plans de remplacement.

Je regardais les voitures dans l'aire de repos, je regardais la vie des gens ordinaires qui faisaient des choses ordinaires. Un immense drapeau américain flottait en haut d'un mât. Quelque chose m'avait toujours séparé de cette vie-là, quelque chose qui avait fait de moi un charognard aux limites de l'existence humaine. Je n'y avais encore jamais songé mais c'était sur une aire d'autoroute comme celle-ci que Ken avait égorgé un couple de vieux, que la folie avait fait irruption. D'une certaine façon je sympathisais avec Ken. Honey aurait dû comparaître comme circonstance atténuante.

Robert Lee a rompu le silence. « Essaie maintenant, Frank. Appuie trois fois sur l'accélérateur mais ne la noie pas. »

J'ai fait comme il m'avait dit mais il ne s'est rien passé. J'ai entendu Robert Lee pousser des jurons. Son visage est apparu un instant. « Touche pas à l'accélérateur, Frank. » Il a regardé Honey. « Autant demander à un singe de mettre le contact. Je lui ai dit : ne la noie pas, et qu'est-ce qu'il fait ? Il la noie ! » Robert Lee s'est éloigné. Je l'ai entendu dire : « Ma mère s'est dégoté un con de débile ! »

Un frisson de fatigue m'a traversé. Il n'y avait pas de vrai combat en moi. La vie n'était que des coups sur le corps, insistants et implacables, pas de véritables uppercuts ni de directs, simplement des coups qui vous laissaient le souffle court et difficile, quand vous luttiez pour vous redresser. Je ne sais pas si je serai jamais capable de dire au bout du compte ce qui fera que je ne pourrai plus le supporter. Je pense que ça ne pourrait être qu'une seule chose. Je n'avais pas de vraie défense, enfin, pas une défense qu'on peut exprimer en mots.

« Remets le contact, Frank. » Je l'ai fait et cette fois le moteur s'est mis en route. Nous sommes partis, comme ça, simplement, et la crise des otages s'est terminée.

J'ai roulé à plus de cent dix à l'heure. Je pensais à l'Holiday Inn comme à une Terre promise, les tapis épais, l'odeur de chlore de la piscine, la salle de jeu, tout ça me courait dans la tête et peut-être, avant tout, le grand lit et l'odeur des draps d'hôtel, et la chaîne de télé payante HBO.

Dans le rétroviseur, j'ai vu Robert Lee et Ernie qui fermaient déjà les yeux. Ils n'avaient pas bien dormi pendant la nuit. Même Honey s'assoupissait.

Dans ce silence, malgré mes bonnes intentions, j'avais conscience que je pensais à tout ce qui se passait du côté de Norman et du meurtre à la ferme. J'ai dit à mi-voix que je n'avais rien à voir avec tout ça, que j'avais mes propres problèmes, qu'au bout de la nuit j'aurais à faire des choix décisifs au sujet de ma propre existence, mais je sentais néanmoins que l'aura du meurtre s'insinuait dans ma tête, simplement parce que je réfléchissais à mes propres solutions désespérées.

J'ai continué à conduire, mais j'ai roulé moins vite. D'une certaine façon, le meurtre et l'apparition de Chester Green avaient quelque chose de bizarre et de provincial, comme si un secret ancien jouait un rôle dans le meurtre de mon oncle. C'était étrange de penser au meurtrier de Ward attendant dans la maison après avoir tué mon oncle, attendant simplement le châtiment qu'on exigerait de lui, et se retrouvant finalement incapable d'en affronter les conséquences, et choisissant la mort...

J'ai doublé une voiture. Sur son pare-chocs un autocollant disait : « J'ai trouvé Jésus. Il est dans mon coffre. »

Le type qui conduisait a tourné la tête vers moi et, je le jure, il ressemblait à Jésus-Christ. Il avait de longs cheveux filasse et une barbe. On aurait dit qu'il pouvait voir dans ma vie et que c'était le jour du Jugement dernier.

4

Robert Lee et Ernie nageaient dans la piscine qui formait l'élément central de l'Holiday Inn. Toutes les chambres donnaient sur cette piscine et il n'y avait que les vitres et les rideaux pour vous dissimuler des gens qui marchaient au-dehors. Un toit de verre recouvrait le bassin. Il y avait le bruit amplifié par l'écho caractéristique d'une piscine, et l'odeur du chlore donnait à l'air une fraîcheur chimique et piquante. Quand j'ai vu ça, j'ai dit à Honey : « S'il y a jamais eu un hôtel fait pour les sirènes, c'est celui-ci.

— Frank, c'est de ça dont sont faits les rêves. N'hésite pas à rêver. »

Nous étions de meilleure humeur.

J'ai dit : « Je ne me plains pas. Je veux simplement savoir comment retrouver cette sensation. »

J'étais allongé sur le dos et Honey était roulée en boule contre moi, après ce que les couples mariés sont obligés de faire de temps en temps, pour apaiser le même besoin physique.

Les lumières de la chambre étaient éteintes, mais celle de la piscine passait malgré les rideaux, et la télévision était allumée, le son à peine audible. Deux lits pliants à roulettes qu'on aurait crus destinés à des blessés de guerre étaient installés près d'une petite table qui servait de coin repas.

Je flottais sur le matelas d'eau.

Honey a dit : « Je me souviens de notre première rencontre dans ce bar, Frank. Qui aurait imaginé qu'on irait dans le Michigan ? »

Je n'ai rien dit.

Honey a continué : « Mon Dieu, j'avais une Cutlass Supreme rouillée, tu te souviens de ma voiture, Frank ? »

J'ai dit : « Ouais, je m'en souviens. » Je me souvenais de tout, elle assise toute seule, et les demi-lunes de l'eye-liner de ses paupières peintes comme des blessures tribales. C'était le mois où Ken avait été condamné à mort, le mois où elle avait fait la demande de divorce, le mois où elle avait enfin compris que Ken avait tué ce couple de vieux, qu'il les avait égorgés. Elle m'avait dit qu'elle s'était rendu compte, juste au moment de sa condamnation, qu'il y avait deux choix dans la vie : s'en remettre ou mourir avec ça dans la tête.

Elle s'était saoulée et m'avait raconté comment Ken s'était fait arrêter en achetant six paires de bottes de cow-boy en peau de serpent dans un restaurant de routiers. Ils vivaient tous dans un motel et voilà ce qu'il avait fait avec l'argent volé. Quand j'ai appris l'histoire des bottes, j'ai dit à Honey : « C'était quoi ton ancien mari, un putain de mille-pattes ? » Elle avait peut-être besoin d'un peu de gaieté, ou de la distraction mutuelle que nous nous sommes offerte. Je ne mettrai même pas d'amour dans l'équation. Pendant cette première soirée ensemble, Honey a tout voulu savoir sur l'électricité, sur les courants, les détails mécaniques qui expliquent comment un homme meurt sur la chaise...

Je n'avais pas envie de me lever. J'ai dit : « J'aimerais pouvoir arranger les choses pour nous tous. Tu sais ce qu'on ressent quand on est là, au milieu de nulle part, dans une voiture volée ? »

Honey a dit : « On repart à zéro, d'accord, Frank ? Tu as dit que c'était comme de gagner à la loterie, non ? Ton frère va t'envoyer de l'argent, alors il va peut-être carrément arranger les choses. »

C'était difficile de trouver le courage de dire quelque chose, d'arrêter la trajectoire inévitable de ce que je me préparais à faire.

Je me suis retourné pour regarder Honey en face. « Qu'est-ce qu'il y a, Frank ? »

J'ai murmuré : « Je ne peux même pas commencer à te raconter ce qui s'est passé quand mes parents sont morts brûlés... je veux dire, ça m'a complètement foutu en l'air.

— Comment ça, Frank ? »

J'ai dit : « Merde, tu ne vois pas que tout ce que je suis est complètement détraqué ? Tu ne le vois pas ? Je ne dis pas ça comme on entend des gens dire qu'ils ont la poisse, parce que au fond de soi, on sait que ce qu'ils sont devenus c'est vraiment ce qu'ils sont. Mais c'est différent pour moi.

— Frank, ne te rabaisse pas... »

Je l'ai arrêtée. « Écoute, je vais tout te dire, d'accord, ce que tu ne sais pas sur moi et sur ma vie, alors tu décideras ! »

Honey a changé de place : « Frank, chut, nous sommes à l'abri en ce moment. Nous pouvons descendre manger. Je vais les laisser me peser si tu veux.

— Laisse-moi m'enlever ce poids de la poitrine, d'accord ? »

Honey a fait oui de la tête. « D'accord, Frank. »

Je lui ai parlé du feu, de ma manie de me ronger les ongles, de l'hypnose, de tout. « Ils m'ont vraiment déglingué. Je disais des choses contre mon oncle et, je te le jure, Honey, je ne sais absolument pas ce qu'était la putain de vérité dans tout ça. J'étais qu'un gosse, voilà ce que j'étais, et quand ils me mettaient sous hypnose, je disais des choses contre mon oncle. Je ne me souvenais de rien quand je me réveillais. »

Honey s'est penchée et m'a touché l'avant-bras : « Tu devais bien te rappeler quelque chose, Frank, non ?

— Non. C'est la vérité vraie, Honey, je te le jure. Pendant des années, j'ai essayé de voir en moi-même, mais je n'ai jamais réussi. Merde, il m'a fallu des années pour commencer à comprendre les conséquences réelles de la mort de mes parents, des années avant que je puisse me souvenir consciemment. Et même à ce moment-là, j'essayais de lutter contre ce que mon oncle avait dit que j'avais fait...

— Qu'est-ce qu'il a dit ?

— Il a dit que j'avais mis le feu par accident, que j'avais renversé une bougie et que quand j'avais vu les flammes, j'avais paniqué et j'étais sorti de la maison en courant. Il a dit que quand il m'avait trouvé, j'étais caché dans la grange et que je tremblais. Il a dit que je lui avais raconté ce qui était arrivé, que j'avais renversé la bougie, mais que je m'excusais, que je voulais qu'il arrange les choses entre mes parents et moi. Alors, à la fin, on m'a accusé d'avoir mis le feu. Bien sûr, à l'époque, j'étais trop jeune même pour savoir que l'histoire selon laquelle j'avais renversé une bougie se répandait. C'était ce que se disaient les adultes entre eux, mais je sentais quelque chose de bizarre chez les gens, comme s'ils ne me faisaient pas confiance, un truc comme ça. Je sais que ça ne veut rien dire, Honey, mais c'est resté en moi pendant toutes ces années. À la fin, on ne peut plus s'empêcher de penser aux choses. » J'ai regardé Honey bien en face. « Tu crois que je suis fou ? »

Honey a dit : « T'étais un gosse, Frank, tu n'étais pas responsable de... »

Je l'ai interrompue : « Tu vois, rien qu'à la façon dont je te raconte ça aujourd'hui, tu crois que j'ai mis le feu, hein ? Il y a quelque chose dans ma voix qui te dit que c'est moi, hein ? » Je la regardais toujours bien en face.

Honey m'a caressé le visage : « Frank. Allez arrête. Je suis avec toi, Frank. J'écoute seulement ce que tu as à dire, c'est tout. »

J'ai commencé à parler : « Rien que d'affronter les problèmes que j'avais à la maison avec Ward, ça m'a rendu assez vicieux. Je suis devenu le psychopathe de service. Les gosses qui détestaient leurs parents disaient des choses comme : "J'aurais dû faire comme toi, vieux. J'aurais dû zigouiller mes parents." Et bien sûr, je jouais le jeu avec leurs foutaises

« Je fumais beaucoup de hasch à l'époque. Ça m'abrutissait, de traîner dans la zone de l'incendie, derrière les décombres. Je prétendais pouvoir hypnotiser les filles. Je connaissais le truc, la façon de compter à l'envers. Merde, j'adorais avoir un public. Je foutais la trouille aux gens, mais ça en attirait d'autres. J'emmenais des filles dans des voitures pour les baiser, bien avant qu'on le fasse dans le coin. Dans l'opinion générale, j'étais une bombe à retardement.

« Je me donnais le surnom de "Spécimen", parce que j'étais exactement ça, un naufrage affectif sur lequel les membres de la communauté médicale se bâtissaient une carrière. Certains me mettaient sous hypnose comme autrefois quand j'étais tout gosse, et j'acceptais. "N'essayez pas de profiter de moi, vous m'entendez ?" J'avais l'habitude de dire des choses comme ça aux jolies femmes médecins qui préparaient une thèse. Il y a des putain de chapitres qui me sont consacrés dans des mémoires. Une fois, j'en ai feuilleté un à la bibliothèque de l'État du Michigan, quand je traversais l'East Lansing. Je te le jure, Honey. Maintenant, tu vois ce que tu ne savais pas sur moi ? Je suis une référence dans les livres, Honey, dans la littérature médicale sur l'amnésie sélective.

— Frank, tu es trop dur avec toi-même. »

J'ai dit : « Peut-être, mais comme je suis sur le point de terminer, je peux aussi bien aller jusqu'au bout, maintenant que tu m'as fait parler. J'ai échoué dans les classes de rattrapage, surtout à cause du hasch qui ne m'aidait pas, mais avant tout parce que je n'ai jamais fait mes putain de devoirs. J'ai obtenu quelques bonnes notes en maths, en algèbre, mais pour dire la vérité, on doit montrer, écrit noir sur blanc, toutes les étapes qui ont permis de trouver la réponse. Alors la réponse ne valait rien. C'était de prouver comment on avait obtenu la réponse qui rapportait le plus et ça me faisait chier. J'avais l'habitude de tout calculer de tête et j'arrivais avec la réponse. Je veux dire, quand c'est juste, c'est juste, mais ça ne voulait rien dire en classe de maths, alors on m'a viré en classe de rattrapage, parce que j'étais têtu. D'accord, je le reconnais, j'ai frappé ce putain de prof, s'il faut dire la vérité.

— Oh, merde, Frank.

— Laisse-moi terminer... Je faisais aussi anglais, mais j'ai survécu parce que la prof disait que j'avais un vague sens de la tragédie. Être détraqué était un préalable pour le cours d'anglais. La prof que j'avais, Mme Deluca, disait que toute littérature était centrée sur la tragédie, quoi que ça veuille dire, mais j'avais ce qu'il fallait. On lisait plein de conneries sur des cons de déprimés qui n'aimaient jamais, et ne croyaient en rien. On les appelait les nihilistes. En quatre ans d'anglais, j'ai tout lu, Honey. Je suis sans doute le connard le plus cultivé qui ait jamais fait cuire un hamburger. J'ai tout lu, les grandes œuvres, *La Lettre écarlate*, *Gatsby le Magnifique*, et des Hemingway, *Le Vieil Homme et la Mer*, qui étaient tous censés parler de la "résistance de la vie humaine", c'est ce qui était écrit au dos des livres en tout cas, et j'ai fait une dissertation intitulée : "Attrapons ce foutu poisson", et, c'est quelque chose qui m'a tué, Mme Deluca a écrit sur ma copie que j'étais "un pragmatique dans un monde sans dieu". Je me souviens encore des mots. J'avais espéré qu'on me virerait du cours d'anglais avec un coup de pied au cul, mais j'ai tenu quatre ans.

« Alors tu vois facilement le genre de foutaises dans lesquelles je me suis retrouvé pris au piège ? Je ne peux pas dire que je ne voyais pas que ces conneries menaient à un cul-de-sac, qu'on ne donnait pas de cours sur la vie. Je me suis inscrit pour une carrière professionnelle en fin de deuxième année, "direction d'hôtel", ce qui m'a fait faire "économie domestique", et c'est là que se trouvaient les nénettes. C'était comme de lâcher un renard dans un poulailler, mais je remercie Dieu, parce que la seule chose que j'aie tirée de l'école c'est une formation professionnelle. »

Honey a souri. « J'aurais bien aimé te connaître au lycée, Frank. Je parie que tu étais très mignon. Est-ce que tu devais porter un tablier en économie domestique, Frank ?

— Bien sûr, Honey. Si c'est ce que tu veux croire, vas-y. Je me promenais dans cette putain d'école avec un tablier, un bol et une cuiller en bois.

— Merde, Frank, tu devais être joli à voir. »

Je riais malgré moi. Honey avait une façon bien à elle de détendre une situation quand elle le voulait, et j'ai laissé faire. Je ne pense pas que j'aie réussi à dire ce que je voulais. J'ai dit : « On devrait faire ça plus souvent, Honey.

— Tu veux dire voler des voitures et traîner dans les hôtels ?

— Ouais, tout ce qui est nécessaire pour garder un mariage en vie. » On s'est enlacés comme des adolescents. Les braises de ce qui nous avait réunis autrefois s'étaient à nouveau enflammées, là, sur la route, loin de toutes ces foutaises. J'ai senti la grosse jambe de Honey sur ma taille. Ses doigts ont glissé sur ma joue.

J'ai laissé le silence durer quelques instants. Puis j'ai dit : « Merde, quand je pense à toutes ces années que j'ai perdues. » Je me suis tu. « C'est tout, Honey, fin de l'histoire. Résultat, ça m'a conduit vers des boulots sans avenir, mais ça m'a empêché de me faire tuer au Viêtnam à cause de mon état mental, et j'en suis bien content. Je pense que n'importe quelle vie vaut mieux que la mort si on en arrive là.

— Frank, tu avais au moins une excuse. Mais qu'est-ce que je peux dire ? » Elle me souriait à moitié. « C'est fini, Frank, d'accord ? » Elle souriait toujours et m'a caressé le visage. « Je t'ai jamais dit que j'étais championne de bowling, Frank ? »

J'ai murmuré : « Non.

— Ouais, j'ai dû abandonner le bowling à cause de la dactylo. » Honey a vu mon regard et elle n'est pas allée plus loin. « Je te raconterai ça un autre jour. Il commence à être tard. On va les faire sortir de la piscine et aller manger. » Honey m'a embrassé sur le front. « Je sais que tu as un bon fond, Frank. » Elle avait accepté l'idée de quitter le New Jersey, même en si peu de temps.

J'ai dit : « Je sais qu'on a encore du chemin à faire pour savoir si cette ferme est à moi ou non, mais des trucs comme les testaments, ça disparaît du bureau des avocats, et le mieux, c'est de faire les choses soi-même, non ? Aller jeter un coup d'œil dans les dossiers. Il est pas question qu'on me laisse en plan. C'est pas comme ça que marche la loi. Je veux simplement que tu saches que si je ne pensais pas que l'on va obtenir quelque chose, je ne vous aurais pas entraînés jusque là-bas. Tu comprends, Honey ? »

Honey s'est serrée contre moi. « Frank, je sais que c'était pas une vie, là-bas, dans le New Jersey. Je suis pas idiote, Frank. Tu crois que je voulais que nos gosses grandissent comme ça ? Frank, tu crois peut-être que tu m'as entraînée, mais je peux penser toute seule. J'ai vu ce qu'il y avait d'écrit sur le mur, exactement comme toi. » Honey a repoussé sa longue natte sur le côté de sa tête et a dit : « C'était comme si on me suçait littéralement la vie que j'avais en moi, Frank. »

Honey m'a à nouveau attiré sur son gros corps et au-delà des vitres et des rideaux qui nous cachaient, le monde était rempli de cris d'enfants qui attendaient que le destin prenne forme. Ou ce n'étaient peut-être que les gosses dans la piscine.

5

Nous sommes descendus dans le salon de l'Holiday Inn. Robert Lee et Ernie avaient gardé leur maillot de bain et portaient des T-shirts, mais ils n'avaient pas froid. Il faisait une chaleur sèche dans l'hôtel. Il y avait un tapis à longs poils orange, de fabrication industrielle. Robert Lee est arrivé en traînant les pieds sur le tapis, il a touché Honey qui a sursauté et s'est redressée, puis Ernie a fait la même chose avec moi. C'était comme un jeu, on jouait tous à chat et on sursautait.

Le restaurant était comme une grotte cramoisie, comme ce que j'avais vu dans un film, *À la recherche de Mr Goodbar*. Honey a même accepté d'être pesée. À l'intérieur, on servait des cacahuètes chaudes dans leur cosse qu'on était censé jeter tout simplement par terre quand on avait fini. On pouvait en redemander et il y avait un buffet en libre service, ainsi qu'un buffet de glaces où l'on pouvait composer son propre mélange.

Un type jouait à la guitare les airs qu'on lui demandait et Honey et moi nous avons dansé, pendant que Robert Lee chahutait et criait : « Merde, Frank, t'as deux pieds gauches. »

En fin de soirée, j'ai quitté Honey en lui disant que j'allais chercher un mandat télégraphique de la Western Union et me débarrasser de la voiture. Je lui ai dit : « Je pense que je vais pouvoir acheter une autre voiture avec l'argent que je vais recevoir, et on pourra peut-être rester une nuit de plus. Je veux dire, ils ne vont pas enterrer Ward tout de suite. »

Honey a murmuré : « Je pourrais vivre comme ça éternellement. J'ai l'impression d'avoir été faite pour vivre allongée sur le dos et pour faire des enfants, Frank. Je sais que ce n'est pas ce que les femmes sont censées vouloir de nos jours, mais c'est ce que je ressens au fond de moi. C'est pour ça que j'ai été mise au monde, Frank. » Son haleine sentait le poulet frit et le Pepsi Light.

Dehors, la vie se déplaçait sur le tapis roulant de l'autoroute tandis que j'introduisais un cintre en fer dans la fenêtre d'un break rempli de bagages et de livres de coloriage pour enfants. Il n'y avait pas d'odeur d'animaux, c'est-à-dire de chien, alors je suis allé chercher Juniper dans la Cadillac pour l'installer dans le break. J'ai pris aussi sa litière, sa nourriture et sa souris pour les mettre avec lui. Et j'ai écrit, d'une écriture tremblante d'enfant : *Je m'appelle Juniper. Mon papa n'a pas d'argent. J'aime le lait.* Juniper me regardait d'un air méfiant de chat.

J'ai dit : « Allez, Juniper, cette famille va s'occuper de toi bien mieux que nous. Tu me remercieras dans quelques années. Tu ne peux pas le savoir maintenant, mais tu me remercieras. Tu ne connais rien aux valeurs familiales, c'est ça ton problème, mais quand tu sauras, tu me remercieras pour ça. C'est une véritable ascension sociale pour toi, Juniper. »

Juniper m'a léché la main avec sa langue râpeuse. J'ai agité sa souris avant de la jeter parmi les valises et Juniper a tourné le dos. C'est dur de s'éloigner de quelqu'un qui vous regarde, même un chat.

Alors que je m'en allais, je me disais : « Et si tu pouvais mettre ton gosse dans la voiture de quelqu'un, je veux dire, si tu trouvais une voiture de luxe, et que tu y mettes ton gosse avec une lettre? Si tu savais que le gosse aurait une vie meilleure, est-ce que tu le ferais? »

J'ai poussé la Cadillac dans un étang au bord d'une petite route, en bas d'un champ de tiges de maïs noircies. Je voyais une ville pas très loin. Ma respiration se transformait en vapeur dans la fraîcheur de la nuit. Je me suis dirigé à pied vers la ville, vers son halo de lumière tremblante.

La grand-rue ressemblait aux grands-rues des films de série B dans les petites villes à demi désertes, où les lumières d'aquarium des boutiques luisent dans un calme inquiétant et où tout paraît plat et simpliste.

Mais au bout de la ville, une cerise au néon brillait devant un verre de Martini qui se balançait d'avant en arrière sur l'enseigne d'un bar qui s'appelait Le Puits. Sur la porte, on pouvait lire que l'Happy Hour durait toute la nuit, mais à l'intérieur personne n'avait l'air heureux. Le bar baignait dans une lumière rouge et brumeuse et ça sentait l'insomnie et l'amour aigre-doux. Des couples étaient enfermés dans ces conversations sur la vie que semblent susciter les bars. Le reste des clients se composait essentiellement d'hommes en train de boire, le ventre contre le comptoir, mais il y avait aussi quelques femmes seules qui fumaient à des tables. Une machine à sous clignotait dans le couloir qui menait aux toilettes.

J'ai bu un whisky et par-dessus une Old Milwaukee. Ça m'a réchauffé. J'ai entendu un type de l'autre côté du bar dire au garçon : « Je voudrais savoir comment ça se fait qu'on choisit entre deux mecs pour élire le président et entre cinquante filles pour élire Miss Amérique ? »

J'ai commandé la même chose, et encore une fois la même chose. Le garçon a poussé mon argent sur le comptoir, deux petits tas, le pourboire et les consommations.

Le bar était décoré avec les petits drapeaux d'une marque de bière. Un panneau en plastique donnait l'illusion d'une cascade et une guirlande de Noël clignotait dans une alcôve à alcools forts. Au-dessus de la caisse on pouvait lire : « Si vous buvez pour oublier, payez d'avance, s'il vous plaît. » Et : « La vie est sexuellement transmissible. »

Trois types se tenaient autour d'une table de billard dans le sévère cercle de lumière qui tombait d'une lampe, avec l'air de médecins sinistres prêts à pratiquer une incision sur un patient invisible. J'ai fermé les yeux, j'ai écouté le choc des billes et j'ai entendu leur grondement sourd quand elles tombaient dans un trou et roulaient dans l'épaisseur de la table.

Il faisait chaud dans la pièce enfumée. J'avais le visage brillant à cause de l'alcool. Je sentais mon cœur battre sous ma chemise. J'ai observé un type d'une cinquantaine d'années qui buvait seul. Dans ses cheveux, une raie ressemblait à une cicatrice qui lui courait sur le côté de la tête. Sa langue sortait de sa bouche après chaque gorgée. Il toussait dans son poing fermé et ses yeux se remplissaient de larmes qu'il essuyait de ses paumes.

Le barman a dit : « La même chose, Melvin ? »

Il a hoché la tête : « Ouais. »

Je l'ai regardé sortir son portefeuille et poser un billet humide de vingt dollars, ce qu'on appelle de l'argent de fermier.

Je me suis dirigé vers les joueurs plongés dans une conversation animée. Ils se servaient de leurs queues de billard comme d'un prolongement de leur corps, comme des antennes pour montrer la façon de réussir un point. Une femme saoule s'accrochait comme un manteau bon marché à l'épaule du joueur qu'on appelait Lawrence et qui cherchait un angle pour tirer. Elle a passé sa cigarette à Lawrence.

Un autre type était assis avec sa petite amie à une table couverte de verres vides. Ils se disputaient. Le type a dit très fort : « Ouais, les femmes peuvent peut-être faire semblant d'avoir un orgasme mais les hommes peuvent faire semblant dans toute la relation. » Tout un groupe d'hommes appuyés contre les murs, dans l'ombre, a applaudi.

La femme a voulu gifler l'homme, mais il lui a attrapé la main.

J'avais l'impression d'être hors de mon corps, détaché de tout. Je pense que je me préparais à quelque chose de terrible.

Je me suis assis à côté d'une femme qui s'appelait Lonnie et qui était bourrée. Elle m'a pris la main comme si c'était le bras d'une machine à sous. Elle voulait que je lui paie un alcool de pêche parce que c'était son anniversaire, en tout cas c'était ce qu'elle disait. Elle avait l'air d'avoir connu beaucoup d'anniversaires. Elle regardait le couple qui se battait dans le coin. Elle m'a dit : « On n'a jamais vu un mari se faire descendre en faisant la vaisselle, c'est sûr. » Elle a souri en disant cela et elle m'a caressé le dessus de la main avec ses longs ongles. J'ai cherché une bague à son doigt mais elle n'en avait aucune. Cela signifiait seulement qu'une histoire était en cours quelque part.

Nous avons entrecroisé nos bras et chacun a bu dans le verre de l'autre. Elle trouvait que c'était comme une fête, de boire comme ça. De tout près, ses cils ressemblaient à de longues pattes d'araignée. J'ai murmuré : « Tu vois ce type au bar ? Tu le connais, Lonnie ? » J'ai cru qu'elle allait se lever pour le regarder, mais je l'ai retenue par le bras, et elle est restée assise en hochant la tête. J'ai dit : « Je crois que je l'ai rencontré quelque part mais je ne veux pas me rendre ridicule si ce n'est pas lui. » Je souriais en disant cela. Lonnie s'est penchée vers moi avec une familiarité d'ivrogne et elle a mis la main devant sa bouche pour murmurer : « Il s'appelle Melvin Johnson. Il vit tout seul dans Deer Creek Road. Il a un cancer du poumon. » Elle a eu l'air de chercher quelque chose d'autre et j'ai dit : « Ça pourrait bien être lui. Il a une femme ? » Lonnie m'a regardé d'un air bizarre. « Carol Ann Hackshaw, mais elle est morte il y a environ cinq ans d'un cancer du sein. »

Lonnie a eu un air soupçonneux pendant quelques instants puis elle a passé la main dans ses cheveux et a souri brusquement : « Au cas où tu raterais mon anniversaire l'an prochain, tu peux m'en payer un autre ? » J'ai commandé deux autres verres.

Je voulais savoir si Melvin avait des enfants, mais il était impossible de poser cette question. Lonnie s'est mise à me parler de l'amour de sa vie qu'elle avait perdu, un type déjà marié qui l'aimait mais qui aimait aussi tendrement ses enfants. Son problème c'est qu'il avait le cœur trop grand. Il ne pouvait se résoudre à faire du mal à quelqu'un : « Il aime trop. Je ne peux pas haïr un homme à cause de ça, non ? »

Ensuite, je lui ai payé un verre pour son anniversaire dans deux ans. Pendant tout le temps où je suis resté avec Lonnie je n'ai pas cessé de surveiller Melvin.

Quand j'ai voulu la quitter, elle s'est fâchée. Je me suis rassis uniquement parce que je ne voulais pas de problèmes. Nous avons à nouveau entrecroisé nos bras et bu dans le verre d'alcool de pêche de l'autre. Je l'ai quittée peu de temps après.

À l'extérieur, ma sueur s'est immédiatement refroidie. Les nuages couraient devant la lune. À l'arrière du parking, je me suis enfoncé les doigts dans la gorge pour me faire vomir.

Puis il est arrivé, Melvin, une silhouette avachie avec une salopette et une veste de flanelle. Je l'ai vu courber le dos à cause du froid. Il avait une mauvaise toux. Il a craché dans la nuit et s'est dirigé vers sa voiture. Et quand il a trouvé sa clef et qu'il l'a mise dans la serrure, je suis sorti de l'ombre, et brusquement tout s'est concentré dans mon index. Je lui ai enfoncé l'extrémité du doigt dans le dos et je lui ai pris le bras avec mon autre main. J'ai dit : « Si tu répètes "Jésus est le Seigneur", et si tu crois au fond de ton cœur qu'il a ressuscité d'entre les morts, tu seras sauvé, Melvin. »

J'ai senti qu'il tremblait au bout de mon doigt. Je l'avais poussé contre la voiture. J'ai approché la bouche de son oreille et j'ai répété ce que je venais de lui dire.

Sa voix a murmuré : « Jésus est le Seigneur. »

J'ai ouvert la portière avant et je l'ai fait s'asseoir à la place du conducteur puis j'ai ouvert la portière arrière et je me suis assis à mon tour. Nous sommes restés dans le noir. Je posais le doigt dans le creux de sa nuque. Un chien a aboyé de l'autre côté de la ville et un autre chien lui a répondu au loin.

Melvin s'était un peu détendu. Je ne savais pas ce que j'allais faire. J'étais sur une corde raide sans filet.

Melvin a dit calmement : « Je ne savais pas que le Seigneur donnait ses ordres avec une haleine qui sent l'alcool. »

Ça m'a donné comme un coup de fouet, j'ai eu l'impression qu'il allait faire quelque chose de dingue, comme s'il avait su que je n'avais pas d'arme. J'ai dit : « C'est comme ça, Melvin, monsieur Je-sais-tout ? T'as jamais lu l'histoire de Jésus qui a transformé l'eau en vin à un putain de mariage ? Tu l'as lue, Melvin ? » Je lui ai enfoncé le doigt dans la nuque.

Il a dit : « Oui. »

Je me suis tu un petit moment, le temps de m'y retrouver. Je lui ai murmuré : « Jésus-Christ peut guérir ton cancer du poumon si tu as foi en lui. Est-ce que tu crois au pouvoir du salut personnel, Melvin ? »

Melvin n'a pas répondu. La nuit se refermait autour de nous. J'ai senti ses épaules s'affaisser. Sa tête a bougé de façon imperceptible, comme s'il avait voulu voir mon visage. Puis il a toussé, et je l'ai laissé tousser, mais j'ai maintenu mon doigt sur sa nuque jusqu'à ce qu'il se calme, alors je lui ai murmuré : « La foi est la substance des choses qu'on espère, l'évidence des choses qu'on ne voit pas. C'est tout ce que Jésus-Christ a demandé à l'humanité. Est-ce que tu as la foi, Melvin ? Est-ce que tu crois à l'avènement du Messie ? »

Il n'a pas répondu.

J'avais le visage près de son oreille. « Est-ce que tu sais que la terre est l'asile de fous de l'univers, Melvin ? » J'ai pris une grande respiration. « Démarre et descends l'allée. »

Melvin a roulé lentement, derrière des boutiques. J'entendais les pneus écraser le gravier.

J'ai dit : « Je vais te parler franchement, Melvin. C'est l'enfer. Je veux dire, c'est vraiment devenu l'enfer sur cette terre. On est en train de perdre la bataille contre Satan. On fait du porte-à-porte comme des cons de vendeurs d'aspirateurs pour recruter des âmes. On en est là. J'essaie de sauver ton âme, Melvin. C'est pour ça que je suis là, je le jure devant Dieu. »

Je voyais l'œil de Melvin qui tendait d'apercevoir mon visage dans le rétroviseur, mais il faisait trop sombre.

J'ai dit : « Autrefois, un homme pouvait être affligé de toutes les maladies et de toutes les affections et il pouvait s'en tirer, mais ce n'est pas tous les jours qu'on rencontre un type comme Job. Ou comme Abraham, avec sa façon d'attacher son fils unique sur un autel pour le sacrifier, tout ça parce que Dieu lui avait dit de le faire. C'étaient les jours glorieux, mon vieux. Dieu disait "Sautez!" et les fidèles répondaient : "De quelle hauteur, Seigneur?" »

Puis je me suis arrêté avant d'ajouter : « Oui, Seigneur », et j'ai tapé sur l'épaule de Melvin avec la main qui ne faisait pas semblant d'être un revolver. « Deer Creek Road, voilà ce que dit le Seigneur, Melvin. Tu sais ce qu'il veut dire, Melvin? »

Melvin a répondu : « C'est là que j'habite. »

Nous avons quitté la grand-rue pour nous engager dans l'obscurité d'une route de campagne. Je me suis retourné pour regarder derrière nous. J'ai vu l'autoroute dans la nuit et la ligne de chemin de fer qui la longeait. Et, plus loin, le néon vert de l'enseigne de l'Holiday Inn ; ça m'a rendu triste. L'alcool qui me restait dans le ventre a disparu à cet instant précis. Mon corps est devenu froid. J'ai dit : « Je travaille sur commande, Melvin. C'est comme ça que marche le Ciel aujourd'hui. Il faut que je rapporte la marchandise sinon on me fout à la porte. Pas de voyages gratuits, pas de salaire de base, rien. »

Je suis redevenu sérieux. J'ai dit : « À propos, Carol Ann te dit bien des choses. » J'ai dit ça d'un ton détaché.

J'ai senti que Melvin ralentissait. J'ai dit : « Ne te retourne pas, Melvin, surtout pas. »

Il a simplement hoché la tête.

« Melvin, je vais te poser quelques questions, et je veux que tu me répondes sincèrement, tu m'entends ? »

Melvin a dit : « Oui, Seigneur », et ça m'a complètement soufflé. J'ai dit : « J'espère que tu es sincère, Melvin, parce que l'issue inévitable de ce qui se passe entre nous a été prédestinée et si tu meurs de ma main, ce ne sera pas moi mais le Dieu tout-puissant qui aura appuyé sur la détente. Je ne veux pas choisir entre affronter mon destin ou accomplir la volonté de Dieu, même si ça signifie que je doive répandre ta cervelle sur le siège avant de cette voiture, tu m'entends Melvin ? La principale préoccupation de la religion a toujours été la vie et la mort. C'est aussi simple que ça. »

J'ai senti que la voiture attaquait une montée très raide. Une lumière solitaire brillait au loin dans l'obscurité.

J'ai dit : « Bon, alors, qu'est-ce que tu préfères, être sans morale ou sans argent ? »

Melvin a répondu : « Sans argent. »

Je lui ai pincé la peau du cou et la voiture a ralenti. « Tu mens, et tu le sais, Melvin. Nom de Dieu, j'essaie de réunir l'opinion de clients pour le Ciel sur l'état actuel du christianisme et tu me refiles des boniments comme réponse. Alors, je te repose la question Melvin. Qu'est-ce que tu préfères, être sans morale ou sans argent ?

— Être sans morale.

— C'est mieux. Je ne veux pas que tu fausses l'enquête en me répondant ce que tu crois que je veux entendre, Melvin. Tu as un libre arbitre, Melvin. Il faut t'en servir. C'est le principe directeur de notre foi, le libre arbitre. » Nous nous rapprochions de la lumière solitaire.

J'ai repris : « Je vais te confier un petit secret, Melvin. Aujourd'hui, les gens ont moins d'expériences dans lesquelles ils oublient leur corps que d'expériences où ils oublient leur argent ; alors en ce moment, au Ciel, ils envisagent un second avènement du Christ, où le Fils de l'Homme ne prendrait pas sur lui les péchés du monde comme la première fois, mais les remboursements d'emprunts du monde. Qu'est-ce que tu en penses ? Dieu aime tellement le monde qu'il lui donne son fils unique pour qu'il rembourse les emprunts du monde, et nous serons rachetés dans sa DETTE. »

Melvin a dit tout net : « Je crois que c'est un gagnant. Ça va droit au cœur de la faiblesse chrétienne. L'argent ! Je pense que c'est quelque chose que les gens suivront. »

J'ai tapé dans le dossier de son siège. J'ai dit :
« Un gagnant! Merde, tu veux ruiner toute l'économie, Melvin? Soyons un peu réalistes. C'est du bon
Dieu de communisme sous un autre nom, donner
quelque chose aux gens en échange de rien. T'as
perdu ton petit esprit borné, t'es un sale commu-
niste? »

Melvin a essayé de se retourner, mais je lui ai
touché la tête du doigt.

« Si tu crois que les prêteurs d'argent du temple,
dans l'Ancien Testament, se seraient laissé avoir!
Ça aurait liquidé leurs bénéfices. Non. Ce qui est
en projet, c'est que le Ciel fixe un taux, disons de
5,6 % sur vingt ans. Tu crois que les gens seront
encore intéressés? »

Melvin conduisait toujours, mais il a dit : « Ça
fait combien en moins? »

Alors à ce moment-là, je me suis rendu compte
que c'était le con le plus abruti du monde, ou alors
j'avais vraiment été nul, et si j'avais tenu un bon
Dieu de revolver au lieu de mon bon Dieu de
doigt, à ce moment-là, j'aurais sûrement tué Melvin, parce que je sentais que je ne savais pas ce qu'il
en était réellement. Mais j'ai simplement dit : « À
cause de ça, Melvin, je ne sais pas si Jésus va guérir
ton cancer. T'es un connard qui mérite ce qui lui
arrive. »

Il a essayé de répondre mais je l'ai interrompu .
« Je ne veux rien entendre. »

Melvin a dit doucement : « Jésus est le Seigneur. »

Nous avons roulé en silence. On aurait bien dit
que Jésus-Christ était dans la maison quand la voi-

ture s'est arrêtée sous la lumière solitaire qui brillait dans l'obscurité.

Dans la maison, j'ai ligoté solidement Melvin dans la cave et je lui ai mis un bandeau sur les yeux. La cave était à moitié transformée en salle de télévision, avec une table basse et un vieux poste. Il y avait un numéro du *Reader's Digest* sur la table. Melvin avait fait une réussite et les cartes étaient disposées en ordre décroissant.

J'ai dit : « Première chose, Melvin. Tu as des trucs porno ici, je le sens. »

Melvin a avoué et je suis allé fouiller dans un placard de sa chambre. Je suis revenu dans la cave avec un sac plein de magazines. J'ai dit : « Tu aimes les femmes avec de gros nichons, Melvin ? »

Il a fait oui de la tête.

« Je veux dire gros comme des melons ! Merde, Melvin. »

Ensuite, j'ai dit : « Tu as enterré de l'argent ici, Melvin. Je ne te le demanderai qu'une fois », et je n'ai pas eu besoin de le répéter. J'ai trouvé cinq mille dollars, en cinq rouleaux de billets très sales de dix et de vingt dollars, dans un coffre caché sous un banc. Le chiffre était griffonné sur un morceau de papier qui servait de livre de comptes, et j'ai vu les dates et les montants reportés quand Melvin avait ajouté de l'argent.

J'ai dit : « Je sais qu'il y en a plus, Melvin, mais je suis un homme raisonnable. » Je lui ai touché le dos et je lui ai dit : « Tu es sauvé dans le regard de Jésus-Christ. Il m'a envoyé comme intercesseur pour te donner son pardon. Par lui, toutes choses sont pardonnées. »

Melvin a sursauté et a dit : « Amen ! » Il était replié en position fœtale. On ne voyait que sa bouche.

J'ai dit : « Je suis censé te faire remplir un formulaire qui dit que tu as fait ça de ton plein gré, mais on s'en passera, si tu es d'accord ? Je crois que si un homme doit s'engager par autre chose que sa parole, par je ne sais quel charabia légal, alors les choses sont dans un triste état. L'amour, pas la peur, voilà le principe qui gouverne une société spirituelle et civilisée. »

Melvin a dit : « Amen », et ça m'a coupé la chique.

J'ai dit : « Amen », juste après lui.

Ça a mis un point final à l'affaire. Je n'avais plus rien à dire. J'ai allumé la télévision. Dans *Police Woman*, Angie Dickinson buvait un cocktail dans un bar miteux, avec un type en veste de cuir. C'était une rediffusion du film que j'avais vu dans le New Jersey. J'ai monté le son et je me suis assis dans le fauteuil relax de Melvin. J'ai dit : « Je pourrais m'habituer à ça, Melvin. Quoi qu'on pense de sa vie, c'est quelque chose d'exceptionnel. Tu m'entends ? » Je me sentais un peu coupable.

Melvin a fait oui de la tête.

Je n'ai pas bougé pendant un long moment. Puis je suis monté dans la cuisine et je me suis versé un verre de lait. J'ai crié : « Tu as du chocolat en poudre, Melvin ? »

Je crois que j'attendais la fin de *Police Woman* J'ai dit, pour diminuer la tension : « Tu as déjà vu *Police Woman*, Melvin ? »

Melvin a dit : « Oui, deux fois. »

J'ai dit : « Je trouve que les rediffusions, ça devient vite comme les histoires qu'on raconte aux gosses pour les endormir. On est comme les enfants, on veut toujours entendre et voir les mêmes choses. On veut connaître la fin. On veut cette certitude. On peut s'endormir en sachant comment les choses se terminent. »

Melvin a dit : « Je crois que tu as raison. Carol Ann et moi, on n'a pas eu d'enfants, pas un qui ait vécu. Mais on les a baptisés ici, dans la maison, quand ils sont nés. Ça compte contre les limbes, hein ? »

J'ai dit : « Les limbes sont officiellement fermés, Melvin. La garderie dans les limbes était vraiment une saloperie. Comme ici, Melvin, c'est difficile de trouver un bon endroit pour garder des enfants. »

Les choses me faisaient mal. Je ne trouvais pas vraiment de satisfaction en faisant tout ça à Melvin, en l'obligeant à revivre ses souvenirs. Ça me rappelait ce qu'on m'avait fait quand j'étais gosse, cette putain d'hypnose, les gens qui jouaient avec mon esprit.

J'étais tranquillement assis et je dégustais mon chocolat. C'était bon. J'en buvais quand je vivais avec mon oncle. Et peut-être que pour la première fois, j'ai été frappé de voir que cette maison n'était pas très différente de celles que j'avais connues toute ma vie. Sur le moment, ça m'a fait bizarre. L'odeur musquée de souris dans la cave, la machine à laver et le séchoir dans un coin, tout ça, le brun des meubles qui dataient des années cinquante.

J'ai regardé ce pauvre Melvin, tout ligoté, et je me suis dit qu'on aurait pu être copains, ou voisins, dans d'autres circonstances. Assis là, dans le fauteuil relax de Melvin, je me sentais étrangement satisfait, comme si ce destin avait été conçu pour moi depuis longtemps, mais d'un autre côté, je me sentais à la dérive dans la vie. J'ai dit : « Où est-ce que tout a commencé à mal tourner ? »

Le corps de Melvin s'est déplacé, ce qui prouvait qu'il écoutait. J'ai dit : « Où est-ce que tout est parti, l'Amérique des pères fondateurs, qui étaient autant des saints que des hommes politiques : "L'honnête Abraham" et George Washington, incapable de "dire un mensonge", Johnny Appleseed et Paul Bunyan [1]. Comment se fait-il que tout a tellement changé, Melvin, au point que maintenant, on n'entend plus parler que de psychotiques comme Charles Manson ou Richard Speck ?

— Le diable, a dit Melvin d'une voix calme.

— C'est peut-être un autre mot pour dire progrès. Je ne sais vraiment pas. »

À la télévision, Angie tirait sur un type dans un entrepôt. C'était le type avec qui Angie buvait des cocktails au bar. Angie a descendu le type puis elle est allée près de lui tandis qu'il agonisait. Je voyais la naissance de ses seins près du visage du type. Je

1. Johnny Appleseed (mot à mot « Pépin de pomme ») est le surnom de John Chapman (1775-1845), homme de la Frontière qui a planté des pommiers dans le Midwest.
Paul Bunyan est un bûcheron géant légendaire du folklore américain qui a accompli des exploits avec l'aide de son bœuf, Babe. (*N.d.T.*)

me rendais bien compte qu'elle avait couché avec lui. Il lui a pris la main et lui a dit quelque chose à propos de trahison et d'amour. Angie avait l'air triste, les larmes qui lui remplissaient les yeux la rendaient belle et égarée à la fois. J'ai dit doucement : « Angie, sainte patronne des losers. » Mais elle nous a tourné le dos, à moi et au type mort, et elle s'est éloignée sur la toile de fond du générique.

J'ai dit : « Le monde est devenu un endroit dépravé et magnifique, Melvin. » J'ai pris son sac de revues porno et j'ai dit : « On n'a le droit d'avoir qu'un seul vice. » J'ai dit : « À quoi est-ce que tu penses, Melvin, quand tu regardes ces femmes ?

— À ma femme. »

J'ai dit : « Elle est morte d'un cancer du sein. »

Melvin a failli s'étouffer et s'est tortillé pour me tourner le dos.

Je me suis penché vers son oreille et j'ai dit : « Ce n'est pas un péché aux yeux de Dieu, Melvin. Je veux que tu continues à penser à Carol Ann, tu m'entends ? »

Je suis allé remettre les magazines là où je les avais trouvés. Dans une boîte à l'intérieur du placard, il y avait une photo de Melvin et de sa femme, debout devant les bustes sculptés des présidents au mont Rushmore. Dans le coin, j'ai lu la date : 1953.

Je lui ai trouvé un oreiller et je suis redescendu le lui mettre sous la tête. J'ai pensé lui enfoncer une chaussette dans la bouche, mais je ne l'ai pas fait.

J'ai dit : « Tu veux que je laisse la télé allumée, Melvin ? »

Melvin a dit : « La radio plutôt. La télé ça siffle à la fin des programmes. »

J'ai dit : « C'est un des sons les plus tristes qu'on puisse entendre quand on s'éveille dans le noir. C'est comme la fin du monde. »

Melvin a dit : « Ça m'ennuie de te déranger, mais il faut que j'aille au petit coin. »

Dans les toilettes obscures et froides du sous-sol, j'ai posé mon doigt sur sa colonne vertébrale. Il faisait au compte-gouttes. « La prostate, a-t-il dit doucement. Je ne passe pas une nuit sans être obligé de me relever. »

J'ai dit : « On aura peut-être un miracle tout compris ici, cette nuit, Melvin. » Il n'y avait absolument aucune ironie dans ma voix. Nous étions deux hommes dans l'espace confiné des toilettes, moi avec un faux revolver pointé dans son dos, et d'une certaine façon, on s'y sentait en sécurité. J'ai peut-être cru qu'à ce moment précis, si on pensait très fortement aux choses, elles pouvaient se réaliser. Je me suis concentré sur ce sentiment, ce que j'avais entendu appeler dans les cercles religieux un « bond de la foi ». Melvin avait fait ce genre de bond, quelque part, pendant notre petite conversation. Je voulais aider cet homme que j'étais en train de voler. J'ai à nouveau essayé ce truc de l'esprit, je me suis concentré sur la maladie qui était en lui. J'ai dit : « Carol Ann pense au moment où toi et elle, vous étiez au mont Rushmore. Elle veut savoir si c'était en 1953 ou en 1954. »

Melvin s'est appuyé contre le mur des toilettes et a sangloté : « 1954. »

J'ai eu l'impression d'être allé trop loin. J'ai dit : « Allez, Melvin. C'est bientôt fini, tu m'entends ? Le salut, Melvin. Carol Ann et tes bébés t'aiment. Il n'y a pas de véritable solitude. Les yeux des morts nous regardent. Ils veillent sur nous. »

J'ai à nouveau attaché les mains de Melvin et je l'ai fait s'asseoir par terre. J'ai reposé la main sur son dos. « Une coïncidence, c'est quand Dieu fait un miracle et reste anonyme. Tu comprends, Melvin ? »

Puis j'ai dit : « J'ai vu les morts, les grands et les petits, debout devant Dieu ; et les livres étaient ouverts, et un autre livre était ouvert, qui était le livre de la vie, et les morts étaient jugés sur les choses écrites dans les livres, d'après leurs œuvres. »

J'ai réglé la radio sur les dernières nouvelles de la nuit. Je me suis relevé et j'ai dit : « Tu as été sauvé par la puissance de ta foi. Jésus a de nombreux visages. Il marche et vit parmi les justes et les damnés. Tu as été choisi. » Je lui ai fait le signe de la croix sur le front. J'ai dit : « 1953, Melvin, pas 1954. »

Melvin a dit : « C'est exact, 1953. » J'ai vu son corps se raidir et sa bouche s'ouvrir mais je ne pouvais pas voir ses yeux et pourtant je savais qu'il pleurait en lui.

« Je vais te détacher, Melvin, mais je veux que tu restes assis ici, les yeux fermés, et que tu comptes à l'envers à partir de mille. C'est comme ça que ça se passe. Tu as ton libre arbitre pendant tout ce temps. Je ne peux pas t'empêcher de faire ce que tu veux. Dieu ne soumet pas ceux qui lui sont fidèles. Mais comme la femme de Loth, j'espère que tu ne te retourneras pas. C'est tout ce que je te demande. N'ouvre pas les yeux, Melvin. Ne me regarde pas. »

Je me suis assis dans la voiture de Melvin et j'ai compté jusqu'à cent. Je fermais les yeux. Je m'attendais à le retrouver avec une arme contre ma tête et qu'il me sorte de la voiture. Je ne lui aurais pas résisté. Mais quand j'en suis arrivé à cent, il n'y avait aucun signe de lui. Je l'avais peut-être toujours su.

J'ai redescendu la côte dans la voiture de Melvin. Je me sentais rempli de quelque chose qui ressemblait à ce que les prédicateurs appellent l'Esprit saint. « Alléluia ! » C'est sorti de moi comme ça. Au bar, rien n'avait changé, mais je ne suis pas entré. J'ai appelé Honey d'un téléphone public dans le parking.

Elle m'a demandé : « Tu as reçu l'argent de ton frère ? »

J'ai dit : « Commande ce que tu veux sur la putain de carte. Par le service en chambre si ça te chante, tout ce que tu veux ! »

Aux premières heures du matin, loin de l'autoroute dans une ville quelconque, j'ai abandonné la voiture de Melvin. Je suis allé à pied acheter une voiture d'occasion, un break vert, rouillé, avec des flancs en faux bois.

Sur la route de campagne qui conduisait à l'autoroute, je me suis fait coincer derrière un bus scolaire. Ses lampes jaunes m'aveuglaient quand il s'arrêtait pour prendre des gosses. Ils sortaient comme des petits soldats de plomb des abris de campagne que les gens construisent au bout des chemins pour que leurs gosses soient protégés quand ils attendent le car de ramassage scolaire dans le froid. Les enfants qui étaient à l'arrière du bus me faisaient des gestes obscènes. L'un d'eux s'est cru obligé de me montrer ses fesses, son petit cul blanc appuyé contre la vitre embuée.

Il neigeait un peu quand je suis arrivé sur l'auto-route. En revenant vers l'Holiday Inn, je voyais le ciel du nord dans le rétroviseur, comme une énorme masse obscure de matière grise, comme une sorte de monstrueux subconscient.

6

Il n'était pas loin de onze heures quand je suis arrivé à l'Holiday Inn. J'ai descendu lentement le couloir. J'ai entendu le bourdonnement de la machine à glaçons. C'était comme le bruit de l'univers.

Je suis allé derrière les vitres qui fermaient l'espace de la piscine. J'ai vu Robert Lee assis près d'un distributeur automatique. Il était penché et avait l'air malade. Sa bouche était barbouillée de chocolat. Il y avait des papiers d'emballage partout. J'étais sûr que Honey lui avait donné les clefs du royaume du distributeur. Il a levé les yeux et a essayé de sourire malgré la douleur. Il a dit : « Frank, comment ça se fait que les choses sont si bonnes quand elles sont gratuites ? »

J'ai dit : « Maintenant tu connais le supplice d'Adam au paradis.

— Frank, ferme-la avec tes conneries... »

J'ai senti le poids de son corps contre le mien. Il n'a pas résisté. Je l'ai pris doucement par le bras et nous avons fait le tour de la piscine. Il sentait le chlore et ses mains étaient flétries comme lorsque la peau est restée trop longtemps dans l'eau. Je voyais bien qu'il ne s'était pas couché de la nuit.

La porte coulissante en verre de notre chambre était ouverte, mais on avait tiré les rideaux à moitié. Ernie était assis de l'autre côté de la chambre et avait aligné ses dinosaures contre la vitre. Il a souri quand il m'a vu et a dit : « Salut, Frank ! »

J'ai déposé un baiser sur sa tête.

Dans la chambre, Honey regardait la chaîne HBO. Elle a dit : « Ne t'inquiète pas, Frank, c'est gratuit. »

Robert Lee s'est effondré sur le lit d'appoint, en se tenant l'estomac. Il a dit : « Je vais mourir, voilà ce que je vais faire. »

Je suis allé dans la salle de bains. Honey s'est levée et m'a suivi. « Tout va bien, Frank ? »

J'ai sorti le rouleau de billets que je lui ai donné. Elle a eu peur rien qu'à voir la somme. « Ça ne vient pas de la Western Union. Regarde-moi ça... Merde, Frank, tu n'as pas fait quelque chose que tu vas regretter, hein ? Tu n'as pas... tu n'as pas tué quelqu'un, Frank, hein ? »

Je me suis contenté de secouer la tête. J'ai senti un grand calme pour la première fois depuis longtemps. J'ai dit : « La vie c'est pas une question d'avoir de bonnes cartes, mais de bien jouer avec une mauvaise donne. » Je le croyais vraiment.

Honey a compté l'argent. Elle a dit : « Merde, il y a plus de quatre mille cinq cents dollars là-dedans, Frank ! Qu'est-ce que t'as fait, t'as braqué une banque ? »

J'avais l'impression que c'était le jour le plus long de l'histoire de l'humanité. J'ai enlevé ma chemise, mes chaussures et mes chaussettes, mon pantalon, puis je suis sorti et j'ai plongé dans la partie la plus profonde de la piscine, et c'était comme un baptême.

La vérité c'était qu'à ce moment-là, j'aurais pu renoncer à aller dans le Michigan. J'avais assez d'argent pour qu'on retourne dans le New Jersey ou pour aller en Californie. Pour une fois, il y avait du libre arbitre dans l'affaire.

Je suis revenu de la piscine. Robert Lee était en prière devant le dieu de porcelaine et vomissait ses confiseries.

La télévision tremblotait et brillait dans le grand espace de notre chambre. Le système de chauffage avait craché une chaleur sèche. J'avais la peau tendue à cause du chlore de la piscine. D'une certaine façon, je me sentais plus petit, ratatiné.

« Tu leur as dit qu'on restait une nuit de plus ? »

Honey a dit : « Je ne savais pas si…

— Appelle la réception. On a besoin de serviettes et de draps propres. Je veux qu'on fasse la chambre si je donne du *vrai* argent.

— Frank, s'il te plaît. »

J'ai dit d'un ton catégorique : « Cette nuit, j'ai été à deux doigts de tuer quelqu'un. »

Honey a hésité et son visage est devenu pâle. Elle a dégluti et a bougé la tête lentement : « Tu l'as frappé, ou quelque chose, Frank ? » Je sentais qu'elle s'approchait lentement de la vérité. « Tu m'as dit

que tu n'avais tué personne, Frank. » Ses mains
m'ont serré le bras. « Frank... ce type à qui tu as
pris l'argent, il va pas nous chercher noise, hein,
Frank ? Tu penses qu'on devrait s'en aller maintenant ? »

Pendant un moment j'ai voulu savoir comment
cela avait dû être entre elle et Ken ; peut-être était-il
rentré à la maison après avoir tué ces gens et avait-
elle senti quelque chose. J'ai dit : « Ken ne t'a
jamais raconté à quoi ça ressemble d'être là-bas sur
la route en attendant des gens pour les voler ?

— Frank, *arrête* tout de suite. Tu me fais
peur ! »

J'ai dit : « Et si j'avais tué quelqu'un, Honey ?

— Frank, ne me fais pas ça... Prends-moi dans
tes bras, Frank. Serre-moi. »

J'ai dit : « Personne n'est mort, tu m'entends ? »

Elle avait le visage blême. « Pourquoi est-ce que
les hommes aiment mettre les femmes à l'épreuve,
Frank ? »

Robert Lee est sorti pour aller se jeter sur le lit
d'appoint en en faisant trop, et Honey m'a tourné
le dos. Elle est sortie à son tour dans la lumière
aveuglante de la piscine.

J'ai dormi jusqu'au début de l'après-midi. C'est
le bruit de la télévision qui m'a réveillé. On passait
la série *Kung Fu*, avec David Carradine. C'était le
moment précis où les choses se transformaient dans
son rêve, où Kung Fu retrouvait celui qu'il était
autrefois, le jeune moine Grasshopper. Son maître
aveugle se trouvait là, avec des yeux blancs comme

des balles de golf, et lui enseignait une ou deux choses sur la vie. Grasshopper avait marché sur du papier de riz, mais en se retournant, il voyait qu'il avait raté l'épreuve, parce qu'il y avait des empreintes sur le papier. Le maître aveugle disait quelque chose sur la vie, puis il marchait et il n'y avait pas d'empreintes, alors le rêve s'achevait dans un mouvement de l'image qu'ils utilisaient pour distinguer le passé du présent dans *Kung Fu*. J'adorais la façon dont le maître était capable de faire une religion avec des coups de pied au cul. Dans le monde réel, une fille que Kung Fu avait aidée était malmenée par un des hommes du saloon, cela suffisait pour Kung Fu, et les choses ont commencé, ce qu'on attendait dans *Kung Fu*, les ciseaux et les coups de pied tournants au ralenti, et les corps tabassés. Après la pause publicitaire, j'ai vu Kung Fu dire au revoir à la femme qu'il avait sauvée et s'en aller en gravissant une dune de sable, un être solitaire traversant la vie. Je pense qu'il avait un don qu'il ne pouvait contrôler, mais peut-être était-ce sa véritable humanité.

Au fond de moi, je ne cessais de me dire que je ne devrais pas monter au nord, que maintenant j'avais de l'argent, comme un cadeau qu'on m'avait fait. Le fait de posséder une voiture faisait une énorme différence. Cela nous légitimait. J'ai senti que je hochais la tête quand *Batman* a commencé.

Honey est entrée dans la chambre et a refermé la porte coulissante.

J'ai dit : « Tu veux peut-être prendre l'avion pour descendre en Géorgie maintenant que nous avons de l'argent. Je veux dire Robert Lee et toi... »

Honey s'est laissée tomber lourdement sur le lit.

« Ne m'asticote pas maintenant, Frank.

— Je ne t'asticote pas. Je t'offre l'occasion de réévaluer ta vie.

— Tu dis ça pour ton profit ou pour le mien, Frank ?

— Je veux mettre les choses à plat, c'est tout. Tu sais très bien que ça ne sera pas facile de retourner la situation avec ce testament. Pour ne rien te cacher, Norman et sa femme vont se battre contre moi jusqu'au bout. On a déjà eu des prises de bec depuis que tout ça a commencé... » J'ai respiré à fond. « Peut-être que tu pourrais t'installer chez ta sœur, histoire de prendre le soleil et de faire le point sur ta vie.

— Faire le point sur ma vie. Je sais ce qu'elle est, ma vie ! Tu essaies de me dire que tu veux te tirer, c'est ça, Frank ? »

J'ai dit : « Voilà ce qu'on va faire : je vais laisser les clefs de la voiture dans ce tiroir, à côté de cette bible, et j'y mets aussi deux mille dollars. Pendant la nuit, si tu as envie de t'en aller, fais-le. Je laisse un numéro de téléphone où tu pourras me joindre si tu veux me parler. »

Honey n'a rien répondu et a simplement hoché la tête.

J'ai dit : « Ce n'est pas un test, Honey. Je rentre chez moi pour des raisons tout à fait égoïstes. J'y retourne par pure *curiosité*, si tu veux vraiment le savoir. Je ne dirais pas que je le savais quand nous sommes partis, mais maintenant c'est pour ça que je retourne chez moi. »

Honey a passé les doigts dans ses cheveux. « Je crois que la vie n'est pas chère là-haut, hein, Frank ? S'il faut un certain temps pour que les choses soient résolues, c'est d'accord pour moi. D'une façon ou d'une autre ça finira bien un jour. Tu dois obtenir ce qui te revient, hein, Frank ? »

Honey s'est glissée dans le lit à côté de moi et quand elle a posé le bras sur ma poitrine nue, j'ai senti cette présence charnelle qui m'avait attiré vers elle. Elle a dit : « Prends-moi dans tes bras, Frank, prends-moi simplement dans tes bras. »

Juste à ce moment-là, Batman et Robin ont sauté dans la Batmobile, une grotte s'est ouverte et ils se sont élancés vers Gotham City. J'ai dit : « Pourquoi est-ce que tous ceux qui combattent le crime doivent porter des collants ? »

Honey a posé la main sur ma bouche et a dit « Chut. »

Vers la fin, Robert Lee a ouvert la porte pour entrer, le bruit de la piscine a rempli la chambre, et je me suis immobilisé sur Honey. « N'allume pas, Robert Lee, a dit Honey. Surtout, n'allume pas. »

J'ai entendu que Robert Lee hésitait, puis il est ressorti en disant : « Ils sont là-dedans en train de faire la bête à deux dos. » Puis j'ai entendu le plongeon et de l'eau a éclaboussé la fenêtre.

Nous avons à nouveau mangé au restaurant de l'Holiday Inn, des tranches de pain recouvertes d'épais morceaux de dinde nappés de sauce et de purée. Un vieux couple fêtait un anniversaire de mariage et le type à la guitare a annoncé qu'on devait se lever pour porter un toast à ce couple de petits vieux qui valsaient sous une boule de discothèque. Leur cinquantième anniversaire de mariage. Le type qui jouait de la guitare a dit qu'ils avaient sept enfants, trente-huit petits-enfants et neuf arrière-petits-enfants.

Je me saoulais avec de la bière brune allemande. J'ai dit : « Ce qui leur faut c'est une cérémonie de divorce, peut-être une fête où on leur achèterait des menottes en or qu'on ouvre avec une clef symbolique quand vous divorcez.

— Frank... »

Je me suis renversé sur ma chaise et j'ai mis les mains sous ma nuque. « Hé, si je vous avais dit que je voulais prendre votre bébé pour lui verser de l'eau sur la tête, pensez-vous que vous auriez compris ? »

Ernie souriait et donnait des coups de pied avec ses petites jambes comme lorsqu'il est énervé.

Robert Lee souriait lui aussi mais quand il a vu que je le regardais, il a dit : « C'est toi qui me fais rire, espèce de connard, pas ce que tu dis... »

À la fin du dîner, Robert Lee et Ernie ont voulu retourner dans la piscine. Honey a dit : « Tu surveilles Ernie, Robert Lee, c'est compris ? »

Nous nous sommes levés et nous avons franchi le rideau de perles qui séparait le restaurant du bar. Nous avons pris du thé glacé Long Island, qui vous fait oublier vos soucis aussi bien que l'alcool, et j'ai dit à Honey comment j'avais eu l'argent. Je lui ai montré mon doigt.

Nous avons passé le reste de la soirée vautrés autour de la piscine et du jacuzzi.

Un type avec des jambes artificielles est venu s'asseoir sur le bord de la piscine. Il a détaché ses prothèses et a nagé. Quand il a eu fini, il s'est hissé hors de l'eau et s'est traîné jusqu'à une table. Il s'est séché les cheveux, a enfilé un peignoir en éponge, et a grimpé sur une chaise d'un mouvement fluide avant de se mettre à lire un livre. Il n'a pas remis ses prothèses. Elles étaient toujours posées près du bassin. Les regarder était troublant.

Le type a dit à Robert Lee qui l'observait : « Hé, petit, tu veux bien me rendre un petit service ? Ça ne te dérange pas d'aller me chercher une bière au bar ? »

Robert Lee a répondu : « Sûr. »

Le type s'appelait Phil. Il était costaud comme un culturiste. Il gagnait sa vie en vendant des encyclopédies. C'est ce que nous avons appris après quelques bières bues ensemble au bord de la piscine. Phil a tout fait mettre sur son compte.

Phil était dans la trentaine et avait belle allure, et si on ne l'avait pas su on n'aurait jamais pensé qu'il n'avait plus de jambes. Il paraissait fort et en bonne santé et avait une conception optimiste de la vie. On le sentait rien qu'en lui parlant. Il riait de tout de la façon la plus naturelle du monde et on riait avec lui.

J'ai regardé ce que Phil lisait tout à l'heure. *Comment se faire des amis* de Dale Carnegie.

Phil pensait sincèrement que les encyclopédies apportaient l'instruction. Il nous disait : « Réfléchissez, Frank, toute la connaissance humaine en vingt volumes ! » Il écartait les bras pour montrer combien c'était grand ou petit.

Ça semblait vraiment être une bonne affaire.

Robert Lee était captivé par Phil, qui lui faisait un clin d'œil de temps en temps, même en parlant. Phil savait qu'on l'observait. Il a fait un bras de fer avec Robert Lee qui, même à deux mains, n'a pas pu le battre. Ernie a gagné, mais on voyait bien qu'il doutait de sa victoire. Phil a levé le bras chétif d'Ernie en disant : « Fais-toi des muscles, petit ! » Ernie a souri.

Phil parlait vite et de façon amicale. Il donnait des quantités d'informations en un rien de temps. Il avait une jolie femme et quatre gosses dont trois étaient nés après son retour du Viêtnam où il avait perdu les jambes. Il nous a montré une photo de sa femme. Ils s'étaient connus au lycée. Phil portait une chaîne en or autour du cou avec un demi-cœur et, bien sûr, sa femme portait l'autre moitié.

Honey a dit : « La voilà ta cérémonie, Frank », puis elle a expliqué la plaisanterie à Phil, qui a dit · « Je vois que Frank est quelqu'un qui pense. »

Je me sentais diminué en sa présence mais pas à cause de ce qu'il disait. Cela ne tenait qu'à moi. Il y avait des horreurs pires que d'être accusé d'avoir incendié sa propre maison.

Nous avons encore bu et Robert Lee a demandé à Phil comment il avait perdu ses jambes, alors Honey a dit : « Vous n'êtes pas obligé de répondre à ce genre de question, Phil. »

Phil a souri et nous a raconté comment il avait perdu ses jambes, comment ils lui avaient tiré des-

sus alors qu'on le parachutait dans la jungle viet-
namienne. On l'avait amputé des deux jambes sans
anesthésie. Il a dit qu'il n'avait pensé qu'à sa
femme. Il a dit que sur les six hommes envoyés
pour le récupérer, seuls deux avaient survécu. Il a
dit : « Je suis comme ces veinards ! » et on aurait
juré qu'il croyait vraiment à ce qu'il disait.

On lui a acheté une encyclopédie en vingt
volumes avant la fin de la soirée.

7

La ville d'où je venais et vers laquelle je dirigeais notre voiture break était décrite comme une apparition par les premiers colons, un petit avant-poste sur l'un de ces longs affluents aux eaux sombres qui coulent près de la frontière nord des États-Unis. C'est tellement au nord que le souffle de l'hiver tient la vie en suspens pendant près de huit mois de l'année. C'est une ville qui existe entre les États-Unis et le Canada, inhospitalière et lugubre dans ce que j'ai toujours ressenti comme un au-delà incompatible avec la vie ou la santé mentale. Là-bas, s'accrocher à quelque chose exige une sauvagerie que seul l'animal possède, et, pour les hommes, ce n'est pas une très bonne chose d'agir de la même façon que des bêtes, d'être poussés à de telles extrémités chaque jour de leur existence. Mais, quoi qu'il en soit, c'est là que nous nous dirigions, prisonniers d'un silence envahissant que même un emmerdeur du genre de Robert Lee n'arrivait pas à briser.

La voiture se déplaçait comme une limace sombre entre les collines blanches et la neige tombait tel un voile. Nous nous sommes arrêtés dans un motel pourri quand la visibilité est devenue presque nulle. C'est à ce moment-là que Honey a constaté l'absence de Juniper. Elle a vu que sa litière n'était plus là non plus. Elle a dit : « Espèce de salaud », quand j'ai essayé de la caresser dans le lit au motel. Mais c'est passé, comme tout passe. Je lui ai dit à l'oreille : « Je l'ai mis dans une très belle voiture où les enfants avaient des livres de coloriage et tout, Honey. Je lui ai trouvé une bonne famille. » Elle ne voulait toujours pas me parler.

Il faisait encore sombre, mais c'était le petit matin quand je me suis réveillé. Je suis sorti du lit. J'ai laissé Honey et les gosses dormir. Dehors il neigeait. Je me suis habillé et je suis allé m'asseoir dans un petit restaurant à côté du motel.

La serveuse est venue me servir un café et prendre ma commande. Elle avait un tic nerveux et n'arrêtait pas de faire cliqueter son stylo-bille. Je lui ai souri et elle m'a rendu mon sourire. Il n'y avait pas de carte, on commandait simplement ce qu'on voulait. Sur son badge, on pouvait lire qu'elle s'appelait Janice. Je lui ai dit : « Merci, Janice », après avoir passé ma commande.

Une petite ville est apparue quand la neige s'est calmée. J'avais l'impression que les événements de la veille auraient pu avoir eu lieu dix ans plus tôt, cela semblait aussi loin. Je ne gardais que des images brutales de Melvin dans sa cave, son visage quand je lui avais parlé de sa femme.

Le café m'a brûlé la bouche, mais il était bon. J'aimais la simplicité des villes comme celle-ci, le vide d'un endroit pas encore réveillé, le sentiment d'espoir et de bonté qui fait que nous avons envie de vivre en compagnie des autres.

Janice a allumé la radio en réglant le son très bas. Il y avait des informations. J'ai entendu quelque chose à propos d'une tempête dans le nord. Puis on a parlé de l'homme qui avait tué Ward. C'était la grande nouvelle par ici. Et c'est là que j'ai entendu pour la première fois le père de Chester Green, et cela m'a fait un choc quand je me suis rendu compte de ma situation.

J'ai écouté Sam Green, qui en bégayait, dire qu'il était scandalisé que le nom de son fils soit cité dans cette affaire d'assassinat. Il parlait d'une voix contrainte, les mots lui venaient tout d'un coup, puis il se taisait, avant de lâcher une autre phrase. Il a dit qu'il était allé voir l'assassin à l'hôpital et que l'homme qui était couché là-bas n'était pas son fils. Il a hurlé : « Mon fils est mort et enterré ! » Il avait un accent européen, la voix haletante d'un homme qui n'a pas l'habitude de parler. Et à la vérité, seul dans sa ferme, il n'avait peut-être pas prononcé un mot depuis des jours ou même des semaines de suite. Sa perplexité me paraissait sincère et cela rendait tout encore plus irréel.

Je me suis dit qu'il devait bien y avoir une photo de Chester Green pour éclaircir la situation. Puis j'ai compris qu'il n'y en avait certainement pas, parce que, avec le meurtre de Ward, Sam Green aurait sorti une photo de son fils s'il en avait eu une. Cela m'a rappelé l'isolement et la pauvreté de cette époque.

Je suis resté assis là. Je me suis dit que je n'avais pas encore intégré les faits de base, qu'une enquête était en cours, que Ward était mort. Je veux dire que je le savais mais qu'en même temps, je ne le savais pas vraiment.

J'ai mangé des toasts beurrés, du bacon et des œufs, trois crêpes, et j'ai bu un grand verre de lait froid. C'était bon. Alors j'ai encore commandé des œufs, brouillés, j'y ai ajouté de la sauce au piment, j'ai entassé les œufs sur une tranche de pain blanc et j'ai mangé jusqu'à ce que je n'en puisse plus, jusqu'à ce que j'en aie mal au ventre. Et j'ai encore entendu Sam Green à la radio, le même enregistrement que tout à l'heure, et j'en ai encore eu le frisson. C'était comme s'il s'était trouvé dans le restaurant.

Pendant un instant, je me suis demandé si je devais aller plus loin. J'aurais pu tout abandonner maintenant, rester loin de Norman et de Martha, et laisser les choses suivre leur chemin là-haut. J'avais l'impression de faire une énorme erreur en revenant chez moi, de me précipiter vers les ennuis. Mais ça n'a duré que quelques secondes. Je ne pouvais pas dire à Honey qu'on changeait nos plans. Je ne me sentais pas de taille à me disputer en ce moment.

J'ai essayé de revoir la tête de Sam Green mais c'était difficile. Nos fermes étaient voisines mais au cours des années où j'avais vécu avec Ward, je ne l'avais pas vu une douzaine de fois, et seulement de loin, parfois à des années d'intervalle, sauf la fois où il était venu chez nous par nécessité en hurlant. C'était un personnage solitaire, un anachronisme même pour un endroit aussi reculé, un homme qui n'avait plus ni femme ni fils, un homme avec des principes protestants fondamentalistes. Notre histoire, celle de Sam Green et même celle de notre famille, remontait au Grand Nord, à l'époque des chasseurs de fourrure et des trappeurs, à des ancêtres que l'humanité avait toujours effarouchés et qui s'étaient établis au cœur de notre continent. Et maintenant, en y repensant, si l'on avait demandé à quelqu'un de décrire Ward, ou même Norman et moi, il en aurait fait le même portrait que celui de Sam Green. Nous étions ce que les gens des villes appellent des « étrangers ».

J'ai bu le fond de ma tasse de café en repensant au passé. Je me suis rappelé que certaines nuits, je voyais le tracteur de Sam Green dans les champs, je regardais cette comète lumineuse inutile dans l'obscurité et j'entendais les hurlements des chiens qui le suivaient. Je pense que la solitude le rendait fou. On voyait sa maison de chez nous, mais ce voisinage n'avait pas créé d'amitié, seulement du soupçon et de l'envie. Parfois quand Ward entendait le tracteur, il disait : « Tiens le voilà, il roule dans toute la création du bon Dieu », et il secouait la tête. Il disait : « Qu'est-ce que je donnerais pas pour avoir ses champs, Norman. » Il disait ça à Norman, parfois il l'emmenait même jusqu'à la porte pour contempler les terres de Sam Green. Je pense que Ward voyait plus loin pour son fils, il voulait toujours plus, même si nous nous battions avec ce que nous possédions. Ward se léchait les lèvres quand il désirait quelque chose. Je l'ai revu et brusquement cette image m'a fait frissonner.

Quand j'y repensais, Ward et Sam Green avaient représenté pour moi la tristesse et l'isolement de nos ancêtres. C'étaient deux hommes durs, attachés à leur terre. J'ai revu Chester Green et cette image de lui en feu, brûlant comme ce buisson prophétique dans la Bible, et cette fantasmagorie m'a semblé convenir parfaitement. J'ai repensé à notre vie dans le New Jersey, alors que je courais dans le couloir en hurlant parce que Robert Lee avait la fièvre. Au moins, il y avait du monde autour de moi. Je n'avais qu'à ouvrir la porte de l'appartement et appeler au secours, mais quand on était tout seul dans une ferme, sans femme, avec un seul fils comme lien avec l'humanité, et qu'on le voyait mourir ? Merde, cette vérité sinistre qu'il n'y avait pas de Dieu pour veiller sur nous m'a fait frissonner une nouvelle fois. Voilà ce que je ressentais avant que ce soit fini, avant que je m'en aille.

Janice est venue prendre mon assiette. Elle a rempli ma tasse de café avant de repartir derrière son comptoir. Il était presque huit heures et demie, mais la ville était morte. Les lumières étaient toujours allumées à l'intérieur.

Nous sommes restés tous les deux jusqu'à ce qu'un vieil homme, vêtu d'une salopette et d'une veste de flanelle, entre et dise : « Bon sang, il fait froid. » Il grelottait et soufflait dans ses mains. Il a commandé un café et un strudel aux pommes avant d'aller s'asseoir à une table.

Dehors, il avait recommencé à neiger. Le monde paraissait petit et compact. Un camion est arrivé en répandant du sel dans la grand-rue, son gyrophare orange brillait dans les flocons qui tombaient. J'ai su que les choses allaient empirer, à cause du lac une épaisse couverture de neige pouvait tomber toute la journée. Pendant les hivers les plus durs, la neige commençait en octobre et tenait jusqu'en mai. J'ai rentré la tête dans les épaules et j'ai frissonné. J'ai bâillé et j'ai mis la tasse de café brûlant sous mon nez.

La station de radio était une de celles qui répètent les mêmes choses toutes les dix minutes. C'était sa seule fonction. Son slogan c'était : « Un bulletin d'information et la météo toutes les dix minutes. » Le présentateur a commencé en donnant la liste des écoles de la région fermées pour la journée à cause de la neige. L'histoire de mon oncle est revenue, et Sam Green a dit ce qu'il répéterait toute la journée, la même interview, nous étions tous pris dans la même trame du temps.

Janice essuyait le comptoir et elle m'a regardé.

Un flic est entré, puis deux hommes et ils sont allés s'asseoir à la table devant moi.

Ce devait être le manque de sommeil ou la proximité de ce que je savais être mon destin inévitable, parce que dans ma tête je voyais cette image ancienne de mon oncle et moi dans les locaux du Programme de développement agricole. J'ai fermé les yeux et j'ai posé la tête sur la table. J'ai senti le froid contre ma joue. La fatigue me donnait le vertige. Je me suis repris, j'ai ouvert les yeux mais je les ai refermés.

Le visage de mon oncle est revenu dans ma tête, il était là, le long visage de défi et de peur, ses prunelles qui me fixaient dans la lumière froide qui nous séparait dans les locaux du Programme de développement agricole. Il a ouvert la bouche mais aucun mot n'en est sorti. Je me suis approché de lui jusqu'à ce que les sons qu'il émettait soient audibles. À ce moment-là, il observait une tache d'encre et disait ce qu'il y voyait à une femme en blouse blanche. Il a dit qu'il me voyait caché dans la tache d'encre. Il a levé les yeux et m'a vu à côté de lui. J'ai regardé à mon tour dans la tache et j'ai senti une bouffée de chaleur derrière mes yeux, et là, dans la nébuleuse sombre de la tache, j'ai vu brusquement la lumière incandescente de flammes qui jaillissaient dans le ciel de la nuit. J'ai entendu des cris qui venaient des flammes. Je voyais des ombres qui couraient devant. Je me suis mis à hurler. Mon oncle m'a pris par le bras et m'a attiré contre lui, en me montrant le bord extérieur de la tache d'encre. Il a dit à la chercheuse : « Il est là, vous ne le voyez pas, ce ver de terre, cet incendiaire ! Il est caché là, dans la grange. Sors de là, espèce de vermine ! » Il m'a serré le bras et a continué à crier...

« Vous vous êtes endormi ? » J'ai tressailli et je me suis réveillé. Janice était devant moi, la cafetière à la main.

La tête sur la table, je l'ai regardée, puis j'ai soulevé la tête. J'avais la joue et la bouche humides. Je les ai essuyées avec la paume de ma main. J'ai dit doucement : « Excusez-moi, j'ai dû m'endormir. »

Janice a hoché la tête : « Ça va ?

— Oui, oui. C'est simplement que je n'ai pas assez dormi. » J'ai regardé son uniforme bleu pâle, son tablier blanc à volant, son estomac qui ressortait légèrement. C'était peut-être une fille que j'aurais draguée si j'avais vécu dans un endroit comme ça.

Je me suis levé, et je suis allé aux toilettes pour me laver le visage à l'eau froide. J'avais les yeux injectés de sang. Je sentais que j'avais à moitié oublié. La première hémorragie de la mémoire s'était déjà produite en moi, ou peut-être n'était-ce que la fatigue, une question de perception. Mon oncle se tenait tapi à la limite de mon champ de vision, où il murmurait des choses. Quand j'ai fermé les yeux et que j'ai appuyé mes paumes sur mes paupières, j'ai vu des étoiles. Et même quand j'ai retiré mes mains, j'ai senti quelque chose qui bougeait dans ma tête. Je me suis encore jeté de l'eau sur le visage. J'ai secoué la tête comme s'il s'agissait d'une de ces ardoises magiques qu'on secoue pour effacer les images. Mais, à la limite de ma conscience, un autre personnage me surveillait toujours.

À l'extérieur, j'ai immédiatement senti le froid s'enrouler autour de mes chevilles. C'était le début des gelées d'hiver, une époque irréelle d'hibernation où les habitants de la région tombent dans la torpeur de l'oisiveté et de l'ennui qui date d'avant le déluge. J'ai frémi en repensant à Ward et à sa putain de ferme, à cette terreur et à ce silence infinis qu'il m'avait imposés au cours des années.

Dans la chambre, Honey était habillée. Elle a dit : « Où est-ce que tu étais, Frank ? » D'après son air, elle avait dû croire que je l'avais abandonnée.

J'ai dit : « Je mangeais un morceau. »

Je suis allé faire le plein dans la lumière froide du matin pendant que Honey, Robert Lee et Ernie prenaient leur petit déjeuner dans le restaurant.

Nous sommes partis sous la neige malgré les bulletins météo. Quelques heures plus tard, j'ai baissé les dossiers des sièges arrière pour les transformer en un grand lit, puis Honey et Ernie se sont couchés sous les couvertures que nous avions prises à l'Holiday Inn. Je me suis enfoncé dans un monde où même la radio a fini par siffler avant de mourir dans les parasites. Nous avons roulé entre des étendues couvertes de forêts anciennes et impénétrables qui formaient les deux falaises d'un abîme de chaque côté de la voiture, un espace de lumière qui s'ouvrait dans l'obscurité. Nous sommes passés devant les lampes solitaires d'une station-service en parpaings qui ressemblait à une grotte minuscule, et devant la lumière rouge d'un panneau publicitaire de Coca-Cola qui crépitait dans la nuit noire. Il s'agissait des boutiques attrape-touristes de l'été, dont les portes et les fenêtres étaient à présent fermées de planches, les repaires d'un monde ancien installé au bord de ruisseaux d'eau stagnante ou de torrents à saumons, dans lesquels on vendait du pétrole, des mèches, des cigarettes, des ouvre-boîtes, des chapeaux et des gants de laine et du bœuf. En été, dans leurs caves, il y avait des tiroirs pleins de vers de terre soyeux et de vers de vase qu'on vendait à la pelle.

Robert Lee était assis à côté de moi, sentinelle sinistre qui surveillait ce qui se déroulait devant nous, et je lui disais ce que je savais de la région cernée par les ténèbres. Robert Lee a fini par se réfugier à l'arrière, tel un marine dans une tranchée, et il s'est glissé sous les couvertures avec Honey et Ernie. Ils faisaient ce que font les animaux ici. Ils restaient immobiles, et mangeaient les provisions que nous avions emportées.

Je suis sorti de la voiture pour mettre les chaînes, et dans la nuit obscure nous avons traversé lentement des villes perdues et endormies, comme un fantôme traînant ses fers. J'ai senti qu'un changement avait lieu en moi, que mon passé s'ouvrait à nouveau. Pour moi, le subconscient a toujours été un endroit réel, pas seulement une obscurité indéfinissable mais, à l'image de ce Michigan végétatif et ténébreux, une obscurité intérieure faite des méandres de ruisseaux ombreux qui ne menaient nulle part, un endroit où des hommes disparaissaient à jamais, où il n'y avait pas d'histoire, simplement les limbes de choses à demi oubliées, à demi remémorées.

8

Nous sommes enfin arrivés dans les faubourgs de la ville. Nous sommes passés près de grandes caravanes installées sur des cales avec de vieilles bagnoles garées devant, une Trans Am ou une camionnette et une voiture rangée sur une butte de neige. Des lumières jaunes et sales brillaient dans chaque caravane, jusqu'à ce qu'apparaissent les maisons formidables qui avaient constitué la base de la ville.

Ce qui était difficile à croire c'était la façon dont les gens s'accrochaient à ce lieu. Il y avait une férocité qu'on ne trouve pas en général dans les villes. Quand les plus intelligents étaient partis dans de grandes universités, il ne restait que la tyrannie des dépravés, presque la reconnaissance implicite qu'on était au bout de la route, qu'il s'agissait du dernier refuge pour les ignorants. Cela rendait ces gens à la fois simples et désespérés, une des pires combinaisons de conscience de soi qu'on puisse trouver.

Je ressentais déjà cette insularité prudente, ce conservatisme caractéristique des gens qu'on a abandonnés dans le passé, qui n'ont pas eu la volonté de partir, d'aller chercher une autre vie ailleurs. C'était une ville dans laquelle personne ne revenait, sauf circonstances tragiques, en général une femme abandonnée par un mari qui l'avait laissée avec, disons, quelque chose comme trois ou quatre enfants. Jamais un seul. L'étendue de leur passion, leur désir physique leur faisaient supporter les mauvais traitements et la boisson pendant le temps nécessaire pour mettre au monde ce qui serait considéré dans le règne animal comme une descendance suffisante pour assurer la survie de l'espèce.

Je ne me faisais aucune illusion sur ce que j'avais devant moi, mais émergeant des ténèbres des derniers jours sur la route, c'était la civilisation, un avant-poste de l'humanité, et je voulais le prendre dans mes bras, au moins pour quelque temps. Nous avions traversé la moitié de l'Amérique, nous avions laissé derrière nous les feuilles changeantes de l'automne pour le froid brutal du début de l'hiver. C'était une migration qui aurait pris des semaines et des mois il y a cent ans, mais c'était un des dilemmes fondamentaux de notre époque, accepter le changement, s'adapter en quelques jours, en quelques heures.

La neige qui tombait s'amoncelait sur les trottoirs. Je roulais lentement dans la ville et je sentais le changement indirect qui était intervenu ; la ville se développait vers les espaces sauvages que nous avions traversés. Il y avait une nouvelle rue goudronnée recouverte de givre. J'ai vu l'enseigne d'un coiffeur qui tournait dans le calme de la neige froide, une pizzeria, une laverie automatique et un magasin d'alcools dans lequel luisait une lumière bleue au néon. J'ai dit : « C'est nouveau », à Honey en lui indiquant un groupe d'immeubles un peu à l'écart de la route. On voyait des adolescents entre des immeubles bas.

Honey a regardé : « C'est une université, Frank. »

Cela m'a pris un moment, mais elle avait raison. Il semblait que l'institut du Programme de développement agricole s'était étendu pour devenir quelque chose comme une vraie université.

Robert Lee a dit : « Merde, Frank, ça ressemble à ces petits dômes en plastique dans lesquels des flocons se mettent à tomber quand on les secoue. »

J'ai dit : « C'est la ville qui a servi de modèle pour les faire. »

Robert Lee a secoué la tête : « Frank, c'est la capitale mondiale de nulle part. » Mais même lui ne pouvait pas m'agacer à ce moment-là. Robert Lee s'est penché par-dessus le siège et a glissé la tête entre Honey et moi.

Au centre de la ville, j'ai garé la voiture devant la pension de famille locale. C'était une énorme bâtisse en briques qui datait de l'époque de l'industrie minière.

Nous sommes descendus et nous nous sommes étirés. Il faisait un froid sec et glacial et le ciel avait la couleur d'un maquereau.

Honey me tenait le bras et, de l'autre côté, Ernie me donnait la main. L'haleine de Honey s'est transformée en vapeur quand elle a parlé : « Il va falloir qu'on s'achète des vêtements chauds, Frank. »

J'ai tendu le doigt : « Il y a un magasin Woolworth's là-bas. »

J'ai pris des chambres dans la pension de famille où, pendant des années, avaient logé les responsables des mines venus de Chicago pour observer les opérations et mener des négociations quand les syndicats menaçaient de faire grève. La vieille femme qui dirigeait la pension, Mme Brody, m'a consenti un tarif spécial hors saison et Honey a reconnu que le prix était tout à fait correct et, effectivement, c'était moins cher que ce à quoi nous nous attendions. Quand j'ai signé le registre, Mme Brody a regardé mon nom puis elle a levé les yeux vers moi, et j'ai compris qu'elle savait qui j'étais. Elle a secoué la tête instinctivement et a dit de façon naturelle : « Nous avons eu des journalistes de Milwaukee et de Chicago en début de semaine. »

Je n'ai pas engagé la conversation et j'ai attendu qu'elle nous montre nos chambres. J'en avais choisi deux qui communiquaient, au deuxième étage, bien à l'abri à l'arrière de la maison, et qui partageaient des toilettes et une salle de bains avec trois autres chambres. Mais en ce moment, il n'y avait pas d'autres locataires.

Nous avons dû monter un escalier central qui craquait pour atteindre nos chambres. Tout sentait l'acajou et le chêne ciré, une odeur épicée de richesse et d'élégance anciennes, mais si l'on y regardait de près, on voyait que la maison avait connu des jours meilleurs. Peut-être aurait-il suffi d'un coup de peinture. Sur le palier, il y avait une fenêtre au vitrail couleur d'ambre représentant un fermier qui labourait un champ avec deux chevaux. Bien que fêlé, il devait valoir encore beaucoup d'argent. Rien que de rester dans la lueur orangée vous faisait croire que c'était à nouveau le dix-neuvième siècle.

J'ai vu le sourire sur le visage de Honey, et peut-être que même Robert Lee devait reconnaître que ce n'était pas mal. J'avais mis Ernie sur mes épaules. Je me sentais bien pour la première fois depuis des siècles. Les chambres évoquaient une opulence surannée. Un vieux poêle à bois démodé occupait la chambre principale, et une causeuse couleur rubis faisait face à une fenêtre donnant sur le désert blanc. Une dentelle de givre s'était déjà étalée sur la fenêtre.

Le grand lit, poussé contre le mur, avait quatre colonnes et des pieds sculptés comme des pattes de lion. J'ai remarqué que de l'eau avait détérioré le plafond, de grands cercles sombres, mais ça n'a rien changé à notre humeur. Honey a vu que je contemplais la pièce et m'a dit : « C'est comme dans un rêve, Frank, tout. »

Robert Lee a dit : « Ça sent la naphtaline. »

Honey a dit : « Tu la fermes maintenant. »

Dans la chambre de Robert Lee et d'Ernie il y avait une commode et deux petits lits qui rappelaient un temps où les gens étaient plus petits que de nos jours. J'ai dû l'expliquer à Ernie, et Honey a dit : « C'est vrai. George Washington était presque un nain d'après la taille d'aujourd'hui, Ernie. »

Le vieux système de chauffage craquait et grognait, et la poussière qui s'était déposée sur les radiateurs dégageait une odeur sèche de brûlé. Dans la chambre des gosses, il y avait sous chaque lit un pot de chambre en porcelaine et Robert Lee n'en est pas revenu quand je lui ai dit à quoi ça servait. Il a dit : « Frank, ça te dérange si je pisse dedans ?

— C'est fait pour.

— Frank ! » a dit Honey, mais je l'ai coupée : « Laisse-les. C'est fait pour. »

Robert Lee n'a pas pissé dans le pot de chambre, mais Ernie a posé son dinosaure sur un des pots comme s'il allait chier, et il a baissé son pantalon. Ça valait le coup de voir ce petit cul tout contracté alors qu'il pissait dans l'autre pot. Il ressemblait à une peinture de Norman Rockwell. Nous le regardions en nous empêchant d'éclater de rire.

Je suis allé dans l'autre chambre, je me suis assis sur le lit puis je me suis vautré sur la couette en duvet. J'ai dit : « Il faut le reconnaître : ici, avec un dollar on en a pour son argent. »

Robert Lee a dit : « Je te l'accorde, Frank, mais qu'est-ce qu'il faut faire pour gagner un dollar ici ? »

Honey a dit : « J'aimerais qu'on fasse une trêve. »

Alors Robert Lee et moi nous nous sommes serré la main et ce devait être la première fois dans les annales de l'histoire.

« Frank va faire tout ce qu'il peut pour nous et je pense que c'est tout ce que nous pouvons demander. »

Robert Lee n'était pas tout à fait d'accord. Il a dit : « Je viens juste de m'en rendre compte, il n'y a pas de putain de télé dans la chambre. » Nos mains se sont quittées. Honey a dit : « Eh bien, si tu le demandes gentiment à Mme Brody en bas, elle a peut-être un poste de télé qu'on pourrait emprunter. »

Il n'y avait pas non plus de téléphone, alors j'ai emmené Ernie et Robert Lee demander à Mme Brody l'autorisation d'utiliser sa ligne, et si elle louait des postes de télévision.

J'ai téléphoné aux renseignements parce que je ne me souvenais plus du numéro de Ward, et la standardiste a appelé la maison de mon oncle. Je me suis rendu compte de mon erreur, appeler chez mon oncle, mais j'ai laissé sonner. C'était l'après-midi, pas loin de l'heure de la traite. La froideur de la sonnerie m'a fait frissonner. Je voyais la maison de mon oncle, l'appareil dans le vestibule obscur, je me souvenais comment les voix résonnaient autrefois parce que les gens hurlaient par manque d'habitude de parler au téléphone. Mon oncle n'a jamais perdu cette manie pendant toutes les années où j'ai vécu avec lui.

J'ai raccroché. J'ai attendu quelques instants avant d'appeler chez Norman. Une voix brutale a répondu. Martha est allée droit au but. « Alors, où est-ce que tu es, Frank ? »

J'ai essayé de me montrer joyeux, parce que en réalité, je l'étais. « Surprise ! Nous sommes en ville. Nous venons d'arriver. »

J'ai entendu l'appareil tomber et il a fallu dix secondes avant que Martha dise quelque chose.

« Avant que tu t'emmêles les pinceaux, Martha, je veux te dire que j'ai ma propre voiture. Tu n'as pas à t'inquiéter, je ne vais pas apporter la honte et la damnation sur toi et sur Norman. » J'ai dit ça d'un ton sarcastique.

« Frank, tu peux faire demi-tour avec ta propre voiture et t'en aller, voilà ce que tu peux faire. Je te le répète, on ne veut pas de toi ici.

— Peut-être faut-il que quelqu'un t'informe, mais ta juridiction ne dépasse pas les limites de ta chambre, Martha. La dernière fois que j'ai vérifié, on vivait encore dans un pays libre. » Martha avait le chic pour me faire parler comme quelqu'un d'un peu dérangé, et j'ai dit : « Norman est là ? Passe-le-moi, Martha. Je ne crois pas que toi et moi, on ait beaucoup de choses à se dire.

— Pourquoi est-ce que tu es ici, Frank ? »

J'ai dit : « Est-ce que tu vas croire cette explication très simple ? Si je suis ici, c'est parce que je n'avais pas assez d'argent pour aller plus loin. C'est pas plus compliqué que ça. En général, les choses ne vont pas plus loin que le fond de mes poches, Martha.

— Qu'est-ce que tu veux, Frank ? De l'argent, c'est ça ? Tu ne changeras jamais, Frank. Tu veux nous extorquer de l'argent comme tu l'as fait avec Ward, c'est ça, hein, Frank ?

— De quoi est-ce que tu parles ? Je n'ai jamais rien extorqué à Ward.

— Le nie pas, Frank. J'ai la preuve. J'ai les lettres que tu as adressées à Ward. Tu vas peut-être me dire que tu n'as pas obligé Ward à t'envoyer de l'argent en poste restante à Chicago ? Je te le dis, Frank, ne t'approche pas de nous. Je le jure devant Dieu, Frank, si tu t'approches, je les donne à la police. »

J'étais stupéfait rien qu'à l'écouter.

« Frank ! N'essaie pas de nier. J'ai trouvé les lettres que tu as envoyées à Ward au fond d'un placard. » Puis sa voix a baissé d'un ton, comme si tout d'un coup elle allait devenir conciliante. « Frank ?

— Quoi ?

— Écoute, comment ça se fait que c'est toujours pareil quand tu téléphones, pourquoi est-ce que tu dois toujours être contre nous ? »

Je ne lui ai pas répondu tout de suite. Puis j'ai demandé : « Qu'est-ce qu'elles disent ces lettres ?

— Écoute, Frank, arrête, ne me prends pas pour une imbécile. » Elle a pris une grande respiration. « Je ne t'en veux vraiment pas. On a peut-être des différences et, je te l'accorde, tu as peut-être tes raisons, et nous avons les nôtres, c'est la vie, et on ne peut plus faire grand-chose pour changer ça. Le sort en est jeté et on se raconterait des histoires si on faisait semblant de croire le contraire, et je ne sais pas faire semblant voilà ce que je dis... »

J'ai parlé un peu plus fort : « Je ne vois pas ce que tu essaies de me dire. »

Martha s'est tue et elle a encore respiré profondément : « Je ne veux pas que Norman le sache, mais j'ai un peu d'argent de côté et je veux que tu le prennes, Frank. Ça n'est pas beaucoup mais je l'avais gardé en prévision d'un coup dur, et je crois

qu'aujourd'hui c'est une catastrophe. » Elle s'est tue
à nouveau pour voir si je mordais à l'hameçon,
mais je n'ai rien dit. « Frank, tu prends ce que je
peux te donner, et on dit qu'on est quittes,
d'accord, Frank ? »

Elle a dit « Frank » de cette façon étrange et
obsédante, comme autrefois quand je la connaissais.
J'ai ri et j'ai dit : « Tu sais, tu as dit "Frank"
comme au lycée, quand je t'avais emmenée au bal,
tu t'en souviens, Martha ? Crois-moi, si tu m'en
veux encore parce qu'on a échangé nos salives
autrefois, je peux te le dire honnêtement, c'est une
histoire bel et bien terminée. »

J'ai entendu son souffle dans l'appareil. « Pour
qui tu te prends, Frank ? C'est de l'histoire
ancienne. Les bals du lycée, ben merde, Frank. Tu
vis dans le passé. » Sa voix s'était adoucie et calmée,
comme si j'avais éveillé quelque chose. « Comment
ça se fait que tu te souviennes de choses comme ça,
Frank ? »

Je me suis adossé au mur et j'ai fermé les yeux.
« Tout ce que j'essaie de faire c'est simplement de
nous mettre sur un pied d'égalité, c'est tout, Martha. » Je suis resté silencieux pendant quelques instants. « Je ne suis pas le monstre que tu fais de moi,
Martha, c'est tout ce que je veux dire. »

— Je n'ai jamais dit ça, Frank. Je n'ai jamais dit
que tu étais un monstre. Peut-être que Ward ne t'a
pas toujours bien traité, et je ne t'en veux pas de lui
avoir soutiré de l'argent, mais il nous reste rien,
Frank, rien… Prends ce que j'ai, Frank. C'est la
meilleure offre qu'on te fera, Frank. »

J'ai senti à nouveau l'angoisse monter en moi. J'ai dit : « Je veux voir ces lettres dont tu m'as parlé, Martha. Si tu m'accuses de chantage, donne-moi des preuves.

— Je n'ai jamais parlé de chantage, Frank. »

J'avais mal au ventre.

Martha a dit : « Écoute-moi bien, Frank, s'il te plaît, laisse-moi te dire ce que j'ai à dire... d'accord ? »

Je n'ai pas répondu.

« Ce qu'il y avait entre toi et Ward, c'était votre affaire, et Dieu sait qu'il fallait bien être deux pour vous embrouiller comme vous l'avez fait. Personne ne t'a jamais jugé, Frank, ni moi ni Norman. C'est grâce à Norman qu'on a arrêté de te battre, non ? Ce n'est pas Norman qui me l'a dit, c'est toi, Frank. Tu m'as dit ça au lycée, comment Norman a attrapé la main de Ward un soir et a dit "Non !" »

Le simple fait qu'elle m'ait dit ça m'a obligé à reprendre mon souffle. Martha s'en est rendu compte et a dit : « Tu vois, Frank, on n'a rien contre toi. On ne t'a pas contacté au moment de l'assassinat de Ward à cause de ton état mental, et, Frank, s'il te plaît, ne saute pas en l'air parce que je t'ai dit ça. Peut-être que tu vas mieux maintenant, mais nous n'en savions rien, Frank. On a simplement pensé qu'il valait mieux pour nous tous laisser passer ça et t'appeler après... »

J'ai dit : « Je ne crois pas que je peux continuer à t'écouter, Martha. »

Martha m'a à nouveau coupé la parole. « Frank, écoute-moi. Tu n'as jamais réfléchi à ce que ça

avait représenté pour Norman de découvrir son
père mort comme ça ? » J'ai entendu sa voix se briser. « Il est revenu avec sa salopette pleine de sang,
Frank. Il poussait des cris. Je l'ai entendu bien
avant qu'il soit à la maison. Il hurlait de toutes ses
forces, Frank. »

L'image de Norman, cette énorme brute, en
train de hurler comme ça a chassé le reste. C'était la
première fois que j'entendais quelque chose sur ce
qui s'était vraiment passé.

« Je te raconte ça, Frank, parce que je pense que
tu ne sais pas ce qui est arrivé. L'homme qui a tué
Ward était là quand Norman est entré dans la maison. Norman m'a dit qu'au premier abord il avait
cru que Ward s'était suicidé. Je crois qu'il est resté
sous le choc. L'arme était sur le sol à côté du corps.
Norman a essayé de ranimer Ward, mais il était
glacé. Norman est resté assis par terre en tenant son
père dans ses bras. C'est lui qui me l'a raconté,
Frank. Il était persuadé que c'était un suicide. Il
avait l'impression que c'était de sa faute parce que
la ferme était en train de couler. On était dans les
dettes jusqu'au cou, Frank. Ward ne voulait sûrement pas voir saisir sa ferme.

« Norman s'est relevé et il m'a téléphoné. Il a dit :
"Qu'est-ce que tu prépares, Martha ? Je sens quelque chose de bon qui vient à travers champs." J'ai
dit : "Tu es avec Ward, Norman ? Demande-lui s'il
veut venir souper avec nous." Norman a poussé un
soupir à fendre l'âme. J'ai dit : "Qu'est-ce qui se
passe, Norman ?" Il m'a dit : "Tu penses que j'ai
été un bon fils ?" Le "j'ai été", le passé, m'a paru

étrange. Je voyais bien qu'il y avait quelque chose qui n'allait pas dans sa voix. J'ai dit : "J'arrive, Norman !" et il a hurlé : "Non !" Puis sa voix s'est radoucie et il a dit : "Reste là-bas..." et il a raccroché. »

Je me suis éclairci la voix et j'ai cru que Martha avait tout dit. Je l'entendais qui pleurait. « Attends une seconde, Frank. » Elle s'est mouchée. « T'es là, Frank ?

— Ouais.

— Norman a raccroché parce qu'il avait entendu quelque chose à l'étage dans la maison de son père. Alors, il a crié : "J'ai une arme." Il a ramassé le fusil qui était à côté de Ward. Il a crié : "Descendez maintenant !" Mais personne n'est descendu. Il y avait toujours du bruit là-haut, comme si quelqu'un marchait. Norman a crié à nouveau : "Si je monte là-haut, je vous tue. Descendez maintenant !" Il a tiré dans le plafond. Mais le bruit a continué. Puis il y a eu un gémissement au premier, et quelque chose s'est cassé en Norman. C'est lui qui m'a raconté. C'était comme un bruit venu d'un autre monde. Norman s'est sauvé à travers champs en hurlant. Je regardais par la fenêtre parce que je savais qu'il se passait quelque chose. D'une certaine façon, je savais que Ward était mort. Je l'avais ressenti en moi, mais quand j'ai vu Norman qui courait comme un fou, j'ai eu peur. Il hurlait : "Le diable est là-bas, il attend pour prendre l'âme de mon père ! J'ai entendu le diable ! Il guette l'âme de mon père ! Mon père s'est suicidé et le diable guette son âme !" Je me suis signée, Frank, et je suis tombée à genoux. Suicidé... mon Dieu. Norman délirait. Il y avait du sang sur sa salopette et sur son visage. Il était horrible à voir. Les gosses avaient peur et pleuraient. J'ai appelé la police. Norman hurlait toujours que le diable guettait l'âme de son père. Tu aurais dû l'entendre, Frank. » Martha a respiré de façon nerveuse.

« Je suis allée jusqu'à la maison de Ward et j'ai attendu l'arrivée de la police. Je n'ai pas coupé le moteur. Je ne suis pas descendue de voiture. Norman s'était un peu calmé. Il était assis à l'arrière et regardait fixement la maison. Pendant qu'on attendait, Norman m'a dit : "Là, regarde, on le voit derrière la fenêtre !" Je me suis retournée et, mon Dieu, Frank, il y avait un homme qui regardait les champs !

« Nous nous sommes éloignés de la maison en voiture et nous avons à nouveau regardé la fenêtre. L'homme n'avait pas bougé. Nous avons rencontré le shérif et un de ses adjoints sur la route qui conduisait à la maison. Je leur ai dit qu'un homme était là-haut. Ils sont entrés leur arme à la main et ont crié à l'homme de se montrer, mais il n'en a rien fait. À la fin, ils ont dit qu'il était debout près de la fenêtre, sans bouger, sans les regarder, même quand ils lui ont passé les menottes. »

J'ai dit dans un souffle : « Merde...

— T'aurais dû voir Norman, Frank, comment il est sorti de la voiture. Je crois que je n'ai jamais vu ça de toute ma vie. Il s'est avancé vers l'homme. Le shérif lui a dit : "Recule, Norman." Il devait croire que Norman allait sauter sur l'homme. Mais Norman a seulement dit : "Je veux voir s'il est réel, c'est tout." Le shérif a dit : "Il est réel, Norman. Mais n'avance pas, tu m'entends." »

J'ai dit : « C'est des conneries. » Je ne savais pas quoi penser. J'avais le ventre glacé.

« Voilà, tu sais tout, Frank... j'espère seulement que ça sera bientôt terminé. » Elle a hésité. « Le lendemain de l'assassinat, la police est venue et ils ont emmené la salopette de Norman, Frank. Je ne sais pas ce que ça signifie, vraiment pas. Ils ont dit à Norman : « Il vaudrait mieux que tu restes dans les parages, Norman. »

J'ai senti qu'elle revivait le moment où tout s'était passé.

« Mon Dieu, Frank, tu ne l'as pas vu, cet homme. Il ressemblait au diable quand ils l'ont sorti de la maison, cette barbe et ces yeux, tout habillé en noir. »

J'avais la tête qui tournait à cause du voyage et d'autres choses comme la faim et le manque de sommeil. « Est-ce qu'on a fixé une date pour l'enterrement de Ward ?

— Je leur ai demandé quand ils nous rendraient le corps et ils m'ont répondu : "C'est une pièce à conviction maintenant." On se sent comme des criminels, Frank. » Martha respirait difficilement à l'autre bout du fil.

Un des enfants de Martha a dit quelque chose près d'elle. Je l'ai entendue lui répondre doucement. Je n'en avais jamais vu aucun.

Quand Martha a repris le téléphone, elle a dit : « Je ne sais pas quoi te dire d'autre, Frank. »

Je n'ai pas répondu. Puis Martha a ajouté : « Il faut que je te demande quelque chose, Frank.

— Quoi ?

— Comment est-ce que tu as su que Ward était mort ? »

J'ai dit : « Je l'ai lu dans le journal. Pourquoi ?

— Pour rien.

— Où est-ce que tu veux en venir ?

— Nulle part, Frank. Nulle part. »

J'ai dit : « Je veux voir ces lettres, tu m'entends ?

— Je les ai mises en lieu sûr, Frank. Il faut que tu te souviennes que, dans tout ça, je dois penser à Norman. Ne t'approche pas d'ici, Frank. Laisse les choses passer. »

Il y a eu à nouveau un bruit auprès d'elle, et Martha a dit : « Il faut que je raccroche maintenant, Frank. »

Je suis resté immobile pendant un long moment. Je me suis accroupi dans l'obscurité de l'alcôve à côté du téléphone. J'avais l'oreille brûlante et je ressentais un grand vide comme lorsqu'on a écouté quelqu'un au téléphone pendant trop longtemps. Je me suis pincé l'arête du nez pour apaiser ma tension. Quelque chose montait en moi comme de la tristesse ou du regret, et derrière tout ça, la peur de ce que j'étais capable de faire sans en avoir conscience.

Des années plus tôt, je vivais à Chicago, après être parti de la maison. Je me débattais, je faisais des petits boulots de merde, et un matin, en rentrant chez moi, j'ai trouvé une enveloppe qui conte-

nait une clef avec une note énigmatique : l'adresse
d'un bureau de poste et un numéro de boîte postale, et en dessous un seul mot : *désolé*.

Je me suis souvenu du jour où j'avais reçu la première enveloppe, j'étais dans le métro aérien, en
pleine ville, là où les trains passent à quelques centimètres des salles de séjour où vivent les gens.
C'était en plein hiver, la neige tourbillonnait à
l'extérieur. J'ai trouvé la boîte postale. Il y avait une
enveloppe brune dedans. Elle contenait trois cents
dollars en billets de vingt, de dix et de cinq. Je me
souviens avoir regardé autour de moi comme si
c'était un piège, comme dans un film de fin de soirée. Mais personne ne m'épiait.

Pendant mon séjour à Chicago, de temps en
temps, j'ai reçu une lettre avec une clef. Il n'y avait
jamais beaucoup d'argent, mais quelque chose pour
que je m'en sorte. J'avais toujours imaginé que
Ward se sentait coupable de ce qui s'était passé
entre nous, que c'était sa façon de faire amende
honorable parce qu'il m'avait accusé d'avoir mis le
feu. La simple reconnaissance du regret, la brièveté
du mot *désolé*, étaient caractéristiques de Ward.
C'était tout ce que j'aurais jamais pu espérer venant
de lui.

Les lettres ont commencé à l'époque où j'étais
sur le point de m'effondrer à Chicago. Non, la
vérité c'est que je m'étais déjà effondré. J'étais hos-
pitalisé dans le Cook County Hospital pour dépression. Je travaillais de nuit dans un hôtel, j'assurais
le dernier service en chambre et je crois que de dormir le jour et de vivre dans l'insomnie de la nuit

me faisait ressasser tout. Je voulais savoir comment ça se faisait que j'en étais arrivé à connaître cette existence de merde, avec ma licence d'anglais et mes aptitudes en maths, et j'étais là, un con de larbin. Je m'étais posé trop souvent cette question en silence jusqu'à ce que je la formule à voix haute, que je parle tout seul dans les bus et les métros, jusqu'à ce que les gens s'écartent de moi. J'avais conscience de parler à voix haute. Je pensais qu'il y avait une différence entre savoir qu'on divague et ne pas en avoir conscience. Je pensais que l'aveuglement était la définition de la folie, et je savais ce que je faisais, je croyais donc maîtriser la situation.

Je ne me souviens pas de l'incident précis qui m'a valu d'être mis en observation. C'est un mensonge. Je m'en souviens. Merde, même aujourd'hui, après toutes ces années, je recule encore devant les putain de faits. C'est arrivé au travail. Une nuit, très tard, je suis allé dans le local à bagages simplement pour être seul et fumer. J'étais là quand j'ai eu une de mes visions, ces cauchemars qui me réveillaient et qui me hantaient à l'époque. Dans l'obscurité du local à bagages, je fumais en fixant la lueur de ma cigarette, je soufflais dessus et je la faisais palpiter comme une braise, et tout d'un coup je n'étais plus dans le local à bagages, j'étais caché dans la grange et je regardais entre les planches l'éclat des flammes dans la nuit. J'avais un champ de vision très étroit, et c'était le moment où mes parents sont morts. Je sentais toutes les odeurs, les animaux, le feu, la merde, tous mes sens étaient en éveil. Je voyais des ombres qui couraient devant la lumière de l'incendie. J'ai collé mon visage contre les planches de la grange et j'ai hurlé en essayant d'apercevoir qui était là. La lumière de l'incendie était aveuglante et la chaleur si intense que j'ai dû fermer les yeux et que je n'ai pas pu identifier les ombres. Mais je hurlais toujours, et brusquement la porte s'est ouverte et mon oncle me regardait. Son visage était comme un feu follet à cause des ombres et de la lumière des flammes qui jouaient dessus. J'ai prononcé son nom. Je l'ai vu se pencher vers moi, puis tout a disparu comme si l'on m'avait frappé, il n'est resté que l'impression de tomber et les ténèbres.

À l'hôpital, où j'ai été admis, ils ont dit que j'avais laissé tomber ma cigarette et qu'un petit feu s'était déclaré dans le local à bagages. J'avais déclenché le système d'extinction automatique. Les pompiers m'ont trouvé là, replié sur moi comme un enfant, tremblant, avec des trombes d'eau qui me tombaient dessus. Quand ils m'ont emmené, je hurlais que mes parents étaient dans le local à bagages. J'ai crié le nom de mon oncle. Je regardais autour de moi pour essayer de le voir.

On m'a mis en observation et il y a eu le traitement, des électrochocs pour me faire oublier les choses, pour que j'arrête de faire une fixation sur le passé. J'avais donné le nom de Ward comme proche parent, aussi il était au courant. Je pense que c'est lui qui a autorisé les électrochocs. Je ne lui ai parlé qu'une fois de l'hôpital.

J'ai imaginé, étant donné la situation, qu'il devait avoir voulu libérer sa conscience. Il avait décidé qu'il me devait quelque chose et il m'envoyait de l'argent pour que je survive, ou pour que je ne revienne pas à la maison. Ward ne voulait sûrement pas avoir un autre Charlie sur les bras, un autre Cassidy qui revenait au pays complètement foutu.

Je suis sorti de l'alcôve. Je me sentais comme un enfant au plus profond de moi. Mme Brody avait donné un petit poste de télévision noir et blanc à Robert Lee. Elle lui a dit mais en me regardant : « Il va falloir que tu trouves une antenne intérieure, mais n'essaie pas d'utiliser un cintre en fil de fer, tu m'entends ? »

J'étais détaché de tout, je regardais les choses comme si elles se passaient sur un écran de télévision.

Mme Brody avait une sorte de tremblement, sa tête bougeait légèrement au bout de quelques secondes, pas un tic, plutôt un frémissement. Elle avait un vieux visage, ancien et fané, mais ses yeux bleu pâle brillaient toujours.

Mme Brody a dit : « Je ne me souviens de rien de ce genre depuis que M. James Park a tué sa fiancée à Beaver Lake en 1927. C'était avant votre naissance, monsieur Cassidy, mais M. James Park a étranglé sa fiancée avec ses propres nattes, voilà ce qu'il a fait. »

Robert Lee a laissé échapper étourdiment : « Vous allez me faire chier dans mon froc. » Il s'est rendu compte de ce qu'il venait de dire, et il a mis la main devant sa bouche comme s'il avait pu rattraper ses propres mots.

Un sourire resplendissant a illuminé le visage d'Ernie, il a retiré la sucette de sa bouche et a répété : « Vous allez me faire chier dans mon froc. »

Les chaussures noires de Mme Brody ont raclé le plancher. « J'ai une règle très simple, les enfants. À chaque fois que quelqu'un dit une grossièreté, il doit mettre une pièce de vingt-cinq cents dans le bol qui est là. Alors vous me devez vingt-cinq cents chacun. »

Robert Lee a dit : « Oui, m'dame », et il est allé déposer une pièce de vingt-cinq cents dans le bol.

« Et vous aussi, jeune homme. » J'ai vu un sourire qui se perdait au fond du vieux visage de Mme Brody. Elle a ajouté : « Allez, jeune homme. »

J'ai donné une pièce de vingt-cinq cents à Ernie et je l'ai soulevé pour qu'il puisse la déposer dans le bol. Puis nous sommes remontés et nous avons tous dormi jusqu'à quelque chose comme midi.

9

Le lendemain matin, une lumière pâle s'est glissée entre les quatre colonnes de notre lit. Robert Lee et Ernie regardaient des dessins animés à la télévision. J'entendais Titi qui disait : « Je crois voir un rros minet... un rros minet ! »

Honey s'est serrée contre moi. « Tu es réveillé, Frank ? »

Je me suis tourné vers elle et je lui ai souri.

Honey m'a rendu mon sourire. « C'est merveilleux, Frank, vraiment merveilleux. »

Il y avait une grande lumière dans la chambre. J'ai respiré profondément. Le son de la télé était très fort dans la chambre d'à côté.

Honey a dit : « Je vais peut-être aller dans cette université, Frank, pour voir quel travail ils ont à offrir. » Elle a passé les doigts sur mon visage. « On a toujours besoin d'une dactylo.

— Tu as l'intention de t'installer définitivement ici, Honey ? » Je souriais toujours.

« C'est la première fois depuis des années que j'ai l'impression de m'être enfuie... enfuie loin de tout. »

Elle était tendue et s'est forcée à sourire. Je savais qu'elle pensait à Ken. « Nous pouvons vivre ici pour pas cher, Frank, en attendant, jusqu'à ce qu'on décide de ce qu'on veut faire, où on veut aller, d'accord ? »

Il aurait pu s'agir d'un répit, mais j'ai senti l'anxiété que m'avait donnée la dernière conversation avec Martha me tomber dessus comme un mal de tête. Je n'ai rien dit pendant quelque temps et nous avons dormi encore un peu. Elle était contre mon épaule. Nous nous sommes réveillés et j'ai parlé à Honey de Martha et des lettres. J'ai dit : « Elle a l'impression que je les ai envoyées, que j'ai fait du chantage à Ward, il y a des années. »

Honey a changé de position, elle a quitté mon épaule pour me regarder. « Du chantage à Ward à propos de quoi ? »

J'ai dit : « Je ne me souviens même pas d'avoir envoyé des lettres à Ward. »

Honey m'a regardé plus attentivement : « Quoi ? Tu ne te souviens pas de quelque chose comme ça ? »

Je n'ai pas répondu.

« Frank ?

— Je ne sais pas, Honey. J'ai été placé en hôpital psychiatrique, alors qui peut savoir de quelles hallucinations je souffrais. »

Honey a élevé la voix : « On t'a enfermé, Frank ? Merde, qu'est-ce qu'il y a d'autre dans ta vie que tu ne m'as pas raconté ? » J'ai senti son poids s'écarter et les ressorts du lit ont craqué.

J'ai entrepris de lui expliquer les circonstances, puis je lui ai parlé des lettres que j'avais reçues, de l'argent, du mot unique, *désolé*, sur la première lettre. J'étais tout près d'elle et je la regardais fixement si bien qu'elle ressemblait à un cyclope, parce que ses yeux n'en faisaient plus qu'un.

Honey a semblé perdre son indignation. Elle a dit : « Qu'est-ce qu'elle veut, cette Martha, Frank ? Qu'est-ce que tout cela a à voir avec ce qui se passe aujourd'hui ? Est-ce qu'elle va montrer les lettres à la police ? Qu'est-ce que tout cela a à voir avec la mort de Ward ? »

Honey a réfléchi quelques instants : « Elle n'a jamais dit pourquoi tu faisais chanter Ward ? »

Je me suis assis sur le bord du lit. « Non, elle n'a rien dit. » La lumière qui venait de l'extérieur me faisait mal aux yeux. J'ai baissé les paupières un instant et je les ai rouvertes. J'ai regardé Honey. « Je suis désolé. Comme je te l'ai dit, je ne me souviens même pas d'avoir écrit à Ward.

— Tu devrais cogiter, Frank. Ce n'est pas en ne t'en souvenant pas que tu vas t'en débarrasser.

— Je sais. » Je me suis allongé près d'elle en regardant le plafond. J'avais peur de prononcer le nom de Melvin. Au plus profond de moi, je craignais d'en avoir fait plus que je ne l'avais voulu. Quand j'y repensais, je me disais qu'il était impossible qu'un homme attende comme il l'avait fait, en comptant à l'envers pendant que je restais dans sa camionnette. Merde, parfois, j'avais l'impression qu'une sorte d'absence me tombait dessus. J'ai voulu en parler à Honey mais lui dire que je craignais d'avoir fait quelque chose l'effraierait certainement. Je deviendrais comme Ken. Alors j'ai dit : « Honey, est-ce que tu as su que Ken avait tué ces gens le jour où il l'a fait ? »

Honey a dit sèchement : « Frank.

— Dis-moi simplement, est-ce que tu as senti quelque chose... comme une intuition de ce qu'il avait fait ?

— Frank, je ne veux plus t'entendre parler de Ken, tu as compris ? Ne me demande rien sur lui ou sur cette époque, d'accord ? »

Robert Lee est entré dans la chambre comme s'il avait entendu le nom de Ken et il a dit : « De quoi vous parlez ? »

Honey a dit : « On disait que vous aviez besoin de vêtements neufs, et on va vous équiper, toi et Ernie. »

Robert Lee est resté sans bouger en nous regardant et a dit : « Vous avez l'intention de nous donner à manger ? Il est bientôt une heure. »

Chez Woolworth's, j'ai équipé Robert Lee et Ernie. Il y avait une promotion sur les vêtements Green Bay Packers [1], et j'ai acheté à Ernie une horrible tenue jaune et vert. Il y avait des chaussettes, des sous-vêtements, des moufles, des protège-oreilles et des casquettes avec dessus le logo des Green Bay Packers, des conneries qui jouent sur le besoin qu'ont les enfants d'appartenir à quelque chose. Ernie voulait tout, et son désir et sa fascination

1. Green Bay, extension nord-ouest du lac Michigan et nom de la ville qui se trouve au fond de la baie. Les « Green Bay Packers » sont l'équipe de football américain de la ville. (*N.d.T.*)

d'enfant ont eu raison de mon sens de l'ironie, alors je me suis laissé avoir pour cette merde. Il a sorti les sous-vêtements de l'emballage plastique et a arraché la plaque de métal qui attachait les chaussettes ensemble, et j'ai bien été obligé de les lui acheter en plus. J'ai même dû céder pour un petit sac à dos et une autre paire de moufles Packers parce que Ernie y avait mis son dinosaure, en disant que c'était un sac de couchage.

Robert Lee a dit : « Les Green Bay Packers, c'est des pédés, Ernie ! Cite-moi le nom d'un seul joueur des Packers, un seul, et je te donne cinquante dollars ! » Il a fait le geste de chercher cinquante dollars dans le fond de sa poche, et Ernie a eu une expression de gosse stupéfait.

J'ai dit : « Laisse-le prendre ce qu'il veut. »

Robert Lee s'est éloigné d'un pas nonchalant vers le rayon pour adolescents. Il a pris une veste et un pantalon Levi's en jean, une ceinture avec les Pink Floyd en relief sur la boucle, un T-shirt Rush, et des bottes de bûcheron, qu'il a tenu à porter délacées. Robert Lee a dit : « Frank, tu veux bien m'acheter une flasque à whisky en acier ? » À la place, je lui ai acheté un peigne qu'il voulait et qui ressemblait à un cran d'arrêt.

C'était agréable de dépenser de l'argent comme ça pour eux. Ils ont mis leurs vêtements neufs et ont laissé les vieux dans les cabines d'essayage, comme s'ils avaient mué en de nouvelles créatures.

Au rayon loisirs, un vendeur entre deux âges, vêtu d'un costume marron, nous a montré différents appareils. Il suçait des bonbons à la menthe. Il y avait des postes de télé. On voyait l'émission *Jeopardy* sur un mur de postes de télé. J'écoutais plus les questions que le vendeur.

Nous avons acheté un poste couleur avec écran de cinquante-cinq centimètres, un petit réchaud et un grille-pain. J'ai dit : « C'est la dernière dépense importante, vous m'entendez ? » Ernie avait ses vêtements neufs et souriait, et Robert Lee jouait avec son peigne cran d'arrêt. Le vendeur a dit qu'ils nous livreraient le poste de télé gratuitement.

Nous avons mangé dans un petit café. La nuit tombait. Les lumières de l'université étaient allumées.

J'ai acheté le journal. L'histoire du meurtre de Ward était dans un coin de la une et continuait en page deux.

Copper, Michigan. – Alors que l'enquête sur le meurtre de Ward Cassidy continue, la police a commencé à reconstituer les déplacements du suspect, la veille du meurtre.

Un témoin, un conducteur de Greyhound, a vu le suspect prendre un bus à Chicago. Il a remarqué que l'individu n'avait pas de bagages. Un autre conducteur de Greyhound a affirmé que le suspect avait demandé qu'on le dépose à la sortie 301. Le conducteur a noté l'heure dans son journal de bord : 9 h 40.

Le suspect, qu'on surnomme « le Dormeur » et qui serait Chester Green, a recommencé à respirer sans assistance. Il reste dans un état végétatif au Copper County Hospital.

D'autre part, M. Green a fait une demande pour que le corps de son fils soit exhumé, afin de disculper son nom et de prouver que son fils a bien été enterré.

J'ai relu l'article, en entourant le mot « Chicago ». D'une certaine façon, voir le nom de Chicago me faisait peur. J'avais vécu à Chicago, mais c'était une très grande ville. Pourtant, je n'aimais pas cette coïncidence, d'avoir vécu dans la même ville que l'homme qui avait tué Ward.

Assis en face de moi, Robert Lee ne cessait d'améliorer sa technique en faisant jaillir son peigne devant Ernie, puis il se coiffait avec ce ricanement calme qui finissait en sourire, tandis qu'Ernie donnait du ketchup et des œufs à manger à son dinosaure.

Nous sommes rentrés à la maison. Honey avait obtenu un entretien à la section commerce de l'université. Si je pouvais dire quelque chose d'elle, c'est qu'elle était acharnée à survivre.

La télé est arrivée et nous l'avons installée dans un coin de notre chambre.

Au cours de la soirée, Honey s'est préparée pour son entretien du lendemain. Elle a pris un long bain.

Je l'ai aidée à se mettre du Lee Press-On sur les ongles, puis elle les a vernis avec plusieurs couches de Rouge Candy Apple. J'ai dû ouvrir la fenêtre à cause de l'odeur des produits chimiques. Ernie a dit qu'il se sentait mal. J'ai fait réchauffer quatre plateaux-repas dans la cuisine commune au bout du vestibule. Je suis revenu avec un verre pour Honey.

Nous avons regardé une rediffusion de *Hogan's Heroes*. Robert Lee a imité le sergent Schultz et a dit avec un accent allemand : « *Jeu neu sais rian... Jeu neu sais rian...* » et Ernie a répété après lui.

J'étais à cran. L'idée que j'avais fait chanter Ward et que je ne pouvais pas me le rappeler me rendait malade.

Je regardais à la télé le colonel Hogan faire entrer en douce dans le Stalag 13 deux Françaises bien en chair, appartenant à la Résistance. J'ai dit « C'est ainsi qu'on réécrit l'histoire, c'est ce dont nos gosses vont se souvenir à propos d'une des plus grandes catastrophes de l'histoire de l'humanité, une farce à l'intérieur d'un camp de prisonniers. »

Robert Lee a dit : « Du calme Frank, on essaie de regarder le film. »

Honey a dit : « C'est une satire, Frank, tu as déjà entendu parler de la satire, non ? » Elle se peignait les ongles des pieds. Elle avait coincé du papier entre chaque orteil.

Je suis allé chercher les plateaux-repas dans le four. J'entendais la télévision sur toute la longueur du vestibule. Je suis revenu dans la chambre. « La satire suppose qu'on connaisse d'abord les faits. Ça, ce n'est pas de la satire. » Une des Parisiennes descendait une échelle. La caméra a fait un gros plan sur son cul et le colonel Hogan a relevé son chapeau sur sa tête, ce qui était un de ses tics, et il a dit : « Laissez-moi m'occuper de ça. » Les rires préenregistrés se sont amplifiés quand le cul de la femme s'est écrasé sur le visage du colonel dans le tunnel étroit qu'elles utilisaient pour entrer et sortir du camp de prisonniers.

J'ai enlevé la pellicule qui recouvrait les plateaux-repas. J'ai dit : « Tu sais comment est mort le colonel Hogan, Honey ? »

Honey a tourné les yeux vers moi : « Dans le film ? »

J'ai dit : « Non. Merde, personne n'est jamais mort dans un film. Un film sur la Seconde Guerre mondiale et personne n'est mort... Dans la vie réelle, Bob Crane était fou de pornographie. Il a été battu à mort avec une barre de fer dans une sorte de triangle amoureux bizarre en regardant des cassettes porno d'amateur. »

Honey a dit : « C'est tout à fait ce que je veux qu'Ernie entende, Frank... »

Nous ne nous sommes pas mis à table, chacun a simplement posé son plateau sur ses genoux.

Ernie refusait d'enlever son blouson des Green Bay Packers.

Honey a dit : « Laisse-le, Frank. Il l'enlèvera quand il aura trop chaud. »

Je voulais regarder *La Pyramide à cent mille dollars*, mais nous avons terminé devant *Querelles de famille*, et à nouveau le sommeil nous a pris comme une drogue peu de temps après.

10

Le lendemain matin annonçait une de ces journées d'un bleu qui fait mal rien qu'à le regarder.
Mais avec ce ciel bleu est arrivé un froid intense descendu du nord.

Honey s'est préparée pour son entretien. Elle était
très affairée, elle se baladait dans son soutien-gorge
grande taille et son immense slip, ce qu'elle faisait
toujours quand elle se maquillait. C'était étrange de
voir son visage entièrement maquillé et le reste de
son corps blanc et rondelet. Elle m'a vu la regarder
en coin et elle a dit : « Frank, ne laisse pas brûler ce
toast, tu m'entends ? »

Honey a essayé plusieurs vieux vêtements qu'elle
avait apportés et elle s'est finalement décidée sur
l'ensemble en polyester qu'elle avait mis le jour où
Ken avait été condamné à mort, et Robert Lee
s'est brusquement retourné, il est sorti de son lit et
a fait jaillir la lame-peigne de son cran d'arrêt
devant le visage de Honey en hurlant : « Je ne
veux pas que tu mettes ça, jamais, tu m'entends,
sale pute ! »

Ça m'a foutu les boules et Honey a poussé un cri parce qu'elle ne savait pas que ce n'était qu'un peigne. Son visage fardé est devenu presque blanc. Cela s'est passé en une seconde. Alors Honey s'est rendu compte que c'était un peigne et elle a retrouvé ses couleurs. Ce qui est arrivé ensuite, c'est une de ces crises de violence complètement folles auxquelles je n'aime pas penser. Honey a perdu tout contrôle d'elle-même. Des coups administrés presque en silence, simplement Honey ahanant sous l'effort. Robert Lee était replié sur lui-même comme quelque chose qu'on aurait sorti de sa coquille.

Je suis sorti dans le vestibule avec Ernie, et pour la première fois depuis bien longtemps, j'ai mis un genou à terre comme un boxeur qui est compté et j'ai simplement attendu qu'il n'y ait plus de bruit dans la chambre.

Finalement, Honey est sortie à son tour. Elle haletait. Elle a seulement dit : « J'ai éteint le grille-pain, Frank. » Mais elle avait changé de vêtements.

La porte a vibré quand elle l'a claquée derrière elle.

Je suis resté quelque temps à l'extérieur. Je sentais l'odeur de pain grillé de l'autre côté de la porte et j'entendais les rires préenregistrés de *I dream of Jeannie*. Ernie était assis à côté de moi et, même si je ne le regardais pas en face, je voyais ses phalanges blanches qui serraient son dinosaure. J'ai dit : « Ça va », mais quand j'ai essayé de le toucher, il s'est reculé. Ernie s'est relevé, il est allé frapper à la porte et a dit : « C'est moi, Ernie. »

Robert Lee est sorti et a posé la main sur la tête d'Ernie. Ernie a passé le bras autour de la taille de

Robert Lee, qui a dit : « On est tous les deux, toi et moi, contre le monde, Ernie. On est des superhéros, Ernie. »

Quand Robert Lee respirait, des bulles de sang lui sortaient du nez. Un petit muscle bougeait dans sa mâchoire tandis qu'il parlait à Ernie, puis il s'est éloigné vers la salle de bains. Dans la lumière grise, Robert Lee semblait avoir beaucoup plus que ses quinze ans. J'ai vu la virilité qui prenait forme en lui, dans la largeur de ses épaules et l'étroitesse de sa taille.

J'ai dit doucement dans le vestibule : « Ce n'est pas la peine de ruminer comme ça, Robert Lee. »

Le robinet s'est mis à couler. « Je ne suis pas en train de ruminer, Frank, je suis en train de bouillir. » Il écarquillait les yeux et respirait difficilement. Il m'a tourné le dos. J'ai vu les longues marques qu'y avaient laissées les ongles de Honey.

Et c'est ainsi, avec ces mêmes mains, que la championne de dactylo de l'État de Géorgie trouva un travail cet après-midi-là. Dans la mélancolie qui s'ensuivit, on ne s'est pas dit grand-chose. Il faisait chaud dans la chambre et on suait. L'odeur de graisse et de hamburgers des plateaux-repas flottait dans l'air. J'ai pris une tasse de café dans la cuisine collective.

À travers les rideaux de dentelle, je voyais tomber de gros flocons de neige à l'extérieur.

Honey s'est rachetée en me dégotant un poste dans l'équipe de sécurité à l'université. Elle a dit : « Je leur ai expliqué que tu avais suivi un cours de criminologie dans le New Jersey, Frank », ce qui était faux, mais ce pieux mensonge les a convaincus de m'engager dans l'équipe de nuit.

On m'a engagé par téléphone. J'ai appelé le doyen de l'université chez lui, ce que je trouvais inhabituel, mais cela faisait partie de la méthode du doyen, son approche pratique de la vie et de son travail en particulier. Il a dit : « Je n'ai pas peur de relever mes manches, et de mettre les mains dans le cambouis, Frank. » J'ai perçu un accent de l'Est, peut-être du New Hampshire, l'idéal grincheux de la nature et du savoir.

Le doyen m'a expliqué sa vision des choses. L'université était en phase de transition, elle passait du stade d'institut universitaire à celui d'une institution accréditée de quatre années d'études, et elle avait coupé tout lien avec le Conseil de l'Éducation du Michigan. C'était une institution privée, encore jeune, avec de solides appuis financiers, qui faisait partie d'une initiative conçue pour accueillir de futurs étudiants venant de milieux différents, pour une expérience d'enseignement centrée sur les grands auteurs. Il a dit : « Nous devons savoir d'où nous venons, avant de décider où nous voulons aller, d'accord Frank ? »

Je voyais bien que c'était un discours de recrutement, mais je me contentais d'écouter dans l'alcôve obscure. La paie était incroyablement élevée, et le doyen a souligné qu'il avait l'impression qu'avec ma formation en criminologie et en prévention du crime en milieu urbain, je serais un atout inestimable pour l'université. Il a fait une allusion aux

ennuis possibles que cette nouvelle *population* d'étudiants non originaires de la ville posait aux étudiants
d'ici, et à la ville en général. Il a cité des statistiques
établies par une commission d'éducation qui éva-
luait l'augmentation de la délinquance et faisait la
liste des infractions potentielles. Il a dit : « Ce que je
recherche pour l'établissement, Frank, c'est une personne qui pourra *construire des ponts* entre des *popu-
lations hétérogènes*. Êtes-vous prêt à relever le défi,
Frank ? »

À la fin de la conversation, le doyen m'a dit que
j'aurais un supplément si j'acceptais de dégager la
neige, ce que j'ai accepté de faire.

Quand je suis remonté, j'ai demandé à Honey
quelle était mon expérience en prévention du crime
en milieu urbain. Elle a ri et a dit : « Cette université
recrute essentiellement des gosses de familles riches
de la région des Grands Lacs. Le doyen de la section
commerce dit qu'il y a eu des problèmes entre les
gosses d'ici et les nouveaux étudiants riches. C'est
pour ça qu'ils ont sauté sur l'occasion et qu'ils t'ont
engagé, Frank, et pour ça que ce n'est pas quelqu'un
d'ici qui a le poste. »

Je lui ai dit quelle était la paie, et elle a souri.
« C'est peut-être le meilleur déménagement qu'on
ait jamais fait, Frank. »

J'ai dit : « Je parie que le doyen va se mettre en
rogne quand il apprendra que je suis de la famille de
Ward, quand ça va vraiment exploser. »

Honey m'a regardé : « Où en est l'enquête,
Frank ? »

J'ai secoué la tête : « Ça me dépasse. Je sais seulement ce qu'il y a dans les journaux, comme tout le

monde. » J'ai regardé Honey. « Tu sais que Sam Green a demandé qu'on exhume le corps de son fils ? »

Honey a dit : « J'ai été trop occupée, Frank, et dès que tu commenceras à travailler tu n'auras plus le temps de jouer au flic. Il n'y a qu'à laisser faire. Il y aura bien une explication au bout du compte, il y en a toujours une. »

La télévision a rompu le silence qui suivait nos discussions sporadiques le lendemain. C'était mardi, et je ne commençais à travailler que vendredi. J'ai fait des choses et j'ai appelé pour qu'on nous installe un téléphone.

Pour sortir de l'appartement, j'ai emmené Ernie sur le campus. Robert Lee a dit qu'il ne voulait pas venir. Il tenait son distributeur de bonbons avec la tête de Richard Nixon. Il a ouvert et refermé la bouche de Nixon en imitant sa voix : « Je peux le supporter... plus c'est dur, plus je suis calme... » Robert Lee m'a regardé : « Ce sont les mots exacts de l'ancien président des États-Unis, Frank. »

Un doute ne me quittait pas depuis que Martha m'avait demandé où j'avais lu un article sur la mort de Ward, alors je suis allé à la bibliothèque de l'université et j'ai cherché dans *The New York Times*, j'ai vérifié dans les semaines précédentes, mais il n'y avait aucune référence à la mort de Ward. J'avais l'impression d'être devant une porte obscure, avec de l'autre côté, un secret. Je veux dire, prenez ma putain d'histoire de maladie mentale. J'étais un témoin sur lequel on ne pouvait pas compter, même de ma propre vie, de ma propre conscience.

J'ai passé l'heure suivante à marcher sur le campus, complètement engourdi par le froid. J'ai vu une annonce qui signalait l'existence d'un jardin d'enfants à l'église First Assembly. Je cherchais quelque chose pour m'occuper l'esprit. J'y suis allé pour inscrire Ernie. Devant l'église, on pouvait lire : « Comment allez-vous passer l'éternité ? En fumeurs ou non-fumeurs ? »

De retour dans l'appartement, j'ai regardé Robert Lee. Il riait à tous les endroits où l'on est censé rire dans les sitcoms, mais, je trouvais, d'un rire trop fort, comme si c'était vraiment trop drôle. Il ne quittait jamais la pièce sauf pour aller aux toilettes. Il restait assis là, en sous-vêtements comme un détenu.

Ce silence était comme un véritable orage.

Le lendemain du jour où il avait reçu sa raclée, tandis que Honey s'habillait pour aller travailler, Robert Lee m'a demandé : « Frank, dis-moi honnêtement, laquelle est-ce que tu trouves la plus attirante sexuellement, *Jeannie* ou la sorcière femme au foyer de *Ma sorcière bien-aimée* ? »

Je voyais Honey dans l'autre pièce. Elle s'est arrêtée et a attendu.

J'ai dit : « Ça ne t'intéresse vraiment pas d'aller au lycée, Robert Lee ? » Il s'est retourné et m'a dit en souriant : « Ne change pas de sujet, Frank. Tu veux que j'en rajoute ? Qu'est-ce que tu penses de Ginger ou de Mary Ann, ou de Florence Henderson, Frank ? Tu sais qui c'est, hein, Frank ? Carol Brady dans *The Brady Bunch*. Tu ne t'es jamais demandé ce qui avait bien pu arriver à son mari, Frank ? Tu sais, Frank, si on écoute la chanson d'ouverture, ils l'ignorent tout simplement. Est-ce que son mari est mort, ou est-ce qu'il a été condamné pour avoir tué quelqu'un ? Tout ce que dit la chanson, c'est : "Elles avaient toutes des cheveux d'or, comme leur mère, la plus jeune avait des boucles", et, oh oui, "elles étaient seules". »

Honey s'est figée sur place dans l'autre pièce. Je la voyais qui écoutait en écarquillant les yeux.

Robert Lee a dit : « D'accord, si tu ne veux pas répondre, Frank, je vais le faire. Moi, je choisirais *La Femme invisible*, voilà ce que je choisirais. »

Honey est entrée dans la pièce et a regardé Robert Lee ; il a sorti son peigne cran d'arrêt, il a fait son truc habituel, et s'est recoiffé.

Ce jour-là, Honey est partie sans rien dire.

Puis, l'après-midi, le sommeil m'a gagné. J'ai dormi jusqu'à ce qu'Ernie me réveille avec un baiser, comme dans un conte de fées.

11

J'ai téléphoné au lycée et j'ai pris rendez-vous pour inscrire Robert Lee. Nous y sommes allés le jeudi matin et Robert Lee a commencé une série de tests d'évaluation dans mon ancien établissement.

C'était vraiment étrange de marcher dans les vieux couloirs cirés, avec les mêmes rangées de placards, certains décorés avec des papiers et des rubans d'anniversaire. Je suis allé jusqu'à mon placard, le numéro 308, ce petit espace, le seul domaine où je gardais tout ce qui m'appartenait au lycée : mes livres, mes tenues de sport qui sentaient mauvais et, par-dessus tout, ma pipe et mon herbe, jusqu'au jour où le proviseur a fait ouvrir tous les placards à peu près à l'époque où les choses ont commencé à chauffer au Viêtnam. Cela me faisait toujours un drôle d'effet, même aujourd'hui, cette monotonie institutionnelle, le labyrinthe des couloirs et l'uniformité que devait affronter un adolescent dont le sens de l'identité était en train de naître.

L'établissement était immense, comme un putain d'aéroport, plus grand que n'importe quoi qu'on trouve dans les grandes villes, un de ces vastes ensembles de hangars qui accueillait plus de deux mille gosses. C'était comme dans l'arche de Noé ce matin-là, la façon dont les enfants arrivaient de tout le comté, des fermes isolées, ramassés comme du bétail qu'on emmène au marché par des bus scolaires. Pas étonnant qu'on mettait dans les toilettes des pétards de Halloween qui faisaient éclater la plomberie. Il fallait en faire pour se distinguer des autres, pour équilibrer la solitude d'une existence dans une ferme avec la foule du lycée.

Le passé m'a rattrapé alors que j'arpentais les couloirs. Je suis descendu dans mon ancienne salle de classe et j'ai contemplé les murs coquille d'œuf, les gosses avachis sur leur siège. À l'infirmerie, j'ai vu des enfants alignés sur des bancs, qui attendaient l'infirmière. J'ai vu la table d'auscultation recouverte pour l'hygiène de papier sulfurisé, les bocaux remplis d'abaisse-langue et de pansements, toujours les mêmes conneries. Les gosses malades ne rentraient jamais chez eux avant la fin de la journée, parce que aucun fermier ne serait venu chercher son gosse sauf en cas d'urgence et, de toute façon, en cas d'urgence, le gosse allait à l'hôpital en ambulance. Pour l'essentiel, on faisait le tri entre les estomacs dérangés, les maux de tête, les problèmes féminins et les blessures en sport. J'avais l'habitude de venir ici pour dire que j'avais mal à l'appendice quand il y avait un contrôle en biologie ou en histoire. J'étais passé maître dans l'art des contrôles de rattrapage.

À côté de l'infirmerie, il y avait les laboratoires où j'avais passé les examens psychiatriques. J'en ai eu un frisson dans le dos. Merde, c'était une autre vie. Je me sentais loin de tout, même si tout m'était familier. Si l'on m'avait mis un bandeau sur les yeux j'aurais pu me déplacer dans tout le lycée, la bibliothèque, la salle des placards de sport, la vitrine des trophées à l'entrée, la cafétéria, les laboratoires de biologie. Tout était imprimé dans mon cerveau, déposé là pour toujours. Comme on me le disait il y a des années, rien n'est jamais oublié à l'intérieur du cerveau, tout est là, simplement il arrive que des portes soient fermées, mais il suffit d'utiliser les bonnes clefs pour les ouvrir.

J'ai fermé les yeux et je suis allé jusqu'au gymnase, en suivant la carte imprimée dans mon cerveau. Il y avait le tableau des records dans les différents sports ainsi que tous les championnats du comté et de l'État que le lycée avait remportés au long des années. J'ai regardé le « mur de gloire des lutteurs ». Il y avait ce connard de Norman en tenue de lutteur, comme un pédé. Il était dans la catégorie poids lourds. Son poids était de 140 kilos.

Merde, ça faisait bizarre de voir Norman en photo, dans la pose typique du lutteur, appuyé sur une jambe, les bras tendus et les mains ouvertes, prêt à s'élancer. Je souriais en regardant sa grosse face pâteuse, puis je me suis arrêté. Une vague de mélancolie est montée en moi et j'ai eu la chair de poule. Tout ça était fini. J'ai regardé la photo de Norman et, à la vérité, il avait moins bien vieilli que moi au bout du compte, parce que c'était un vrai cheval de labour, et Ward avait l'habitude de le tuer à la tâche. Norman était gros comme un bœuf. On me renvoyait plus volontiers à des travaux inférieurs comme traire les vaches et ramasser les œufs, et après la disparition de la femme de Ward, morte en donnant naissance à Norman, j'ai fait la cuisine jusqu'à ce que j'aille au lycée. C'est une des vraies raisons pour lesquelles j'ai pris « économie domestique », parce qu'on avait mangé de la merde pendant des années.

Sur le mur de gloire, il y avait la liste des exploits de Norman jusqu'en terminale. Il avait atteint les finales de l'État de la seconde jusqu'en terminale, et avait été blessé la dernière année, un déchirement du tendon d'Achille qui avait nécessité une intervention chirurgicale. Les connards de recruteurs de l'université qui ne l'avaient jamais laissé en paix pendant ses années de lycée l'ont tout bonnement laissé tomber en pensant qu'il était foutu. Personne ne lui a proposé de bourse, sauf quelques universités de cow-boys qui coûtaient plus cher que ça ne rapportait, des coins perdus dans l'Oklahoma et le Nebraska. Je me souviens avoir téléphoné quand les délais étaient passés pour que Norman envoie une lettre de demande de bourse. J'ai dit : « Salut Norman, attraper les types par les couilles ce n'est pas le genre de bourse que tu veux, hein ? T'as pris la bonne décision, Norman. Tu veux pas qu'on te traite toujours de pédé, hein ? » Mais j'étais désolé pour Norman. Il a simplement dit : « T'arrêteras jamais, Frank. » Il riait en disant ça. J'ai imaginé ses grandes dents de cheval et ses gencives qu'on voyait quand il riait.

C'était difficile d'accorder le Norman de la photo qui se trouvait devant moi avec ce que Martha avait dit de lui. J'avais l'image de Norman courant dans la campagne, une sorte de géant hurlant comme un fou.

J'ai téléphoné à Martha depuis une cabine. Je lui ai dit : « Je suis ici, au lycée, et je regarde Norman dans l'espèce de reliquaire. Parfois je pense qu'un type comme lui fait partie du décor. Je comprends peut-être ce que tu as vu en Norman depuis le début. »

Martha a soupiré et a laissé les choses se calmer. Elle a dit doucement : « Mon Dieu, ça fait une paie. »

J'ai dit : « Je voulais seulement te poser une question, Martha.

— C'est quoi, Frank ?

— J'aimerais voir une des lettres que d'après toi j'ai envoyées à Ward. Comment est-ce que tu sais que je les ai envoyées ?

— Frank... Je pensais que tu resterais peut-être en dehors de tout ça. »

Je ne me suis pas énervé, j'ai mis la main devant le téléphone et j'ai parlé presque à voix basse. « Écoute-moi, Martha, je veux savoir ce que je suis capable de faire, ou ce que j'ai *fait*... parce que la vérité c'est que je ne m'en souviens pas. Tu m'entends ? Je ne me souviens pas d'avoir envoyé ces lettres à Ward. Je le reconnais, Martha, tu m'entends bien ? C'est un aveu de ma part. Je suivais un traitement psychiatrique, Martha. J'étais chez les cinglés drogué à mort, tu m'entends ? » J'ai pris une grande respiration. « Je m'excuse, d'accord ?

— Frank, écoute, je ne vais rien en faire de ces lettres. Avec tout ce qui se passe, je ne vais pas mentionner ce que tu as fait à Ward. Les choses sont déjà assez compliquées comme ça.

— Martha... » J'ai hésité.

Quelqu'un a parlé derrière elle. J'ai reconnu la voix de Norman.

Martha a dit : « J'arrive tout de suite, Norman. » Elle a repris le téléphone. « Il faut que j'y aille, Frank. »

J'ai dit : « Comment est-ce que tu sais que c'était moi, Martha ?

— Tu as signé les lettres, Frank. Elles sont signées par toi. »

Je n'ai rien dit pendant un petit moment et j'ai entendu le clic du téléphone qu'on raccrochait.

J'ai erré dans les couloirs jusqu'à ce que je retrouve Robert Lee pour le déjeuner. Nous avons mangé à la cafétéria pour quarante-cinq cents, une crêpe au maïs, de la compote de pommes en tube, du lait et un gâteau à la crème avec une cerise dessus. La femme qui servait derrière le comptoir était la même qu'à mon époque. Elle ne m'a pas reconnu et je n'ai rien dit.

Je voyais que les filles regardaient Robert Lee. Il se tenait cambré, la veste en jean ouverte, l'air d'un dur, avec cette touche de romantisme que les filles trouvent irrésistible. En fait, il n'était que la version réduite de l'homme qu'il deviendrait. Il y avait des gosses comme ça dans toutes les écoles, et les gosses qui avaient cet air-là finissaient toujours par avoir de graves problèmes.

Robert Lee s'est levé pour aller au distributeur de friandises. Il a dit très fort, à travers la cafétéria :

« Qu'est-ce que tu veux, Frank? C'est moi qui paie! » et quand les autres gosses se sont retournés pour le regarder, il a donné un grand coup dans la machine et quelque chose est tombé. Robert Lee s'est penché et s'est relevé avec un Twinkie et sa pièce de vingt-cinq cents, comme un magicien achevé.

Autrefois, j'aimais quitter la chaleur de la cafétéria et sortir dans ce froid, un froid sec qui me saisissait à la gorge quand je respirais. Franchir les portes vitrées de la cafétéria c'était comme quitter le dôme d'une sorte de colonie artificielle. J'ai vu la nouvelle génération de losers qui fumait au-dehors.

Pendant tout le repas, j'avais essayé de me revoir en train d'écrire ces lettres à Ward, mais en vain.

Après le déjeuner, Robert Lee et moi, nous sommes allés voir le conseiller d'éducation, M. Arnold Grimes, une ancienne punition du temps du lycée, un connard fournisseur d'informations inutiles. Il était coincé dans un bureau au bout d'un labyrinthe pour rat, composé de bureaux de l'administration, avec des livres sur les universités et des statistiques pour mesurer et imaginer à quoi vous étiez bon dans la vie. Je crois qu'il portait le même blazer bleu et la même cravate rouge que lorsque j'étais élève. Il ressemblait à un démarcheur d'assurances vie sur le déclin. « Frank! Mon Dieu, ça fait longtemps! Très longtemps! » Son haleine sentait le mauvais café. Il m'a tripoté les bras et le dos avec une familiarité excessive, comme s'il me fouillait. « Alors, comment ça va, Frank? Qu'est-ce que tu fais, Frank? Tu as l'air en forme, Frank. »

Je me suis assis avec Robert Lee à côté de moi. De l'autre côté du bureau, M. Grimes s'est immobilisé. « J'ai appris la terrible nouvelle pour ton père, Frank, vraiment terrible. »

Je n'ai pas corrigé son erreur.

« On ne s'attend pas à ce qu'une chose pareille se produise ici, on ne s'y attend vraiment pas, mais il ne faut pas se laisser abattre, et Dieu sait si c'est dur, mais c'est ce qu'il faut faire dans ce genre de situation, Frank. Ne pas se laisser abattre. »

Je n'ai pas vraiment animé la pièce par ma conversation, et M. Grimes a réussi finalement à dire : « Ce gosse te ressemble tout à fait, Frank. Un gosse bien, Frank. »

Robert Lee a dit : « C'est pas mon putain de père ! »

M. Grimes a pris cet air méchant qu'il avait juste en dessous de son vernis aimable de connard, et il a dit : « Nous n'apprécions pas ce genre de langage. Vous me comprenez, jeune homme ? Ce genre de langage conduit en prison. »

Ça a mis fin à l'aimable conversation. M. Grimes a carrément changé, il a indiqué les cours de formation professionnelle et les conneries habituelles que les gosses devaient suivre, et nous sommes partis.

12

Ainsi, au bout de quelques jours, la vie est devenue une certitude pesante. Nous nous sommes habitués à la neige et au froid. J'ai commencé à préparer, dans de grands sacs de papier brun, le déjeuner de tout le monde, du beurre de cacahuètes, des sandwiches à la confiture, des chips et une pomme, je posais tout sur la petite table de notre chambre et chacun vaquait à ses affaires. C'était comme si on vivait là depuis longtemps, une routine déjà bien installée. À sept heures un quart, Robert Lee devait prendre le bus scolaire au bout de la grand-rue. Honey partait à huit heures et demie.

Je suis revenu dans le monde des badges portant le nom de la personne. Celui-ci disait : *Frank – Protéger et servir.* J'étais là depuis près d'une semaine et il n'y avait eu aucun incident. La chose étrange avec mon boulot c'était qu'il n'y avait pas d'heures fixes. En principe, le doyen m'avait dit de faire autant d'heures que *nécessaire*, en général la nuit, pour vérifier que tous les bâtiments étaient tranquilles étant donné la présence nouvelle de femmes sur le campus. Il n'y avait pas de directives précises, à part la vague notion qu'il fallait protéger les femmes. Je ne savais jamais combien d'heures exactement je devais travailler, et au cours de la première semaine, j'ai à peine entendu parler de l'unique agent de sécurité qui dirigeait les opérations sur le campus. En fait, je ne lui avais jamais parlé. Pendant les premiers jours, il ne s'est pas présenté au petit matin, et sa petite amie, Linda, m'a téléphoné pour me dire que je pouvais rentrer chez moi, qu'ils assuraient la suite. Et elle a même cessé de m'appeler, alors j'ai laissé les bâtiments sans surveillance.

Je réglais mon service de nuit comme je le voulais, mais on pouvait m'appeler n'importe quand en cas de tempête de neige. En fait, j'ai vite compris que j'étais en réserve pour pelleter la neige, et que patrouiller sur le campus n'était pas vraiment dans mes attributions, malgré le beau discours du doyen au téléphone.

Il y avait quatre dortoirs sur le campus et c'était ce que j'avais vraiment à surveiller, plus particulièrement les deux dortoirs de filles. Ils étaient séparés de ceux des garçons et volontairement près du bureau de la sécurité. Il n'y avait pas de fenêtres au rez-de-chaussée. Sinon, ils étaient semblables aux dortoirs des garçons. On m'avait dit de ne jamais y pénétrer. On y avait installé des boutons rouges pour déclencher l'alarme s'il se passait quelque chose de terrible, et une sonnerie se mettait en marche dans mon bureau.

Le plus dur a été de m'habituer à vivre dans le brouillard de l'insomnie. J'ai fini par voir la nuit, parce qu'il n'était pas question que je me serve de ma torche électrique, sauf pour la braquer dans les yeux d'un suspect, mais il n'y avait pas de suspects. Toutes les heures j'apparaissais, comme une taupe, je faisais le tour des bâtiments en vérifiant que les portes étaient bien fermées et je contrôlais aussi les dortoirs des étudiants. Bien sûr, c'était un travail que je m'inventais parce que, comme je l'ai dit, il n'y avait pas vraiment de communication avec le principal responsable de la sécurité, mais le premier chèque de ma paie est arrivé sans problème, aussi, jusqu'à plus ample informé, je m'en tiendrais à ce que m'avait expliqué le doyen.

J'arpentais le campus dans ma tenue d'agent de sécurité, mon pantalon me pendait sur les fesses parce que ce putain d'uniforme avait été enfilé par je ne sais combien de types avant moi.

J'ai travaillé sans connaître le moindre incident pendant les quatre premiers jours. La cinquième nuit, j'avais terminé ma ronde des dortoirs, quand j'ai entendu quelqu'un crier dans une voiture garée sur le parking du campus le plus éloigné. J'ai éclairé la plaque minéralogique. C'était une Volvo d'un autre État, ce qui voulait dire que c'était la voiture d'un gosse de riches. Je lui ai demandé de baisser sa vitre. De la fumée de hasch s'est répandue dans l'air nocturne. Il y avait deux garçons et une fille. J'ai dirigé le faisceau lumineux sur leurs visages. La fille était en soutien-gorge mais un des bonnets avait été écarté et on voyait son sein. J'ai dit : « Tout va bien, mademoiselle ? »

La fille était pétrifiée. J'ai maintenu la lumière sur elle. Elle s'est protégé les yeux avec le bras.

Je lui ai demandé de quitter la voiture. Je voyais bien qu'elle était d'ici. Elle était belle, à la façon des adolescentes, mince, avec un jean Lee et une veste de satin achetée dans une station-service. Elle a serré les bras sur sa poitrine.

Un des garçons est sorti. Il était trapu et portait une veste de velours. Il avait des cheveux très longs qui lui balayaient le visage en permanence. Il a dit : « Nous participions à une petite activité récréative. » Le gosse a levé les mains et les a passées dans ses cheveux.

Je l'ai injurié et j'ai dit à la fille : « Vous avez besoin d'aide ? »

La fille a fait non de la tête.

Alors Cheveux longs a dit : « Hé, c'est notre célèbre ami. Brad, c'est *Frank*. »

L'autre type est sorti de la voiture à son tour et m'a regardé.

La fille a dit : « C'est qui ? »

Cheveux longs a dit : « Allons-y, je te raconterai plus tard. »

Je suis allé dans la cafétéria ouverte tard le soir sur le campus. Elle ne fermait qu'à une heure et demie. J'ai pris des frites au fromage fondu et un Coca, et je me suis assis tout seul sur un banc en plastique, en ayant conscience que j'étais la tête de Turc du campus. Tout le monde connaissait mon histoire. Ces gosses m'avaient déstabilisé. Quand on travaille de nuit, on finit par regarder dans son âme, et je n'y étais vraiment pas disposé en ce moment. Ça m'a rappelé quand j'avais eu ma dépression, et je n'arrêtais pas de me dire que je n'aurais pas dû prendre ce genre de travail. Mais il n'y avait rien d'autre dans l'immédiat, alors je me suis concentré pour ne pas perdre la boule. Pendant un instant, j'avais pensé enfoncer mon pistolet dans la gorge de ce gosse de riches, au fond de sa putain de gorge jusqu'à ce que le canon l'étouffe. Je m'en sentais tout à fait capable à ce moment-là.

Je suis allé chercher une brochure de l'université et j'ai commencé à la feuilleter. Sur la couverture, ils avaient mis la photo d'un ancien bâtiment, ce qui donnait un air de plaisir champêtre et de savoir. C'étaient des conneries. Ce bâtiment ne représentait absolument pas le campus qui n'était composé que de saloperies de constructions neuves. Il y avait des étudiants en blouse blanche, dans des laboratoires, qui observaient des réactions chimiques dans des éprouvettes de liquide ou des serpentins. Merde, c'était vraiment du baratin.

J'étais en dehors du coup. Je ne l'avais jamais autant ressenti. Il n'avait fallu qu'un petit incident pour faire pencher la balance. Je me suis dit : « Connards de mouflets. »

J'ai regardé autour de moi. Un changement fondamental qui avait eu lieu en Amérique m'avait échappé : l'éducation de masse de nos citoyens même les plus ruraux, même ceux qui avaient de la sauce blanche entre les oreilles. L'université proposait toute une variété de cours qui allaient de l'horticulture ou de la capacité en droit jusqu'au DEUG dans des matières comme l'administration d'entreprise, l'électronique, la comptabilité, etc. Des formations qui d'après moi vous permettaient tout simplement de répondre au téléphone dans une de ces professions. Ce qu'il fallait pour mener une existence simple était devenu très compliqué. Et le problème c'était que ces connards n'avaient aucun sens de l'ironie, ils ne se rendaient pas compte que cette université était une plaisanterie de mauvais goût, que ce que les étudiants apprenaient maintenant, en faisant des emprunts et en se mettant dans les dettes jusqu'au cou, leur donnait un travail que quelques années plus tôt on obtenait à la sortie du lycée.

Un gosse a vidé son plateau dans la poubelle. Sous les lumières au néon, il avait un visage maladif et pâle. J'ai bu une longue gorgée de Coca. Il m'a semblé trop sucré, comme s'ils avaient raté le mélange. J'avais les dents qui collaient.

J'ai reposé la brochure de l'université et je me suis concentré pour essayer de tordre une cuiller avec la force de mon esprit, toujours les mêmes trucs, n'importe quoi pour m'occuper la pensée. Il fallait que je m'enlève de la tête l'envie d'enfoncer un revolver dans la gorge d'un gosse, parce que c'est à ça que ressembleraient mes nuits à partir de maintenant.

J'ai regardé autour de moi et j'ai vu une femme d'une vingtaine d'années avec de longs cheveux blonds, qui me tournait le dos, seule à une table, en train de lire. Une tasse de café fumait à côté de son bras. Elle était plus âgée que la plupart des gosses qui traînaient ici. Je pense que c'est cela qui avait attiré mon regard. J'étais sûr qu'elle aussi était d'ici.

Je l'ai observée. Elle lisait un livre en surlignant des passages avec un feutre. J'ai fait le truc du contrôle de l'esprit simplement comme ça, pour passer le temps. J'ai posé les mains sur les tempes et j'ai pensé très fort. Je me suis dit : « Regarde Frank. Frank est irrésistible. Frank te plaît. Frank est aimable et gentil. Frank est l'homme dont tu rêves. »

La femme a levé les yeux et elle s'est retournée. Elle a compris que c'était elle que je regardais. Une minute plus tard, elle a refermé son livre et elle est partie. J'ai pensé que je l'avais effrayée.

J'ai fait rouler une frite dans le fromage qui se figeait. On aurait dit de la cire. Je voyais tous ces gosses qui lisaient, écrivaient et qui se posaient des questions. J'avais envie de dire des choses comme : « Hé, vous tous, merde, on devrait être dans un putain de bar. La vie est courte ! Vous êtes en train de passer à côté ! C'est ma tournée ! » J'aurais pu aller dans un bar, mais je ne l'ai pas fait.

De retour dans le bureau de la sécurité, j'ai fait quelques sauts sur place, quelques abdominaux et quelques tractions. J'étais en sueur et j'ai eu froid quand je suis sorti dans l'air frais de la nuit pour effectuer ma ronde. Je suis passé devant le préfabriqué dans lequel on m'avait hypnotisé autrefois. Ça faisait un drôle d'effet d'être responsable de la sécurité.

J'ai regardé le ciel obscur par la fenêtre de mon bureau. Je voyais la silhouette des filles qui se déplaçaient dans les rectangles de lumière, certaines travaillaient assises devant un bureau, d'autres étaient debout et parlaient. Parfois, j'en voyais une qui fumait, la braise de la cigarette dans l'obscurité, ou j'entendais des rires, une voix qui parlait au téléphone, ou la radio quand je sortais pour commencer ma ronde. On avait l'impression qu'il y avait toujours quelqu'un qui étudiait la nuit. Je ne peux même pas dire qu'il y avait quelque chose d'érotique dans tout ça. Il aurait tout aussi bien pu s'agir d'extra-terrestres venues d'une autre planète.

Puis un matin, après mon service, dans le silence de la pension de famille, alors que j'étais assis en train de regarder fixement le poêle à bois, j'ai reçu un coup de téléphone affolé de Martha. Les autres étaient partis. J'avais fermé les rideaux contre la lumière du jour. Je m'apprêtais lentement à me mettre au lit. J'avais plié soigneusement mon pantalon et ma chemise sur un cintre que j'avais accroché derrière la porte de la chambre et, à ce moment-là, le téléphone a sonné.

Martha pleurait : « Frank ! Oh, mon Dieu, Frank ! Ils ont emmené Norman ! »

J'ai dit : « Martha... Calme-toi... Qui l'a emmené ?

— La police. Oh, mon Dieu, Frank, ils sont venus en voiture alors qu'il s'apprêtait à aller traire les vaches.

— C'était quand ?

— À l'instant, ce matin, Frank... Merde, il y a eu de la bagarre, Frank. Norman a dit à la police qu'il devait d'abord traire les vaches, mais les flics n'ont pas voulu attendre. Ils ont insisté pour qu'il vienne avec eux tout de suite. J'ai dit à Norman que j'allais m'occuper des vaches mais Norman ne voulait pas partir. Un des flics a sorti son revolver. Norman a fait un pas vers lui et, je te le jure, Frank, le flic a armé son flingue. Il a fallu que j'empêche Norman d'aller plus loin. J'ai dit : "On a des gosses, Norman, tu m'entends? Tu veux qu'ils voient ça?" Ça l'a arrêté, sinon il aurait tué le flic, Frank. Je le voyais dans ses yeux. Maintenant, il est parti, Frank. Je ne sais pas où ils l'ont emmené. »

J'ai frotté mes yeux fatigués, en essayant de penser. J'ai dit : « Ils n'ont pas dit où ils l'emmenaient? »

Martha a reniflé. « Non, ils n'ont rien dit. Je te le jure, Frank, ils l'auraient tué si je ne l'avais pas arrêté. Si on le met en cellule, il va prendre peur, Frank. Il n'aime pas être enfermé. Il est claustrophobe. Il faut qu'ils le sachent. Il faut qu'on leur dise tout de suite, Frank, il faut...

— Laisse-moi appeler le type qui s'occupe de la sécurité du campus pour voir s'il connaît quelqu'un dans la police, d'accord? »

Martha a dégluti et reniflé : « Je n'y comprends rien, Frank. L'affaire est terminée. Je veux qu'ils nous laissent tranquilles. Les victimes, c'est nous! »

Elle s'est tue. Elle respirait rapidement. « Je ne veux pas que Norman perde ce qu'il possède, Frank, pas à cause de ça. Il a peur, Frank. Toutes ces idioties qu'il a dites à propos du diable. Il croit toujours que c'est le diable qui est à l'hôpital. Il est très simple, Frank. Quand il a quelque chose comme ça dans la tête, on ne peut pas lui en faire démordre. Je lui ai dit, Frank, je lui ai dit : "Le coma, Norman, c'est quelque chose dans quoi on tombe. C'est parce que cet homme s'est pendu, parce qu'il n'y a plus eu d'oxygène dans le cerveau, c'est pour ça qu'il est dans le coma !" Mais Norman ne veut pas m'écouter, Frank. Il a sa façon de voir les choses. »

Martha a pris une grande respiration. « S'il te plaît, Frank, je t'appelle parce que tu es le frère de Norman. Tu me hais peut-être, Frank, mais pense à Norman. »

J'ai dit : « Je ne vous hais pas, ni toi, ni Norman.

— D'accord, Frank, comme tu voudras. Je veux simplement que tout... » Elle s'est mise à pleurer.

« Écoute-moi, je te rappelle, d'accord ? »

J'ai téléphoné au type de la sécurité. Il s'appelait Baxter. Il a répondu par un « Salut » bruyant, en insistant sur le *Sal*.

J'ai dit : « C'est Frank.

— Oh, le fantôme du service de nuit. Il faut qu'on se rencontre, Frank, un de ces matins. Mais en ce moment, j'ai des problèmes avec ma femme, si tu vois ce que je veux dire. Nom d'un chien, j'ai vraiment des problèmes avec ma femme. »

J'ai répondu bêtement : « Qui n'en a pas ?

— Hé, Frank, pourquoi est-ce que les hommes meurent avant leurs femmes ? »

J'ai dit : « Je ne sais pas. Pourquoi ?

— Parce qu'ils le veulent ! » Baxter a eu un rire en cascade. « Parce qu'ils le veulent ! Merde, est-ce que c'est pas la vérité ? »

J'ai ressenti une douleur dans la tempe, un élancement. J'ai dit : « J'ai une faveur à te demander, Baxter.

— Vas-y, Frank. »

Je lui ai raconté ce qui s'était passé avec Norman et toute l'enquête comme Martha m'en avait fait le récit, et j'ai fini en lui disant que la police avait emmené Norman.

Baxter est devenu sérieux. « Merde, Frank. J'ai entendu parler de ce qui s'était passé là-bas. »

J'ai dit : « Qu'est-ce que tu sais ?

— Eh bien, Frank, ils ont retrouvé deux bastos sur les lieux, une dans la tête de ton oncle et une autre dans le plafond. »

J'ai dit : « Norman a tiré dans le plafond. Il a entendu quelqu'un en haut de la maison. Il a tiré dans le plafond. Il l'a dit aux flics.

— Ouais, d'accord, mais en ce qui concerne les flics, ils ont des doutes ! Je veux dire, il a laissé ses empreintes sur l'arme, et il a une explication toute prête, comme ça... Sans parler, Frank, de la salopette de Norman qui était couverte de sang.

— Merde ! Norman a pris son père dans ses bras, qu'est-ce qu'on voulait qu'il fasse ?

— Et le coup de feu ?

— Il avait peur. Il a entendu quelque chose et il a vu l'arme par terre, il l'a ramassée instinctivement et il a tiré !

— Hé, calmos. Je te dis seulement ce que les flics pensent, c'est tout. Les flics, tout ce qu'ils font, c'est d'éliminer les possibilités, et ton frère qui a tiré avec l'arme, il faut y regarder de plus près. C'est aussi simple que ça, Frank. »

J'ai dit : « Ils ont le type qui a tué mon oncle. Il était dans la maison, nom de Dieu, qu'est-ce qu'il leur faut d'autre comme preuve ? » J'ai secoué la tête. « Tout ça, c'est des conneries. Tu sais, la femme de mon frère m'a appelé en hurlant que les flics avaient embarqué Norman. Ils ne lui ont même pas laissé le temps de traire ses vaches, rien ! »

Baxter a fait un petit bruit avec ses dents, comme s'il réfléchissait ou comme s'il en avait assez. « Écoute, Frank, tout ça ce n'est que de la connerie de procédure. C'est une occasion en or de se faire des heures supplémentaires. C'est tout ce qu'ils recherchent, les cognes. Tu me suis, Frank ? Quand les flics du coin ont une affaire comme celle-là, ils veulent les projecteurs de la télé ; ils ont un scénario dans leur tête, Frank. Laisse-les jouer jusqu'au bout. »

Je me suis assis sur le bord du lit en regardant les braises du petit poêle. Il faisait chaud dans la chambre. Je sentais les effets de la peur me quitter. C'était tout à fait comme Baxter l'avait dit, une simple question de procédure. J'ai dit : « Tu sais, la seule raison pour laquelle la femme de mon frère s'inquiète, c'est que Norman est... il est un peu lent, et il ne supporte pas l'enfermement. Il risque de faire une bêtise s'il flippe.

— Écoute, Frank, j'ai quelques amis dans la police. Je peux peut-être leur faire savoir que ton frère prend facilement peur, d'accord, Frank ? »

J'ai poussé un long soupir. « Mon Dieu, j'aimerais que tout ça soit fini. » J'ai attendu un moment. « Est-ce que tu aurais appris quelque chose sur l'enquête pour savoir si l'assassin est Chester Green ?

— Je crois que la police a pris contact avec l'armée, parce que le tatouage semble avoir été fait pendant que l'assassin était en Corée. L'armée vérifie si un Chester Green s'était engagé. On attend la réponse.

— Merci, Baxter. J'ai été un peu con de t'appeler comme ça... mais... peut-être qu'un de ces matins, je resterai dans le coin. Je te dois bien un café.

— Merde, Frank, un café. Tu ne me connais pas ! Écoute-moi, Frank, j'ai de grands projets pour toi et moi. Tu sais qu'on est assis sur une mine d'or, Frank. Un de ces jours, je te parlerai de mes projets, comment cette université va nous rendre riches. »

J'ai dit : « Bien sûr, c'est toi le patron », et j'ai raccroché.

J'ai appelé Martha mais c'était occupé.

La lumière du matin passait sur les bords des rideaux. Le besoin de sommeil me donnait des élancements dans la tête. J'ai remis une bûche dans le poêle. J'ai pris deux cachets pour dormir que j'avais grâce à une ancienne ordonnance contre l'insomnie. Je me suis roulé en boule dans le lit à quatre colonnes, et j'ai mis la tête sous les couvertures.

Plus tard, Martha m'a téléphoné pour me dire que Norman était revenu en milieu d'après-midi. Elle a raccroché aussitôt.

Les premiers éléments sur la vie de l'homme qui avait tué Ward sont apparus à la télé au journal de la nuit. J'étais à l'université et j'ai suivi les informations sur le petit poste. *Jeopardy* venait de finir.

Le gardien d'un immeuble de Chicago avait téléphoné à la police pour lui dire qu'un homme portant le nom de Chester Green avait disparu de son appartement depuis environ un mois. Quand on lui avait montré la photo de Chester Green prise au moment de son arrestation, le gardien l'avait formellement reconnu comme étant l'homme qui avait loué l'appartement sous le nom de Chester Green.

La caméra montrait une vue d'ensemble d'un immeuble de grès délabré, puis faisait un gros plan d'une petite fenêtre aux stores baissés. Le gardien était un gros immigré polonais avec de mauvaises dents et une barbe grise de deux jours. Il avait l'air d'un type qui attend une récompense. En toile de fond, derrière le gardien, des enfants noirs faisaient des signes à la caméra.

J'ai failli ne plus rien voir. Je connaissais le quartier. J'avais habité à trois rues de l'endroit où avait vécu Chester Green. J'ai senti que je suais. J'ai continué à regarder. Ce qui ressortait des premiers comptes rendus de Chicago, c'était le récit sommaire de la vie d'un homme. Il avait loué l'appartement sous le nom de Chester Green et y avait habité dix ans. Il avait été employé dans le bâtiment, mais il était en incapacité de travail depuis plus de quatre ans à cause de douleurs lombaires chroniques, suite à une chute. Il n'était pas marié. Le gardien a dit dans son mauvais anglais : « M. Green, pas parler beaucoup. Presque toujours tout seul. »

Je suis resté assis longtemps dans mon bureau, réfléchissant à tout et à rien. Merde, quand j'y repensais, Chicago m'apparaissait comme un cauchemar. Je crois que ma vie était dans le courant politique de l'époque, j'étais parti à Chicago plein d'espoir, avec le message de Kennedy qui disait qu'on allait mettre un homme sur la Lune *non pas parce que c'était facile, mais parce que c'était difficile.* Je me disais, merde, quitter cette foutue planète c'est bien, allons vers d'autres mondes, et je suis parti, j'ai quitté Ward et Norman et cette foutue ferme. Je suis resté à Chicago de 1964 à 1972, dans ce tournant de notre histoire. Kennedy a été assassiné quand j'étais en terminale, ensuite les choses ont été entraînées dans une spirale, avec les assassinats de Robert Kennedy et de Martin Luther King, les manifestations contre la guerre au Viêtnam, et les émeutes pendant la convention démocrate à Chicago. J'ai vécu tout ça dans le brouillard de la drogue, médicalement prescrite ou non.

J'ai échappé au service militaire parce qu'on m'a placé en hôpital psychiatrique à Chicago après ma dépression. Ils m'ont attaché à une machine qui m'a brûlé la mémoire, qui m'a fait oublier des choses dont il valait mieux que je ne me souvienne pas. Le médecin m'en a expliqué le principe, et j'ai pensé que cette machine de merde pouvait changer notre histoire, une machine qui vous fait oublier de haïr les Noirs et les communistes, une machine qui nous permettrait de prendre un nouveau départ. J'ai dit : « Vous savez ce que vous avez là, docteur ? » J'ai dit : « C'est comme un voyage dans le temps. » J'appelais ça la « machine Éden » !

Puis ils m'ont mis une balle en caoutchouc dans la bouche et m'ont rempli avec le goût sucré et métallique de l'électricité. Mon corps s'est crispé, s'est raidi, jusqu'à ce que les sentiers de la mémoire soient flétris. J'ai pensé que c'était la réponse non seulement à mes problèmes mais à nous tous en tant que nation. Il y avait des choses qu'il valait mieux ne pas voir, des images d'une guerre qui faisait rage au loin, mais qu'on projetait chaque soir sur nos écrans de télé, des images qui nous changeraient à jamais.

Pourtant au bout du compte le problème c'est que la mémoire n'a pas entièrement brûlé. La machine n'a pas tout atteint, mais la chronologie des choses était détruite. Quand j'essayais d'expliquer ma pensée et que je me sentais désorienté, je disais : « C'est comme quand on branche un mixeur et que ça crée des interférences avec les autres appareils ménagers, la télé tremble et la radio craque. » Et c'était pendant les meilleurs moments de ma maladie, parce qu'il y en a eu d'autres où des semaines entières étaient vides, des étendues de temps inexplicables.

J'ai eu envie d'appeler Melvin. Je voulais entendre sa voix, simplement pour savoir qu'il était toujours vivant. J'ai téléphoné aux renseignements pour avoir son numéro. Je l'ai écrit sur un morceau de papier.

Je n'aurais pas dû appeler du bureau mais j'avais déjà composé le numéro.

Melvin a répondu : « Qui est à l'appareil ? » J'entendais la télé à l'arrière-plan. Le son était très fort.

Je n'ai rien dit et Melvin a attendu au bout du fil. L'émission de télé, c'était *Jeopardy*, la même que celle que j'avais regardée plus tôt. Elle était diffusée dans tout le pays mais à des heures différentes. Ça m'a foutu en boule. J'ai répondu à la question suivante, et encore à la suivante, jusqu'à ce que Melvin comprenne. Il s'est mis à dire quelque chose, mais j'ai raccroché.

Je me suis endormi et quand je me suis réveillé j'ai eu l'impression d'avoir tout rêvé. Puis le téléphone a sonné. Il a sonné longtemps avant que je décroche. J'étais sûr qu'il s'agissait de la police qui avait identifié le numéro.

C'était Martha. Elle nous invitait pour le repas de Thanksgiving.

Elle n'a rien dit d'autre. J'ai senti son silence à l'autre bout du fil, dans la ferme. La chaleur de nos conversations précédentes s'était épuisée.

J'ai dit : « Tu as vu au journal télévisé que quelqu'un avait reconnu Chester Green ? »

Martha n'a pas répondu. Elle a dit : « Tu peux peut-être apporter quelque chose, une tarte au potiron si tu en as envie ? »

Notre relation était aussi ténue que le fil qui reliait nos deux téléphones. J'ai regardé la pendule. Il était presque deux heures trente du matin.

J'ai dit : « Il est tard. »

Martha a dit : « Je ne dors plus si bien, Frank... »

Je n'aurais rien dû ajouter, mais j'ai dit : « Maintenant que les choses sont réglées, on pourrait parler de ce qu'on va faire à propos de la ferme ? »

Martha a raccroché.

13

Le lendemain, un petit article décrivait l'appartement méticuleusement tenu. Mais aucune mention de ce qu'on y avait trouvé, aucune allusion à la façon mystérieuse dont Chester Green était réapparu vingt-sept ans après sa mort. L'article disait aussi qu'on allait sortir les dossiers photographiques de l'unité dans laquelle Chester Green avait servi en Corée, comme me l'avait dit Baxter. L'article ne parlait pas de l'exhumation de Chester Green, mais il signalait que le meurtrier de Ward avait été transféré au sanatorium qui autrefois avait été un hôpital pour polios.

Chaque jour, je lisais dans le journal l'article consacré à l'enquête sur le meurtre. L'état de Green était stationnaire. Il était toujours dans le coma mais n'avait plus besoin d'assistance respiratoire. On citait un médecin : « Plus le patient reste dans le coma, moins il a de chances de reprendre connaissance. » J'ai entouré le nom du médecin, le docteur Brown. Je me suis demandé si c'était le même médecin qui m'avait traité lors de mes premières hypnoses après la mort de mes parents.

« Dans cette affaire, on attend d'autres développements », disait le journal. Mais pour eux l'histoire s'arrêtait là, même si la police continuait à suivre plusieurs pistes. Je m'attendais à ce qu'ils viennent m'interroger, mais personne ne s'est montré. Personne n'a établi le lien avec le fait que j'avais habité à quelques rues de l'assassin de Ward autrefois. Et pourquoi l'auraient-ils fait ?

Je travaillais depuis trois semaines, quand la mort de Ward a été éclipsée par Jim Jones qui avait tué ses fidèles dans la jungle de Guyane. La nouvelle a été annoncée aux premières heures du matin alors que j'étais de service. Le reporter disait que Jones avait diffusé son message spirituel par haut-parleurs, toutes les heures. Sa mission avait été de créer une communauté agricole égalitaire, une utopie sur la terre. Il neigeait abondamment au-dehors tandis que j'écoutais. J'avais l'impression de vivre dans un autre univers.

Baxter m'a appelé vers cinq heures du matin. « Salut, Frank, il va beaucoup neiger. Si tu veux faire un petit somme, fonce chez toi, parce que va falloir qu'on manie la pelle pendant le reste de la journée. » Il n'a rien dit sur Jonestown.

J'ai quitté le travail très tôt, avant le lever du jour. La neige tombait, poussée par le vent qui s'était renforcé. Je suis rentré à la maison et je suis passé voir Ernie et Robert Lee. Puis je me suis mis au lit près de Honey que j'ai prise dans mes bras. Elle m'a dit : « Quelle heure est-il, Frank ? » Elle a regardé le réveil. Je l'ai serrée dans mes bras sans rien répondre. « Tu ne t'es pas fait mettre à la porte, Frank ? »

J'ai murmuré : « Non. Il va falloir que je fasse des heures supplémentaires aujourd'hui. Une tempête de neige arrive. »

Quand nous nous sommes levés, l'histoire était connue, l'image des corps éparpillés dans la communauté de la jungle. Nous nous sommes assis pour regarder. Puis j'ai préparé le petit déjeuner. Il y avait une photo du chef de la secte. Il portait des lunettes de soleil. J'ai dit : « Il ressemble à un type des services secrets. »

Honey a dit : « Mon Dieu, il donne la chair de poule. Il ne ressemble pas à quelqu'un capable de créer une utopie. »

Ils ont passé les enregistrements des dernières minutes de la vie des gens. On entendait les pleurs et les cris des membres de la secte sous les parasites. On entendait aussi Jim Jones qui parlait à ses fidèles. On a confirmé que plus de neuf cents fidèles étaient morts dans ce suicide de masse, dont deux cents enfants.

Ernie était debout près du poste de télé et touchait les images. Je suppose qu'il ne comprenait pas vraiment que les gens étaient morts. Il pensait sans doute qu'ils dormaient, et pourquoi est-ce qu'un gosse croirait que des gens allongés partout sont morts ? Il a dit : « C'est l'heure de la sieste, Frank », mais son cerveau se demandait ce que ça pouvait bien être. Il était intelligent.

J'ai dit : « Ouais, c'est l'heure de la sieste. » Et pour Ernie, c'est à ça que ça ressemblait parce que dans son jardin d'enfants, ils obligeaient les gosses à s'allonger sur des matelas et à faire semblant de dormir. J'étais allé cherché Ernie un après-midi et tous les gosses étaient allongés, inertes, comme morts ou drogués.

Et malgré l'horreur de ce qui se passait sur l'écran de télé, il y a eu une séquence sur la cuisson des cookies pour la période des vacances. Un gros présentateur météo se tenait devant la carte des États-Unis en mangeant un cookie et en parlant du temps, et il a collé des visages souriants représentant le soleil au sud et un flocon de neige au nord. Je veux dire que les commentaires sur le temps n'étaient pas plus compliqués que ça. Puis le présentateur a donné la liste des anniversaires de gens qui venaient d'avoir cent ans.

Nous sommes sortis dans les tourbillons de neige, chacun vers sa propre destination. Honey et moi, nous avons conduit Ernie au jardin d'enfants. J'ai dit à Honey que Martha nous avait invités pour Thanksgiving et Honey m'a répondu : « On va voir, d'accord, Frank ? »

Au bureau j'ai enfin rencontré Baxter. Il sentait l'alcool et avait les yeux injectés de sang. Il avait à peine trente ans mais en paraissait quarante. En quelques minutes, il a débité l'histoire de sa vie. C'était un ancien du Viêtnam où il avait été fait prisonnier, et il avait ce qu'il appelait un « petit niaquoué » là-bas. Il a dit qu'à son retour il avait fait un atterrissage forcé dans la vie d'ici. Il m'a demandé si je savais où se trouvait la route pour se tirer. En disant ça, il n'arrêtait pas de me toucher, de me taper dans le dos. Il a dit : « Aujourd'hui, j'ai l'impression d'être un con de P.G., Frank : prisonnier des greluches... » Son rire lui a secoué le ventre. Il m'a parlé d'une histoire d'amour impossible et très compliquée qui avait mal tourné. Il m'a fait un compte rendu détaillé de sa dernière aventure.

Quand il a eu fini de me raconter sa vie, Baxter s'est assis près de la radio et a joint la police et les services météo. Avec lui tout était « mission de reconnaissance ». Il voulait que j'aille « en opération », ou savoir comment c'était quand je passais la journée « sur la ligne de feu », en manœuvrant la Jeep de l'université et en dégageant la neige sur les routes autour du campus. Il avait la tête farcie de la paranoïa héritée de la guerre. Quelque chose comme Jonestown n'existait pas pour lui, sa vie n'était que destruction, un tourbillon d'égoïsme.

Je faisais démarrer les voitures aux batteries à plat pour la faculté et les étudiants, à chaque fin de cours. Je redoutais que Baxter me pose des questions sur le Viêtnam. Pendant la journée, ses deux sujets préférés, les deux seuls sujets qui l'intéressaient, étaient le Viêtnam et la baise. Au Viêtnam, lorsqu'il ne tuait pas ou qu'il n'était pas prisonnier de guerre, il était défoncé ou bien il baisait. Il m'a parlé sur la C.B., en pleine tempête de neige, jusqu'à la fin des cours.

Quand je suis revenu au bureau, Baxter était saoul d'alcool et de cigarettes. Il m'a vu et il a collé le téléphone sur sa poitrine. J'ai compris qu'il était en train de se disputer avec sa petite amie. Il a dit : « T'as déjà parlé avec quelqu'un au bord du gouffre, Frank ? »

J'ai fait non de la tête. Je me suis endormi comme une masse sur un divan sans doute rescapé d'un dortoir pendant que Baxter continuait à jurer au téléphone.

J'ai dormi quelques heures. Baxter m'a réveillé et m'a donné un café très épais et très fort. « Les cours du soir vont bientôt se terminer. On va avoir une chiée de coups de téléphone. »

Je me suis relevé en serrant les bras autour de moi à cause du froid qu'on ressent quand on vous tire d'un sommeil profond.

« Trente-cinq centimètres, Frank. C'est une opération majeure. J'ai besoin de toi dehors. » Il a ajouté : « Hé, hier soir, ma petite amie m'a demandé : "Qu'est-ce qu'il y a *sur* la télé?" Et je lui ai répondu : "De la poussière!" Tu considères que ça justifie une bagarre, Frank? » Il a répété « de la poussière » et il a ri, de son rire profond. « Tu es sûr que tu ne veux pas du bourbon contre le froid, Frank? Ici, c'est un vrai médicament. Tu bois ça et je te garantis que tu n'attraperas pas de rhume! »

J'ai dit : « Je vais y aller », mais Baxter a quand même versé du bourbon dans ma tasse. « Sur ordre du docteur en médecine, Frank, Baxter M.D. : mentalement dérangé », et il a ri à nouveau, de son rire affreux.

J'ai regardé la télé pendant quelques minutes dans le bureau. Ils repassaient le même film sur Jonestown, toujours les mêmes images. C'était comme si je revivais le même instant, quelque chose qui ressemblait à de la clairvoyance.

Baxter a regardé la télé. « Merde, Frank, j'aurais pu leur dire à cette bande de connards qu'un truc comme le bonheur, ça n'existe pas, qu'il n'y a pas de paradis sur la terre. » Il m'a fait un clin d'œil. « Sauf si on parle de baise, hein, Frank ? »

J'ai dit : « Ouais. »

Je suis allé me vider la vessie et quand je suis revenu, j'avais mal au ventre, comme si je m'étais retenu trop longtemps. Il était presque huit heures moins le quart. J'ai appelé à la maison.

Honey a dit : « Dieu merci tu appelles, Frank.

— Qu'est-ce qui se passe ?

— Oh, rien d'important, mais il faut que tu arrives à convaincre Ernie qu'il doit laisser ses dinosaures à la maison, Frank. Il ne doit plus les emmener au jardin d'enfants.

— Quoi ?

— L'Église ne croit pas vraiment à l'évolution, Frank. Le pasteur m'a expliqué que toutes les créatures de Dieu existent comme ça depuis l'arche de Noé. Et tu sais quoi ? Il n'y avait pas de dinosaures dans l'arche, Frank. »

J'ai dit : « Qu'est-ce que c'est que ces conneries ? Nom de Dieu !

— Frank, ne pète pas un joint de culasse. Le jardin d'enfants n'est pas cher du tout, et en ce qui me concerne, je pense que ça ne peut qu'entraver son développement affectif de trimballer ces d-i-n-o-s-a-u-r-e-s avec lui toute la journée. » Elle a épelé « dinosaures » pour ne pas inquiéter Ernie.

J'étais scié. « On devrait peut-être commencer à lui expliquer aussi que la Terre est plate !

— Frank, arrête. S'il perd sa place dans cette école, un de nous devra arrêter de travailler. »

J'ai dit : « D'accord, tu as peut-être raison. Est-ce que la théorie de l'évolution ou le fait qu'on sache que la Terre est ronde a jamais changé quelque chose dans notre vie ? Tu crois qu'on pourrait continuer à vivre si on l'ignorait ?

— Frank. Arrête tes conneries. Ernie veut te parler. »

Ernie a pris le téléphone.

J'ai dit : « Je t'aime, mon petit. »

Ernie a dit : « Ils n'aiment pas mes dinosaures, Frank. » Sa voix était pleine de tristesse enfantine. J'entendais la télévision derrière lui. D'une certaine façon, c'était agréable de se retrouver entraîné dans les détails de la vie de ma famille.

« Ce n'est pas qu'ils n'aiment pas tes dinosaures, Ernie. Je vais te dire, Ernie. Tu devrais les laisser à la maison, parce que je crois que les autres gosses sont jaloux et ils en veulent aussi, des dinosaures, comme toi. Et tu te rends compte si chaque gosse avait un dinosaure, hein ? Les dinosaures, ce sont tes amis. Je vais te dire ce que je vais faire pour toi.

— Quoi, Frank ?

— Je vais engager tes dinosaures pour qu'ils gardent nos chambres quand on n'est pas là. Ils vont être exactement comme moi, Ernie. Des agents de sécurité qui protègent nos affaires. Si c'est un travail assez bon pour moi, alors ils peuvent le faire aussi, non ? »

Ernie est allé le dire à Honey et elle a repris le téléphone : « Que Dieu bénisse les artisans de la paix, Frank. » Je l'ai entendue soupirer. « Tu aimes bien cette paix et ce silence, là-bas, Frank ? Je t'envie.

Je vais donner un bain à Ernie, Frank. » Elle a crié :
« Ernie, ne t'approche pas du feu. »

Mais elle n'a pas raccroché, elle a simplement
attendu que je parle. J'ai dit : « Il y a quelque chose
dans ta voix Honey, c'est quoi ? »

Honey a dit doucement : « Pourquoi est-ce que
les conversations les plus sérieuses de la vie ont toujours lieu au téléphone, Frank ?

— Qu'est-ce que tu veux dire ?

— Je préfère voir le visage de la personne à qui je
parle, Frank. Je te le dirai plus tard. Je ne peux pas
parler maintenant. » Elle a ajouté : « Bonne nuit », et
a fait le bruit d'un baiser. Elle a raccroché. Je ne l'ai
pas rappelée.

J'ai raconté à Baxter ce qu'avait dit l'Église. Il m'a
regardé : « Tu as déjà vu un vrai dinosaure, Frank ?
À qui tu dois faire confiance, à l'Église ou à des
connards de scientifiques ? On nous bourre tellement le mou, Frank, et comment on pourrait
savoir ? Moi, je dis, montrez-moi un putain de dinosaure. Tu veux croire qu'on descend des singes,
Frank, alors vas-y. Mais moi je dis, mettez les singes
dans ce monde bordélique que nous avons créé.
Merde, Frank, si c'est vraiment le putain d'ordre des
choses, alors le scientifique ou celui qui croit qu'on
n'a pas d'âme se rend coupable de meurtre quand il
mange de la viande. Tuer une vache, ce n'est pas différent de tuer un être humain. Tu comprends,
Frank ? Tu sais, je voudrais croire que tous ces types
que j'ai tués au Viêtnam, ça n'était que ça, de la
putain de viande sans âme. Ça me rendrait les choses
plus faciles. Mais je peux pas, Frank ! Tu piges ce que

je te dis, Frank ? Tu penses que je vais croire que la chatte des femmes vient de quelque chose qui est sorti de la mer ? Tu penses ça, Frank ? Tu veux nous dégrader en tant qu'êtres humains, pour quelle raison, Frank ? Pour moi, le premier jour, le Seigneur a dit : "Que la chatte soit !" et la chatte fut. C'est comme ça que je vois la Création, Frank. »

J'avais à nouveau mal à la tête. J'ai bu le café arrosé et je n'ai plus rien dit.

« Si je suis quelque chose, Frank, c'est religieux. »

J'ai dit : « Je m'en souviendrai. »

Baxter m'a posé les mains sur les épaules et m'a dit : « Merde, Frank, je te faisais marcher, d'accord ? Tout ce que je dis, c'est que si on veut survivre, il faut croire à notre position dans l'ordre des choses. »

Baxter a appelé sa petite amie sur l'autre ligne et dès les premières cinq secondes il s'est lancé dans une discussion très animée sur la signification des relations.

Il y a eu un appel à la radio et cela m'a épargné de continuer à entendre ses conneries. Après avoir tiré un professeur d'une congère, j'ai dégagé la neige pendant près de deux heures, je m'engageais au hasard dans des culs-de-sac, je tournais dans les parkings, et l'attaque de la pelle faisait vibrer la Jeep. À ce moment-là, je me suis dit que j'aurais pu faire ça pendant le reste de ma putain de vie, le choc brutal quand je heurtais les congères, ma poitrine qui s'écrasait contre le volant. Je voulais quelque chose de physique, quelque chose qui me dise que j'étais en vie. Je suis passé en marche arrière, le soc a gratté la route et la vibration s'est répercutée dans ma colonne vertébrale. J'ai remis les gaz et j'ai heurté une autre congère, un impact sourd, mes organes poussés à l'avant de mon corps, ma tête rejetée en arrière.

Il était près de trois heures du matin. La tempête de neige était passée. L'air était glacé, le ciel piqueté d'étoiles. La neige fraîche brillait dans la lumière de la lune.

Dans le bureau, Baxter se versait des rasades de bourbon. Il m'a vu et a souri. « Tu en veux, Frank ? Ordre du médecin ! »

J'ai tendu ma tasse et Baxter a commencé à la remplir. Il m'a prévenu : « Dis-moi stop. »

J'ai posé la main sur la sienne, il a redressé la bouteille. Les trois résistances du radiateur à gaz étaient orange.

Baxter avait le visage brillant à cause de l'alcool. « On ne peut pas parler d'hiver avant une tempête comme celle-là, Frank. Maintenant, passons à mes plans, Frank, ces plans dont je t'ai parlé. » Il écarquillait les yeux, comme le font les ivrognes. « Je suppose qu'on a tout fait, Frank. Notre horaire plus la moitié. Ça s'arrose ! C'est autant de gagné ! » Il a levé son verre et nous avons fait cul sec, puis il a dévissé le bouchon de la bouteille et il nous a servis à nouveau, en renversant un peu de bourbon sur ma main. « Frank, je ne sais pas comment t'as fait, mais le campus est entièrement dégagé. Alors voilà ce que je te propose, Frank. Reste chez toi demain. Je te couvre mais on va noter que tu as travaillé pendant le service de jour et pendant le service de nuit. Ça va te faire des heures supplémentaires. » Il a fait le bruit d'une caisse enregistreuse : « Ding-ding, ding-ding. » Il riait. « On partage les heures supplémentaires soixante-quarante, Frank. »

Je n'ai pas discuté, je n'ai pas demandé quel était le pourcentage qui me revenait. J'étais abruti à cause du travail et du manque de sommeil.

Baxter a bu les yeux fermés, en silence, pendant plusieurs minutes. « De quoi est-ce que je parlais ? » Puis il a dit : « Ah, oui, t'as déjà étranglé une femme au point de l'étouffer ? Ça c'est un orgasme, Frank, un orgasme comme tu ne pourrais pas le croire pour une femme. »

Baxter a rempli à nouveau les verres. Aucun répit. « Frank, je te le jure, je t'envie. J'ai vu une petite pépée qui dansait nue devant une fenêtre. C'était incroyable, Frank, incroyable, putain. J'arrive pas à croire que tu vois ça chaque nuit, Frank. T'as du pot, mon salaud ! » Il a avancé la tête comme s'il allait m'embrasser mais il s'est arrêté et s'est contenté de remplir son verre.

Je suis allé à la fenêtre dans le seul but de le calmer. Je voulais mettre une distance entre lui et moi.

Baxter s'est renfrogné pendant quelques instants. J'ai entendu la bouteille tinter contre son verre. Il a dit : « Je sais que tu me regardes, Frank. »

Je me suis retourné : « Comment ça ? »

Baxter s'est levé et a salué devant l'obscurité. « Voilà comment je vois les choses, Frank : j'ai tué à chaque fois que c'était nécessaire, et maintenant j'ai envie de baiser le monde entier. Je veux dire, j'ai envie de me taper toutes les putain de femmes qui sont dans ce monde merveilleux et de mettre tout ce que j'ai en elles. »

J'ai dit : « Je lève mon verre à ce que tu viens de dire », et Baxter a souri et a dit : « Merde, Frank, y'a rien de mieux à faire que baiser. Beaucoup plus important que de tuer. Je pense qu'on devrait recevoir une médaille pour avoir baisé. » Il a levé son verre. « Tu peux rigoler, Frank. Une médaille pour avoir baisé, ça te fait rire ! »

J'ai dit : « Je ne ris pas.

— Frank, je vais te dire ce qui est vraiment marrant, Frank. On m'a donné une médaille pour avoir tué. Tu sais ce que je veux, Frank ?

— Quoi ?

— Je veux... » Il m'a regardé. « Je veux la médaille des grands baisés de guerre », et Baxter s'est mis à rire à s'en décrocher la mâchoire. J'ai souri, puis j'ai aussi éclaté de rire. Baxter avait les larmes aux yeux en tapant sur la table. « Les grands baisés de guerre. Oh, merde. Ça m'est venu comme ça à l'instant, Frank ! Il faut que je l'écrive. Je veux que tu signes, Frank, que ça m'est venu comme ça. » Baxter a griffonné quelque chose sur un papier, j'ai signé et daté. Ensuite, il est redevenu sérieux, il a plié le morceau de papier et l'a glissé dans la poche de sa chemise.

L'alarme s'est déclenchée dans le bureau. Baxter a fini son verre. « Si tu veux, je peux te laisser le bourbon, Frank ? »

J'ai dit : « Emporte-le, Baxter. Je crois que je vais piquer un petit roupillon. »

Je l'ai accompagné jusqu'à la voiture. Il a indiqué une fenêtre du dortoir. « Là-haut, à deux heures du matin, Frank. C'est là qu'elle était, elle dansait, nue comme un ver, Frank ! »

La petite amie de Baxter n'est pas descendue de voiture mais elle a dit très fort : « Merde, Baxter, t'es plein comme une huître. »

Baxter est monté dans la voiture. Il a baissé sa vitre et a dit : « Frank, je veux te dire quelque chose. »

Je me suis penché.

« Il y a deux choses dans le monde qui sentent le thon, et l'une d'elles c'est le thon. » Sa petite amie a appuyé sur l'accélérateur, la voiture a chassé, et ils ont disparu.

J'ai fait une nouvelle ronde sur le campus. C'était une île de lumière dans les ténèbres des bois qui l'entouraient, comme quelque chose de galactique, une force de vie et d'intelligence dans l'immensité de l'espace, ou c'est comme ça que je voyais les choses cette nuit-là. Prendre ce travail m'avait permis de ne pas affronter cette réalité qu'il y avait aussi le jour avec de la lumière et pas seulement l'obscurité. Je me suis promis d'aller voir l'assassin de Ward. J'étais venu jusqu'ici, maintenant je devais me rendre compte de ce qu'il y avait là-bas au sanatorium, regarder l'homme qui avait tué Ward. J'avais traversé la moitié du pays, mais dans quel but ? Au bout du compte, je n'avais pas de véritable réponse. J'avais simplement couru me mettre à l'abri, un blessé de la soi-disant vie moderne et des boulots payés à l'heure. C'est pour cela que je m'étais enfui du New Jersey, en tout cas c'est ce que je ne cessais de me répéter.

14

Je suis parti avant le retour de Baxter. L'appartement était vide. J'ai dormi jusqu'en fin d'après-midi et je me suis réveillé alors qu'au-dehors le ciel était clair. J'ai fait du café et j'ai appelé Baxter. Il a dit : « Tout est couvert ici, Frank. » J'entendais une femme derrière lui. On aurait dit une fête.

La standardiste m'a passé le sanatorium. J'ai demandé le docteur Brown et c'était bien le médecin qui m'avait hypnotisé des années auparavant.

« Frank ! Mon Dieu. J'ai appris que tu étais en ville, Frank. »

J'ai été stupéfait qu'il se souvienne de moi, vraiment. Je le lui ai dit.

« Disons que j'ai porté un intérêt particulier à ce cas, Frank. »

Je ne savais pas ce que ça signifiait, s'il faisait allusion à quelque chose de médical ou quoi.

« Je ne veux pas vous compromettre ni rien, docteur. Je ne connais pas la marche à suivre mais est-ce que je pourrais voir ce type que vous avez là-bas ? »

Le docteur Brown s'est éclairci la gorge. « Eh

bien, officiellement, non, mais pour toi, Frank, on va faire une exception. En fait, j'aimerais qu'on parle, si tu en as le temps. En fait, j'espérais que tu m'appellerais. »

J'ai dit : « Qu'on parle de quoi ? »

J'ai dû paraître sur la défensive parce que le docteur Brown m'a dit : « Allons, Frank. Nous sommes toujours amis, n'est-ce pas ? Tu ne m'en veux pas, n'est-ce pas ? »

Je n'ai rien répondu pendant quelques instants : « Non, docteur, je crois que je suis à cran, c'est tout. Je travaille jusque tard dans la nuit à l'université.

— D'accord, Frank. Je te verrai quand tu viendras. » Mais avant de raccrocher, il a dit : « Comme exercice mental, Frank, allonge-toi et ferme les yeux, et demande-toi pourquoi tu es revenu chez toi. » Il a raccroché avant que j'aie pu répondre.

Je suis allé chercher Ernie au jardin d'enfants et je l'ai emmené boire un soda sur le campus. Je n'avais pas mon uniforme et j'allais rentrer chez moi quand le doyen m'a appelé depuis les marches du bâtiment administratif. Il s'est avancé et m'a serré la main avec son amabilité habituelle. « Sacré boulot, Frank. Vous faites du sacré bon boulot ici. Vous avez eu le dessus sur la tempête de neige, Frank. Je savais que vous étiez l'homme de la situation. » Le doyen a plongé la main dans sa poche et en a sorti un dollar qu'il a donné à Ernie. Il a dit : « Dépense-le bien, petit. »

Ça ne me plaisait pas que le doyen me voie, parce que Baxter allait me mettre de service de jour. J'ai pensé lui dire qu'il renonce à cette idée.

Dans l'appartement, j'ai remis du bois dans le poêle. La pièce s'est rapidement réchauffée. Dans la chambre du fond, j'ai mis Ernie sur le lit et je lui ai fait la lecture. Il était pelotonné comme une cacahuète avec son dinosaure près de lui. Quand il a été endormi, j'ai regagné l'autre chambre sur la pointe des pieds.

Honey était rentrée. Elle était assise sur le bord du lit et fumait une cigarette. Elle m'a regardé en souriant : « Il dort ? » a-t-elle demandé doucement.

J'ai fait oui de la tête.

« Aide-moi à enlever mes bottes, Frank. »

J'ai tiré très fort et chaque botte est venue avec un bruit de succion.

Honey laissait la fumée de sa cigarette s'accumuler autour d'elle. Elle a murmuré : « Je vois un très beau changement en toi, Frank. Tu es l'homme que j'ai épousé, malgré tout ce qui s'est passé, tu es toujours là. » J'étais agenouillé devant elle et elle a posé la main sur mon cœur. « Là-dessous, là où ça compte, Frank. »

Je me suis relevé pour m'allonger sur le lit. Honey a écrasé sa cigarette et s'est glissée contre moi.

« J'ai repensé à ce que tu as dit, Frank, quand tu étais au lycée, comment tu étais intelligent, et je crois que pour les gens de notre âge la vie n'est plus comme elle était il y a des années. » Elle m'a embrassé la main. « Frank, je crois que tu ne devrais pas renoncer. Tu es intelligent, Frank. »

J'ai dit : « Je pense que tout ça c'est bien fini. » J'ai senti le poids de sa tête sur ma poitrine.

« Tu sais que tu peux prendre des cours à l'université, Frank. J'ai vérifié avec le doyen pour la section de commerce, et il m'a dit qu'on avait droit à cinquante pour cent de réduction sur les frais d'inscription. En deux ans de cours du soir, tu pourrais avoir un diplôme dans tout ce que tu veux, Frank. »

Je regardais le plafond et j'attendais.

« Je me sens tellement en sécurité, pour la première fois, Frank. »

J'ai déposé un baiser sur ses cheveux.

Elle a murmuré : « Frank, qu'est-ce que tu ferais si je te disais que ce que je veux le plus au monde, c'est que mes gosses tombent amoureux au moins une fois ? Parce que s'il y a quelque chose que je souhaite, Frank, ce n'est ni l'argent, ni la gloire, mais que Robert Lee connaisse le véritable amour. »

Elle a posé à nouveau ses lèvres sur ma main. J'ai senti son corps se tendre. Puis elle a dit ce qu'elle avait en tête. Elle a murmuré : « J'ai appris que Ken allait être exécuté, Frank. »

Je me suis raidi moi aussi. « Quand ? »

— Ils ont fixé ça au 17 décembre. »

J'ai dit d'une voix douce : « C'est pas possible qu'ils exécutent un homme avant Noël, crois-moi. »

Le silence absolu de l'après-midi nous enveloppait ; dehors, la lumière est devenue grise et le poêle a répandu dans la chambre une lueur dorée. On entendait le tic-tac du réveil sur le buffet.

J'ai dit : « Les exécutions sont toujours reportées. La date arrivera et passera. Merde, il peut faire appel pendant l'éternité. » Ken était comme l'événement sportif le plus ancien auquel on a assisté, attaque et contre-attaque, les appels et les sursis à exécution.

Honey a secoué la tête. « Non, c'est la fin. Le procureur a annoncé à ma sœur Doris qu'ils avaient prévenu Ken que c'était pour cette fois. Il va mourir. Il n'y a pas deux solutions. » Elle a instinctivement serré ma main. J'ai senti la dureté de ses ongles.

« Frank, je ne t'ai jamais dit ce qui s'est passé entre Ken et moi, mais maintenant je veux que tu saches que, si vous étiez là tous les deux devant moi, c'est toi que je choisirais, Frank. Ce n'est pas seulement que je te dis ce que tu veux entendre, Frank. Ce n'est pas une femme qui ment à son mari. C'est la vérité. » Sa bouche était brûlante et humide sur ma main. « Il devenait fou, Frank.

— Honey, tu n'es pas obligée de me dire quoi que ce soit. Je n'ai pas besoin de savoir. »

Honey a serré à nouveau ma main. « Je veux que tu saches, Frank. »

Je regardais toujours le plafond.

« Là-bas, en Géorgie, on sue de façon épouvantable, Frank. On a la peau qui brille de sueur, et quand on se frotte, ça devient tout grumeleux. C'est la graisse de la peau qu'on sue, et les peaux mortes s'en vont avec. Pendant les dernières années, Ken a enlevé toutes les peaux mortes de son corps. »

Honey a levé les genoux contre sa poitrine. Elle semblait tout à fait vulnérable, comme quelqu'un qui est gravement malade.

« C'est lui qui a créé ça. Ce truc des peaux mortes. » Elle s'est tue et a poussé un long soupir triste. « Quand Doris a reçu la lettre annonçant son exécution, elle est allée aussitôt lui rendre visite, et Ken lui a dit ce qu'il avait fait. Il lui a dit qu'il avait dans sa cellule cette chose qui était le vrai meurtrier. Il appelle ça le "Mauvais Ken". Il lui a dit que c'était la chose qu'il avait créée qui avait tué. Il veut en finir, Frank, il dit qu'il est prêt pour l'au-delà. Il veut mourir. » Honey s'est brusquement arrêtée et a secoué la tête. « Excuse-moi, Frank. »

Je n'ai rien dit.

« Je ne peux même pas dire que ça n'était pas mauvais pour moi quand j'étais avec lui, mais tu sais, à l'époque je n'avais rien, Frank, absolument rien. Je n'avais pas la possibilité de faire ce que je voulais dans la vie. Un homme se présente et une femme saisit sa chance. C'est arrivé juste après la naissance de Robert Lee et on lui avait seulement acheté un petit gâteau. Il voulait un vélo, mais on n'avait pas pu lui en offrir un, et déjà à cette époque, Frank, on ne pouvait pas ne pas acheter à Robert Lee ce qu'il voulait. Il hurlait comme un fou. C'est quelque chose que je dois dire en faveur de Ken, il n'a jamais frappé son gosse. Il prenait Robert Lee dans ses bras et le serrait contre lui. Il me disait : "Il va falloir qu'on fasse de notre mieux." Le jour où c'est arrivé, il avait bu beaucoup d'alcool, il regardait fixement devant le motel où on habitait, il observait les gens qui passaient. Il faisait très chaud. À la télé, on parlait de l'affaire du Watergate à longueur de journée. Ces longs interrogatoires dans la semi-obscurité de la chambre du motel. Je voyais bien que Ken devenait fou. Il regardait l'éclat du monde à travers les rideaux argentés. C'était comme une déchirure dans la réalité, lui qui regardait comme ça dans la lumière brûlante du soleil et, derrière, Robert Lee qui hurlait qu'il voulait un vélo. » Honey serrait toujours ses genoux entre ses bras. « Je te raconte tout ça, Frank, parce qu'on finira bien par savoir comment ça s'est passé. Je vais le dire à Robert Lee. Il a le droit de savoir qu'on l'aimait. »

Honey a frissonné et a dit : « Nous avons eu un gosse ensemble, et c'est ce qui me relie à Ken, Frank, simplement ça. Tu me crois, hein ? J'ai un gosse qui souffre comme jamais je ne voudrais voir un gosse souffrir. »

J'ai dit : « Chut. Ça va. » Elle avait parlé plus fort.

Honey m'a embrassé la main, l'a posée contre sa joue et l'a à nouveau embrassée. « Je te le jure, Ken croit en cette chose qu'il a créée. Il parlait à Doris comme un fou, Frank. Il hurlait à Doris que c'est un fait médical que toutes les cellules de notre corps meurent et que nous sommes différents au bout de huit ans. Merde, tu peux croire ça ? Alors Doris a demandé aux gardiens, et ils lui ont dit que c'était vrai qu'il avait cette chose dans sa cellule. Ils lui ont dit : "Oh, le Mauvais Ken. Ouais, il y a quelque chose avec lui dans la cellule." »

Ensuite, Honey a dormi et j'ai préparé le souper. J'ai pensé à Ken et au Mauvais Ken, cette créature insaisissable dans le coin de la cellule. Je sentais ce que ça avait dû être pour lui, enfermé dans cette cellule, avec le souvenir d'un couple assassiné en Géorgie, plusieurs années auparavant. Je croyais vraiment qu'il lui était impossible de réconcilier la personne qu'il était avec la personne qui avait accompli le meurtre. À la façon dont je voyais ça dans la vie, il n'y avait que deux états. Soit on cherchait à rattraper le passé, soit on essayait d'y échapper. La véritable souffrance pour quelqu'un comme Ken était d'être prisonnier d'un passé qui allait le mener à l'exécution. Sa vie s'était arrêtée le jour où il avait été condamné. Une seule action de son passé le définissait. Je ressentais une sorte de vie fantôme parallèle à lui, une similitude de situation, le retour éternel du passé. Et il y avait Robert Lee, qui devait affronter l'image de la future exécution de son père. Parfois, je me disais qu'il vivait ce que j'avais vu, mais à l'envers, il imaginait la mort avant qu'elle ait eu lieu. Nous étions entraînés dans le même tourbillon.

Le soir, j'ai fait une tente avec les draps, et Ernie et moi nous avons joué à être des trappeurs d'autrefois partis en expédition. Ernie s'est mis sur la tête une casserole à manche noir censée être une toque en fourrure de raton laveur. Honey a fait chauffer des haricots directement dans la boîte, et Ernie et moi les avons mangés en buvant du café noir, mais en réalité le café d'Ernie était du Coca.

Honey regardait la télé en fumant cigarette sur cigarette et en buvant à la suite des boîtes de bière.

Robert Lee est rentré tard. J'ai compris qu'il avait fumé du hasch, la même odeur que dans la voiture des gosses de riches, mais je n'ai rien dit. Robert Lee a posé sur la table un contrôle qu'il avait eu en maths. Quand Honey l'a vu, elle a dit : « Hé, tu as eu un 18 en algèbre ! »

Robert Lee a répondu : « J'ai triché. » Il ne parlait toujours pas à Honey depuis qu'elle l'avait frappé. Il s'est glissé sous notre fausse tente, et a posé la main sur la tête d'Ernie. Il a dit : « Je t'ai rapporté des bonbons, Ernie. »

Honey a fait du pop-corn et nous l'a donné dans la tente. Elle s'est assise sur le lit pour se peindre les ongles des orteils. Je sentais l'odeur du vernis.

Par l'ouverture de la tente, nous avons regardé *Starsky et Hutch*. Huggy-les-bons-tuyaux portait un chapeau de maquereau avec une plume, et buvait un cocktail. On voyait briller ses dents dans la lumière rouge. Il a dit : « Des flics qui passent par la grande porte donnent une mauvaise réputation à l'établissement. » Il a claqué les doigts et a renvoyé une de ses femmes comme seul un maquereau peut chasser une femme.

Bien sûr, Huggy n'a pas parlé avant que Starsky agite un billet de dix dollars sous ses grosses narines qu'il a écartées comme s'il pouvait vraiment sentir l'odeur de l'argent. C'étaient de vraies conneries racistes, une suite de stéréotypes, mais c'était amusant et ils jouaient comme nous voulions que les Blancs et les Noirs jouent ensemble.

Honey a dit tout à coup : « Hutch est vraiment mignon. Je l'aime mieux que Frank Cannon. Je ne vois pas pourquoi ils prennent Cannon. Il est grossier. »

Robert Lee a dit : « Chut. On essaie d'écouter. »

Honey a répliqué : « Ne me dis pas de me taire, tu m'entends ? »

Robert Lee a dit : « Tu peux oublier Hutch. Tu ne pourrais même pas avoir un rendez-vous avec Ironside », et j'ai été plié en deux de rire.

Honey a hurlé : « Tu ferais mieux de ne pas rire, Frank ! »

Dans un sens, j'aurais voulu que ça continue comme ça tout le reste de ma vie, vraiment.

Mais la bonne humeur est retombée pendant le journal du soir quand nous avons vu la photo un peu floue de Chester Green en uniforme avec sa section en Corée, et à côté, il y avait une autre photo de lui, prise au moment de l'assassinat de Ward. Les deux hommes étaient différents, sans même une lointaine ressemblance.

15

Le mystère du Dormeur était à nouveau la grande nouvelle de la région depuis la révélation qu'en fin de compte ce n'était peut-être pas Chester Green. Sam Green semblait avoir raison et disait de sa voix indignée qu'il voulait qu'on exhume le corps de son fils. Il voulait savoir pourquoi la police n'avait pas encore répondu à sa demande. Il y avait un peu d'hystérie dans sa voix. Il a dit : « J'ai voulu voir l'assassin dès le début et j'ai dit à la police que ce n'était pas mon fils ! » Il passait à la télé quand Baxter est arrivé.

Baxter m'a regardé et a posé un café et des beignets couverts de sucre glace sur la table. Il était d'un calme inhabituel et a attendu que le reportage soit terminé. Il m'a à nouveau regardé. « C'est de plus en plus terrifiant, Frank. »

Je lui ai demandé : « Est-ce que tu as entendu parler de Norman, de la façon dont les choses se sont déroulées ? »

Baxter s'est assis en tapant des doigts sur la table. « D'après un rapport de laboratoire, on a trouvé des restes de poudre sur la main de Norman et sur la main de ton oncle.

— Ce qui veut dire?

— Quand on tire un coup de feu, l'arme libère de la poudre qui s'incruste dans la main de celui qui tient l'arme. Alors, d'après le rapport, il semble que Norman et ton oncle ont tous les deux tiré un coup de feu.

— Et le Dormeur?

— C'est peu concluant... Comme le Dormeur s'est pendu, tout a été bousillé, et quand on a fait des prélèvements sur sa main, les résultats n'ont pas été concluants.

— Quelle connerie! Merde, ce sont les flics qui ont fait une erreur, on ne devrait pas en accuser Norman! Merde, j'y crois pas! » J'ai regardé Baxter. « Et les vêtements du Dormeur? Est-ce qu'il y avait... des restes ou je ne sais pas quoi sur ses vêtements? »

Baxter a hoché la tête. « Merde, Frank, tu ne laisses rien passer. Tu sais, c'est vrai, on a analysé les vêtements du Dormeur.

— Et alors?

— Rien... on n'a rien trouvé.

— Mais qu'est-ce que ça signifie?

— Ça signifie exactement ce que je viens de dire. Jusqu'à maintenant, il n'y a aucune preuve matérielle pour étayer la théorie selon laquelle cet homme, ce Dormeur qu'ils ont mis au sanatorium, aurait tué Ward. »

Je me suis levé et j'ai regardé au-dehors dans la lumière qui montait. J'ai dit avec un peu de peur dans la voix : « Norman a ramassé l'arme et a tiré sur ce qu'il a pris pour le diable ! C'est pour ça qu'il a tiré dans le plafond. » Je me suis retourné pour regarder Baxter. « Il n'est pas possible que mon oncle ait tiré. Les flics se sont trompés. Ça n'a pas de sens. D'après les flics, c'était un suicide ? »

Baxter a haussé les épaules. « Ils ne disent rien pour l'instant, Frank. J'ai appris ça dans les rapports. On a tiré deux coups de feu, et apparemment on les attribue tous les deux à ton oncle et à Norman. » Puis il a levé les mains comme s'il se rendait. « Il y a encore une chose, Frank.

— Quoi ?

— Selon Norman, le corps était froid quand il l'a touché. Lors du deuxième interrogatoire, il a répété que le corps était froid, et les toubibs ont confirmé.

— Et alors ?

— Et alors, Ward a forcément été tué plus tôt dans la matinée, peut-être deux heures avant que Norman appelle la police. Et il faut se demander pourquoi le Dormeur est resté dans la maison. »

J'ai dit : « Il cherchait quelque chose ?

— Je ne sais pas mais c'est un élément qu'on doit prendre en considération. »

Je suis parti après mon service de nuit et je me suis dirigé vers le sanatorium où l'on détenait le Dormeur. J'avais l'autorisation de prendre la Jeep, parce qu'on n'annonçait pas de tempête, et je n'avais pas mis ma voiture en route depuis quinze jours. Mais surtout, je la voulais pour me présenter avec quelque chose d'officiel au sanatorium. J'avais même gardé mon uniforme d'agent de sécurité.

Il faisait chaud dans la Jeep, la radio marchait doucement alors que je traversais le campus désert. Le pâle soleil du matin était bas sur l'horizon et une faible lumière effaçait les ombres grises de la nuit. J'ai descendu la grand-rue, je suis passé devant notre pension et devant le monument aux morts de la place. Je voulais rentrer voir Honey mais j'ai changé d'avis. J'ai préféré la solitude de cette promenade matinale pour m'éclaircir les idées.

Je voyais le faîte du toit de la maison de mon oncle, sur le flanc d'une colline. C'était la première fois depuis des années, à peine visible, seulement le toit. Si je n'avais su où regarder, je ne l'aurais pas vu. Les silos à grain étaient plus au sud. Loin derrière, une écharpe de fumée s'échappait de la maison de Norman, et restait accrochée dans des pins recouverts de neige. Martha préparait le petit déjeuner, le grésillement du bacon et l'odeur du hachis de corned-beef en train de frire dans une poêle emplissaient l'air froid de la cuisine. Norman devait déjà être sorti traire les vaches. C'était une existence médiocre.

Je me suis dirigé lentement vers la maison de Ward. Il me restait du temps avant d'aller retrouver le docteur Brown au sanatorium. La Jeep avançait doucement. J'essayais de voir Norman au loin parce que je ne voulais pas lui tomber dessus comme ça. Quand je le verrais, je voulais qu'on parle longuement. Je voulais que ce soit sans Martha.

J'ai suivi la route qui montait légèrement avant de plonger dans la pénombre. Ce qui se trouvait au bout de cette route solitaire, c'était l'origine de mon existence, l'acte même de ma conception et de ma naissance avait eu lieu ici, dans les ruines de la vieille maison. J'en ai frissonné.

Autrefois, quand je me trouvais avec les psychologues, je n'arrivais pas à accepter l'idée que mes parents soient morts et aujourd'hui j'éprouvais la même sensation en regardant le toit de la maison de mon oncle. Je m'attendais à ce qu'il s'y trouve, ce vieux con hargneux, en train de bricoler ses machines ou de se balader sur ses terres les mains dans les poches de sa salopette. Je savais bien qu'il était mort, mais pour moi, d'une certaine façon, il continuait à vivre. Je pense qu'il ne m'avait pas quitté pendant des années, ou une image que je me faisais de lui. Maintenant, ce qu'il en restait reposait dans un frigo chez le coroner.

J'avais passé la moitié de ma vie avec lui là-bas. Dans mon esprit, c'était l'endroit d'où tout émanait. Il n'y avait jamais rien eu de plus réel que cette ferme. Ce qui constitue la vie repose dans l'enfance, l'environnement matériel, les gens qu'on rencontre, et d'une certaine façon l'isolement et la violence avec laquelle mon oncle s'accrochait aux choses, tout cela m'avait imprégné d'une tristesse maussade. Il n'était question que de survie et de travail exténuant.

C'est peut-être pourquoi les choses étaient si sombres en moi, pourquoi il y avait des souvenirs que je ne pouvais retrouver entièrement, parce que, même lors des jours de tristesse qui ont suivi la mort de mes parents, il y avait du travail à faire. Je crois que j'ai commencé à tout enregistrer consciemment juste après leur mort. Il n'y avait eu que mon oncle dans la ferme pendant près de deux ans avant que Ward se trouve une femme et qu'arrive Norman.

Je me suis arrêté dans la cour devant la maison. J'ai garé la voiture près de la grange afin que Norman ne puisse pas la voir de chez lui. Je suis descendu et je suis allé jusqu'à la porte d'entrée, mais elle était fermée à clef. Je suis passé derrière la maison et j'ai regardé par la fenêtre de la cuisine et, comme dans un film, j'ai vu la silhouette d'un corps tracée à la craie. C'était comme l'image d'un fantôme. Je me suis rendu compte que j'avais touché la vitre et j'ai essuyé mes empreintes avant de m'éloigner de la maison. De l'autre côté, une gouttière avait éclaté et un chandelier de glace reflétait la lumière du matin.

Je suis remonté en voiture et j'ai mis le chauffage. Mais je ne suis pas reparti. Je suis resté là à regarder fixement par le pare-brise, entre la maison et la grange. J'ai incliné le siège en arrière. J'ai pris la tasse de café posée dans le support et j'en ai bu une longue gorgée. Puis je me suis installé confortablement, je me suis laissé aller, et le monde ancien a ressuscité...

Le feu ronfle dans la cuisine. Je me vois avec mon oncle. Nous ne parlons pas. Mon oncle fait chauffer du lait. Des œufs tremblent dans une casserole. Je me vois m'asseoir à la petite table. Je me ronge les ongles, j'attends. Dehors, c'est la nuit noire. De temps en temps, je regarde la porte, comme si j'espérais que quelqu'un frappe. Je vois l'expression de mon visage, les yeux écarquillés alors que je regarde en moi. C'est comme si j'avais un secret que je voulais me dire, mais je reste assis sans bouger et j'attends, je me ronge les ongles, les yeux fixés entre mon oncle et la fenêtre.

« Arrête! » dit mon oncle quand il me voit me ronger les ongles. Il me donne une tape sur la main. « Arrête! »

« Mange! » Mon oncle pose le petit déjeuner devant moi. Il mange debout. Je le regarde, puis je tourne les yeux vers la fenêtre; il va voir et de la main, il se protège du reflet de la vitre pour regarder dans l'obscurité.

Je baisse les yeux et je mange, mais quand il voit que je fixe à nouveau la fenêtre, il dit : « Il n'y a rien dehors. Mange. » Mais de temps en temps, il va jusqu'à la fenêtre pour regarder. Il fait toujours sombre. J'entends les vaches là-bas, dans l'étable. Puis j'entends du bruit au premier, un bruit de pieds, je regarde le plafond, et mon oncle dit : « Mange! »

Dans la lueur d'une lampe à pétrole, je me vois me glisser entre les stalles. Mais de l'autre côté de la cour, une lampe est allumée dans le grenier. Mon oncle me pousse et dit : « Fais attention. »

Ma respiration se transforme en vapeur dans le froid. Je trempe une brosse dans un seau d'eau et je lave les pis raides et caoutchouteux. Mon oncle me suit avec un seau et trait la vache. Je vois son visage collé au ventre de la bête, le rayon de lumière qui tombe de notre lampe à pétrole. Il trait les yeux fermés. J'entends le lait qui siffle en jaillissant contre le seau en fer-blanc. Je continue la rangée. Une vache tape du pied nerveusement, elle pisse, pète et chie dans la semi-obscurité et m'éclabousse. Une sensation de chaleur m'enveloppe...

Je me suis réveillé. Ma tasse de café s'est renversée sur mes genoux. J'ai senti la chaleur se répandre entre mes cuisses. J'ai remis la tasse dans le support. J'ai frotté mes yeux fatigués, j'ai cligné des paupières et j'ai bâillé machinalement. J'ai regardé ma montre. Trente-cinq minutes avaient passé. C'était à cause du service de nuit. Des vagues d'épuisement battaient aux limites du sommeil.

J'ai remis la Jeep en marche et je l'ai tournée lentement face à la maison, pour voir les fenêtres des chambres du haut. J'avais l'image d'une ombre au premier étage dans la chambre qui donnait sur l'arrière de la maison, qui attendait l'âme de mon oncle, et je pouvais voir Norman, cette espèce d'hippopotame, réduit à croire à la superstition, au diable. C'est ce que je voulais croire. À quoi ça avait bien pu ressembler d'être dans sa tête au moment où il avait fait un bruit et avait cru que ça venait d'en haut, de quelque chose venu d'ailleurs ? Qu'avait-il imaginé là-haut, dans cette pièce, une créature traditionnelle avec des yeux rougeoyants et une fourche, ou quelque chose de moins précis, une sorte d'ombre avec des ailes, accroupie sur le lit, attendant patiemment une âme pour l'emporter en enfer ?

Puis j'ai eu l'image de Norman appuyant sur la détente d'un fusil posé sur la tête de Ward. Martha se tenait à la porte. Elle disait à Norman ce qu'il devait faire. J'ai vu le sang, la tête éclatée de Ward.

J'ai regardé Norman qui prenait l'arme, qui la mettait dans la main de Ward et qui tirait dans le plafond. Je pouvais me représenter la scène. Je comprenais le désespoir, l'impuissance... Mais il y avait le Dormeur, quand était-il entré dans la maison, pour quelle raison se trouvait-il là, pourquoi était-il resté dans la maison après le meurtre ?

J'ai bu les dernières gouttes de café, et j'ai démarré lentement. La Jeep a glissé, les pneus ont accroché la terre ferme du chemin et je suis parti.

16

J'ai pensé à Charlie et à sa polio quand j'ai vu le sanatorium. Il n'avait rien perdu de son aspect austère, un bâtiment anonyme, sans rien de distinctif, construit sur une colline qui surplombait un bras de rivière glaciale. Quand j'étais enfant, j'avais un livre sur le joueur de flûte de Hamelin qui conduit des enfants en haut de la montagne parce que la ville l'a pigeonné en refusant de le payer pour avoir entraîné les rats dans la rivière. C'était ce qu'on ressentait en regardant le sanatorium, à l'époque, et encore maintenant. Tout ce qui gravissait cette colline était pris au piège pour toujours.

J'ai arrêté la Jeep au pied de la longue montée et j'ai contemplé la façade morne, le rez-de-chaussée sans fenêtres, et les barreaux devant les fenêtres du premier et du deuxième étage. Cela vous donnait une idée d'un passé sombre, quelque chose conçu dans un climat de peur et même de panique, une époque de fléau et de maladie.

Deux énormes portes de bois, sans ouverture, conduisaient dans un vestibule obscur, froid comme un frigo à viande, où il y avait un téléphone noir et solitaire posé sur une table haute. À côté, on lisait sur un petit panneau : *Décrochez le téléphone.* J'ai décroché et j'ai dit qui j'étais. Un système de verrouillage a tourné lentement et une porte s'est ouverte dans la lumière froide et clinique d'un sanctuaire intérieur.

Un gros type entre deux âges en uniforme blanc, avec des chaussures blanches d'infirmier, a regardé mon uniforme, tout cela était très formel, mais merde, je l'avais connu au lycée, Bob Gilmore, un connard qui avait quelques années de plus que moi, un type un peu louche qui prenait des airs de motard en fumant derrière le lycée. Je n'étais pas mécontent qu'il ne m'ait pas reconnu. Bob avait toujours des cheveux d'un noir de jais, lissés en arrière mais ils s'étaient éclaircis et on apercevait la peau rose de son crâne. Il m'a dit d'une voix ferme : « Suivez-moi. »

Sur un mur beige un peu passé, il y avait des photos en noir et blanc d'infirmiers et de médecins debout derrière des enfants, certains dans des fauteuils roulants, d'autres les jambes prises dans un appareillage métallique relié à des chaussures noires d'infirmes. J'ai ralenti instinctivement et j'ai regardé les images encore vivantes d'une époque figée dans un portrait annuel et définitif. Mon Dieu, qu'est-ce que j'aurais fait si mon gosse, Ernie, avait attrapé une maladie comme ça? Ces photos sinistres nous disaient quelque chose d'arbitraire et de cruel, quelque chose sur la véritable nature de la vie, sur notre insignifiance absolue.

Bob a eu l'air de ralentir pour attendre patiemment. J'ai vu qu'il tenait un mégot noirci entre le pouce et l'index. Il devait être en train de fumer quand j'avais décroché le téléphone, et il avait éteint sa cigarette.

L'élément central du sanatorium était une cour intérieure carrée, quelque chose comme une serre, couverte d'une haute verrière. Elle était remplie de fauteuils roulants avec des lanières de cuir sur les accoudoirs et de chariots pour malades le long du mur opposé. Quelques patients éthérés en peignoir blanc étaient assis calmement comme des saints misérables, certains avaient les pieds et les mains attachés, d'autres étaient apparemment libres. J'entendais le tintement de couverts et une odeur grasse de petit déjeuner flottait dans l'air.

Bob a toussé, et je lui ai emboîté le pas.

Il fallait une clef pour mettre en route l'ascenseur, un énorme caisson de style industriel. Il a glissé sa cigarette derrière son oreille et a tourné la clef. Bob a fermé la porte métallique en accordéon et l'ascenseur a tressauté, puis il a poussé un grognement avec un effort presque humain et nous avons quitté le sol.

À l'intérieur, la lumière liquide se répandait uniformément sur nous. Nos regards se sont croisés un bref instant et ceux de Bob ont semblé avoir un éclair en me reconnaissant. « Frank Cassidy ! Oh, ben merde, regardez un peu qui pointe son nez ! »

J'ai crié un « Bob ! » stupéfait. J'ai levé la main. « Ne me dis pas, Bob... Bob... Bob Gilmore ! »

Bob a dit très fort : « Le seul et l'unique ! Bob Gilmore, mesdames et messieurs ! » Il m'a serré la main.

« Sacré fils-de-toi, Frank Cassidy, c'est l'uniforme qui m'a trompé, mais je me disais bien que j'avais vu ce visage-là quelque part ! » Il a fait mine de me donner un coup de poing dans le bras. L'ascenseur a vibré. « Frank Cassidy, qui se fait passer pour un représentant de la loi ! Putain de Dieu, c'est la meilleure. Qu'est-ce qu'il a fait Frank Cassidy, il l'a volé l'uniforme ? » Il avait toujours le même rire épouvantable et le même air de crétin.

« Je suis dans l'équipe de sécurité à l'université.

— Je veux bien être pendu ! Merde, il va falloir qu'on parle du bon vieux temps. Je te raconterai pas la vie de con de Bob Gilmore, Frank, surveillant chef de la maison de fous. » Puis il m'a donné un vrai coup de poing sur l'épaule. « Sacré fils-de-toi, Frank. »

L'ascenseur s'est arrêté brusquement et ça a mis fin à notre conversation débile. Bob a ouvert la grille et nous sommes sortis dans la lumière d'un autre long couloir.

Bob a allumé sa cigarette, il a aspiré une grande bouffée puis il a soufflé la fumée par le coin de la bouche avant de passer la main dans ses cheveux huilés comme ceux des motards d'autrefois. Il en était toujours aux mêmes conneries. « Nom de Dieu, le seul et unique Frank Cassidy. » Il m'a à nouveau touché l'épaule. On aurait dit qu'il voulait s'assurer que j'étais bien réel, comme saint Thomas.

Je lui ai répondu sur le même ton : « Bob... Bob Gilmore, en chair et en os. »

Bob a souri, et ses lèvres se sont affaissées dans la pâte molle de son visage. « Je parie que Frank Cassidy a une histoire à raconter. Je parie que Frank

Cassidy a une histoire vachement bonne à raconter. »

Son visage s'était dégonflé, si bien qu'il n'était plus net, une boule de graisse, et quelque part là-dedans, l'ancien Bob Gilmore était réabsorbé. Bob souriait quand je le regardais, imperméable à la vie comme j'aurais aimé vivre moi-même. Comprenez-moi bien, les types comme Bob Gilmore étaient les sages qui nous apprenaient comment s'adapter à notre propre mort, des types qui vivaient dans le cré-puscule de leurs années de lycée et qui comparaient ce qu'ils avaient peut-être souhaité avec ce qui leur restait, des types qui regardaient dans le viseur de la cinquantaine et qui réussissaient quand même à se sortir le cul du lit chaque matin.

« Alors, t'es marié, Frank ? Merde, bien sûr, Frank Cassidy est marié, un beau gars comme toi. Tu res-sembles à un type marié. J'ai vu ça à la façon dont tu as regardé les photos en bas, Frank. Il n'y a que les parents qui regardent comme ça. Oh, ouais, tu as le mariage écrit sur le visage, Frank. »

J'ai dit : « Coupable et responsable », et j'ai levé l'annulaire pour montrer mon alliance. Cela m'a évi-demment obligé à lui demander : « Et qui est l'heu-reuse élue dans la vie de Bob Gilmore ? »

Bob a secoué la tête : « Bob Gilmore a battu la campagne. Je ne pense pas que Bob Gilmore soit l'homme d'une seule femme. »

J'ai dit : « Je te comprends. Bob Gilmore ne veut pas se mettre la corde au cou.

— Pas question que Bob Gilmore fasse ça, Frank, se mettre la corde au cou. » Une spirale de fumée s'élevait du doigt de Bob.

Il me tapait sur le système avec cette connerie de parler de lui à la troisième personne, comme s'il s'était scindé en une sorte d'alter ego. Il y avait quelque chose d'extrêmement héroïque dans le fait d'employer la troisième personne. Nous étions comme des Titans ou des stéréotypes glorieux. Si l'on avait été dans un film, j'aurais aimé qu'on porte de grandes pancartes avec dessus quelque chose comme « Loser! » ou « Dans la merde! »

M'extraire de la présence de Bob a été comme de m'arracher moi-même une dent. Bob m'a enfin conduit jusqu'à la porte d'un bureau et a dit : « Tu me donneras ton numéro de téléphone quand tu redescendras, Frank. Bob Gilmore veut connaître l'histoire de Frank Cassidy, du début à la fin. » Il a écarté largement les bras comme un acteur qui salue. Mais avant de partir, il a cessé de sourire, a éteint sa cigarette qu'il a jetée par terre, et en pivotant sur la pointe des pieds, il s'est mis tout près de moi pour me murmurer à l'oreille : « Alors, tu dis à ton vieux copain Bob Gilmore qui est vraiment le Dormeur? » et brusquement j'ai tout compris. Pendant tout ce temps, il avait eu cette question derrière la tête. Il m'avait reconnu dès que j'avais franchi la porte. Il n'avait pas cessé de jouer avec moi.

Je n'ai rien répondu et Bob s'est penché un peu plus. « J'ai entendu dire que Frank Cassidy pouvait hypnotiser des gens sans même les connaître. On dit que c'est comme ça que Frank Cassidy l'a fait. Je suppose que Frank Cassidy pourrait même hypnotiser Bob Gilmore ici, sans qu'il en soit plus avancé. »

J'en suis resté abasourdi, mais en y repensant, c'était ce qui avait fait peur à la blonde, celle que j'avais regardée à la cafétéria du campus. Les gens pensaient peut-être que j'avais ces pouvoirs-là.

La lumière du matin baignait le bureau du docteur Brown, l'air brillait de poussière. Il y avait dans la pièce une odeur d'éther, un produit qu'on utilise pour endormir quelqu'un. Des poutres apparentes rappelaient la coque d'un navire englouti dans des eaux profondes.

Contre le mur, on voyait une vitrine avec une lumière tout autour. J'ai attendu quelques minutes, en prêtant l'oreille à ce que disait le docteur Brown, parce qu'une seconde pièce communiquait avec le bureau, mais il n'y avait aucun bruit. Je suis allé regarder ce qui se révéla être une collection de papillons exotiques fixés sur un fond de feutre vert. Des étiquettes avec des noms scientifiques imprononçables les identifiaient.

De petites épingles maintenaient les ailes des papillons étalées. Certains étaient petits, mais d'autres avaient de grandes ailes de papier crépon, des papillons presque aussi grands que mes deux mains ouvertes, comme s'ils venaient d'Amazonie ou quelque chose comme ça. J'ai vu le détail de la tête d'un des papillons, la langue enroulée et les yeux composés, le torse recouvert d'une armure noire et lustrée. Je me suis encore approché pour observer la vraie complexité de son visage noir d'extra-terrestre.

Quand le docteur Brown m'a touché l'épaule, j'ai sursauté en croyant que quelque chose s'était évadé et s'était posé sur moi. « Merde ! »

Le docteur Brown a dit : « Ainsi, tu as découvert ma collection de papillons, Frank. »

J'ai dû reprendre mon souffle avant de pouvoir parler. Le docteur Brown se tenait à côté de moi et m'a à nouveau posé la main sur l'épaule, ce qui m'a fait prendre conscience du quart de siècle qui s'était passé depuis qu'il m'avait soigné. Ses yeux bordés de rouge, enfoncés dans des orbites profondes, avaient considérablement vieilli. Il s'est détourné et m'a montré un papillon géant, comme si nous avions été en train de parler de ce sujet depuis longtemps. « Après la procréation, Frank, la femelle mange le mâle. »

J'ai dit . « Dans l'espèce humaine, ça s'appelle pension alimentaire.

— Ah, Frank, tu n'as pas changé. » Nous avons continué à regarder les papillons. Le docteur Brown avait une respiration sifflante. Quand il me touchait, j'avais la sensation qu'il m'examinait comme un insecte avec ses antennes.

Le docteur Brown est passé derrière son bureau d'acajou et m'a fait signe : « Assieds-toi, Frank. » Il parlait sans me regarder.

« Alors, as-tu réussi à atteindre le fond de ces rêves, Frank ? »

J'ai suivi son geste et je me suis assis sur une chaise devant son bureau. Je lui ai répondu de façon laconique : « Je ne peux pas dire ça. »

Le docteur Brown a dit avec sa franchise habituelle : « As-tu toujours tes cauchemars ? »

J'ai dit nettement : « Tout ça, c'est du passé.

— Ah. Je ressens une pointe de peur, Frank.

— Non, seulement de l'ennui.

— Et de l'hostilité aussi. » Il a écrit quelque chose sur un carnet. « Donc, tu n'as pas répondu à ma question.

— Les cauchemars reviennent encore, parfois. » J'ai regardé le plafond sombre et voûté du bureau du docteur Brown et j'ai senti l'odeur du bois ciré. L'air chaud d'un appareil de chauffage faisait s'agiter les rideaux.

« Je trouve curieux qu'un homme ramène sa famille dans son pays natal, Frank. Je dis ça d'un point de vue à la fois personnel et médical. Cela indique quelque chose de latent dans le subconscient. »

J'ai souri. « Est-ce que je devrais m'allonger sur le divan à cause de ça, docteur ? Est-ce que c'est une séance officielle ? Je n'ai pas pris de chéquier. »

Le docteur Brown a dit : « Le plus intéressant, Frank, c'est que tu as mentionné le nom de Chester Green sous hypnose quand je t'ai traité. Tu le savais, Frank, que tu avais mentionné le nom de Chester Green ? »

J'ai menti et j'ai dit : « Non.

— Eh bien, tu l'as mentionné. » Le docteur Brown a retiré son stéthoscope pour le poser autour du cou d'un squelette blanc comme on en voit dans certains laboratoires de lycée. Le squelette avait été transformé en portemanteau. On y avait posé un pardessus et un chapeau qui devaient être ceux du docteur Brown. « Alors tu es revenu pour te remettre à l'agriculture, Frank, c'est ça ? »

Il a bu un verre d'eau, il a desserré son nœud de cravate, il s'est servi un autre verre d'eau et l'a bu. Il a claqué les lèvres quand il a eu fini.

Je n'ai pas répondu à sa question et il n'a pas insisté. Il y avait un livre ouvert sur une page avec le croquis technique d'un homme, une corde autour du cou. Le docteur Brown a vu que je le regardais.

« Ah, Frank, *L'Histoire de la pendaison*. Un livre passionnant. Je pense que les gens devraient savoir que se pendre cela ne consiste pas seulement à s'attacher une corde autour du cou et à renverser la chaise sur laquelle on est monté. Se pendre, c'est plus compliqué que cela, Frank. Je crois vraiment qu'il s'agit de quelque chose qui devrait être mis en lumière dans les études médicales, se pendre et se faire sauter la tête d'un coup de fusil. Cela donne rarement des résultats satisfaisants ! »

J'ai dit : « Je n'ai jamais pensé que se pendre était très compliqué.

— Oh, Frank, bien au contraire. En fait, Frank, se pendre c'est toute une science. Quand on y pense, la pendaison a été un des grands spectacles dans l'histoire de la civilisation occidentale. Cela a défini la façon dont nous avons rendu la justice. D'accord ? Comment l'État a-t-il exécuté les prisonniers, Frank ?

— Par pendaison.

— Exactement, Frank. » Le docteur Brown a tourné une page du livre. « Regarde, Frank, il y a même un tableau qui donnait aux bourreaux l'épaisseur et la longueur qui convenaient au poids du prisonnier. On donnait aussi des instructions sur la façon de placer le nœud afin que le cou se casse immédiatement quand le prisonnier était pendu. Pense à cela, Frank, à la vie que nous vivons, aux comités d'hommes brillants qui ont effectivement passé une bonne partie de leur vie à discuter des moyens de tuer les gens. »

J'ai dit : « C'est incroyable.

— Tu sais quel est le dilemme fondamental de l'État quand il exécute des prisonniers, n'est-ce pas ?

— C'est quoi ?

— Imagine une foule rassemblée pour une exécution publique, et un prisonnier décapité à cause d'une pendaison cochonnée, ou un prisonnier qui s'étrangle au bout d'une corde et qui gigote et se tord pendant plusieurs minutes. Comment cela affecte-t-il le public qui regarde ? »

Le docteur Brown a tapé du doigt sur la table et a répondu à sa question. « Cela fait naître dans l'esprit un sentiment d'horreur, Frank. Cela ébranle le sens de la justice chez les gens. En premier lieu, une exécution n'a rien à voir avec la torture. Une exécution correspond à une justice rapide. On ne doit pas penser que l'État exerce une vengeance, ou crée une souffrance prolongée. C'est la pierre angulaire de nos procédures judiciaires : une justice clinique dépourvue de souffrance inutile. C'est un élément essentiel de tout système judiciaire. Pour atteindre cette fin, une exécution doit être rapide et semblable dans chaque cas. »

Il y a eu un bref silence. Le docteur Brown a souri, il a croisé les doigts et a formé un petit clocher avec ses deux index. « Mais revenons-en à ce qui nous préoccupe, Frank. »

Je me suis mis à parler à un million de kilomètres à l'heure. « J'apprécie beaucoup que vous me receviez comme ça, docteur, et je veux que vous sachiez que je n'ai pas l'intention de vous repousser comme si je ne respectais pas ce que vous avez fait pour moi pendant toutes ces années, parce que c'est vrai. Mais j'ai réussi à vivre au bout du compte. Pour être honnête, je ne pense plus au passé. C'est peut-être d'avoir voyagé dans tout le pays ou quelque chose comme ça. Les choses perdent de leur importance quand on se met à se déplacer, quand on a la responsabilité d'une famille. J'ai deux gosses et une femme maintenant, docteur, vous voyez d'où je viens?

— Bien sûr, mais la question demeure de savoir pourquoi tu es ici, Frank.

— Vous voulez dire ici, à l'hôpital?

— Cela, et plus généralement ce qui t'a fait ramasser tes affaires et revenir au pays. Au téléphone, tu m'as dit où tu habitais. À New York?

— Dans le New Jersey.

— Cela fait un sacré changement de s'en aller comme ça.

— J'ai l'impression que j'ai déjà dû répondre à ça un million de fois.

— Et quelle a été ta réponse?

— Je n'en ai pas, si c'est une réponse qui peut vous convenir.

— Eh bien, Frank, je ne t'en demande pas la raison, mais si tu dois rester ici, et si les choses doivent demeurer où elles en sont, tu sais que tu as atterri au beau milieu d'un vrai mystère, et tu dois t'attendre à ce que les gens parlent, même si leurs théories sont absurdes. » Le docteur Brown s'est arrêté et m'a regardé de l'autre côté du bureau.

Je n'ai pas bronché. « Quand j'aurai une véritable réponse, vous serez le premier à l'apprendre, d'accord, docteur ? »

Le docteur Brown m'a fait un clin d'œil. « D'accord, Frank. Eh bien, l'affaire est entendue. Alors pourquoi as-tu voulu me voir, Frank ? »

J'ai parlé au docteur Brown de Norman et du reste de poudre, et j'ai précisé qu'il y en avait aussi sur Ward, mais que les choses restaient indécises pour le Dormeur. Je tournais en rond. Quand j'ai eu fini, j'ai eu l'impression de remonter à la surface pour respirer. J'ai ajouté : « Écoutez, est-ce que je peux vous poser une question ?

— Laquelle ?

— Je veux savoir si le Dormeur sortira jamais de son coma. »

Le docteur Brown a tambouriné sur son bureau. « Pourquoi ?

— Pour innocenter Norman. » J'ai hésité. « Et peut-être aussi pour moi...

— Pour des raisons de santé mentale ? »

J'ai haussé les épaules. J'ai regardé le docteur Brown : « C'est une évaluation très dure de mon état mental. » Puis j'ai souri et le docteur Brown m'a rendu mon sourire avant de dire : « D'accord, je vais répondre à ta question et t'expliquer mon pronostic. Tu veux l'explication longue ou l'explication courte ?

— Je veux la meilleure explication, docteur. »

Le docteur Brown a fait pivoter son fauteuil et a pris un cerveau en plastique. C'était quelque chose dont il se servait manifestement pour aider les gens à comprendre ce qui arrivait à ceux qu'ils aimaient. Je l'ai regardé démonter le cerveau. Cela ressemblait à un matériel de science pour enfants.

Je me suis penché sur le bureau quand le docteur Brown a commencé à parler : « Eh bien, d'une certaine façon, ceci nous ramène à notre discussion de tout à l'heure sur la pendaison. Comme je te l'ai dit, parfois, quand les gens essaient de se pendre, cela se termine par un cou brisé mais ils ne meurent pas. En général, ils finissent paralysés parce que la moelle épinière est endommagée.

« Mais dans le cas qui nous occupe, en se pendant, le Dormeur n'a pas abîmé sa moelle épinière. Sa blessure est au-dessus de la moelle épinière, dans ce qu'on appelle le tronc cérébral. Tu vois ici que le tronc cérébral est situé au-dessus de la moelle épinière, d'accord ? » Le docteur Brown m'a montré le tronc cérébral en plastique avec un crayon. « Cette zone ici, Frank. »

J'ai fait oui de la tête.

« Quand le Dormeur a essayé de se pendre, la chemise qu'il avait utilisée s'est détachée du plafond en se déchirant. Le choc n'a pas été assez fort pour lui briser le cou, mais le nœud coulant lui a écrasé la trachée artère et il s'est retrouvé pratiquement étranglé, jusqu'à perdre conscience. Cependant, assez d'air entrait encore dans ses poumons pour le maintenir en vie. »

Le docteur Brown a indiqué une artère rouge qui courait sur le tronc cérébral. « La force de la strangulation a endommagé ce qu'on appelle l'artère basilaire. Tu la vois ici, Frank ?

— Oui.

— Eh bien, le Dormeur a repris ses esprits la première nuit. Il avait un tube dans la gorge pour pouvoir respirer, et ne pouvait donc pas parler, mais il était capable de répondre approximativement aux ordres et aux questions par oui ou par non, il ne semblait donc pas y avoir de dommages cérébraux ni d'altération de sa pensée. Il pouvait faire bouger ses bras et ses jambes. Mais le lendemain matin, un caillot s'est formé dans l'artère basilaire et a bloqué le sang qui alimentait le tronc cérébral, et c'est à ce moment-là qu'il est tombé dans le coma. Tu arrives à suivre jusqu'ici, Frank?

— Ouais... mais comment est-ce que le caillot de sang l'a fait tomber dans le coma?

— Et bien, tout d'abord, dans le tronc cérébral se trouve l'horloge qui interrompt notre sommeil ou une période d'inconscience. Nous avons besoin d'un mécanisme qui, pratiquement, nous met en marche et nous fait fonctionner. Techniquement, on l'appelle le RAS, le Reticular Activating System. Le caillot qui s'est formé dans le cerveau du Dormeur a blessé le tronc cérébral et cela a, à son tour, altéré le mécanisme du réveil. Et il est resté dans le coma pendant les deux premières semaines qu'il a passées ici. »

J'ai levé les yeux et j'ai regardé le docteur Brown. « Vous avez dit les deux premières semaines? Alors, il est comment maintenant... Je veux dire, il est réveillé?

— Non, Frank. C'est plus compliqué que cela. » Le docteur Brown m'a regardé. « Je pense que le Dormeur peut avoir eu ce qu'on appelle un "Locked-In Syndrome". Je ne dis pas qu'il y a des preuves définitives, mais j'ai étudié ce désordre et il y a peut-être des manifestations de connaissance. »

J'ai secoué la tête. « Quoi ? »

Le docteur Brown a posé un doigt sur ses lèvres et a semblé réfléchir pendant quelques instants. « Je vais t'expliquer à nouveau, Frank. Les gens qui sont victimes d'un Locked-In Syndrome sont comme des statues. Je ne peux pas les décrire mieux. Ils sont muets et paralysés, pas seulement des bras et des jambes, comme celui qui a la colonne vertébrale blessée, mais leur tête aussi est touchée. Ils ne peuvent faire ni grimace ni sourire, ils ne peuvent ni parler ni déglutir, secouer ou hocher la tête. Comme je l'ai dit, ils sont comme des statues. Ils sont effectivement enfermés à l'intérieur d'eux-mêmes. »

Je me suis appuyé contre le dossier de ma chaise et j'ai essayé d'assimiler ce qu'il disait. « D'accord... mais... alors... en quoi est-ce que c'est différent d'un coma ?

— Ah, Frank, bonne remarque. Le Locked-In Syndrome est très différent d'un coma, et beaucoup plus tragique. Dans un coma, le patient est inconscient et il ignore son corps et ce qui l'entoure. Il n'existe que comme entité biologique, mais il n'y a pas de pensée consciente. Mais dans ce syndrome, le patient est *conscient*, Frank. Il vit un cauchemar en entendant et en sentant tout. Il est aussi éveillé et conscient que toi et moi, mais il n'a pas la capacité de bouger, de faire savoir au monde extérieur qu'il est dans cet état. La paralysie est totale. Ce sont des gens de pierre, Frank, des statues dans tous les sens du mot.

— Comment est-ce qu'on sait qu'ils sont conscients s'ils ne peuvent pas communiquer ? Je ne comprends pas comment vous voyez la différence entre le coma et ce syndrome, s'ils n'ont aucun moyen de communiquer. »

Le docteur Brown s'est penché et a hoché la tête : « Eh bien, le mouvement de l'œil est contrôlé dans le cerveau, pas dans le tronc cérébral, et même si le tronc cérébral est atteint, le contrôle du mouvement de l'œil se situe ailleurs, et par la grâce de la nature, il s'agit de l'indication qui nous permet de savoir que nous n'avons pas affaire à quelqu'un dans le coma, que c'est différent. Si le patient, victime d'un Locked-In Syndrome, n'a pas subi de dommage cérébral majeur, alors les processus de la pensée supérieure sont intacts et il est possible d'établir une communication avec lui. Récemment, j'ai étudié des cas assez rares de patients qui ont pu communiquer grâce à une sorte de code en morse fondé sur le mouvement des yeux, le clignement des paupières par exemple, ou, dans certains cas, quand il n'y a même pas cette possibilité, le code mis au point est un mouvement horizontal et vertical des yeux – pratiquement, tout geste simple et répété consciemment forme la base d'un code. »

J'ai dit doucement : « Ainsi l'œil devient la fenêtre de l'âme. »

Le docteur Brown a approuvé d'un hochement de tête. « Mais la clef c'est de reconnaître cet état et de commencer à essayer de communiquer avec le patient. Ce dernier peut faire le premier pas, mais on doit se rendre compte de quoi il s'agit pour comprendre qu'il communique. Tu te rends compte de l'horreur de la situation, Frank ? Il y a peut-être eu littéralement des milliers de gens plongés dans ce qu'on a considéré comme un coma et qui ont passé ainsi toute leur vie, sans que personne n'essaie de communiquer avec eux. »

Le docteur Brown a relevé la tête et est resté silencieux pendant quelques minutes.

« Vous avez communiqué avec lui ? »

Le docteur Brown a répondu : « Frank ! »

J'avais le souffle rapide : « Vous avez établi une communication avec lui ? »

Il a levé les mains : « Écoute-moi bien, Frank. Je dis que j'ai examiné le patient et qu'il y a peut-être des signes de reconnaissance. Rien de définitif. Une personne dans cet état doit vouloir qu'on la trouve, elle doit vouloir que l'on sache qu'elle regarde de l'intérieur. »

J'ai secoué la tête. « Alors, il peut entendre tout ce qu'on dit mais il ne peut pas répondre ?

— Exactement, Frank, un homme enfermé dans son corps. »

La lumière du jour brillait derrière le docteur Brown. J'avais du mal à distinguer son visage. Mes yeux n'arrivaient pas à le voir précisément. J'ai dit : « Alors, pourquoi est-ce que vous me laissez le voir, docteur ?

— Eh bien, tu m'as appelé, Frank. Tu me l'as demandé. »

J'ai hoché la tête.

« Frank, permets-moi de te dire que parmi tous ceux qui sont indirectement impliqués dans cette affaire, dans cette tragédie, je pense que tu es le mieux placé pour comprendre qu'il y a peut-être des choses qu'on ne voudra jamais découvrir. Peut-être y a-t-il trop à souffrir et à perdre et pas assez à gagner pour ce que je t'ai fait subir autrefois, Frank. Peut-être cet homme veut-il qu'on le laisse tranquille, je ne sais pas, mais peut-être as-tu en toi assez d'empathie pour communiquer ce que tu ressens, pour lui parler tout simplement, Frank. »

J'avais la tête qui tournait. J'ai dit : « Ça ne me semble pas être une raison suffisante. »

Le docteur Brown m'a regardé : « Tu n'es pas obligé d'aller le voir, Frank. »

J'ai dit : « Je ne comprends pas mais je vais y aller.

— Très bien, Frank.

— Alors dites-moi franchement : le Dormeur peut communiquer, n'est-ce pas ? »

Le docteur Brown a regardé sa montre. « Ce que j'ai dit, Frank, c'est que la possibilité médicale existe.

— Ça ne répond pas à ma question.

— C'est toi qui décides, Frank. Donne-moi un autre avis. »

J'ai regardé le docteur Brown. J'ai dit : « Je ne sais pas ce que je fais ici. »

Le docteur Brown a levé les sourcils : « Oui, mais tu es ici, Frank. »

J'ai dit : « Est-ce que vous avez parlé aux flics de ce syndrome ? »

Le docteur Brown a fait non de la tête. « À la suite de mes relations avec la police dans ton affaire, Frank, j'ai perdu toute confiance en la loi. J'ai toujours pensé qu'il aurait mieux valu pour toi que personne n'aille voir la police après nos séances d'hypnose. » Le docteur Brown a touché l'arête de son nez et a penché imperceptiblement la tête. « Actuellement, mon seul impératif est de maintenir cet homme en vie, rien d'autre. Je suis un gardien, c'est mon seul rôle. »

J'ai approuvé d'un signe de tête.

« Très bien, Frank. J'ai ta parole que ce dont nous parlons ne quittera pas ce bureau ? »

Je sentais qu'il y avait entre nous quelque chose que je ne comprenais pas vraiment.

« Est-ce que ces patients peuvent récupérer, docteur ?

— Dans certains cas, certains patients récupèrent partiellement ou totalement l'usage de leur corps. Il y a toute la gamme, Frank.

— Alors, que pensez-vous de ses chances de récupération ?

— Je pense que tu vas trop vite, Frank. Je n'ai pas dit que le Dormeur subissait à coup sûr un Loc-ked-In Syndrome, Frank, tu me comprends bien. »

J'ai hoché la tête et j'ai attendu. Je me suis sorti de l'impasse en disant : « Très bien, je crois qu'il vaut mieux que j'aille le voir.

— D'accord. » Le docteur Brown s'est levé. « Frank, malgré ce qui t'est arrivé il y a des années, je crois toujours au pouvoir du subconscient, il existe des réalités au-delà de la réalité, des choses que nous avons peur de regarder en face, mais qui sont là, des souvenirs refoulés. »

Je savais qu'il parlait de l'incendie. Il a fait le tour de son bureau et s'est arrêté devant moi. Je n'ai pas regardé son visage. Il m'a posé la main sur l'épaule et nous sommes sortis de son bureau dans le couloir glacé.

Le docteur Brown marchait lentement, en tirant un peu la jambe, un vestige de sa lutte contre la polio. Il portait des chaussures orthopédiques.

À travers les barreaux de la fenêtre, j'ai vu la rivière gelée. J'ai dit : « Ici, ça ressemble plus à une prison qu'à un hôpital.

— À l'époque des épidémies, ce sanatorium était à la fois hôpital et prison... »

Nous sommes arrivés devant une porte qui conduisait dans une autre aile. « Voilà, Frank, je vais te laisser ici. » Le docteur Brown m'a pris la main et l'a gardée dans la sienne. Par le guichet d'une porte fermée j'ai vu un long couloir.

Nous nous sommes attardés encore quelques instants. Le long doigt d'une branche cognait contre une fenêtre derrière nous. J'ai dit : « Je me souviens, quand j'étais enfant, il y avait une salle avec des poumons d'acier, ici.

— Il n'y en a plus, je suis heureux de te le dire, Frank, partis à la ferraille, consignés dans les livres d'histoire. Nous avons gagné beaucoup de guerres au cours de ce siècle, Frank. »

J'ai dit tranquillement : « Vous savez, j'ai eu un oncle ici qui avait la polio.

— Charlie, n'est-ce pas ?

— Ouais.

— C'était un instituteur ? »

J'ai dit : « Vous avez une bonne mémoire, docteur.

— C'est mon travail, Frank. » Il a dit ça avec un petit sourire.

J'ai souri moi aussi. J'ai dit : « Mon Dieu, je me souviens que je venais ici avec Ward qui posait des questions à Charlie, "Multiplie tant par tant", et Charlie donnait la réponse. Il avait le génie des chiffres. Ce n'est pas une façon de parler. C'est vrai. À mon avis, ça lui plaisait qu'on lui pose des colles. Il me faisait un clin d'œil quand il donnait la bonne réponse. Ward écrivait tous les nombres, ça moins ça et ça plus ça, alors je m'asseyais à côté de Ward qui faisait l'opération, et il disait : "D'accord, Charlie", et il rayait les nombres, et Charlie avait bon toutes les fois. Et Charlie avait des pièces de cinq et de dix cents sur un plateau métallique à côté de son poumon d'acier et il disait : "C'est pour toi, Frank. Prends-les." »

Le docteur Brown a gardé le silence.

J'ai dit : « Merde, c'est incroyable ce dont on se souvient et ce qu'on oublie, comment la mémoire fonctionne. » J'ai dit : « J'ai un gosse comme ça, avec le même génie, docteur. » J'ai dit : « Quand on a un gosse comme le mien, on est tranquille pour le reste de la vie, docteur. On peut vieillir sans problème. Un gosse comme ça, ça vaut de l'or. C'est la meilleure retraite qu'on puisse espérer. » Je me suis tu quelques instants et j'ai dit : « Mais vous savez de quoi je me souviens le plus, docteur ?

— Non.

— Je me souviens qu'un soir, alors qu'on était ici, et que Charlie avait fini de répondre aux questions, Ward lui a dit : "Oh, tu trouves toutes les solutions, Charlie, alors pourquoi est-ce que tu n'as pas trouvé la solution pour garder ta femme?" Je me souviens que Charlie pleurait, mais Ward n'a rien trouvé de mieux à faire que de répéter sa question. Et encore quand Charlie est sorti du sanatorium. Charlie n'était jamais tranquille, docteur, pas en venant vivre avec Ward. Je veux dire, Ward nous menait la vie dure, à tous. Merde, quand j'y pense, Charlie boitait toujours et marchait avec une canne quand il est parti. Je me souviens qu'il imitait Charlie Chaplin, comme si c'était très drôle, mais ça ne l'était pas. Je crois que Charlie aurait rampé pour fuir Ward. » Je me suis arrêté brusquement. J'ai dit : « Tout ça ne vaut pas un clou.

— Parler, c'est une façon de se souvenir, Frank. C'est le premier pas. »

Je ne lui ai pas demandé le premier pas vers quoi.

Nous n'avions plus rien à nous dire. Un garçon de salle devait venir me chercher.

J'ai dit : « Docteur?

— Oui, Frank?

— Vous m'avez eu en analyse. Vous pensez que je suis capable de faire des choses que je pourrais supprimer ensuite de ma conscience? »

Le docteur Brown m'a demandé : « Donne-moi un exemple, Frank. »

Je lui ai parlé des lettres de chantage que Martha m'avait accusé d'avoir envoyées.

Le docteur Brown a toussé et dégluti. « Comment sait-elle que tu les as envoyées?

— Elle dit que c'est moi qui les ai signées. »

Le docteur Brown a retiré ses lunettes et s'est mis à les nettoyer, en hochant légèrement la tête : « C'est toi qui les as signées... Intéressant... La réponse à ta question, Frank, c'est que je n'en sais rien, honnêtement je ne sais pas ce que tu es capable de faire. » Il m'a regardé de ses yeux embués.

Le garçon de salle a ouvert la lourde porte.

Le docteur Brown m'a pris le bras. « Nous en reparlerons, Frank. Appelle-moi dans un jour ou deux. » Je l'ai vu faire demi-tour. Il traînait vraiment la jambe. Il s'est arrêté et s'est retourné comme s'il voulait dire quelque chose, mais il n'en a rien fait.

L'ancienne salle de quarantaine se trouvait dans une aile éloignée de l'hôpital. On l'avait transformée en service de rééducation. J'ai dû traverser trois portes successives avant d'atteindre la chambre intérieure. Je suis passé devant une vieille salle de douche rouillée, comme on en voit dans les vestiaires d'hommes ; ceux qui s'occupaient des patients devaient l'avoir récurée autrefois. C'était un endroit froid, d'abandon et de désolation. Il devait y avoir eu une fuite dans les tuyaux en haut de la salle parce que de longues traînées brunes tachaient le carrelage des murs.

Je suis passé devant de grandes pièces qui ressemblaient tout à fait à des chambres de torture. Il y avait des malades sous traitement reliés à un véritable échafaudage de trucs métalliques. Un système de poulies et de roues courait au plafond. J'entendais des cliquetis de métal. Deux infirmières fumaient dans l'entrée, avec le visage impassible des gens qui ont travaillé trop longtemps et péniblement, le visage de la monotonie institutionnelle.

Au milieu, le couloir débouchait dans une grande salle commune. Je n'avais jamais vu autant de paraplégiques et de tétraplégiques, de culs-de-jatte avec des sacs d'urine accrochés à des supports métalliques reliés par un tuyau au pyjama des patients. Certains étaient allongés à plat ventre sur des chariots avec des draps sur les fesses.

Le garçon de salle s'est arrêté et ses yeux ont parcouru la pièce. J'ai vu qu'il regardait une infirmière debout contre le mur opposé, qui buvait un café. Il lui a fait un signe de tête et elle a souri en levant sa tasse. Le garçon de salle lui a dit quelque chose silencieusement en remuant les lèvres et elle a souri à nouveau. Nous avons attendu à cet endroit pendant un moment pour une raison qui m'échappait.

Les patients regardaient un feuilleton télé sur un de ces postes noir et blanc fixés au plafond dans un coin de la salle. On avait tiré les rideaux contre la lumière violente, et la pièce était plongée dans la pénombre comme si c'était le soir, et l'on n'entendait que la voix d'une belle jeune femme à la télévision, qui s'accrochait à un type en pull à col roulé comme elle se serait accrochée à un million de dollars. Elle sanglotait sur son épaule.

Je me trouvais à l'arrière de la salle et je regardais au-dessus des fauteuils roulants. Ça ressemblait à un putain de pèlerinage.

La femme s'était lancée dans un de ces monologues impossibles des feuilletons. Je l'ai écoutée.

« Je suis revenue vivre avec toi, c'est ce que j'ai toujours voulu. Je suis revenue ici parce que je voulais être avec toi pour toujours. Je veux me réveiller à côté de toi. Je veux te faire l'amour et te faire des enfants. Je veux tout cela. Je te veux! S'il y avait un millier de fusils alignés dehors, je voudrais leur faire face avec toi. Aime-moi suffisamment pour que je sache que je suis ta vie. »

Quelqu'un dans un fauteuil roulant a crié : « Crystal, ne fais pas ça! Ce mec est un salaud! »

Cela a rompu le charme et le garçon de salle m'a fait signe de le suivre.

Au bout d'un passage étroit qui avait servi d'unité d'isolement à l'époque de la tuberculose, j'ai enfin vu l'homme qu'on appelait le Dormeur. Je suis entré brusquement dans une pièce rectangulaire et froide qui ne contenait qu'une chaise et un lit et j'ai posé les yeux sur une statue inerte. Mais ce n'était pas entièrement vrai.

Les yeux étaient grands ouverts.

17

Le Dormeur paraissait sans substance, la simple silhouette d'un corps sous les couvertures, une relique. Les semaines d'immobilité avaient desséché son corps. Les mains s'étaient atrophiées, les doigts recourbés ressemblaient à une patte d'animal et les ongles anormalement longs avaient la couleur de la cire de bougie. Mais c'est la tête qui a retenu mon attention. Elle était anormalement grosse, comme celle d'un extra-terrestre, une tête sur la tige fine du cou marquée par une trachéotomie à vif.

Une cloche a sonné dans le couloir et le garçon de salle m'a dit : « Il faut que j'y aille. »

Je me suis assis sur la chaise en bois à côté du Dormeur et je me suis penché sur lui. Il avait une odeur de maladie, une odeur de fromage qui sue, âpre et un peu pourrissant. Une mousse blanche s'était formée aux commissures de ses lèvres. Des boutons naissaient sur sa peau. Même ses yeux ouverts, qui trahissaient la présence de quelque chose de vivant en lui, étaient enfoncés comme ceux d'un aveugle.

Le Dormeur était plus âgé que je ne l'avais imaginé, et plus frêle.

Je lui ai touché le bras.

Aucune réaction. Les yeux restaient fixés au plafond.

Je me suis encore approché et j'ai murmuré, sur le ton d'un prêtre qui récite les derniers rites à l'oreille d'un agonisant : « Le docteur Brown m'a dit votre secret. Clignez une fois des paupières si vous m'entendez. »

Mais il n'y a eu aucune réaction.

De la trachéotomie s'échappait un bruit qui faisait penser à un pneu de bicyclette crevé.

J'ai fixé ses yeux. J'ai agité la main devant son visage. Les yeux l'ont suivie pendant un millième de seconde, avant de redevenir le même regard fixe et froid. C'était un réflexe, parce qu'il s'est passé la même chose à chaque fois. Ce n'était pas de la communication.

Je l'ai regardé dans les yeux et j'ai dit : « Je m'appelle Frank Cassidy. » Un instant de silence. Rien. J'ai dit : « Je suis le neveu de l'homme que vous avez tué. » Je ne savais plus quoi dire. Je suis resté assis près du lit, à réfléchir. Je n'avais rien à dire, après tout ce temps. Je me contentais de contempler le visage du Dormeur. Je ne voyais pas pourquoi cet homme aurait voulu communiquer avec moi. Après tout, j'étais le neveu de l'homme qu'on le soupçonnait d'avoir tué. Pourquoi se serait-il confié à moi ?

Je me suis penché à nouveau et j'ai dit : « Je peux vous dire des choses sur l'affaire si vous m'aidez.

J'imagine que vous ne savez rien sur votre affaire, mais je peux vous dire ce qui se passe si simplement vous me faites savoir que vous êtes là, d'accord ? »

Mais il n'y a rien eu, pas le moindre signe de ce que Brown m'avait laissé entendre que je trouverais Peut-être son cerveau avait-il été touché. Je me suis relevé. « Le docteur Brown m'a dit qu'il pensait que vous aviez peut-être ce qu'il appelle un Locked-In Syndrome. Je ne souhaiterais pas ça à quelqu'un, vous savez, même pas à vous. » J'ai passé la main dans mes cheveux. Il faisait très chaud dans la chambre. J'ai senti que je suais. J'ai dit : « Je ne vous en veux pas du tout. » J'ai élevé la voix d'un cran. « Écoutez, si vous m'entendez, nous pouvons mettre quelque chose au point. Comme je vous l'ai dit, rien n'est décidé. Vous n'avez peut-être pas vraiment tué Ward. C'est vrai, on a tiré deux coups de feu dans la maison et, vous savez quoi, la police n'est pas sûre que vous ayez appuyé sur la gâchette dans aucun des deux cas. Vous entendez ? »

Le garçon de salle est revenu et il est resté debout derrière moi. Il a dit : « Il est dans le coma. Il ne peut pas vous entendre. »

Le garçon de salle a gratté une allumette et a allumé sa cigarette. Il m'a regardé.

« Ça donne la chair de poule, hein ? »

Je me suis assis et j'ai regardé le Dormeur. Le silence a duré plusieurs minutes. Je regardais les perfusions, le mouvement monotone des liquides qui tombaient goutte à goutte. Des bruits sourds provenaient de la salle commune.

Il n'y avait aucune expression sur le visage du Dormeur, simplement les yeux comme toujours, ouverts et fixés au plafond. Il était étendu immobile, la respiration si faible qu'elle me faisait penser à une hibernation, un sommeil si naturel dans cette région du monde.

Le silence s'est prolongé pendant quelque temps. J'avais le dos très chaud, une chaleur de serre venant de la fenêtre. Le soleil était bas sur l'horizon, un œil jaune qui regardait fixement par la fenêtre.

Une infirmière, maigre et peu séduisante, un peu comme la fiancée de Popeye, est entrée et a dit : « Clifford, on a besoin de toi là-bas. »

Le garçon de salle est parti.

Dans le silence qui a suivi, je suis resté assis en regardant à nouveau dans les yeux du Dormeur. Les paupières ont battu une fois, pas un clignement d'yeux, mais un mouvement d'obturateur d'appareil photo. Des larmes solitaires, des gouttes parfaites, ont brillé dans chaque œil avant de rouler sur les joues et de disparaître dans les oreilles. Les paupières se sont rouvertes mais les sourcils n'ont pas bougé. Rien. Le visage était un masque aux yeux fixes. Je l'ai essuyé avec la manche de ma chemise. Ses yeux ont palpité et sont redevenus fixes quand j'ai retiré la main.

J'ai dit à voix basse : « Écoutez, je sais que cela peut paraître étrange, que le docteur Brown m'ait envoyé alors qu'on vous soupçonne d'avoir tué mon oncle, mais c'est la vérité. Disons simplement que je ne suis pas effondré par la mort de Ward... vous m'entendez ? J'ignore ce que vous savez ou ne savez pas, mais je suis avec vous. Je peux vouloir vous aider pour des raisons tout à fait égoïstes... vous m'entendez ? Je vous dis la vérité. Les flics n'ont aucune preuve que vous ayez tué mon oncle. C'est peut-être Norman qui a tué son père. Il a tiré avec l'arme qui a tué Ward. » Je ne disais pas ce qu'il fallait alors je me suis arrêté.

J'ai pris la main repliée du Dormeur. J'ai eu l'impression de toucher de la pierre. Je l'ai serrée doucement, j'ai glissé mon pouce dans son poing fermé, j'ai massé le muscle à la base du pouce, et lentement je lui ai ouvert la main, je sentais les tendons se déplacer et bouger tandis que je pressais la chair et que je redressais les doigts recourbés, repliés comme des serres. Je lui ai pris le poignet que j'ai fait pivoter avec mon autre main. Sa main s'est colorée de rouge. Je voyais les veines sur le poignet, un réseau bleu et souterrain, qui affleurait sous la peau transparente. Pendant tout ce temps je n'ai pas quitté son visage des yeux. Ses iris bleus restaient fixés au plafond.

J'ai fait la même chose avec son autre main, j'ai réchauffé la chair couleur de cendre, j'ai massé les muscles jusqu'à ce que la main soit chaude, jusqu'à ce qu'elle se détende et s'ouvre. J'ai massé chaque doigt. J'ai murmuré : « Je vous donne l'occasion de sortir de derrière votre masque. Est-ce que vous voulez passer le reste de votre vie ainsi ? » J'ai plié le bras au coude et j'ai massé le membre froid et c'est à ce moment-là que j'ai vu le tatouage à la couleur passée, ce qui signifiait qu'il était là depuis très longtemps. Cela m'a fait frissonner plus que toute autre chose. Ça ne pouvait être que Chester Green.

J'ai déposé le poids mort de ce bras sur les hanches osseuses du Dormeur, et on aurait dit quelqu'un qui était simplement allongé. Je lui ai fermé les yeux comme je savais qu'on le faisait à un mort. Les paupières se sont abaissées sur les yeux. J'ai reculé et j'ai respiré un bon coup. J'allais m'en aller, quand les yeux se sont rouverts et les paupières ont battu plusieurs fois. J'ai stoppé net et j'ai attendu que le réflexe s'arrête mais en vain. Cela a continué un certain temps.

Je me suis penché sur lui. J'ai dit : « Vous m'entendez ? »

Les paupières ont continué à battre.

J'ai dit : « Écoutez-moi. Clignez des yeux une fois si vous m'entendez. »

Les paupières ont cessé de battre quelques instants, puis il a cligné des yeux une fois.

J'ai immédiatement compris. Je lui ai reposé la question, et il a cligné des yeux une fois. La blessure humide de la trachéotomie a émis un son, le diaphragme s'est légèrement soulevé, puis une bulle s'est formée sur le trou, elle a tremblé avant de crever sans bruit.

J'ai eu une sorte de malaise. Je sentais la vie derrière ce masque. J'ai dit : « Qui êtes-vous ? » mais bien sûr la réponse ne pouvait être ni un oui ni un non.

Les yeux sont restés ouverts.

J'ai continué à regarder ce visage silencieux. Les paupières ont battu par réflexe, puis se sont fermées et rouvertes. Je tremblais. J'ai dit : « Écoutez-moi, un battement de paupières pour oui, deux pour non, vous comprenez ? »

Les paupières ont battu une fois.

Je n'arrivais toujours pas à croire que je communiquais avec lui. Les yeux me fixaient à travers les orbites du masque mortuaire immobile.

Je n'ai rien dit pendant quelques instants, j'ai laissé les bruits de la salle commune venir jusqu'à nous. Je ne savais pas si les larmes étaient de réflexe ou si elles trahissaient une émotion. Deux traces rouges sortaient des coins extérieurs des yeux et disparaissaient dans le trou obscur de chaque oreille, comme si le Dormeur avait pleuré en permanence. J'ai épongé doucement une oreille et puis l'autre avec le bord du drap.

Je me suis relevé et j'ai senti un léger vertige. Je suis allé jusqu'à la fenêtre et j'ai contemplé les bois obscurs au-delà des barreaux d'acier. J'ai vu un groupe de cerfs à queue blanche réunis près d'un ruisseau.

Je me suis retourné vers le Dormeur. J'ai dit : « Est-ce que deux et deux font cinq ? » et ses paupières ont battu deux fois, alors j'ai dit : « Est-ce que deux et deux font quatre ? » et le Dormeur a cligné une fois des paupières. Avec ces questions ineptes qu'on aurait pu poser à un enfant, j'ai su que le Dormeur était à l'intérieur de ce corps et qu'il regardait le monde.

J'ai dit : « Vous êtes Chester Green ? » mais à ce moment-là j'ai entendu le garçon de salle et l'infirmière dans le couloir. Je me sentais un peu étourdi. J'ai dit : « Vous voulez que je revienne ? »

Il a cligné des yeux deux fois.

Le garçon de salle est entré dans la chambre et a dit : « Il faut qu'on le nettoie. »

J'avais le visage blême.

Le garçon de salle m'a regardé : « Ça va ? »

J'ai regardé le Dormeur. « Vous voulez dire oui ? » mais les paupières se sont ouvertes et fermées deux fois.

Le garçon de salle a vu que je m'adressais à l'homme. Il a vu les paupières se baisser. Il a dit : « Mais qu'est-ce que... vous avez vu ça ? » Il a agité la main au-dessus du visage du Dormeur, mais les yeux ont simplement tremblé par réflexe et non pour communiquer.

J'ai dit : « Vu quoi ? » J'ai regardé le Dormeur, la statue froide de son corps était allongée sans rien trahir dans sa cachette parfaite.

18

J'avais froid et je tremblais, comme si ce que j'avais vu n'avait pu arriver Pourquoi un homme qui s'était révélé à moi me disait-il de ne plus venir le voir? Plus je m'éloignais du sanatorium, plus j'étais persuadé qu'il ne s'était rien passé.

Quand je suis arrivé chez Mme Brody, Honey était là. C'était le début des congés de Thanksgiving. Honey avait installé une machine à écrire face à la colline où la dernière mine fonctionnait encore. J'ai écouté le crépitement des touches, qui ressemblait à ce que j'imaginais être le bruit d'une mitrailleuse lointaine. La radio marchait en sourdine, une station des années cinquante. De la lumière passait sous la porte. Si elle avait été quelqu'un d'autre, j'aurais pu trouver un réconfort auprès d'elle, mais j'ai décidé de ne pas lui parler de ce qui était arrivé, j'ai pensé que jusqu'à la mort de Ken, il valait mieux que nous menions des vies parallèles, que nous affrontions seuls nos propres démons.

Je me suis avancé derrière Honey, très doucement, et elle ne m'a pas entendu. Elle était seins nus.

On voyait encore la marque rouge des bretelles élastiques de son soutien-gorge. Elle avait gardé ses chaussures à talons hauts.

J'ai toussé discrètement, Honey a entendu et s'est retournée. Ses seins lui pendaient presque jusqu'au nombril. Son sein droit avait glissé sur le côté.

« Frank ! » Elle m'a souri. « J'ai pris du travail en plus, je tape les devoirs de plusieurs gosses, Frank. » Un carnet était ouvert sur un devoir griffonné à la hâte.

Je suis resté debout près d'elle. Du poêle ventru s'élevait une légère odeur de bois brûlé.

Honey avait préparé une annonce pour signaler qu'elle tapait des textes. Elle a dit : « Regarde, Frank ! » J'ai regardé son affiche. Elle avait mis une photo d'elle, datant du lycée, sous ses tarifs, avec son numéro de téléphone. C'était une photo qui remontait à l'époque où elle avait remporté le concours de dactylo de l'État de Géorgie. On pouvait le lire sur une banderole au-dessus de sa tête, mais elle en avait gommé l'année. Elle avait les mêmes cheveux blonds que maintenant, coiffés sur le côté et tombant sur toute la longueur de son bras nu. Elle portait un appareil dentaire. Je le voyais parce qu'elle souriait.

Je me suis retourné et j'ai regardé Honey. Elle aurait pu être la mère de la jeune fille sur la photo, mais je n'ai rien dit.

Au lit, je l'ai embrassée sous les seins, la chaleur moite de l'endroit où bat le cœur. Elle parlait toujours de dactylo avec la même ardeur. Elle a dit : « Ça fait de l'argent en plus, Frank ! Des contrôles trimestriels. » Je lui ai fermé la bouche d'abord avec le doigt, ensuite avec la langue. Je l'ai sentie se détendre et s'abandonner à moi, ses grosses hanches ont commencé à bouger. J'allais lentement vers l'orgasme, entre les obstacles de ce que j'avais vu, les yeux qui me fixaient au sanatorium. Ses doigts bougeaient sur mon dos, comme si elle tapait à la machine, comme si elle transmettait quelque chose.

Après, elle a respiré lourdement.

Je me suis levé car c'était bientôt l'heure d'aller chercher Ernie. Dans la pièce, la chaleur était étouffante. J'ai regardé l'affiche de Honey. J'ai dit : « Tu as rencontré Ken combien de temps après cette photo ? »

Honey était allongée sur le côté, mais elle a élevé la voix : « Qu'est-ce que tu dis, Frank ? »

Je savais que je n'aurais pas dû dire ça. J'ai dit : « C'est rien.

— Non, Frank, qu'est-ce que tu as dit ? »

Je me suis retourné vers elle. « Combien de temps après cette photo est-ce que tu as rencontré Ken ? »

Honey a commencé à parler dans un murmure et elle a fini comme une furie. « Tu rentres à la maison et tu me fais prendre mon pied et après tu me sers cette connerie, Frank !

— Chut, Mme Brody va t'entendre. C'est rien. Je ne sais pas pourquoi je te demande ça. » J'ai posé le doigt sur mes lèvres. J'étais nu au milieu de la pièce. Je me sentais gauche comme Adam après avoir mangé la pomme dans le jardin d'Éden.

« Putain, Frank. Tu veux le savoir ? Tu veux connaître la vérité ? Sur cette photo j'étais déjà enceinte de Robert Lee. C'est ça que tu voulais

entendre, Frank? Ken et moi, on sortait déjà
ensemble quand j'étais en seconde. Je ne te l'avais
peut-être jamais dit. Maintenant, tu le sais, Frank!
C'était mon premier homme, Frank, à l'arrière de sa
voiture. J'étais amoureuse de lui, Frank. Le coup de
foudre. Un véritable amour comme lorsqu'on est
jeune et qu'on ne veut pas transiger! Ce genre
d'amour-là, Frank. Le genre d'amour qui vous rend
incapable de manger, qui vous donne le trac!» Elle
hurlait. J'ai entendu une porte s'ouvrir en bas. «Tu
veux tout savoir, Frank? Je vais tout te dire. Tu veux
savoir comment Ken a joui dans ma bouche quand
j'ai eu mon premier appareil dentaire? Tu veux tout
entendre, Frank? Hein, tu veux tout entendre?»

J'ai tressailli et j'ai senti mon scrotum se contrac-
ter. J'ai ramassé mon caleçon et je l'ai enfilé.

«Ne me touche plus jamais, espèce de connard,
Frank. Jamais! Jamais plus! Tu m'entends? Je peux
m'en tirer sans toi, Frank. J'ai des dons, Frank, plus
de dons dans mon petit doigt que tu n'en auras
jamais! Je peux vivre sans homme, tu m'entends,
Frank?»

Honey est allée dans la salle de bains. Je l'ai vue
s'essuyer avec une serviette comme si elle était blessée. Finalement, elle s'est arrêtée, elle a laissé tomber
la serviette humide et est restée là. Elle avait gardé
ses talons hauts et la taille de ses jambes au-dessus de
ses chaussures m'a fait penser à un énorme oiseau
préhistorique incapable de voler, quelque chose
qu'Ernie devait sans aucun doute pouvoir identifier.
J'ai avalé ma salive et j'ai dit: «Mesdames et messieurs, je vous présente Honey Wainscot, la cham-

pionne du concours de dactylo de l'État de Géorgie!» J'ai dit ça comme l'aurait dit Bob Gilmore, avec la fanfare d'un cirque à trois pistes, et Honey s'est figée sur place, la tête baissée, ses longs cheveux tombaient comme un rideau et lui cachaient le visage. Je l'entendais sangloter. Elle s'est assise sur le siège des toilettes et a posé les coudes sur ses genoux.

J'ai voulu la toucher mais elle a dit : « Non, Frank. Va chercher Ernie à l'école. Vas-y. » Elle a fait un geste du bras pour me congédier. Elle ressemblait à une reine de théâtre qui vient d'être détrônée. Je me suis approché d'elle et j'ai posé la main sur sa nuque, mais elle s'est écartée. « Non, Frank!

— Tout ce que tu fais me rapproche de toi, Honey. Je veux que tu le saches.

— Frank, arrête. Va chercher Ernie, d'accord? »

J'ai reculé jusqu'à la porte. « Tout cela sera bientôt fini, Honey. »

Honey a relevé les cheveux qui pendaient devant son visage, elle s'est frotté les yeux. Elle m'a regardé, puis elle a baissé le regard. « J'ai reçu une lettre de Ken hier. »

Je n'ai pas bougé.

Honey a reniflé et s'est essuyé le nez avec la paume de la main. Ses seins pendaient sur ses cuisses. Elle a frissonné et a dit : « Frank... » Elle a poussé un long soupir. « Frank, ce n'est pas à cause de toi. Tu m'entends? C'était seulement... que je ne voulais pas y penser, c'est tout, Frank. Je tapais comme autrefois, Frank, en trouvant cet endroit où je ne pense à rien, où tout se passe bien. » Elle a ouvert et refermé les mains. « Autrefois, j'étais la meilleure à quelque chose, Frank. La meilleure de tout l'État. Ça voulait dire quelque chose. » Elle pleurait comme si elle avait perdu un être cher. Cela a duré plusieurs minutes. Je ne disais rien.

J'ai entendu une porte s'ouvrir et se fermer dans la partie de la maison où habitait Mme Brody.

De retour dans notre chambre, Honey a mis sa chemise de nuit, elle a allumé une cigarette et a fait tomber la cendre dans une soucoupe. Je voyais bien qu'elle pensait toujours à Ken. J'aurais voulu voir une bulle de bande dessinée sortir de sa tête avec dedans l'image de Ken attaché sur la chaise électrique.

Honey avait le regard vague et pensait. Les choses se précipitaient dans sa tête. Parfois, elle écarquillait les yeux et bougeait les lèvres comme si elle poursuivait une conversation. Elle n'avait même pas conscience de ma présence, du moins en apparence.

Puis elle a dit : « Tu sais, cette photo... la photo que j'ai mise sur l'affiche, eh bien, Ken me l'a envoyée. » Elle a ouvert grands les yeux et a hoché la tête. « Je crois que Ken sait que la fin est proche. Il a gardé cette photo de moi pendant toutes ces années, mais il vient de me la renvoyer. » Sa voix s'est étranglée. Elle s'est éclairci la gorge et a soufflé la fumée par les narines. « J'ai regardé en arrière, Frank, il y a tant d'années. Tu sais à quoi j'ai pensé, Frank, quand j'ai vu cette photo que Ken m'a envoyée ? »

J'ai secoué la tête pour dire non.

« J'ai pensé que je ressemblais à la mère de cette fille sur la photo. »

C'était comme si je lui avais soufflé l'idée.

J'ai dit : « Tu n'en es pas moins belle. » J'ai détourné la tête. Collé sur le frigidaire, j'ai vu le contrôle de Robert Lee avec le 18 entouré d'un grand cercle rouge, et à côté j'ai vu quelque chose qu'Ernie avait fait pour Thanksgiving, une dinde à côté d'une maison. La dinde était aussi grosse que la maison. Les gosses n'ont pas le sens des dimensions. J'ai dit à Honey : « Tu crois qu'il a vraiment vu une dinde aussi grosse qu'une maison ? Merde, est-ce que c'est comme ça que l'esprit travaille quand on est gosse ? »

Honey a continué sa propre conversation : « Je pense que si je pratique un peu, je peux battre mon ancien record. Je sais que je peux le faire. » Elle a levé le doigt qui avait été cassé dans le New Jersey. « Tout guérit avec le temps, hein, Frank ? »

Le téléphone a sonné. C'était l'église où Ernie allait au jardin d'enfants. J'entendais un orgue qui jouait derrière. Ils voulaient qu'on vienne le chercher.

Honey s'est levée et a branché la bouilloire. Elle a sorti un paquet de thé et en a mis quatre cuillerées dans une théière. Elle ne me regardait pas. Elle s'est penchée pour ouvrir la poubelle, et une forte odeur d'ordures s'est répandue. Elle a vidé une assiette et a remis le couvercle sur la poubelle. « Frank ?

— Ouais.

— Je devrais peut-être retourner en Géorgie avec Robert Lee. Je vais avoir un congé. »

Je n'ai pas répondu. Je sentais un mal de tête qui montait, et j'ai pensé qu'il risquait de ne plus me quitter.

Honey a dit : « Peut-être que quand Ken me verra, il voudra qu'on l'exécute. » Elle me tournait le dos, mais j'imaginais facilement l'expression de son visage. À ce moment-là, elle était à des kilomètres de moi. Elle avait les yeux fixés sur la photo du lycée et elle se demandait comment Ken la verrait maintenant. Honey a dit : « Je lui ai choisi un costume, un costume bleu clair comme en portent ceux qui vendent la Bible.

— À Robert Lee ?

— Non, à Ken. »

J'ai simplement dit : « Je pourrais avoir une dépression nerveuse, mais je ne peux pas me le permettre en ce moment. »

La bouilloire a sifflé et c'était comme si on était arrivés dans une gare, dans un coin perdu et calme.

19

C'était le mardi d'avant Thanksgiving. Sam Green est passé entre les informations et la météo, il hurlait, il exigeait qu'on exhume le corps de son fils.

Je suis allé au bureau. Honey est partie chez Sears acheter une tenue pour Thanksgiving.

L'université était officiellement fermée. Baxter regardait *Le Jeu des jeunes mariés*. Il m'a dit : « C'est incroyable ce que les couples ne savent pas l'un de l'autre. » Un mari avait donné la mauvaise réponse et sa femme lui a flanqué un coup de poing sur le bras pour rire.

« Éteins-moi ces conneries, Frank. » Baxter avait étalé nos feuilles de présence sur une petite table. Le petit réchaud à gaz dégageait de la chaleur. « On s'est bien tirés de la tempête, Frank. » Il souriait. Il a pris une boîte de bière dans une petite glacière qui se trouvait à côté de lui, il a arraché la languette, avalé la mousse et a dit : « Éviter la réalité à tout prix, Frank. »

Je lui ai dit que le doyen m'avait vu sans uniforme. Mais Baxter s'en moquait. « Merde, Frank, tu crois que le doyen a le temps de vérifier nos cartes de pointage ? Allez, Frank. Tu te donnes trop d'importance. » Il me regardait en souriant. « Allez, Frank, laisse-moi m'occuper du côté financier de notre boulot.

— D'accord. »

Je me suis assis sur le canapé. Il était mou, je me suis enfoncé dedans et j'ai eu les genoux sous le menton.

Baxter a recommencé à aligner des chiffres, en buvant entre les colonnes d'additions. J'allais m'en aller quand il a dit sans lever les yeux des feuilles de présence : « Alors, tu veux connaître les derniers développements, Frank ? C'est pour ça que tu es là, non ? » Il m'a fait un clin d'œil.

Je l'ai regardé. J'ai dit : « Je crois.

— Hé, Frank, calme-toi. Je te raconterai tout ce que je découvrirai, d'accord ? Toi et moi on peut très bien s'entendre ici, un service en vaut un autre. On va faire raquer cette putain d'université, Frank. Ma santé vaut beaucoup plus d'argent que ce qu'elle paie pour ce boulot. » Baxter a bu une longue gorgée de bière en renversant la tête et j'ai vu sa pomme d'Adam sauter tandis qu'il avalait. Il a fini avec un rot qu'il a sorti du tréfonds de sa gorge.

J'ai dit : « J'accepte de jouer le coup quoi que tu décides, Baxter. »

Baxter s'est essuyé la bouche d'un revers de main, il balançait la tête d'avant en arrière comme s'il réfléchissait. « Très bien, Frank, je pense qu'on est d'accord. Toi et moi, on est du même côté. Alors, voilà ce que je sais, Frank. C'est les dernières nouvelles. On dirait que les militaires se sont gourés. Ils ont sorti le dossier d'un certain C. Green, et ils ont pensé que c'était Chester Green, mais ce n'était pas lui. C'était Clifford Green. Ils ont foutu la merde. On dirait qu'on est revenus à la case départ, Frank. Ce que les flics ont maintenant, c'est la déclaration du commissaire de Chicago qui a formellement identifié le Dormeur comme étant le même Chester Green qui louait un appartement à Chicago. Je crois que la réalité c'est que le Dormeur est Chester Green. »

J'ai dit : « Les militaires vont vérifier, hein ? »

Baxter a haussé les épaules. « Retiens bien ça, Frank, près de quatre-vingts pour cent des dossiers du personnel militaire ont brûlé dans un grand incendie à Saint Louis en 1973. Il y a des chances que les militaires n'aient rien sur Chester Green. »

J'ai secoué la tête. « Mais merde, pourquoi est-ce que les flics n'ont pas ouvert la tombe de Chester Green dès le début de tout ça ? Je veux dire, ç'aurait pu être réglé depuis longtemps.

— Ils vont le faire maintenant, Frank, mais au départ, les flics ne voulaient pas qu'on croie qu'ils se pliaient aux exigences de Sam Green. Les flics ne font pas qu'ouvrir les tombes, Frank. Ils suivaient aussi d'autres pistes et ils attendaient pour voir si le Dormeur allait sortir du coma. »

J'ai dit : « Ils feraient mieux d'ouvrir la tombe et qu'on en finisse avec tout ce mystère. »

Je me suis levé pour partir, mais Baxter a dit : « Il y a autre chose. »

Je l'ai regardé de l'autre côté de la pièce.

« Tu savais que tu habitais à trois rues de Chester Green ? »

Je n'ai rien répondu. J'ai regardé le plancher, voilà ce que j'ai fait.

« Hé, Frank, tu ferais mieux de t'asseoir. Ça se corse. »

Je n'ai pas bougé.

« Ça ne me plaît pas de gâcher ta fête, mais les flics savent que tu as mentionné le nom de Chester Green à l'hôpital où tu as été admis à Chicago. »

J'ai ressenti une petite vibration de peur, comme si je ne comprenais pas ou refusais d'admettre quelque chose. Je me suis retourné et au-dehors, la lumière était claire et dure.

Baxter a ouvert une autre boîte de bière. J'ai entendu le clic de la languette. Il a dit : « C'est à cause de ta belle-sœur que les flics sont allés voir, Frank. Elle leur a donné des lettres que tu avais envoyées à ton oncle pour lui demander de l'argent. Ils ont tout, Frank, le cachet de la poste de Chicago, tout. »

J'ai continué à regarder par la fenêtre. J'ai dit dans un souffle : « La salope. »

Baxter a bu une gorgée de bière et s'est essuyé la bouche avec sa manche.

« Allez, Frank ! Qu'est-ce qu'elle était censée faire ? J'ai entendu dire que tu lui avais demandé une rencontre pour partager la ferme. Tu as fait ça il y a quelques jours. C'est vrai, Frank ? Est-ce qu'elle ment ? »

À nouveau, je n'ai rien répondu.

« Elle a dit aux flics que tu l'avais appelée le lendemain de l'assassinat de Ward après avoir lu un compte rendu dans le journal. Elle a dit que tu étais comme un chien enragé, que tu as affirmé que tu allais mettre Norman à la porte de la ferme, que tout t'appartenait. »

J'ai continué à me taire.

« Merde, Frank, dis quelque chose. » Mais je n'ai rien dit.

« D'accord Frank, mais tu ne peux pas échapper aux faits. Les flics ont vérifié les journaux locaux dans la région de New York et dans le New Jersey, et tu sais quoi, aucun n'a fait mention de l'assassinat de ton oncle. »

Je me suis retourné et j'ai hurlé : « Mais putain, je l'ai lu. Je le jure devant Dieu... »

Baxter a baissé les yeux. « Où est-ce que tu l'as lu, Frank ? » Puis il a souri. « Écoute, je n'essaie pas de te faire cracher le morceau, Frank. Je te dis simplement ce que je sais. »

J'ai dit : « Qu'est-ce que tu essaies de me dire, que je savais que Chester Green était vivant, que j'ai quelque chose à voir avec l'assassinat de Ward par Chester ? »

Baxter a haussé les épaules. « Écoute, tant que Chester est dans le coma, t'es au-dessus de tout soupçon. D'après ce que j'ai entendu dire, ton oncle t'a baisé dans les grandes largeurs, aussi tout ce que tu pourras récupérer, tu le mérites. Si j'ai un conseil à te donner, Frank, c'est de ne pas t'emballer. T'as fait une connerie en téléphonant à ta saleté de belle-sœur, en jubilant comme tu l'as fait de la mort de Ward, mais tu peux sans doute encore t'en tirer. Peut-être qu'un jury sera prêt à avaler que tu as lu la nouvelle de la mort de Ward dans un journal. Je veux dire, c'est pas invraisemblable de le croire, d'accord, Frank ? » Baxter m'a fait un clin d'œil. « Et on vit tous dans cette marge-là, de ce qu'il n'est pas invraisemblable de croire, hein, Frank ? »

Je n'ai rien pu dire sur le moment. Je me suis tourné pour regarder à nouveau par la fenêtre.

« Merde, Frank, hier soir, à la télé, ils ont dit que tu n'étais jamais retourné sur les lieux du crime. Tu sais quel est le pourcentage d'assassins qui retournent sur les lieux de leur crime ? »

J'ai fait non de la tête.

« Une chiée plus quinze, Frank. Écoute-moi. C'est une guerre entre différentes volontés. Il faut que tu gardes la tête sur les épaules, Frank ; et prie l'enfer pour que Chester Green ne sorte pas du coma. T'as réagi sans réfléchir, Frank. Tu aurais dû attendre dans le New Jersey, tu n'aurais pas dû foncer ici tête baissée comme tu l'as fait. »

Je regardais toujours le campus par la fenêtre. Je voyais le bâtiment de l'administration. Il était recouvert de neige et ressemblait à une carte postale. « Alors pourquoi est-ce que les flics ne m'ont pas encore interrogé ? S'il y a tout ce travail d'enquête, pourquoi est-ce que personne n'est venu me trouver ?

— Tout vient à son heure, Frank, à son heure. Un bon joueur de poker ne dit pas ce qu'il a dans son jeu, n'est-ce pas ? »

J'ai dit : « Et qu'est-ce qu'on dit du fait que Chester Green n'avait pas de traces de poudre sur les mains ni sur ses vêtements ? Tu as dit qu'il n'y avait pas de preuves décisives ?

— Comme je te l'ai déjà dit, le corps de ton oncle était froid quand les flics sont arrivés, alors il y a peut-être eu quelqu'un d'autre avec Chester, auparavant.

— Sam Green ? »

Baxter s'est tu quelques instants. « Bien sûr. » Puis il a ajouté : « Je vais être franc avec toi. »

Je n'ai pas bougé.

« J'ai donné aux flics un échantillon de ton écriture, un rapport que tu as rédigé. »

Je me suis retourné. Baxter me regardait. « Écoute, Frank, je t'ai donné du biscuit, non ? »

J'ai appelé le docteur Brown depuis un téléphone du campus. Il a mis un temps infini à répondre. Il y avait une sorte d'écho mais je n'ai pas voulu raccrocher. Je me suis contrôlé en parlant. Je l'ai devancé et j'ai dit : « Il faut que je vous voie, docteur.

— Qu'y a-t-il, Frank ?

— Écoutez, je ne veux pas en parler au téléphone, d'accord ?

— D'accord, Frank. Tu travailles demain soir ?

— Oui.

— Alors, j'irai te voir à l'université. Disons, à dix heures. »

Et j'ai attendu que passe la matinée monotone, et en début d'après-midi, exactement comme Baxter l'avait dit, au journal télévisé, on a commencé à démentir les précédentes déclarations concernant les photos.

Martha m'a appelé le soir même. Elle n'a pas parlé des dernières informations. Elle m'a seulement demandé s'il y avait quelque chose qu'on n'aimait pas. Mais j'ai pensé qu'elle avait regardé la télé. J'étais sûr qu'elle avait pleuré, elle avait la voix de quelqu'un qui a un rhume.

J'ai résisté à l'envie de lui parler des lettres. J'ai seulement dit : « Nous n'avons pas les moyens de ne pas aimer quelque chose. »

Elle n'a rien senti dans ma voix ou n'a rien laissé paraître. Elle a parlé de Thanksgiving. « J'ai acheté une grosse dinde, Frank. Je veux que ce soit extra-ordinaire. »

J'ai dit : « Comment va Norman ? »

Martha n'a pas répondu exactement à ma question. « Quand tu viendras, Frank, sois sympa. » Elle a dit ça simplement.

Puis j'ai dit la première chose qui me passait par la tête : « Honey a plus de travail qu'elle ne peut en faire en tapant des contrôles trimestriels. Ça paie bien de taper des contrôles. » J'ai ajouté : « Tu tapes bien, hein, Martha ?

— Ça fait des années que je n'ai pas tapé, Frank.

— C'est comme le vélo, non ?

— Ouais.

— Il y a de l'argent à se faire, Martha, et c'est bien de travailler en dehors de chez soi. Honey dit que c'est toujours autant de gagné. C'est un nouveau règlement, les gosses doivent rendre des contrôles tapés. Et je crois qu'elle en a plus qu'elle ne peut en faire en ce moment. »

Martha a dit : « C'est vraiment gentil de ta part, Frank. » Sa voix avait perdu toute amertume. « Tu crois qu'on pourra redevenir amis, Frank ? »

L'ironie de la question m'a fait rire, mais j'ai laissé passer. Je résistais à l'envie de lui parler des lettres. J'ai dit : « Tu sais, tu m'as toujours fait penser à la jolie sœur dans *La Petite Maison dans la prairie*, Mary, celle qui a des lunettes et qui fait toujours ses devoirs. »

Martha a dit : « Au moins, tu n'as pas dit Nellie Olson. » J'ai senti qu'elle prenait un long moment pour que les choses se calment entre nous. Puis elle s'est mise à pleurer. Je veux dire qu'elle sanglotait en haletant comme les gens écrasés par la douleur.

Je n'ai rien dit et Martha est passée par tout ce que les gens font dans ce cas-là, les grandes respirations et les soupirs, puis elle s'est mouchée, et j'ai attendu jusqu'à ce qu'elle dise : « Mon Dieu, Frank, tu es toujours là ?

— Ouais. »

Elle a encore reniflé avant d'avoir un petit rire. « Oh, je ne sais même pas pourquoi je pleure. C'est fini, Frank, grâce à Dieu, c'est fini. Tu as vu le journal télévisé, hein, Frank ? »

J'ai dit : « Norman est hors de tout soupçon. »

À nouveau, Martha a dû prendre le temps de se moucher. « Je ne sais pas pourquoi ils nous ont fait passer par là, Frank. Je suis bien contente que ce soit terminé. »

J'ai attendu quelques instants. « Alors, c'est quoi l'histoire d'après toi ? »

Brusquement Martha a élevé la voix. « Frank, arrête, tu m'entends. Il n'y a qu'une histoire qui m'intéresse, Frank, et c'est que Norman n'a rien fait de mal, c'est tout, tu m'entends ? »

J'ai laissé les choses se calmer. Martha a dit : « Il faut que je m'essuie les yeux, Frank, attends une minute, d'accord ? » Et elle a posé le téléphone.

Et dans le court silence qui a suivi, je crois que je souriais à cause de Norman. Je le voyais au fond de son lit, comme quelque chose sorti d'une comptine, un monstre dans son lit, un gentil géant, un bon Dieu de crétin.

Martha a repris le téléphone et j'ai dit : « Tu sais, je n'ai que de bons souvenirs de Norman, je t'assure. »

Martha a dit : « Je sais, Frank, je sais que tu as un bon fond. Je veux que tu le saches, tu m'entends ? »

Je me suis senti gêné. J'ai dit : « Je t'ai déjà raconté quand Norman avait remporté le championnat d'État ? » Je ne lui ai pas laissé le temps de répondre, même si elle aussi était au lycée quand Norman avait gagné. J'ai dit : « Cela n'était jamais arrivé. Un élève de seconde qui gagnait dans la catégorie poids lourds. Je suis revenu de Chicago pour la finale. Merde, je m'en souviens comme si c'était hier ! Norman ressemblait à Lenny dans *Des souris et des hommes*. Il m'a fait son grand sourire, il s'est avancé vers moi pour me prendre dans ses bras comme un ours et il m'a soulevé de terre. J'ai dit : "Alors Norman, qu'est-ce que ça fait d'avoir écrasé les couilles à tous les types de l'État ?" »

« Et dix minutes plus tard, je l'ai vu démolir le poids lourd classé senior. Je veux dire, il l'a descendu avec une force de brute. Je voyais que le senior essayait tous les mouvements de la lutte mais Norman repoussait ses attaques et sortait de ses prises sans difficulté. Norman avait des mains comme des battoirs. Et il a enfoncé l'autre la tête la première dans le tapis. Puis il l'a soulevé et l'a laissé retomber comme une maison. Tout le gymnase a tremblé. Je le jure, on aurait dit un tremblement de terre.

« Tard, cette nuit-là, Ward et moi on est allés attendre Norman au bus scolaire. Il était dans les deux heures du matin. Norman tenait son énorme trophée. Quelqu'un avait écrit "Champion national !" avec une bombe de peinture sur le côté du bus. Norman portait une veste de champion. Ward était tout raide, comme d'habitude, mais il n'arrêtait pas de toucher le trophée.

« On a emmené Norman manger des crêpes et boire du lait dans un de ces petits restaurants ouverts la nuit, parce qu'il a dit que c'était ce qu'il voulait. J'ai dit : "C'est ma tournée !" Je suis resté assis là pendant tout le repas, en faisant des boulettes de papier mâché que je lançais à Norman en soufflant dans une paille. Je l'atteignais au front mais il ne bougeait pas. Il avait faim, c'est tout. Je veux dire, c'était l'homme-enfant champion avec qui je jouais.

« Puis on est tous allés dans un bar, et Ward et moi on a fêté ça avec quelques verres. Norman était trop jeune, et il a dû rester dans la voiture comme un gorille apprivoisé. On s'est saoulés à force de boire à sa santé, une des seules fois où Ward et moi, on a bu autant. On s'est assis à une table afin de voir Norman dans la voiture. Il restait assis et tenait son trophée. À mon avis, il n'avait même pas allumé la radio, rien. Je suis allé au juke-box mettre un disque de Jimi Hendrix, *The Star-Spangled Banner*. Merde, ça faisait quelque chose de regarder Norman assis dans la camionnette. Il avait quinze ans et c'était le type le plus fort que j'aie vu de ma vie. C'était un phénomène de la nature, quelque chose qu'on aurait pu emmener à la foire du foyer rural du comté, et l'exposer à côté du plus gros chou du monde! »

Martha a dit : « Frank? » Je me suis arrêté de parler. « Tu pourrais peut-être nous raconter cette histoire-là demain soir à dîner, Frank. Je veux que mes gosses l'entendent. Mais ne parle pas des boulettes de papier mâché, Frank. Ni de choux, ni de tout ça. Raconte l'histoire pour dire ce que c'était, d'être Norman, et de rentrer à la maison avec ce trophée. Tu penses que tu peux faire ça? C'est cela que Norman a besoin d'entendre en ce moment, Frank. Raconte simplement comment c'était, comment il a gagné. »

Mais à la fin, j'ai tout gâché. Je n'ai pas pu m'empêcher de lui dire ce que j'avais en tête. Je lui ai dit : « Tu m'as menti, espèce de salope. Je sais que tu as montré mes lettres à la police. » J'ai coupé la communication sans raccrocher l'appareil.

J'ai essayé de dormir mais en vain. À chaque fois que je fermais les yeux, je voyais le Dormeur allongé sur son lit. Il ouvrait et fermait les yeux. J'essayais de le faire répondre à une question et à une autre, et juste au moment où j'étais sûr qu'il communiquait avec moi, ses paupières se mettaient à battre rapidement et j'étais à nouveau perdu, incertain. Je pensais que le docteur Brown m'avait mis cette idée dans la tête, et que cela me faisait croire que je pouvais communiquer avec le Dormeur. Il collaborait peut-être avec la police et tout cela faisait partie d'un plan très élaboré afin de me faire péter les plombs, de me convaincre que Chester Green était toujours conscient alors qu'il était dans le coma. Je n'avais jamais entendu parler de ce soi-disant syndrome.

Plus je restais au lit, plus je devenais parano. Je suis allé chercher le scotch de Mme Brody. Je suis remonté et je me suis saoulé, et un peu plus tard le sommeil a eu raison de moi.

J'ai dormi pendant quelques heures. Puis je me suis réveillé, j'ai allumé la télé et j'ai regardé une rediffusion de *Leave it to Beaver*. Je l'avais déjà vu cinq fois. Beaver apprenait une nouvelle leçon. Il était sur les genoux de Ward. Beaver avait reconnu avoir cassé une vitre avec une balle de base-ball.

Honey et les gosses sont revenus. Je les ai entendus monter l'escalier qui craquait. Robert Lee faisait à nouveau des siennes. Il a dit : « Alors, Frank, on va enfin rencontrer la meilleure partie de la famille ! » Il a dit « la meilleure partie » en faisant le signe des guillemets avec les doigts. Il était allé voir Mme Brody après avoir été chez Sears, et il lui avait coupé du bois. Il avait mangé quelque chose qu'elle avait préparé et elle avait dû y mettre de l'alcool. Il puait l'alcool. Elle lui avait aussi donné deux tartes au potiron parce qu'on allait voir Norman et Martha. Robert Lee a dit : « Elle m'a donné cinq dollars pour Thanksgiving, la vieille rombière. »

Honey portait une robe à fleurs qu'on aurait crue taillée dans des rideaux de salle de bains. Elle n'avait pas l'air très satisfaite de sa robe.

J'ai dit : « Les régimes commencent plus souvent dans les magasins de vêtements que dans les cabinets des médecins. »

Honey m'a lancé un regard furieux. Elle avait épinglé l'étiquette du prix à l'intérieur de sa robe de Thanksgiving, ce qui voulait dire qu'elle pensait la rendre après la fête. Elle m'a dit que c'était ce qu'elle faisait en Géorgie ; elle achetait une robe et la retournait après avoir assisté à je ne sais quelle cérémonie. J'ai voulu lui dire : « Garde cette bon Dieu de robe, au moins celle-là ! » mais je me suis tu. Le célèbre costume bleu de Ken était dans une housse en plastique, et je n'ai même pas pris la peine de faire un commentaire, mais moi, je l'aurais rendu après qu'ils en auraient fini avec Ken. Ce n'était pas comme si Ken devait le porter à nouveau un jour.

La tension était sensible dans la pièce. Honey n'a plus voulu croiser mon regard après m'avoir vu jeter un coup d'œil au costume.

J'ai dit : « Je pourrais prendre mon service de bonne heure, si ça ne change rien pour toi ? »

Honey a dit : « Je vais taper pour m'occuper. Tu fais ce que tu veux, Frank. »

Ernie regardait la télévision, debout, les deux pieds écartés, il dévorait l'écran des yeux comme le font les gosses. *Sesame Street* avait commencé. L'homonyme d'Ernie était dans la baignoire avec un canard en caoutchouc et un saxophone. Bert disait à Ernie qu'il devait lâcher le canard s'il voulait jouer du saxophone, mais Ernie serrait son canard en caoutchouc et jouait du saxophone en même temps. Des bulles sortaient de l'instrument et le canard couinait, puis le saxophone a fait un bruit horrible. Bert devenait fou, comme d'habitude, et toute son indignation se concentrait dans ses sourcils qui s'arquaient quand il était hors de lui. Ernie s'est mis à rire. Je voulais qu'une bonne fois Bert braque une arme automatique sur Ernie, comme dans les feuilletons policiers. Je voulais que Bert dise de cette voix sévère des flics : « Éloigne-toi de ce saxophone, tout de suite ! Garde la position ! » Les émissions de télé pour enfants me rongeaient le cerveau. Mais j'ai seulement dit : « Tu sais, je n'ai jamais vu les parents d'Ernie et de Bert. »

Robert Lee a dit : « Ils sont morts dans un incendie, Frank. » J'en ai eu le souffle coupé pendant quelques instants.

Honey elle-même s'est arrêtée brusquement et a attendu. Je voyais qu'elle me regardait dans le miroir, mais je n'ai pas réagi.

20

La nuit est passée. Je me suis réveillé dans la
lumière de la télé, aux premières heures du matin, au
moment où le Coyote se faisait écraser par une
enclume de deux tonnes. Le poids était écrit dessus.
Au-dehors, j'entendais le gémissement des autoneiges sur le versant de la colline, près de la mine.

Je suis resté au lit assez longtemps, à réfléchir. J'en
étais arrivé à la sinistre possibilité que j'avais peut-
être poussé Chester Green à tuer Ward. Je veux dire
que je n'y croyais pas vraiment, mais il s'agissait de
quelque chose que je devais affronter, mon absence
de fiabilité. Avec la mort imminente de Ken et
devant la dureté avec laquelle Honey me traitait
dans le New Jersey, j'avais ressenti le besoin de réaf-
firmer notre humanité, de nous trouver l'argent
nécessaire pour mener une vie normale. Dans le
New Jersey, j'avais l'impression d'avoir perdu
Honey. Il y avait quelque chose entre elle et Leonard, en tout cas Leonard profitait de sa position de
patron et de confident. Ces petits suçons qu'il lui
avait faits quand elle était partie, simplement pour

m'humilier. En y repensant, je crois que j'avais perdu la boule. Derrière tout ça, je devais avoir fait une fixation sur la ferme comme moyen d'avoir de l'argent. Et j'attendais que les flics arrivent avec la preuve irréfutable que j'avais appelé Chester Green, ou qu'il m'avait appelé, un enchaînement de preuves qui me ferait comprendre que j'avais vécu deux vies, que j'avais en moi un inconnu qui menait ses propres affaires.

Je me suis habillé et je suis parti sans réveiller Honey. Robert Lee et Ernie, qui couchaient dans le même lit, dormaient encore.

La grand-rue était très animée. Toute une armée de gens étrangers à la ville étaient venus rejoindre les cabanes de chasse au bord des lacs qui dataient du début des années quarante. Ils se promenaient vêtus de gilets orange par-dessus des chemises à carreaux, et ils arboraient tous des casquettes à oreillettes. Avec leur accoutrement ridicule, ils étaient très différents des gens du coin qui portaient toujours des surplus militaires ayant vraiment servi dans des guerres à l'étranger.

La chasse était un rite de passage rebattu. Ils venaient avec leurs fils étudiants, entassés dans des 4 x 4 où brillaient des armes neuves et des bouteilles d'alcool, de pleins bataillons de mâles cherchant à retrouver le goût du sang qui avait hissé leurs ancêtres au sommet de la chaîne alimentaire. Ils préservaient l'aura des grands seigneurs pillards, de la richesse, du pouvoir et de la corruption, des hommes au visage autrefois élégant et aujourd'hui bouffi à cause de la boisson et de la nourriture, des hommes qui brassaient des affaires et dont le corps énorme révélait leur monstruosité, des hommes avec des ventres comme des barriques et des voix tonitruantes.

Régulièrement, quelqu'un était mortellement blessé. On sortait un homme d'affaires de la forêt, avec un trou dans le dos, et curieusement cela légitimait la chasse, le meurtre d'un homme. Cela faisait une bonne histoire à raconter dans les conseils d'administration des villes. Vers la fin des vacances, les gros bonnets s'en allaient avec des cerfs étripés, attachés à l'avant de leurs véhicules, qu'ils emportaient vers les congélateurs de leurs clubs de riches, pour traiter des affaires des mois plus tard, dans la chaleur de l'été, en buvant du champagne et en mangeant le gibier rare et tendineux de leurs massacres de l'hiver.

Il n'y avait pas d'étudiants sur le campus, à part quelques traînards qui n'avaient pas encore rendu leur contrôle trimestriel. Au cours de mes rondes, je parcourais les couloirs déserts. Il y avait des boîtes dans lesquelles les étudiants devaient déposer leur contrôle sous enveloppe cachetée. C'était une sorte de système sur l'honneur parce que, merde, on pouvait tout simplement prendre le contrôle de quelqu'un pour le lire et avoir les réponses. Mais je pense que dans cette université on enseignait autre chose que de simples connaissances. J'imagine que c'était pour ça, afin d'apprendre aux gens à ne pas prendre le chemin le plus facile. Je pense que c'était

classé sous le titre général de « respect de soi ».
J'avais envie de hurler mais je me suis abstenu. Dans
chaque bâtiment, je fixais avec des punaises l'affiche
de Honey.

Je suis revenu au bureau et j'ai préparé du café,
mais je me sentais fatigué. Baxter avait laissé un
paquet de cigarettes et j'en ai fumé une, puis j'en ai
allumé une autre avec le mégot de la première et
ainsi de suite. De temps en temps, je fermais les yeux
et, à la limite de la conscience, le Dormeur me regardait fixement. Il me disait : « Tu vas me laisser ici,
Frank ? »

J'ai quitté le bureau. Dehors, la neige ne tombait
presque plus, mais il faisait très froid. Le ciel
s'assombrissait et commençait à être piqueté
d'étoiles. J'entendais la glace sur la rivière proche qui
grondait et craquait. Elle gelait progressivement en
épaisseur au fur et à mesure que l'hiver s'installait,
jusqu'aux fonds obscurs où des dorées, des lingues et
des esturgeons restaient tapis dans la vase et les
roseaux. Je me suis souvenu de nuits de pêche dans
des trous de glace avec Ward et Norman. Le crépuscule et la nuit noire étaient les meilleurs moments
pour la pêche à la dorée. Le crépuscule incitait les
poissons à mordre, puis il se passait une bonne heure
avant qu'ils recommencent à mordre dans la nuit.
Pendant cette heure creuse, les pêcheurs novices
quittaient la glace. C'était notre secret, si on attendait que la nuit soit tombée, on sentait nos lignes
bouger. Cela avait quelque chose à voir avec la
lumière qui s'accumulait derrière les yeux des dorées.

Il fallait une heure pour que le mécanisme se déclenche. Des secrets étaient passés des Indiens aux trappeurs français et jusqu'à nous.

J'ai salé les allées de l'université en prévision du gel, et j'ai déblayé la neige du principal parking. Cela m'a pris une heure et demie. Je ne me suis arrêté que lorsque les réverbères à gaz se sont allumés. Je suis revenu au bureau en Jeep. J'ai vérifié que les portes du bâtiment des sciences étaient fermées et je me suis approché de ce que je savais être ma destination finale, la petite structure en préfabriqué du laboratoire de psychologie. À l'intérieur, seules les veilleuses des issues de secours éclairaient les couloirs. C'était vraiment étrange de passer devant la salle où l'on m'avait hypnotisé autrefois. Je me suis arrêté pour y jeter un coup d'œil. Je voulais me voir à l'intérieur, mais je n'ai pas pu ressusciter mon image.

J'entendais les bruits des animaux en cage, je sentais l'odeur de la luzerne et de la nourriture des rongeurs, et le grincement de la roue d'un hamster qui tournait quelque part. J'ai ouvert une porte et j'ai braqué ma lampe-torche sur une cage de souris. Leurs petits yeux roses ont brillé. J'en ai eu des frissons dans le dos.

Je suis redescendu dans le bâtiment administratif et j'ai glissé mon passe-partout dans la serrure. J'ai senti le pêne glisser et retomber.

J'ai regardé les dossiers mais je n'ai rien trouvé qui me concernait. J'ai pensé que s'il y avait quelque chose, on avait dû le mettre aux archives. Mais dans le classeur à la lettre C, j'ai vu un dossier marqué Martha Cassidy. Je l'ai sorti et je me suis assis. Je l'ai lu à la lumière de ma lampe. On lui avait donné des conseils pour une dépression après la naissance de ses jumeaux. Dans une liste de plaintes, la cause principale de sa dépression était l'angoisse à propos de problèmes financiers. On lui soignait un ulcère ouvert. Le psychologue qui l'avait examinée avait écrit en rouge et entouré « idées de suicide », et l'avait marqué d'une croix. À la fin du dossier, il y avait la liste des médicaments qu'on avait prescrits à Martha.

J'ai remis le dossier à sa place dans le classeur. C'était étrange de regarder comme ça dans la vie de quelqu'un d'autre, de lire l'opinion d'un professionnel formé pour regarder dans l'esprit des autres. D'une certaine façon, je me sentais désolé d'avoir traité Martha de salope, d'avoir rompu la paix qu'elle m'avait offerte au téléphone. En donnant les lettres à la police, elle ne faisait que protéger Norman et tout ce qui lui était cher. Je veux dire, on ne pouvait pas lui en vouloir.

La vérité, c'est que ses relations avec Ward étaient aussi mauvaises que les miennes. Martha s'était retrouvée enceinte dans sa dernière année de lycée. Elle avait eu l'enfant et n'avait révélé le nom du père que deux ans plus tard, quand Norman était revenu et l'avait épousée. Martha lui avait donné des cours de rattrapage en maths. Norman était en université d'été et devait entrer en deuxième année quand il l'avait mise enceinte. En y repensant, je me dis qu'il avait dû remporter le championnat par colère ou par peur, cette année-là. Les réalités de la vie se cachent derrière chaque changement. Il luttait contre des démons. Ils s'étaient mariés juste après son diplôme. Elle vivait dans une pièce avec des bons de nourriture. Et je pense que Norman aurait pu s'en aller, il aurait pu prendre la bourse qu'on lui offrait mais il avait refusé. Il avait reconnu ce qu'il avait fait. Je sais que Martha l'aurait laissé partir. Elle l'aimait assez pour ça. J'imaginais Norman, balourd comme il était, faire semblant d'être blessé et mettant fin à ses rêves. Je n'en suis pas absolument certain, mais Norman avait toujours su régler les problèmes de la façon la plus simple, et c'était parfois la meilleure. On ne lui avait pas vraiment proposé de bourse parce qu'il représentait un risque que les entraîneurs ne voulaient pas prendre, et cela avait facilité les choses quand il avait épousé Martha. Il n'y avait aucun sentiment de colère ou de regret à propos de l'enfant qu'ils avaient conçu ensemble. Et Norman avait été grièvement blessé, c'était comme ça, un coup du destin. Et merde, Ward devait savoir tout ça. Ce fils, sur lequel il avait placé tous ses espoirs, n'avait rien fait. Je crois que Ward avait dû haïr Martha dès qu'elle était venue vivre à la ferme.

Je pensais à un million de kilomètres à l'heure. Merde, Martha était une dépressive. Sa vie était foutue, la vie de Norman était foutue. Je voyais le tableau, une bagarre avec Ward, Martha qui l'insulte copieusement. Et, mon Dieu, Martha avait une langue de vipère. Ward pouvait se défendre tout seul. Je voyais Ward foncer sur Norman. Et Martha allait chercher leur fusil. Je l'entendais hurler. Merde, un coup de fusil, ça peut partir comme ça. Je me suis arrêté net. Non, ce n'était pas du tout ça. Ce qui s'était passé était bien réel pour Norman. Il croyait dur comme fer que le diable était venu attendre l'âme de Ward. Tout s'était passé comme il l'avait dit, il était arrivé et avait trouvé Ward mort. Telle était la vérité.

Je suis sorti du bureau et j'ai inspecté les autres bâtiments. À la bibliothèque, j'ai consulté le catalogue du journal local sur microfilms. J'ai sorti le rouleau d'une case marquée 1951.

Je me suis installé dans une cabine avec un lecteur de microfilms. J'ai découvert la date du décès de Chester Green. C'était quinze jours avant l'incendie dans lequel mes parents étaient morts. L'article décrivait la brusque maladie de Chester Green. Il n'avait que dix-sept ans. Je me suis redressé et j'ai laissé mes yeux s'accoutumer à l'obscurité de la bibliothèque. J'aurais pu jurer sur une pile de bibles que Chester Green était mort *après* mes parents, parce que l'image de Chester brûlant dans son lit devait s'être greffée sur mon hypersensibilité au souvenir du feu. C'était ainsi que mes souvenirs s'enchaînaient. Je suis resté assis sans bouger, en passant au crible la réalité que je gardais de ces années-là.

Je me suis levé et j'ai traversé la bibliothèque, dans les vallées des rayonnages, en me perdant dans le labyrinthe des cabines. Dans une petite alcôve, j'ai pris un Coca gratuitement. J'ai senti une douleur dans la main. J'avais tapé trop fort sur le distributeur.

Je suis revenu vers mon lecteur de microfilms, j'ai tourné la petite roue, et les histoires ont défilé sous mes yeux. J'en suis arrivé à la mort de mes parents. La maison avait été entièrement détruite par les flammes. Les corps de mes parents avaient brûlé au point d'être méconnaissables. Il y avait une photo de la maison en ruines, avec le doigt noirci et crochu d'une cheminée solitaire sur le ciel. On disait que notre famille avait déjà connu un malheur au cours de la même année, quand Charlie était allé au sanatorium du comté, victime de la polio. C'était une autre de ces coïncidences imprévues qui me faisaient comprendre cette époque lointaine et tragique.

J'ai rangé le microfilm.

Je suis allé mettre une pièce dans le téléphone public.

Honey a répondu. Elle m'a dit qu'elle regardait l'émission de Mary Tyler Moore. C'est de ça dont nous avons parlé, de l'émission de télévision. Honey m'a dit : « J'aime bien quand Mary jette son bonnet de laine en l'air en le faisant tourner. Autrefois, je voulais être comme elle, tu sais, Frank. »

J'ai dit : « C'est sûr qu'elle peut séduire le monde entier avec son sourire. »

Honey a soupiré dans le téléphone : « Frank, tu n'es pas en colère contre moi, hein ?

— Non. Je pense qu'on peut peut-être y arriver après tout.

— Frank, arrête, s'il te plaît. Tu m'entends ? Ne me repousse pas. Pourquoi est-ce que tu ne m'as pas réveillée ce matin ? »

J'ai dit : « J'ai mis ton affiche dans tout le campus. »

J'ai entendu un bruit. Honey a dit : « Attends, Frank. » Il y avait quelque chose à la télévision. Honey a dit : « Arrête, Robert Lee. »

J'attendais au bout du fil.

Honey a dit : « Frank, ils sont en train d'ouvrir la tombe de Chester Green. Ils ont reçu un ordre du juge ou quelque chose comme ça. » Elle m'a décrit la scène. Il y avait une équipe de télé sur les lieux. « Ils sont en train de creuser en ce moment même, Frank. »

Honey a tendu le téléphone vers le poste de télé, j'ai fermé les yeux et j'ai écouté la voix étouffée mais mélodramatique, à moitié couverte par le bruit de ce qui devait être un générateur à essence pour éclairer la scène.

De retour dans mon bureau, j'ai baissé le radiateur. J'ai éteint le bureau principal et j'ai attendu l'arrivée du docteur Brown dans l'obscurité. Au fond de moi, je savais qu'il n'y avait aucun syndrome, qu'il y avait seulement Chester Green dans le coma au sanatorium, et que le docteur Brown venait pour m'obliger à avouer que j'avais fait partie d'un complot visant à tuer Ward. J'ai eu envie de téléphoner au docteur Brown pour lui dire de ne pas venir, mais je n'en ai rien fait et j'ai attendu.

Pour me calmer, j'ai écouté sur la radio de la police une femme flic parler à ses collègues qui creusaient. Le sentiment de mystère était renforcé par le fait que c'était la veille de Thanksgiving, et les flics et les journalistes voulaient retrouver leurs familles. La nuit avait été choisie avec soin. J'ai entendu la

femme flic dire à la radio : « Bonne fête de la dinde »
à un autre flic qui s'en allait déjà. Il a expliqué qu'il
partait rejoindre sa femme dont il avait divorcé, et
qui avait accepté de le rencontrer dans un pavillon
de chasse pour qu'il voie ses deux enfants. Le flic
payait tout. Il a dit à sa collègue de la radio combien
ça lui coûtait. Elle a sifflé et a dit : « Aïe », comme si
elle s'était pincée. Elle a perdu sa voix aiguë et for-
melle et a dit doucement : « Petty éprouve encore
quelque chose pour toi, Harold. Je pense que ça
n'enlève rien à un homme de supplier un peu. »

Le flic a dit : « Ce qui me fout en l'air c'est qu'elle
veut une chambre séparée pour elle et les enfants,
comme si tout d'un coup on ne pouvait plus me
faire confiance, comme si j'étais un sale inconnu.
Voilà ce que je lui ai dit : "M. Carnet-de-chèques ne
va pas balancer son fric par les fenêtres comme ça !
M. Carnet-de-chèques n'a pas de fric à claquer dans
des pavillons de chasse et des restaurants de luxe
pour Thanksgiving !" Je lui ai dit ça. »

La femme de la radio a évité de répondre directement. « Tu pourras goûter le canard au pavillon
de chasse, Harold. Ils font le meilleur canard que
j'aie jamais mangé. Si tu en as l'occasion, je te
recommande vivement le canard. Ils le préparent
dans une gelée à l'orange. »

Le flic a répondu : « Eh bien, tu sais quoi ? M. Carnet-de-chèques a dit qu'il n'y aurait pas de deuxième
chambre. M. Carnet-de-chèques en a soupé de toutes
ces imbécillités ! »

J'aurais pu écouter ça toute la nuit.

Je me suis levé pour faire du café. J'ai mis la télévision sur une des chaînes où il n'y a pas d'informa-

tions, simplement des conneries. Des filles aux longues jambes dans des shorts aux couleurs de l'Amérique et des chaussettes qui leur montaient jusqu'aux genoux faisaient la course en rollers sur une piste. Quand elles passaient, elles ressemblaient à quelque chose sorti d'un mixeur si l'on ne regardait que du coin de l'œil. Elles allaient vite. Je me suis assis et j'ai regardé une fille brune aux gros seins coincer une blonde maigrelette avec de grands cils de biche. La blonde est passée par-dessus la barrière avant de retomber sur le cul, les jambes en l'air, et les roues de ses rollers tournaient encore. La brune a écopé de deux minutes de pénalité.

Le public était composé de gros types vêtus de chemises hawaïennes, de shorts, de chaussettes et de chaussures noires. Ils buvaient dans des verres en plastique. C'était en direct de Los Angeles et on voyait qu'il faisait chaud là-bas. C'était le soir de Thanksgiving dans le plus grand pays du monde.

Je me suis allongé sur le canapé du bureau principal. J'ai fermé les yeux. Je sentais la chaleur du café contre mes mains et j'écoutais le grondement lointain des rollers sur la piste de bois.

21

Le docteur Brown est arrivé juste après dix heures. Il portait un épais parka avec un col de fourrure. Il avait l'air vieux et petit et son visage ressemblait à un grain de raisin fripé. Il a toussé, a mis la main devant sa bouche, a attendu, puis il a avalé. Il a dit : « Frank, tu sais que les autorités ont reçu l'ordre d'exhumer le corps de Chester Green ?

— Je l'ai entendu à la radio. »

Le docteur Brown s'est déplacé avec sa claudication caractéristique de polio, en traînant la jambe dans la pièce. Il portait un pantalon brun en polyester qui s'arrêtait juste au-dessus de la cheville et l'on pouvait voir les poils de sa jambe ainsi que les tiges de métal fixées dans sa chaussure orthopédique noire. Quand il est passé devant moi j'ai senti une faible odeur fécale d'infirmité. Il a regardé la télé. La course de rollers se poursuivait.

J'étais sur mes gardes mais j'ai dit : « Vous voulez du café, docteur ? »

Il a fait oui de la tête.

J'ai éteint la télé et la pièce s'est obscurcie. Je suis allé remplir deux tasses de café. J'avais besoin de caféine.

Le docteur Brown a pris la tasse. Sa tête a fait un lent mouvement de tortue, en se dressant sur son cou maigre, puis elle s'est replacée dans la carapace du parka. Son corps tremblait. La chaussure orthopédique a bougé d'elle-même.

Le docteur Brown a dit simplement : « Alors, tu as obtenu quelque chose avec le Dormeur ?

— Non. »

Le docteur Brown a froncé les sourcils. Il m'a regardé droit dans les yeux. « Le garçon de salle m'a dit qu'il avait cru voir le Dormeur cligner des yeux en réponse à quelque chose que tu disais. »

Je l'ai regardé, le visage impassible. « Ses yeux n'arrêtent pas de s'ouvrir et de se fermer. À un moment, on pense qu'il est là, et juste après... plus rien. » Je pressais mes mains contre mes cuisses.

Le corps du docteur était agité d'un très faible tremblement intérieur. « Au moins, tu as essayé. » Il a bu une autre gorgée de café. « Tu pourrais peut-être y retourner, Frank, pour essayer à nouveau ? »

J'ai dit : « Ce que je ne comprends pas c'est pourquoi vous pensez qu'il est prêt à communiquer avec moi ? Pourquoi est-ce qu'il le ferait ? Il y a une raison ? »

Le docteur Brown a posé sa tasse sur son genou et a secoué la tête. « Non, Frank, il n'y a aucune raison, si tu n'en vois pas. Et tu n'en vois aucune, n'est-ce pas ? »

J'ai senti qu'il me mettait à l'épreuve. « Non, je n'en vois pas. » J'ai détourné le regard, et la nuit se pressait contre la fenêtre.

« Alors, Frank, tu m'as demandé de venir te voir ? »

J'ai bu une gorgée de café. Je voyais mon reflet trembler dans ma tasse. Je ne savais pas quoi dire. J'ai regardé à nouveau le docteur Brown. J'avais le cœur qui battait. J'ai repris mon souffle et j'ai dit : « J'ai entendu dire qu'il y avait une théorie selon laquelle j'aurais fait chanter Chester Green pour l'obliger à tuer Ward. »

Le docteur Brown a hoché la tête : « J'ai aussi entendu dire ça. »

J'ai dit : « Allez, docteur, vous êtes avec moi depuis... le début. » Je me suis arrêté puis j'ai ajouté : « Il n'y a aucun syndrome, n'est-ce pas, docteur ? Chester Green est dans le coma. Vous m'y avez envoyé... pour me flanquer la pétoche. C'est vrai, hein ? Vous avez quelque chose contre moi, docteur ? »

Le docteur Brown a voulu dire quelque chose mais j'ai secoué la tête. « Non. » J'ai dû m'asseoir pour continuer. « La police m'a localisé à Chicago à l'époque où les lettres ont été envoyées. Ils ont vérifié les dates avec le cachet de la poste. » Je me suis mordu l'intérieur de la joue, les yeux fixés sur le sol. « Je veux dire, c'est irréfutable, ce n'est pas comme ça qu'on appelle ce genre de preuve ?

— Quelle est ta version des faits, Frank ?

— Ma version ! Merde... je ne sais pas si je suis capable de ce genre de refoulement. Est-ce que ma haine pour Ward était si profonde que j'ai pu lui faire quelque chose comme ça en m'en dissociant ? » J'ai ajouté : « C'est une question, docteur. Je vous demande un avis médical. »

Le docteur Brown a levé ses sourcils sur son front ridé. « Cela dépend, Frank... S'il y a quelque chose qui est enfermé en toi, dont tu te souviens et dont tu tiens Ward pour responsable... peut-être le fait qu'il t'ait accusé d'avoir mis le feu, alors peut-être que ta psyché a chassé ce souvenir, et utilisé ce mécanisme d'absence ou de refoulement pour faire face à ce traumatisme à un niveau subconscient. Tu as pu l'attaquer, Frank, et peut-être que tu ne t'en souviens plus. »

J'ai secoué la tête. J'ai dit : « Mais qui peut bien vivre à ce niveau de bon Dieu de refoulement ? Je n'arrive pas à croire...

— Frank, ne t'inflige pas cela. Le refoulement est un phénomène psychologique légitime.

— Est-ce que vous me demandez une confession, docteur ? » J'ai senti que je rougissais. « Vous voulez savoir si j'ai fait chanter Chester Green pour l'obliger à tuer Ward ? Ce n'est pas ça la question ? Ce n'est pas la question à un million de dollars à laquelle les flics veulent que vous m'obligiez à répondre, c'est ça, docteur ? C'est pour ça que vous m'avez laissé voir Chester, n'est-ce pas ? » Je hurlais en disant ça.

Le docteur Brown a voulu me rassurer : « Ce n'est absolument pas ça, Frank. »

Je l'ai regardé : « J'aimerais que vous soyez honnête avec moi, ne serait-ce qu'une minute, docteur. Vous savez quoi ?

— Eh bien, quoi ?

— Je vous tiens pour responsable de ce qui nous est arrivé, à moi et à Ward. Vous avez entraîné la police dans quelque chose que je n'ai jamais compris. Je vous emmerde ! Vous avez ruiné ma vie, et ruiné la vie de Ward ! Voilà ce que vous et votre saloperie de science vous m'avez fait ! »

Le docteur Brown a gardé son calme. « Tu es bouleversé. Tu as peut-être raison d'être paranoïaque, mais je ne travaille pour personne, Frank. Je te donne ma parole de médecin, de praticien, ou d'ami si tu ne crois en rien d'autre, tu m'entends ? » Le docteur Brown a tendu la main. « Frank, j'ai été avec toi depuis le début comme tu l'as dit. J'étais là pour essayer de t'aider et si j'ai échoué, j'en suis désolé, Frank, profondément désolé. Je suis de ton côté, Frank. »

Je me suis un peu détendu. « Ma dernière remarque a dépassé ma pensée, d'accord ?

— Bien sûr, Frank, tu as le droit de devenir fou, paranoïaque, mais ce n'est pas de mon fait, Frank. D'autres forces sont en action, il y a toujours eu d'autres forces en action. »

Je ne savais fichtrement pas ce que ça voulait dire. J'ai haussé les épaules. J'ai dit : « Je me sens comme un inconnu à moi-même, docteur. Parfois, je me regarde dans la glace et je ne me reconnais pas. » J'ai hésité un instant. « Je vais être franc avec vous, docteur. La police a vérifié dans les journaux de la région de New York et du New Jersey, et ils n'ont trouvé aucune mention du meurtre de Ward. Alors, comment est-ce que j'ai pu savoir qu'il était mort ? »

Le docteur Brown s'est appuyé au dossier de sa chaise et a remis ses lunettes. « Alors comment l'as-tu appris, Frank ? »

Je lui ai expliqué que les camionneurs rapportaient des journaux de coins perdus, en roulant toute la nuit.

Le docteur Brown a dit : « Voilà, c'est ta réponse, Frank, tu as lu un journal rapporté par un routier. Accepte cette réalité, Frank.

— Et le Dormeur qui venait de Chicago et le fait que j'aie vécu là-bas. Vous ne considérez pas que c'est...

— Une coïncidence, Frank. »

J'ai dit : « On dirait les conseils d'un avocat, la défense d'un criminel, pas de la psychiatrie.

— Prends-le comme tu veux, Frank. »

J'ai dit : « Ce que je veux, ce sont des réponses, docteur. Je veux savoir de quoi je suis capable. »

Le docteur Brown a simplement dit : « Allons au cimetière, Frank. Commençons là-bas. »

Dans le bureau obscur, des étincelles bleuâtres d'électricité statique jaillissaient sous le pied que le docteur Brown traînait sur le tapis.

22

Le docteur Brown est resté silencieux pendant que nous traversions la ville, en direction du cimetière. J'ai vu une lumière à l'arrière de la maison de Mme Brody. Honey était encore en train de taper. J'ai parlé au docteur Brown de Honey et de son travail de dactylo.

« Je suis heureux pour toi, Frank. » Il a dit ça de la même voix tranquille qui avait dû m'hypnotiser une centaine de fois. Il y avait en elle une volonté de suggestion et un calme qui vous faisaient quitter l'ordre naturel de l'instinct de conservation et de soupçon.

Nous sommes sortis de la ville. On en voyait les lumières dans le rétroviseur.

Un chasse-neige travaillait devant nous. Nous avons ralenti et le conducteur a sorti la main pour nous faire signe de passer. Une pluie de sel s'est écrasée sur la voiture et a craqué sous les roues.

Le docteur Brown a décéléré au moment de quitter la route principale en tournant le volant à deux mains pour négocier le virage difficile. La lumière des phares a balayé les bois obscurs de chaque côté. La route, qui aboutissait à une ancienne mine, montait brusquement en épingle à cheveux. Le cimetière était en haut, parce que c'était là qu'autrefois il y avait le plus de morts, au fond des mines.

Le docteur Brown conduisait lentement. La voiture a dérapé dans l'épingle à cheveux. Il a fait craquer une vitesse en voulant rétrograder. Nos corps ont été poussés en avant dans l'obscurité. Il a dit brusquement : « À quoi penses-tu en ce moment, Frank ? Dis la première chose qui te passe par la tête...

— Dormir... ma femme... » Je me suis tu et j'ai dit : « Rien... » C'était la vérité. J'ai dit : « Je ne suis pas très bon à ce jeu-là, hein ?

— Il n'y a pas de mauvaises réponses, Frank. Continue.

— Argent, maison, voiture, vacances, augmentation, argent... non, attendez, j'ai déjà dit argent. » J'ai dit : « Une maison plus grande, des vacances plus longues, une paie plus élevée. » Après, je n'ai plus rien trouvé à dire, puis j'ai recommencé : « Une maison encore plus grande... » mais je me suis arrêté.

Le docteur Brown a dit, dans un murmure : « Il y a un autre niveau derrière ces choses-là, Frank. »

J'ai dit : « Je le pense, mais j'existe à ce niveau-là. » J'ai senti les pneus s'enfoncer dans la neige, le lent balancement, le glissement de la voiture qui s'avançait dans la nuit.

« Et tes cauchemars, Frank, les cauchemars dont tu as parlé dans mon bureau ? »

J'ai regardé son profil. Il avait les yeux fixés droit devant lui dans le cône de lumière des phares.

« C'est toujours les mêmes, les mêmes images fuyantes de feu, et je me cache de mon oncle dans la grange, ou du moins j'ai l'impression de me cacher. Je pousse un cri et mon oncle m'entend, il se retourne, et examine la grange. Je l'entends qui appelle quelqu'un, puis la porte de la grange s'ouvre et il se dresse au-dessus de moi. Ça se termine dans le noir comme un film détruit. » En parlant, je m'étais appuyé contre la portière et le grondement de la voiture me faisait vibrer le ventre. La vitre était froide. J'ai dit doucement : « Vous savez, maintenant je ne me rappelle plus vraiment cette nuit, ce dont je me souviens ce sont des souvenirs de souvenirs. Je me souviens de me réveiller dans des hôtels et des appartements après avoir fait ces cauchemars avec Ward, je me souviens de l'impression que me font ces chambres, une sensation d'isolement, la télévision qui marche dans l'obscurité. Parfois, j'ai incorporé quelque chose de l'émission de télé dans mon cauchemar... des choses sans rapport avec l'incendie. Je me souviens d'être assis dans le local à bagages d'un hôtel de Chicago, fumant tout seul, et le simple fait de craquer une allumette, de souffler sur la braise de la cigarette, me ramenait à la ferme. Les bagages sont devenus les vaches et le local, la grange. »

Le docteur Brown a dit : « Et c'est pour ça qu'on t'a placé en hôpital psychiatrique à Chicago ? »

Je me suis brusquement arrêté de parler et j'ai senti mon corps se raidir. Le docteur Brown était au courant. À ce moment-là, j'ai compris qu'il travaillait avec la police. Les flics l'avaient déjà consulté sur mon état mental. J'ai dit calmement : « Comment êtes-vous... êtes-vous au courant pour l'hôpital psychiatrique de Chicago ?

— Un des médecins de Chicago qui te soignait étudiait des cas de refoulement et il est tombé sur ton nom. J'étais cité comme auteur de l'article et il m'a téléphoné pour avoir une consultation sur ton histoire.

— Pourquoi est-ce que vous ne m'en avez pas parlé ? »

Le docteur Brown a dit doucement : « Tu ne me l'as jamais demandé, Frank. Je ne lis pas dans les pensées. »

J'ai dit : « Je croyais que c'était votre spécialité. »

Nous avons tourné dans le dernier virage et nous nous sommes dirigés vers l'ancienne mine, en suivant une crête d'où l'on découvrait toute la région. Dans l'étendue du paysage, je voyais, dans les bois qui nous entouraient, les lumières indiquant des enclaves de vie dispersées au loin. Le ruban de vif-argent d'une rivière serpentait dans l'ombre vers la source de vie invisible du lac Supérieur. C'était un spectacle qui n'avait pas changé depuis des siècles, quelque chose d'éternel devant nos vies éphémères. Je pensais à cela et j'ai dit : « Est-ce que ce qui s'est passé il y a près de trente ans a encore de l'importance ? »

Le docteur Brown a murmuré : « C'est une façon de fuir tout à fait classique, Frank. Que s'est-il passé, Frank ? » Son visage était plongé dans l'obscurité de la voiture.

Mais je ne lui ai pas répondu et il n'a pas reposé sa question.

Si j'avais tenu le volant, j'aurais fait demi-tour pour rentrer chez moi. Ma vie était ailleurs, avec ma femme et mes enfants. J'y croyais vraiment à ce moment-là. Ou peut-être n'était-ce que la peur, une réaction contre ce qui se passait en dehors de ce véhicule.

Le docteur Brown a éteint les phares mais il a laissé le moteur tourner. Au loin, entre les silhouettes sombres des arbres, nous avons regardé un cercle de lumières violentes, dont l'éclat clinique et blanc effaçait la nuit. On aurait cru un décor de cinéma, avec des trépieds portant des projecteurs dirigés vers le sol.

C'était un peu comme si un vaisseau d'extraterrestres s'était écrasé contre la montagne. Un générateur cognait et crachait, pour fournir de l'électricité à l'équipe de télévision qui avait fini ses prises de vues. Ils étaient dans un camion devant un mur de petits écrans et d'appareils de contrôle.

Je me suis éloigné du docteur Brown. Des lampes sifflaient de chaque côté d'une allée qui conduisait au cimetière. De la lumière sortait de la tombe. Apparemment, on avait déjà exhumé le corps et tout était fini. L'ouverture du trou était noire et sale dans la neige qui l'entourait comme si la tombe avait littéralement vomi le tas de terre. Une pelleteuse avec une sorte d'énorme griffe était rangée sur le côté.

Le cordon jaune de la police m'a arrêté. Il délimitait un périmètre autour de la tombe.

J'ai dit à un flic qui portait un épais parka : « Alors, qu'est-ce qu'ils ont trouvé ? »

Le flic m'a répondu : « Vous allez devoir reculer... »

Le docteur Brown s'est avancé lentement derrière moi.

Le flic a répété : « Vous devez dégager cette zone tout de suite. »

Le docteur Brown s'est fait connaître.

Le flic a appelé un type qui portait un long manteau, un autre flic en civil qui a serré la main du docteur Brown. Il m'a ignoré.

Le docteur Brown a dit : « Alors, quel est le verdict, Burt ?

— Ils ont sorti le cercueil mais il n'y avait pas de corps dedans. » Le flic a désigné du doigt le gros tas de terre, et là, à côté de la lumière aveuglante, il y avait la forme sombre d'un cercueil.

Le docteur Brown m'a posé la main sur l'épaule. Je ne l'ai pas regardé. J'ai simplement dit : « Je vais attendre dans la voiture. »

Je me suis éloigné de la lumière. J'ai entendu le docteur Brown dire au flic qui j'étais. Je me suis assis dans la voiture. J'avais envie de m'en aller, pas seulement de ces collines, mais de la ville elle-même.

Le docteur Brown n'est pas revenu tout de suite.

J'ai ressenti une douleur physique. Je frissonnais à cause du froid et du choc. Chester Green était vivant, et pendant tout ce temps, j'avais dû le savoir dans mon subconscient.

Au-dehors, la lumière froide et clinique des projecteurs éclairait le monde. Sur le côté, j'ai vu un homme accroupi qui levait le poing. J'ai compris qu'il hurlait quelque chose et j'ai su tout de suite que c'était Sam Green.

J'ai senti une fatigue sourde m'envahir et il n'est resté que l'obscurité, et la blonde en rollers a traversé ma conscience, puis Honey qui tapait à la machine. Elle était nue et quand elle s'est retournée c'était Honey avec le visage de l'adolescente de l'affiche. Elle était enceinte. On voyait son ventre rond et doux. Elle a souri et a dit : « Je t'aime. Je t'aimerai toujours, Ken. » J'ai crié : « Non ! » et je me suis retourné pour m'enfuir mais juste de l'autre côté de la porte de notre chambre, il y avait la ferme et Norman se trouvait là, dans sa tenue de lutteur, monté sur un tracteur avec tous ses trophées. Il m'a fait un geste de la main en passant. Il ressemblait au Géant Vert. Je l'ai suivi à travers champs, jusqu'à la grange. Nous sommes passés près de Charlie dans son poumon d'acier. Il était au milieu de la cour et criait des réponses à des problèmes de mathématiques. Il m'a vu et m'a hurlé de lui poser une question. Norman est entré dans la grange avec le tracteur. J'ai couru derrière lui. Et, à l'intérieur, Ward vociférait : « Où êtes-vous ? » Il faisait nuit. Je me suis caché au milieu des vaches. La grange était illuminée par la lueur d'un incendie. J'ai entendu un homme qui criait au fond. Il a hurlé le nom de Ward et Ward s'est arrêté. Je me suis relevé pour regarder et j'ai senti qu'il me frappait de toute sa force... Je me voyais endormi dans le coin près de la cheminée dans la maison de Ward. Mon cœur me faisait mal. Il y avait du bruit en haut. J'ai entendu Ward qui criait. J'ai monté péniblement l'escalier et en haut j'ai tourné le bouton de la porte d'où venait le bruit. La porte était fermée à clef. Ward a dit : « Il est réveillé. Arrête! » Il a dit : « Redescends tout de suite, tu m'entends, Frank? Tu rêves, Frank, redescends! » J'ai essayé à nouveau d'ouvrir la porte. Ward a hurlé : « Redescends! » J'ai entendu une autre voix derrière la porte. J'ai regardé par le trou de la serrure et j'ai vu l'œil de Ward qui me regardait.

Le docteur Brown est revenu lentement, avec sa claudication de polio, une silhouette qui se détachait sur la lumière violente. Il n'a rien dit, il a simplement frissonné et a fait ronfler le moteur, puis il a décrit laborieusement un grand cercle. Au passage, nous avons vu la tombe ouverte, et les pierres tombales à l'arrière-plan.

Nous sommes redescendus de la colline en silence, comme si quelque chose avait enfin été décidé. La radio marchait très bas mais Sam Green s'égosillait sur les ondes : « Je le jure devant Dieu tout-puissant, mon fils est mort et enterré! Je l'ai porté en terre. Où est le corps de mon fils? » J'ai eu l'impression que si j'avais baissé ma vitre, j'aurais pu l'entendre dans la nuit. J'ai voulu me boucher les oreilles pour qu'il ne hurle plus.

Le docteur Brown a tendu la main et a coupé la radio, mais il m'a regardé pendant un instant. Je n'ai rien dit. En ville, tout était éteint dans notre appartement mais la lueur de la télé tremblotait dans le noir. J'ai regardé ma montre. Il était juste minuit.

Nous sommes passés devant l'église. Pour essayer de ramener les choses à la normale, j'ai dit : « Je trouve qu'un clocher surmonté d'un paratonnerre, c'est un manque de foi. »

Le docteur Brown a dit : « Arrête, Frank ! » Et cela n'a fait qu'augmenter la tension.

J'ai dit : « Vous pouvez me déposer ici.

— Attends, Frank. »

Le docteur Brown est remonté jusqu'à l'université et a garé la voiture dans le parking. Il regardait droit devant lui : « Et maintenant, Frank ? »

J'ai dit d'une voix monocorde : « Vous avez Chester Green au sanatorium. » J'ai évité de le regarder. Rien de ce qui venait de se passer ne me touchait comme cela aurait dû. Pendant un moment, je me suis dit que je fonctionnais peut-être comme un inadapté social fermé à toute véritable rédemption.

Le docteur Brown a dit : « Frank ! Dis-moi ce dont tu te souviens ! »

J'ai répondu d'un ton catégorique : « Je me souviens du nom de Chester Green, si c'est ce que vous voulez savoir... »

Le docteur Brown a hoché la tête : « Maintenant nous arrivons à la vérité, Frank ! Tu as prononcé le nom de Chester Green à l'hôpital où l'on t'a envoyé te faire soigner. Te souviens-tu de Chester Green, Frank ? Tu l'as vu la nuit de l'incendie, n'est-ce pas ? »

J'ai secoué la tête. « J'ai simplement entendu le nom. Je l'ai associé à l'incendie. Sam Green est venu chez nous en criant que son fils était en feu dans son lit, qu'il brûlait de fièvre. »

Le docteur Brown a fait un bruit, comme s'il avait été dégoûté : « C'est faux, Frank, c'est ton oncle qui t'a mis cette idée-là dans la tête. »

J'ai dit : « Non. Je m'en souviens. Je me souviens que Sam Green est venu chez nous.

— Non, Frank, ce n'est pas du tout ça. Ce que tu as vu, c'est Chester Green la nuit de l'incendie, et tu l'as dit à ton oncle, d'accord, Frank ? Et il t'a fait un véritable lavage de cerveau, Frank, en essayant de te mettre dans la tête l'image de Sam Green venant chez vous, c'est ça n'est-ce pas ? C'est bien ce qui s'est passé, Frank ? »

J'étais paralysé.

Le docteur Brown a élevé la voix. « Tu ne penses pas que ton oncle t'a mis dans la tête cette association avec la fièvre pour t'embrouiller, pour m'embrouiller... pour se débarrasser de toute l'enquête, pour me ridiculiser, moi et toute ma méthodologie ? Réfléchis, Frank, pour l'amour de Dieu. Plus rien ne peut te faire de mal maintenant. Tu n'es plus cet enfant qui est venu me voir. Tu es un homme, Frank. Le mal t'a déjà été fait ! On ne peut plus rien te faire ! » Le docteur Brown a donné un coup de poing sur le volant. « Tu ne veux pas guérir ? Tu ne veux pas le pardon ? Tu veux passer le reste de ta vie dans la peur d'un subconscient fantôme, Frank, en te croyant capable d'actions dont tu ne te souviens pas ? »

J'ai dit : « Mais j'ai peut-être fait du chantage à Chester Green pour l'obliger à revenir ici.

— Ah, on avance. Écoute-moi, Frank. C'est toi la victime ici, tu m'entends ? » Les lunettes du docteur Brown reflétaient la lumière de l'extérieur et brillaient. « Et alors, Frank, ils méritaient ce qui leur est arrivé, tous autant qu'ils sont ! »

C'est à ce moment que j'ai compris que le docteur Brown était là pour des raisons qui allaient bien au-delà de toute enquête de police. Il tremblait en parlant. Il avait perdu tout sens des convenances. Il avait l'air démoniaque, le visage dans l'ombre, effondré sur son siège, hurlant.

Le docteur Brown m'a lancé un regard furieux. « Tu veux savoir quelle est ma motivation dans toute cette affaire, Frank ? »

Je n'ai pas eu besoin de répondre.

« Je vais te le dire, Frank : la *vengeance*, pour nous deux, Frank, pour toi et pour moi. La justice, Frank, c'est la première chose qui me soit venue à l'esprit quand j'ai appris que Chester Green avait tué ton oncle. Un frisson m'a parcouru comme un courant électrique, Frank ! »

Le docteur Brown a posé sa main sur mon bras et l'a serré. « Frank ! Tu vois, je savais que j'avais raison... j'ai eu raison de croire en toi pendant tout ce temps, tu as vu quelque chose la nuit où tes parents sont morts, ce n'est pas toi qui as mis le feu. Je me suis dit : "Ce garçon a vu quelque chose !" C'est vrai, Frank. J'ai cru en ton innocence. Je ne me suis pas trompé autrefois. Mon *intuition* était juste. » Le docteur Brown a toussé pour s'éclaircir la gorge et sa main a serré mon bras plus fort.

J'ai dit : « Qu'est-ce qui s'est passé ?

— C'est à toi de me le dire, Frank, tu étais là-bas.

— Non, je veux savoir ce qui s'est passé d'après vous.

— D'accord, Frank, nous allons faire comme tu le souhaites. Dis-moi si je me trompe. Je pense que ton oncle a découvert que Chester Green n'était pas mort et qu'il a fait chanter Sam et Chester. Il a obligé Chester à allumer l'incendie dans lequel tes parents sont morts. Il voulait la ferme pour lui tout seul, Frank. »

J'ai élevé la voix : « Merde, vous êtes complètement... »

Le docteur Brown a crié plus fort : « Tout est sur les enregistrements, tout. Tu as mentionné le nom de Chester Green tellement souvent, Frank.

— Quels enregistrements ?

— Les enregistrements de ce que tu as dit sous hypnose, Frank. »

J'ai dit : « Alors pourquoi est-ce qu'on ne les a pas sortis ? Si vous avez les preuves, si vous avez mes enregistrements...

— Ne crois pas que je n'ai pas essayé, Frank. J'ai insisté auprès du bureau du procureur pour que ton oncle soit poursuivi après l'incendie. J'ai obtenu que la police le descende de son tracteur, et je te l'ai fait voir, Frank. Je lui ai fait savoir qu'il n'était pas débarrassé du meurtre ! J'ai donné tous les enregistrements effectués sous hypnose à la police. J'avais la preuve sur ces bandes.

— Et qu'est-ce qui s'est passé ?

— Je vais te le dire, Frank. Ces ploucs n'ont rien compris à ma méthodologie. À la fin, le bureau du procureur a tout rejeté. "Peu convaincant", voilà ce qu'ils ont dit, Frank, "des élucubrations d'enfant", et ils ont ajouté que ma science était une "imposture"! Cela a réduit mon travail à néant. La recherche que j'avais entreprise sur l'hypnose a été rejetée comme peu fondée. J'ai perdu toute crédibilité. J'aurais aimé que tu voies ton oncle, ce péquenaud en salopette, avec ses bottes pleines de bouse de vache, qui niait dans sa barbe en disant qu'il ne comprenait pas pourquoi je lui en voulais! J'aurais pu aussi bien accuser un bœuf! C'est pour cela que je suis toujours ici, Frank, relégué dans une ville médiocre, aux limites du monde civilisé. Et la vérité c'est que j'ai raison depuis le début! J'ai raison! Cette nuit, je suis vengé, Frank. Nous sommes vengés tous les deux. Chester Green n'est pas mort! »

Je sentais la main du docteur Brown sur mon bras. « Dis-moi simplement que j'avais raison, Frank. » Il s'est approché et j'ai senti son haleine chaude sur mon visage. « Je veux partager ton secret, Frank. Je veux que tu me dises que j'ai toujours eu raison. » Sa main était encore posée sur mon bras. « Tu n'as plus besoin de maintenir cette énigme devant moi, Frank. Dis-moi que j'avais raison. »

Le système de ventilation soufflait de l'air chaud. Je ne disais rien, muré dans le silence qui s'était installé entre nous.

« Tu ne crois pas à la Providence, Frank, alors que leurs manigances tout au long de ces années se sont complètement retournées, et que maintenant c'est *nous* qui maîtrisons la situation. Penses-y,

Frank, un vieil homme qui ne retrouvera même pas son fils et un fils qui ne se découvrira jamais. Ils vont emporter ça dans leur tombe, Frank, tu dois le comprendre ! » Le docteur Brown a hoché la tête. « Écoute, Frank, nous avons notre otage. » La main du docteur Brown est descendue sur mon genou.

C'était fini. J'ai ouvert la portière. Le docteur Brown a dit : « Tu as toujours su que Chester Green était en vie, n'est-ce pas, Frank ? Dis-le-moi, dis-moi que j'ai toujours eu raison, Frank. »

Je ne lui ai pas répondu et je suis parti.

J'ai regardé la lumière des feux arrière saigner sur la neige alors qu'il s'éloignait.

Dans le bureau j'ai mélangé du bourbon de Baxter avec de l'eau bouillante et du sucre. Cela m'a réchauffé tout de suite. Je voulais voir la lumière de l'aube apparaître à l'est mais il n'était que deux heures du matin et je n'allais pas attendre toute la nuit. L'effet de la boisson diminuait.

Au bout d'un moment, j'ai remarqué que le répondeur téléphonique du grand bureau clignotait. Je l'ai mis en marche en pensant que c'était Honey. J'ai appuyé sur la touche « marche ». Mais c'était Sam Green. Il hurlait qu'il allait s'en prendre à mes gosses. J'étais debout dans l'obscurité avec mon bourbon, et je l'écoutais hurler. Sa voix me résonnait dans la tête comme s'il avait été là, dans le bureau, mais c'était seulement à cause du bourbon.

J'ai remonté la bande et j'ai fait défiler à nouveau le message, puis j'ai pris la cassette et je l'ai glissée dans la poche de mon manteau. Une demi-heure après, le téléphone a sonné, mais je n'ai pas décroché, et il n'y avait plus de bande dans le répondeur. Le téléphone a sonné longtemps.

J'ai bu le reste du bourbon, mais, tout en étant saoul, j'avais peur. J'ai fermé la porte derrière moi, et je suis rentré à la maison à pied, à travers le campus totalement désert, en me recroquevillant à cause du froid. Je voyais Sam Green qui me visait avec le canon d'un fusil, et j'attendais que ma tête explose.

23

Le lendemain matin, j'étais seul dans l'appartement. Je ne me souvenais même plus d'être rentré. Robert Lee, Ernie et Honey n'étaient pas là. J'ai regardé la pendule. Il n'était pas loin de dix heures. J'ai entendu de la musique de l'autre côté de la porte.

Dès le début de la matinée, on a annoncé sur les ondes que la tombe de Chester Green était vide. Je me suis souvenu de la cassette sur laquelle Sam Green m'avait menacé de tuer mes gosses. J'aurais dû appeler la police à ce moment-là, mais je ne l'ai pas fait. Je présume que je ne voulais rien avoir à faire avec la police. Je ne voulais pas tenter le destin.

J'ai entendu l'électrophone de Mme Brody qui jouait très fort une polka et Honey est entrée dans la chambre avec une assiette de crêpes, un chapelet de saucisses, des œufs brouillés et un petit verre de jus de raisin, posés sur un plateau. Elle souriait.

Je me suis assis dans le lit. La porte était restée ouverte. J'ai entendu Robert Lee qui chantait et Mme Brody a poussé un cri.

Honey a ri : « Frank, tu devrais venir voir! Mme Brody danse la polka avec Robert Lee. » Elle a posé le petit déjeuner sur une table basse, elle s'est assise à côté de moi et m'a caressé le visage.

Elle portait une robe à fleurs, avec des manches ballons et de la dentelle autour du cou.

Je l'ai contemplée d'un œil soupçonneux mais je lui ai embrassé le dos de la main et je lui ai dit : « Heureux Thanksgiving. » Puis j'ai retourné sa main et je lui ai embrassé le bout des doigts. Ils étaient rouges d'avoir trop tapé. « Combien de pages ? »

Honey a posé son index sur mes lèvres en disant : « Chut. C'est un jour de congé, Frank. » Elle avait les yeux vitreux comme si elle avait passé la matinée à boire.

L'électrophone faisait toujours autant de bruit. J'entendais des pieds qui martelaient le plancher. « C'est la fête en bas. »

Honey a souri en remontant ses cheveux derrière ses oreilles, et a murmuré : « C'est le genre de Thanksgiving qu'on voit toujours à la télévision, Frank, de la neige, des montagnes et des petites villes. » Elle s'est levée et est allée jusqu'à la fenêtre ouvrir les rideaux. « Pendant toute ma vie en Géorgie, j'ai rêvé d'un Thanksgiving comme celui-ci. »

Tout avait un air vieillot, peut-être à cause de la musique qui venait d'en bas, mais aussi à cause de la façon dont Honey était habillée, comme une Alice au pays des merveilles qui aurait grandi trop vite. Elle semblait à la fois jeune et vieille, de façon incongrue, debout devant ce qui ressemblait à une toile de fond représentant un faux hiver.

J'ai dit : « Tu sais que la tombe de Chester Green était vide ? »

Honey ne m'a pas répondu. Elle m'a tourné le dos, est allée jusqu'au placard d'où elle a sorti une boîte. « J'ai quelque chose pour toi, Frank ! » Elle m'a tendu la boîte. « Ouvre-la. Vas-y, Frank. »

C'était un peignoir en tissu éponge aux couleurs du drapeau américain, exactement comme celui que porte Sylvester Stallone dans *Rocky*.

Honey a dit : « Mets-le, Frank. »

Je suis sorti du lit, j'ai enfilé le peignoir et j'ai attaché la ceinture autour de ma taille.

« Marche jusqu'à la lumière, Frank. Fais comme si... tu fumais la pipe. »

J'ai fait semblant de fumer la pipe et j'ai pris l'accent anglais. J'ai dit : « Je prendrais volontiers une tasse de thé.

— Frank, tu as une allure formidable. » Honey a souri et a ajouté : « Je pense que l'argent change tout ici-bas. » Elle a allumé une cigarette et avalé une longue bouffée qu'elle a gardée et quand elle a souri la fumée est sortie par sa bouche et ses narines. Elle a soufflé à nouveau pour la disperser. Elle a dit : « Je veux que tu prennes ton petit déjeuner, Frank, que tu lises le journal et que tu regardes par la fenêtre. »

J'avais l'impression qu'elle me donnait des indications comme un metteur en scène. Elle a tendu un journal.

J'ai essayé de manger et de lire en même temps.

Honey a dit : « Comment se portent les marchés étrangers, Frank ? »

Je m'apprêtais à regarder dans le journal mais j'ai compris et j'ai dit : « Les marchés sont fermes, mais je pense que les métaux précieux sont les placements les plus sûrs, avec la fluctuation du dollar. » J'avais l'impression de me conduire comme un imbécile. Le petit déjeuner avait refroidi et le café était glacé, mais j'ai tout avalé. Les crêpes ressemblaient à du carton. J'ai dit : « Le chef s'est surpassé. » Je me suis essuyé la bouche et j'ai posé mon couteau et ma fourchette sur l'assiette.

Honey a dit : « Oh, il est si difficile d'être servi aujourd'hui. » Elle a insisté sur le « si ».

J'ai regardé à nouveau le journal pour le geste. La lumière du jour s'encadrait dans la fenêtre. À ce moment-là, je me suis souvenu de Sam Green qui avait menacé Robert Lee et Ernie. J'ai dit : « Honey, je voudrais te dire quelque chose. »

Mme Brody a laissé échapper un autre cri et le disque a sauté, puis quelque chose s'est brisé, et Honey est partie avec cette démarche maladroite des grosses femmes qui ont de hauts talons, et elle a crié : « Qu'est-ce qui se passe en bas ? »

Je me suis levé pour aller aux toilettes. Ma vessie me faisait mal, cette sorte de douleur sourde que l'on ressent lorsqu'on retient trop longtemps des choses en soi.

Dans la chambre, j'ai allumé la télévision en baissant le son. Un type, habillé en père pèlerin, jetait des confettis en vantant les mérites d'un lit réglable. On pouvait l'essayer sans risque pendant deux mois et si ce n'était pas le lit le plus confortable dans lequel on ait jamais dormi, alors on était remboursé. Ça semblait être une affaire formidable.

Je me suis demandé si je me changeais ou si je descendais en peignoir et j'ai choisi la seconde solution, parce que c'était la voie de la moindre résistance, et Honey s'attendait à me voir le porter.

En haut des marches, j'ai écouté la musique dans la lumière grise. Je caressais la patte d'ours gravée sur la pomme d'escalier. Je voulais me perdre dans l'illusion que je possédais cette maison, que je descendais rejoindre ma famille réunie autour du feu de Thanksgiving. J'ai vu les ombres lancées par les flammes avant de tourner et d'entrer dans la pièce. Le salon était rempli d'une chaleur qui évoquait le luxe et qui sentait le cèdre et la fumée, un parfum des jours enfuis.

Personne ne m'a vu entrer ou plus exactement Honey m'a vu mais elle n'a rien manifesté. Elle regardait Mme Brody qui dansait une ancienne valse lente avec Robert Lee.

Ernie était assis dans un grand fauteuil de cuir et balançait les jambes dans le vide. Il avait posé ses dinosaures à côté de lui. Il souriait et je ne me souviens pas de l'avoir vu sourire auparavant. Il tapait dans ses mains, heureux comme le sont les enfants. Il avait une veste de sport neuve, un pantalon gris, une chemise blanche et un nœud papillon rouge. Il ressemblait à une marionnette de ventriloque. Rien ne lui manquait, il était parfait comme on espère que le seront les enfants.

Robert Lee tournait lentement en cercle avec Mme Brody. C'est elle qui menait. Il portait un costume qu'il avait trouvé dans un carton laissé par un ancien mineur immigré mort des années plus tôt. Il était coiffé avec une raie au milieu. On aurait cru qu'il sortait d'une machine à remonter le temps.

Mme Brody était pompette. À la fin du morceau, Robert Lee lui a baisé la main avant de la raccompagner vers une chaise haute avec un dossier en cuir. Elle respirait bruyamment et elle a porté la main à son cœur, mais on voyait bien qu'elle était heureuse. Robert Lee est allé se servir deux louches de punch dans un saladier en cristal et il a eu un sourire désabusé en passant devant moi. Il sentait la naphtaline et la laque.

Robert Lee a contemplé mon peignoir puis il s'est tourné vers Honey pour lui dire : « Qui a invité le champion du monde des poids lourds ? » Il a dit cela comme un présentateur qui annonce un boxeur sur le ring. Avec ses chaussures, il était aussi grand que moi. Il s'est retourné : « Un verre, champion ? »

Ernie n'en perdait pas une miette. Il a dit « Champion ! » quand je l'ai regardé.

Honey a choisi un nouveau disque. Elle a vidé son verre de punch et s'est aussitôt resservie.

Robert Lee a rempli un autre verre et me l'a apporté.

Mme Brody a demandé qu'on arrête la musique. Elle a pris un verre de punch et elle a tenu à nous porter un toast. Elle avait les yeux humides quand elle s'est levée et elle s'est éclairci la gorge. Elle portait des chaussures masculines comme les femmes âgées dans les années quarante.

Elle a parlé des mineurs qui avaient habité chez elle autrefois, des repas qu'elle préparait trois fois par jour, du ménage qu'elle faisait dans chaque chambre. Elle nous a raconté qu'elle raccommodait leurs vêtements et rédigeait même les lettres de ceux qui ne savaient pas écrire.

J'étais assis et mes yeux allaient du feu à Mme Brody et à l'ours géant qu'on apercevait derrière elle. Ses yeux de verre reflétaient la lueur des flammes.

Mme Brody était attendrie par ses souvenirs.

Honey se tenait debout comme si elle écoutait l'hymne national, mais il était trop tard pour que je me lève.

Mme Brody racontait qu'en 1932, la maison avait été transformée en hôpital de fortune, après l'effondrement d'un puits de mine dans lequel dix-huit mineurs avaient été enterrés vivants. Ou, plus exactement, il s'agissait de dix-huit jeunes garçons, tous de l'âge de Robert Lee, des immigrés. Mme Brody a posé la main sur le bras de Robert Lee.

Neuf d'entre eux étaient sortis de la fosse et avaient été installés au premier, et on avait dû en amputer certains des bras ou des jambes, mais au bout du compte, deux seulement avaient survécu, les autres étaient morts de la gangrène. Elle s'est enfin assise et a porté son verre à ses lèvres fines et tremblantes. Elle a bu en fermant les yeux puis a béni les morts et les vivants. « Autrefois, nous avons connu d'extraordinaires Thanksgiving ici. »

Mme Brody a continué entre les rires et les larmes en reniflant et en se mouchant. Elle nous a raconté des histoires sur ses jeunes immigrés bloqués par la neige pendant des congés, incapables d'aller voir leurs petites amies qui travaillaient comme domestiques dans différentes villes. Mais ils ne perdaient pas le moral pour autant. Elle a dit que les hommes dansaient ensemble pour Thanksgiving, pour le réveillon et le jour de Noël, d'anciennes valses de Russie et de Pologne.

Robert Lee a demandé : « Vous êtes sûre que ce n'étaient pas des pédés ? »

Ernie a éclaté de rire en secouant ses petites jambes. Je l'ai embrassé sur le sommet du crâne.

Honey a dit : « Robert Lee ! Tu n'y comprends rien, tu m'entends ? »

Mme Brody a dit : « C'était une des plus belles choses à voir, ces jeunes gens qui dansaient, la façon dont ils pouvaient rêver les yeux ouverts. » Elle avait le visage dans l'ombre et on ne voyait que son profil, sans les rides ou les imperfections. J'ai observé Robert Lee qui la regardait en souriant. Sa voix douce s'élevait au-dessus des craquements du feu. Elle a tourné les yeux vers Robert Lee et a dit : « Peux-tu imaginer ce qu'était leur vie au fond des mines, dans l'obscurité ? C'était comme s'ils s'étaient levés d'entre les morts chaque soir, comme s'ils ressuscitaient. »

À ce moment-là, sans savoir pourquoi, j'ai pensé à Charlie, aux sinistres horreurs qui s'étaient abattues sur nous une génération plus tôt, à tout ce qu'il avait fallu faire pour survivre. D'une certaine façon, j'ai même éprouvé de la pitié pour le docteur Brown.

Robert Lee a dit à Mme Brody : « Comment ça se fait que vous vous êtes jamais mariée ? »

Honey a dit : « Vous n'êtes pas obligée de répondre à ses questions. »

Mme Brody regardait fixement le feu. « J'ai laissé passer la vie. J'ai eu peur de toutes ces morts au-dehors. J'étais là si souvent quand des hommes mouraient à la mine que j'ai eu peur que... » Mme Brody a soupiré. « J'ai refusé de tomber amoureuse. Quand j'ai vu la beauté de la vie, il était trop tard. » Elle a tourné les yeux vers Robert Lee. Il a dit : « Hé, c'est pas si mal ! On est avec vous, non ? »

Elle a souri : « Quand on n'attend plus rien, voilà que ça arrive comme ça. »

Robert Lee m'a regardé : « Frank, quel est l'âge légal pour boire ? »

J'ai pris une carafe et je lui ai versé un verre de whisky que je lui ai tendu.

Honey a dit : « Un quart de verre seulement, Frank. On a des problèmes de boisson dans la famille. »

Mme Brody s'est bientôt assoupie.

Honey a mis un autre disque mais en laissant le volume assez bas. Nous sommes restés ainsi pendant une bonne demi-heure. Honey a rempli à nouveau son verre et elle est allée près des rideaux de dentelle pour regarder dans la rue. Une cloche a sonné à l'église où Ernie allait au jardin d'enfants.

Mme Brody s'est mise à ronfler.

Je suis parti avec Honey et Ernie. Nous avons remonté l'escalier l'un derrière l'autre.

Robert Lee est resté.

Nous avions encore trois heures à tuer avant de partir chez Norman. Je sentais bien qu'entre Martha et moi les choses étaient dans l'impasse. Elle ne m'avait pas rappelé depuis que je l'avais traitée de salope.

Honey s'est assise devant sa machine à écrire en regardant par la fenêtre. Elle a croisé les doigts et a fait craquer ses articulations, mais elle n'a pas commencé à taper. Elle avait posé un verre de porto rouge à côté de sa machine. Elle s'est tournée vers moi et a dit : « Pourquoi est-ce que les gens vous invitent toujours pour les jours de fête ? Parce qu'ils en ont assez de se regarder en chiens de faïence toute l'année ? »

Elle s'est mise à taper à toute vitesse avant que j'aie eu le temps de lui répondre.

Je me suis agenouillé devant la télévision, j'ai fait défiler les chaînes pour m'arrêter sur le canal trente-deux. Une bûche brûlait dans une cheminée qui occupait tout l'écran. J'ai laissé cette image qui tournait en boucle, il n'y avait pas vraiment de son à part des craquements qui imitaient approximativement les bruits d'un feu. Ernie est venu contempler l'écran.

Honey s'est retournée et a dit : « On aura vraiment tout vu. » Elle continuait à taper en regardant l'écran.

Ce feu était destiné aux âmes perdues de Traverse City qui vivaient dans des appartements sans cheminée. C'était un feu qui semblait vouloir donner des idées de suicide et non le sens du confort, et dont les flammes rouges qui dansaient ressemblaient à une blessure au centre de la pièce si l'on clignait des yeux. Nous allions rapidement vers un monde dans lequel il n'y aurait plus de choses réelles, ou dans lequel les choses réelles seraient redéfinies, jusqu'à ce que les choses représentées soient plus réelles que les choses réelles, car le réel n'existerait plus. C'était un ordre supérieur de conscience humaine, une réalité dans laquelle nous nous déplacions.

J'ai dit . « Le pouvoir audacieux du désir humain... » mais je n'ai pas fini l'enchaînement de mes pensées. Honey a dit : « Mets-la en sourdine, Frank. » Elle retombait bien bas.

Nous étions à la moitié de la matinée et des rais de lumière tombaient sur le sol.

Je suis allé dans la salle de bains pour me laver et me raser.

J'ai changé de chaîne de télé. Les Patriots jouaient contre Buffalo dans le championnat de la côte est. Il neigeait beaucoup à Buffalo. J'ai coupé le son.

Honey m'ignorait et elle a tapé pendant une bonne heure, et pourtant elle avait annoncé que c'était un jour de congé.

J'ai préparé un bol de lait avec des Coco Puffs pour Ernie et je m'en suis préparé un autre pour moi. Le lait est devenu brun et sucré. Pendant un instant, j'ai eu l'impression d'être un enfant. Ernie en a redemandé. Nous en avons pris un second bol.

La partie était déjà bien avancée parce que c'était le championnat de la côte est. Tout semblait distant et lointain, et dénué de sens parce que le son était coupé. Des hommes tombaient en tas et se relevaient, l'un après l'autre, et le ballon apparaissait, comme un œuf primordial, comme s'il s'était agi d'une sorte d'accouplement rituel et élaboré.

J'ai lavé les bols et je me suis allongé sur le lit. Ernie s'est collé contre moi et s'est endormi dans le creux de mon bras. J'ai regardé le match. Et pendant tout ce temps, Honey a continué à taper au même rythme.

Je m'étais endormi quand le téléphone a sonné. Honey a dit : « Je vais répondre, Frank. »

J'ai ouvert les yeux et j'ai eu l'impression d'être à moitié dans ce monde et à moitié dans l'autre. J'ai entendu Honey qui disait : « Oui, j'accepte l'appel », et j'ai cru qu'il n'y avait plus d'air dans la pièce.

Je me suis assis sur le lit en tenant Ernie dans mes bras. Il a bâillé et s'est frotté les yeux.

Honey a posé le téléphone sur sa poitrine et a appelé Robert Lee puis elle m'a lancé un regard qui voulait dire que je devais m'en aller.

J'ai su que c'était Ken qui téléphonait. « Tu veux que j'emmène Ernie ? »

Honey a fait oui de la tête sans me regarder.

En bas, Mme Brody soignait son mal de tête avec un grand verre d'eau. Robert Lee est parti sans rien dire. Le feu n'était plus que des braises mais il faisait toujours très chaud dans la pièce.

On entendait Honey qui parlait fort, à l'étage.

Mme Brody m'a regardé puis elle a demandé à Ernie : « Tu veux faire une partie de jeu de l'oie ? » et Ernie a fait oui de la tête. Mme Brody m'a demandé d'aller chercher un bol de jetons.

Dehors, j'ai dégagé la voiture de la neige.

Au soleil, on avait chaud. L'exercice physique était agréable. Quand j'ai eu fini de dégager la neige, je suis monté en voiture et le moteur a démarré tout de suite parce que j'avais installé un protège-batterie quelques nuits plus tôt. J'ai mis le chauffage au maximum. Une dentelle de givre recouvrait les vitres et tout était grisâtre.

J'ai allumé la radio, mais il n'y avait pas de nouvelles à cette heure de la journée, rien sur la nuit précédente, simplement de la musique enregistrée qui passerait en boucle tout l'après-midi et toute la nuit, une musique pleine de cuivres et de chœurs. Une musique parfaite pour ce jour froid et clair, des voix aiguës qui se réjouissaient comme des élus le jour du Jugement dernier. J'ai imaginé cette musique dans les salles des petites fermes et autour l'immense étendue des champs couverts de neige, quand les animaux étaient nourris et les tâches accomplies, des hommes qui se lavaient énergiquement dans des baignoires, enlevant la crasse sous leurs ongles et derrière leur cou, enfilant des chemises amidonnées et des pantalons noirs au pli impeccable, en train de se préparer pour cette fête singulière de Thanksgiving, une histoire collective qui remontait à un acte unique de défi par des gens en quête de liberté religieuse. J'imaginais des femmes qui travaillaient dur, elles mettaient la table, allumaient les chandelles, préparaient des pots de purée de potiron et de patates douces, tandis que l'odeur de la dinde qui cuisait se répandait dans les fermes.

Je voulais que Martha m'appelle mais, bien sûr, Honey parlait toujours au téléphone.

J'ai regardé ma montre. L'heure de partir était enfin arrivée. Je suis descendu de voiture. Ernie était sorti et se tenait devant la porte. Il portait sa veste et ses gants de base-ball des Packers de Green Bay.

Je lui ai souri : « Tu as faim, Ernie ? »

Il a hoché la tête.

Les rideaux de notre appartement se sont gonflés à la fenêtre. Robert Lee a passé la tête. « On est prêts en bas, Frank ? » Sa voix démentait le fait qu'il venait de parler à son père, et cela m'a fait peur.

Avec une brosse, j'ai nettoyé le pare-brise et le capot de la voiture.

Robert Lee nous a rejoints et il est resté près d'Ernie. J'ai demandé à Honey de descendre. Mme Brody est sortie elle aussi, près des deux garçons.

J'ai dit : « N'oublie pas les tartes au potiron, Honey. »

Je lui tournais le dos quand Robert Lee a dit : « Hé, Frank, quelle est la différence entre un bonhomme de neige et une bonne femme de neige ? »

À ce moment précis, on m'a frappé sur la nuque. Et l'image de Sam Green m'a traversé l'esprit, ses menaces sur le répondeur, la nuit dernière.

Mais Robert Lee a crié : « Les boules de neige, Frank ! »

La boule de neige m'avait fait très mal mais je n'ai rien laissé paraître, comme un chrétien qui assiste à une lapidation publique. De la neige fondue me dégoulinait dans le cou.

Honey est arrivée avec les tartes au potiron et nous sommes montés en voiture. J'ai vu qu'elle avait pleuré.

Ernie a dit : « Les boules de neige », et Honey s'est retournée pour dire doucement : « Qu'est-ce que ça veut dire, mon chéri ? »

Robert Lee m'a dit à l'oreille : « Je te l'avais déjà dit, Frank. La première règle du combat c'est qu'on ne doit jamais tourner le dos à l'ennemi, jamais. »

24

Honey a interrompu le voyage vers la ferme. Elle m'a demandé de m'arrêter, elle est descendue de voiture et elle est restée sur le bas-côté. Je la regardais par le pare-brise comme si j'avais regardé une émission de télé, comme si cela ne se passait pas vraiment. Il gelait et le manteau de Honey était ouvert. Elle était grande avec ses talons hauts. Elle avait une main sur le visage comme si elle essayait d'arrêter la douleur qui sortait d'elle.

Robert Lee a donné des coups de pied dans le dossier de mon siège.

Je me suis lentement tourné vers lui et je lui ai dit : « Si tu recommences, je te tue. »

Il a cessé.

Je suis sorti, je suis allé vers Honey et je lui ai entouré les épaules de mon bras.

« Merde, Frank, je voudrais que tout ça soit terminé, tout.

— Ce sera bientôt fini. »

Un corbeau s'est perché sur une clôture, noir devant l'étendue blanche. Ernie et Robert Lee nous regardaient. J'ai compris que Robert Lee disait quelque chose à Ernie, même si ses lèvres étaient dissimulées par le dossier. Je me suis détourné.

Honey ne me regardait toujours pas. « Tu sais ce qu'il veut, Frank ?

— Qui ?

— Ken !

— Qu'est-ce qu'il veut ?

— Il veut faire don de ses organes à la médecine. »

Je me suis dit qu'ils n'exécuteraient jamais Ken assez vite à mon gré, mais j'ai répondu : « Ça me semble quelque chose de noble, non ? »

Honey a haussé les épaules. « Je ne sais pas, Frank. » Elle avait toujours le regard perdu sur les champs glacés. Elle tremblait à cause du froid et du reste. « Qu'est-ce qui se passera le jour du Jugement dernier, Frank ? On va découper Ken et il sera dans d'autres gens. Comment ça se passe ? » Elle m'a regardé pour la première fois. Elle avait les yeux ternes.

J'ai dit : « Le salut et la résurrection sont un mystère, Honey, mais crois-moi, si Ken fait quelque chose comme ça, Jésus trouvera le moyen de remettre tous les morceaux ensemble quand le moment sera venu. »

Honey a reniflé et s'est frotté le nez. « Frank, à ton avis, où est-ce qu'est le mal en nous ?

— Je ne sais pas.

— Qu'est-ce qui se passera s'ils greffent des morceaux de Ken à quelqu'un et que ça continue ? Je veux dire, tuer des gens comme il a fait... »

J'ai dit : « Merde, Honey, tu ne crois quand même pas à ça ! » Je sentais le froid qui me pénétrait. Je me disais que c'était la conversation la plus bête que j'aie jamais eue de ma vie.

« Je ne sais pas, Frank. Est-ce que tu accepterais le cœur d'un homme qui a tué deux personnes ?

— Si j'étais en train de mourir, à coup sûr. » J'ai tendu la main pour prendre la sienne, mais sa main s'est fermée.

Nous sommes restés silencieux pendant un moment. Il semblait que le silence était devenu le motif de nos vies. Je contemplais la neige. Le ciel avait la couleur du marbre, et j'ai su qu'il neigerait à nouveau ce soir, une neige lourde et humide. Au loin, dans les champs, j'apercevais de la lumière dans les maisons, même à cette heure. Les maisons étaient de petites îles d'humanité perdues dans le froid immense de l'hiver. C'était une vie que j'avais menée pendant si longtemps, et son seul souvenir m'a fait frissonner.

Le manteau de Honey était toujours ouvert et ses seins pendaient sous sa robe à fleurs. Elle avait le cou et le visage marbrés à cause du froid. Elle a dit : « Frank ?

— Ouais ?

— Tu penses que, si on découpe Ken en morceaux et qu'on les met dans d'autres gens... » Elle a hésité. « Frank, je sais ce que tu vas dire, je sais ce que tu ressens envers la religion et tout ça, mais je veux simplement te dire, Ken ne m'a jamais pardonné de l'avoir quitté, d'être partie et de m'être mariée. » Je voyais ses yeux remplis de larmes. Elle a porté la main à son nez et a reniflé. « Tu penses qu'il pourrait... venir me hanter ? »

J'ai dit : « Non, ça n'arrivera pas. Absolument pas. » J'ai parlé d'une voix égale en la regardant dans les yeux et en secouant la tête.

Honey parlait d'une voix faible et hésitante. « Au téléphone, il m'a dit qu'il allait venir me voir, Frank, comme si c'était la chose qu'il désirait le plus au monde. »

Je me suis retourné. Avec son index et son pouce, Robert Lee imitait un revolver qu'il pointait vers moi, mais quand il a vu que je le regardais il a baissé la main. Ernie faisait la même chose. Robert Lee a dit quelque chose et Ernie a baissé la main, lui aussi.

J'ai continué à les regarder et j'ai dit à Honey : « Et si on n'allait pas chez Norman pour Thanksgiving ? Si on allait se promener ? Je connais un restaurant où ils font un repas de Thanksgiving. Si on y allait et si on passait la journée entre nous ? On a de l'argent pour la première fois depuis des siècles. Tu as travaillé, et moi aussi, et qu'importe ce qui se passe autour de nous, ça ne peut pas nous toucher, Honey. Il faut que tu t'en souviennes, ni Ken, ni ce qui s'est passé avec mon oncle, rien de tout ça. Tu m'entends ? » J'ai souri sur ces derniers mots. J'ai ajouté : « La vie, c'est ce qu'on en fait », et au plus profond de moi, je le croyais.

Honey a renversé la tête en arrière et son souffle s'est transformé en vapeur dans l'air froid. « Tu penses que je suis folle, je le sais bien, Frank, mais tu ne connais pas Ken. Il fera n'importe quoi pour rester en vie. »

Nous sommes remontés en voiture et nous avons roulé au hasard, sur des chemins qui conduisaient à des fermes. Nous nous sommes arrêtés pour admirer des cerfs et des biches dans les bois. Ils ont senti notre présence et ont tourné la tête pour nous regarder. Ils se faisaient des signaux avec leur queue, un langage silencieux sur la terre gelée.

Nous avons baissé les vitres, simplement pour sentir le froid qu'ils enduraient. Il faisait beau et le vent soulevait une poussière de neige qui transformait les choses en croquis.

Je me suis arrêté dans une station-service sur l'autoroute. Le mot OUVERT était écrit en lettres de néon sur le ciel pommelé. Il était déjà presque trois heures. Il y avait une rangée de citrouilles disposées par ordre de taille et sculptées à l'effigie de certains présidents américains mais il était difficile de les distinguer les uns des autres. L'un d'eux n'était qu'un potiron écrasé. J'ai pensé qu'il s'agissait de JFK après son assassinat.

Honey, Robert Lee et Ernie sont entrés acheter des boissons, des chips et des confiseries. J'ai fait le plein en regardant l'autoroute. Il n'y avait personne, comme si une peste avait tué les habitants de la terre. On parlait toujours d'hivers nucléaires, de cendres grises et d'un monde sans soleil, et c'était à cela que ressemblait cette journée. À l'est, une couleur sombre comme une meurtrissure envahissait déjà le ciel.

Au fond, il y avait des toilettes publiques et un téléphone. Tout puait l'huile et les vieilles voitures. J'ai téléphoné chez Norman et pendant la sonnerie, j'ai vu un ours brun dans une cage. Il était sous une bâche attachée par des piquets de tente. L'ours était assis et regardait fixement la route.

C'est Norman qui a répondu. On entendait le bruit d'un match de football américain derrière. La première chose qu'il m'a dite a été : « Tu crois que je pourrais jouer en professionnel, Frank ? »

Je regardais toujours l'ours. Je sentais l'humidité de sa fourrure, une odeur âcre d'animal.

Norman a répété sa question, et avant que j'aie pu répondre, j'ai entendu un bruit sur la ligne et la respiration de quelqu'un qui écoutait. J'ai pensé que c'était Martha. J'ai dit : « Tu n'as jamais joué au football à l'école, Norman.

– Ce n'est pas ce que je te demande, Norman. T'as vu de quoi j'étais capable sur le ring. Maintenant, je veux que tu me dises si tu crois que je pourrais être professionnel en football américain ! »

J'ai dit : « Ouais, je pense que tu pourrais jouer en professionnel », et dès que ces mots sont sortis de ma bouche, Martha a hurlé : « Frank, ne l'encourage pas, tu m'entends ? Norman a vingt-cinq ans, il n'en a plus dix-huit ! Il faut être à l'université pour être recruté, non, Frank ? »

Norman a dit : « Tais-toi. Je suis costaud, Frank. Tu me connais, t'as vu de quoi j'étais capable ? »

J'ai dit : « Ouais, tu es l'homme le plus fort que j'aie jamais vu, Norman. » Et c'était la vérité.

On entendait toujours le match. Le son était très fort, plus fort que nécessaire.

Martha a dit : « Où est-ce que tu es, Frank ? »

Je regardais l'ours. Il s'est dressé sur ses pattes arrière et a reniflé dans ma direction.

« Frank ?

— Mon gosse a la fièvre. »

Norman a dit : « Frank, je sais que je pourrais être professionnel. »

Norman parlait comme un con de débile. J'ai dit : « Je ne crois pas que tu puisses jouer professionnel comme ça, Norman. Il faut avoir un agent, un chrono sur quarante yards, et des papiers qui disent combien tu peux soulever en haltérophilie, un poids énorme. Tu dois avoir un physique qui ne cache pas de blessures. Il te faut tout ça avant que quelqu'un te laisse faire un essai. »

Martha a dit : « Tu vois, Norman, c'est exactement ce que je t'ai dit. Ce n'est pas comme si tu n'avais qu'à aller à Green Bay et mettre un casque. Frank a raison, ce n'est pas si simple. »

Honey et Ernie sont arrivés pour voir où j'étais, et j'ai posé un doigt sur mes lèvres, et Honey a fait oui de la tête. Puis ils ont vu l'ours et Honey a dit : « Ah, merde », en reculant d'un pas. L'ours s'est encore relevé et a secoué sa cage.

J'ai fait des gestes frénétiques pour qu'ils s'éloignent. L'ours a grondé.

Martha a dit : « Qu'est-ce que c'est ce grognement, Frank ?

— C'est mon estomac, Martha. J'ai trop mangé. »

Norman nous a interrompus : « Je pensais pas à Green Bay, Frank. Je pensais aux Dauphins de Miami. C'est une équipe pour moi, Frank. Je veux m'éloigner du froid. »

J'ai levé les yeux au ciel. L'ours s'était rassis. Il a bâillé en montrant sa bouche rose devant la bâche sombre.

Martha a dit : « Tu as appelé un médecin pour ton gosse, Frank ? »

J'ai dit : « Je vais le faire, Martha. Mais j'imagine qu'en ce moment, tout le monde est en train de manger, alors je vais attendre un peu. Chez les gosses, la fièvre ça peut monter d'un seul coup et retomber aussitôt, mais je ne veux pas donner une maladie à vos gosses, parce que les miens viennent de l'Est, et on ne peut pas savoir ce qu'ils ont rapporté avec eux. » Je sentais que je tournais en rond.

Robert Lee est apparu au coin du bâtiment. Il a regardé l'ours avant de tourner les yeux vers moi. Il s'est rapproché de la cage. Je lui ai fait un geste de la main mais il m'a ignoré. J'ai dit : « Il faut que j'y aille. Je voulais seulement vous souhaiter un bon Thanksgiving. »

Norman a dit : « À quelle vitesse il faut courir le quarante yards pour devenir professionnel ? »

J'ai dit : « Je ne sais pas. Un agent te le dira. Ils ont toutes les données et toutes les statistiques. Le mieux à faire si tu penses à une carrière professionnelle, ce serait d'écrire aux Packers de Green Bay pour leur demander s'ils connaissent un agent qui pourrait travailler avec toi. C'est ce que je ferais, Norman. »

J'allais raccrocher quand Norman a dit : « Je ne veux plus travailler à la ferme, Frank. » Il a dit ça avec un tel fatalisme que j'en ai été stupéfait, plus encore que s'il avait hurlé. « Je ne veux plus, Frank. »

Martha n'a rien dit, et j'ai compris que quelque chose s'était passé dans leur vie.

J'ai dit : « C'est fini, Norman. Écoute-moi. Il n'y avait pas de diable, tu m'entends ? Chester Green n'est pas mort. Tu m'entends, Norman, personne ne pense que tu as fait quelque chose de mal ! » J'ai avalé ma salive et j'ai senti le froid qui se refermait sur moi. « Tout ce que t'a dit la police, ce n'était que de la tactique pour te faire peur, Norman. Tu as tiré un coup de fusil et ils voulaient être sûrs que tu avais seulement tiré dans le plafond. Tu m'écoutes, Norman ? » J'ai dit : « Dis-lui, Martha ! »

Martha s'est tue.

« Je vais venir te voir, Norman, pas aujourd'hui, mais ça n'est pas bon que des frères ne se soient pas vus pendant tout ce temps, tu m'entends ? »

Norman a dit : « Si tu viens par ici, Frank, trouve-moi un chronomètre, tu veux bien ?

— D'accord. » J'ai hésité un instant et j'ai dit : « Fais-moi une faveur, fais gaffe à Sam Green, d'accord ? Il m'a téléphoné pour me dire qu'il allait s'en prendre à mes gosses. Je veux que tu surveilles les tiens, tu m'entends, Martha ? »

Elle n'a toujours rien dit.

Il y a eu une clameur venant du match au moment où je raccrochais.

J'ai hurlé : « Éloigne-toi de ce machin ! » Mon cri a fait sursauter l'ours et l'a rendu docile. Il s'est mis à quatre pattes et a baissé la tête.

La cour était jonchée de pièces de voitures, et le sol était un bourbier de neige et de boue avec des ornières profondes de pneus qui se dirigeaient vers une grange branlante sur le point de s'effondrer.

Nous nous sommes approchés lentement de l'ours. Il avait une tête énorme, plus grosse que ce qu'on imagine quand on voit un ours de loin. Il respirait lourdement et son souffle se transformait en vapeur dans l'air froid. Ses narines s'ouvraient et se fermaient. Ses poils étaient collés par de la boue et il avait de la glace sur le dos.

À quelques pas de lui, l'odeur était horrible, car sa cage était jonchée de morceaux de carotte et de chou pourris, un fatras putride.

La patte de l'ours, enchaînée à un crochet fixé au sol, était à vif et rouge près de la fourrure noire, et il n'arrêtait pas de lécher sa blessure avec sa longue langue rose.

Pour quatre dollars, on pouvait se faire photographier avec l'ours. C'était écrit sur un carton attaché à la bâche.

Le propriétaire est sorti et a dit : « Vous voulez une photo ? » Il était maigre, comme une sauterelle. Quand il ouvrait la bouche, on voyait qu'il avait de grandes dents. Il a dit : « Cet ours a été blessé par un semi-remorque, il y a quelques années. Il a une patte abîmée. »

Robert Lee m'a regardé, puis a tourné les yeux vers Honey comme s'il avait envie d'une photo, mais il a dit : « Ça vous dérange, si on en prend une de moi seul avec l'ours ? Je paierai avec mon argent. »

J'ai dit : « C'est moi qui paie. »

Le propriétaire a dit à Robert Lee d'aller chercher un potiron à l'entrée et lui-même est rentré dans la maison pour en ressortir avec un chapeau de père pèlerin qu'il a donné à Robert Lee, et c'est l'image qui s'est matérialisée quelques minutes plus tard pour la postérité, Robert Lee sombre comme un pasteur luthérien debout près de la cage. Le propriétaire avait jeté quelque chose à l'ours qui se tenait debout sur ses pattes arrière avec un air féroce. Cela m'a fait de la peine de voir ça.

Puis Honey, Ernie et moi, nous nous sommes fait photographier, et Ernie portait le chapeau en se tenant entre Honey et moi et en nous donnant la main. Le propriétaire m'avait prêté une fourche, comme pour un portrait gothique américain.

Le propriétaire avait une petite télévision avec une antenne intérieure posée sur une caisse près de la fenêtre. L'image sautait. On passait un vieux film, *La vie est belle*, et James Stewart allait s'élancer du pont et son ange gardien le surveillait. Il était sur le point de réaliser son souhait, ne pas être né, et maintenant il allait voir comment la vie se déroulait sans lui. C'était un de mes films préférés.

Le propriétaire a dit : « Vous avez entendu parler du cercueil qu'ils ont déterré sans rien trouver dedans ? » Il nous a montré un journal avec une photo de la tombe ouverte.

J'ai acheté une épaisse tranche de bœuf séché et j'ai payé le tout. Nous sommes partis au moment où James Stewart se touche la lèvre, et elle ne saigne pas parce qu'il n'est pas né.

De retour à la station-service, j'ai donné la tranche de bœuf à l'ours. Il m'a regardé droit dans les yeux. Je lui ai dit : « Mange », d'une voix douce.

J'ai téléphoné au Cedar Lodge et j'ai retenu une chambre et une table pour dîner. Puis j'ai changé d'avis, et j'ai pris deux chambres. D'une façon étrange et pathétique je me sentais généreux de voir l'ours manger, pour lui avoir donné quelques minutes de plaisir. Je me suis dit que si j'avais eu un fusil et si j'avais été seul, j'aurais peut-être fait sortir le propriétaire pour l'enfermer dans la cage avec l'ours afin de voir quelle vengeance pouvait exercer un animal.

Nous avons regardé les polaroïds et Honey a ri en nous voyant. On aurait dit que les photos avaient été prises des années plus tôt. C'était un de ces instants que nous reverrions à l'avenir, et cela donnait à nos gestes une sorte de présage dramatique.

Les flocons de neige tombaient en spirale tandis que nous contournions les moraines, où les pêcheurs étaient sous leurs tentes installées sur la glace. Le soir s'achevait lentement. Nous nous sommes arrêtés pour observer les pêcheurs. J'ai mis le chauffage au maximum. C'était comme si nous avions regardé un film, simplement en contemplant le monde.

J'ai senti qu'une brusque tristesse m'envahissait. Je voyais Norman là-bas, découpant la dinde, avec Martha et les gosses assis autour de la table. Il parlait de football professionnel avec ses enfants, et j'en avais l'estomac serré.

25

Nous avions une faim de loup quand nous sommes arrivés à la porte du Cedar Lodge. Nous avons descendu une longue allée bordée d'arbres éclairés par des lampes jaunes. On voyait le bâtiment principal au loin.

Honey a mis sa main dans la mienne en souriant. Ernie s'est penché et a glissé la tête entre nous. Il était fasciné par les lumières. Nous avions le visage couleur ambre.

J'ai arrêté la voiture et deux portiers habillés comme des lutins se sont approchés et nous ont salués.

Robert Lee a dit : « Vise un peu les pédés », mais je pense qu'il disait ça parce qu'il se croyait obligé de le faire et j'ai vu l'expression de crainte de son visage.

J'ai dit : « J'offre une récompense à ceux qui se tiennent bien. »

Ernie a dit : « Je me tiendrai bien, Frank. »

Je le voyais dans le rétroviseur : « Je le sais. »

Le Cedar Lodge ressemblait à l'accumulation de tous les rêves qu'on a pu faire sur l'hiver, les vieilles poutres assemblées à l'ancienne. Un feu énorme brûlait dans la cheminée, et tout bougeait et rougeoyait. Des peaux de bêtes décoraient l'intérieur et on avait accroché aux murs toute une collection d'objets d'artisanat indien, ainsi que des têtes de bison et de cerf, et un énorme aquarium avec des poissons originaires de la région. Il y avait aussi une petite boutique de souvenirs où l'on pouvait acheter des calendriers avec des photos qui suivaient les saisons et des dessous-de-bouteille avec le visage d'explorateurs célèbres ainsi que des produits comme de la viande séchée, des conserves de fruits ou des objets indiens, des mocassins, des coiffes de plumes, des perles et des boucles d'oreilles.

Sur un tableau d'affichage, on pouvait voir les activités hivernales. On proposait du patin à glace et des parties de pêche. L'événement du soir était une promenade en traîneau tiré par un cheval jusqu'à une ancienne grange pour une dégustation de cidre chaud. Nous nous sommes inscrits. Le menu du jour semblait avoir été écrit à la plume d'oie. En bas du menu, il y avait un sceau en relief. Nous l'avons lu avec une impatience qui mettait en évidence notre désir de nourriture et de beaucoup d'autres choses.

On avait donné la forme d'une grange à notre chambre et le grand lit se trouvait sur une mezzanine où l'on accédait par une échelle, et l'on pouvait à peine s'y mettre debout parce que le plafond était mansardé. Un feu brûlait dans la cheminée, et il y avait aussi une bouteille de vin et une corbeille de fruits.

La chambre de Robert Lee et d'Ernie était décorée sur le thème de *La Vieille Femme qui habitait dans une chaussure*. La porte était une languette de chaussure et à l'intérieur tout était miniature. On avait conçu la chambre elle-même comme une imitation de coquille d'œuf bleu et rouge. Le lit d'Ernie avait la forme d'une tasse de thé et celui de Robert Lee d'une cosse de petits pois. Dans son lit, Ernie avait une taille normale mais dans le sien, Robert Lee avait la taille d'un géant. Il y avait une bouteille de Coca et un livre à colorier sur chaque lit.

Depuis qu'on l'avait photographié avec l'ours, Robert Lee s'était montré d'une soumission inquiétante. Il a dit qu'il mangerait avec Ernie dans une salle réservée aux enfants.

Honey et moi, nous avons pris une douche ensemble et nous sommes restés longtemps enlacés dans la vapeur chaude. Nous nous sommes caressés avec la douceur qu'on utilise pour soigner une blessure. Honey s'est cambrée sous la douche et a pris ses seins dans ses mains, alors je me suis penché pour en saisir la pointe entre mes lèvres et j'ai senti dans ma main le poids de son sein et le battement de son cœur. Elle s'est collée contre moi et la tendre boule de son sein m'a empli la bouche. La douche sifflait, la vapeur s'élevait par vagues autour de nous. J'ai ouvert la porte de verre et je me suis allongé sur le sol humide. Honey est sortie de la vapeur et s'est mise sur moi à califourchon. Elle a frotté ses grosses jambes contre les miennes en se balançant d'avant en arrière. Puis, lentement, elle s'est levée et m'a regardé fixement pendant un instant, puis elle m'a enfoncé en elle comme si ce moment unique pouvait vaincre l'errance sans objet de nos vies.

Après nous avons eu froid et nous sommes allés sur la mezzanine serrés l'un contre l'autre. À la radio intégrée Gordon Lightfoot chantait *If You Could Read my Mind*, et cette musique nous semblait la plus belle, elle disait ce que nous ne saurions jamais dire et formait ces liens invisibles qui nous rapprochent. J'ai fermé les yeux en suivant les mots mélancoliques. Honey a roulé sur le côté et a collé son dos contre moi, et je me suis accordé à elle, comme une pièce de puzzle qui a trouvé sa place.

Le téléphone a sonné et nous a tirés d'un sommeil sans rêves. La réception confirmait notre réservation pour le dîner. La douche coulait toujours et la vapeur s'accumulait en dessous de nous comme un banc de brume, comme si nous descendions en avion à travers les nuages.

Nous nous sommes à nouveau attardés sous la douche. J'ai dit : « Parfois, je me dis que le christianisme serait un saint ministère bien plus grand si Jésus avait eu une activité sexuelle sur la terre. »

Honey a posé le doigt sur mes lèvres et a dit . « Ne dis rien, Frank... »

Nous avons dîné et je dirai seulement que nous nous sommes gavés. J'ai dû desserrer ma ceinture d'un cran alors que nous n'avions pas encore quitté la table. Cette nourriture nous faisait l'effet d'une drogue, elle nous saoulait. Le vin était compris. Honey a pris deux Martini, parce qu'elle en buvait dans sa jeunesse. Dans la salle de restaurant archicomble, on voyait des couples plus âgés qui n'avaient peut-être jamais eu d'enfants, des gens de la campagne habillés comme s'ils sortaient de l'église, après avoir fait leur bonne action de chrétiens. Ils portaient des vêtements achetés à bas prix, comme de vrais dévots. J'avais envie que les gens sachent ce que Honey et moi nous avions fait.

Et j'ai vu celui que j'ai supposé être le flic de la radio, la nuit dernière, le fameux M. Carnet-de-chèques. Il était gros, avec des cheveux coupés en brosse comme un policier de l'État, et un pantalon trop court qui laissait voir ses bottes à pointe métallique, une ostentation bien inutile. Puis j'ai vu sa femme. J'ai reconnu la blonde que j'avais regardée au restaurant près de l'université. Elle ne m'avait pas vu. De loin, elle semblait jeune et jolie, comme une fille prise au piège au lycée avant de connaître la vie. Je voyais bien qu'elle aurait souhaité se trouver n'importe où, sauf avec M. Carnet-de-chèques. Elle avait pleuré. Ses yeux brillaient et ses enfants, vêtus de chemises et de pantalons assortis, avaient l'air triste, comme si on les avait grondés. Rien qu'à la regarder, j'ai voulu croire qu'un autre homme l'attendait, un type tranquille à qui elle avait peut-être plu au lycée et qui serait disposé à considérer ses enfants comme les siens. Mais M. Carnet-de-chèques ne la laisserait jamais partir.

J'ai raconté à Honey l'histoire de M. Carnet-de-chèques alors qu'il s'asseyait à une table. D'une certaine façon, je pense qu'il représentait le genre de mari que j'aurais choisi pour Honey. Elle a seulement dit : « Il est gros », comme si c'était ce qui lui plaisait chez un homme.

M. Carnet-de-chèques a vu que nous le regardions et il nous a fixés durement jusqu'à ce qu'on détourne les yeux en faisant semblant de parler d'autre chose.

Je me suis mis à raconter à Honey que Norman voulait essayer de devenir joueur professionnel de football américain et abandonner le travail de fermier J'ai dit ça d'une voix monotone mais un frisson m'a traversé, comme si cette sensation avait été là, derrière notre relation sexuelle, attendant patiemment de remonter à la surface.

Honey a dit : « Devenir joueur professionnel, ça ne se décide pas comme ça, Frank. J'espère que tu le lui as dit. Quel âge il a ? »

J'ai dit : « Vingt-cinq ans. Il se suicide lentement, voilà ce qu'il fait. » Je lui ai parlé de Norman qui avait vu le diable attendant l'âme de son père à l'étage. « Les flics l'ont emmené et l'ont cuisiné parce qu'il avait tiré avec l'arme du crime. Pendant un certain temps, avant qu'on ouvre la tombe, les flics le considéraient comme suspect, en tout cas ils refusaient de gober son histoire. »

Honey continuait à manger pendant que je parlais, en me regardant de temps en temps. Avec sa fourchette elle prenait des morceaux de dinde dans mon assiette. Elle a dit : « Ce n'est pas encore fini, Frank ? Est-ce que Norman sait qu'on ne le soupçonne pas ? » Je voyais bien que cette histoire l'agaçait.

J'ai dit : « Je pense qu'il va faire une dépression. »

Le garçon nous a servi du café. Honey a voulu un autre dessert et j'ai attendu pendant qu'elle hésitait entre un gâteau au fromage blanc et un pudding à la crème recouvert de fruits glacés.

L'alcool se faisait sentir. L'idée m'est venue de confier à Honey que Chester Green pouvait communiquer et aussitôt je lui ai dit : « J'ai un secret, Honey. »

Elle mangeait son pudding à la crème et, à demi intéressée, elle a dit : « Quel secret, Frank ? »

Je me suis arrêté net et je lui ai dit : « Je t'aime. » Elle en est restée la fourchette en l'air au-dessus de son pudding, avant d'ajouter : « Dis-moi ton vrai secret, Frank », mais j'ai seulement répété : « Je t'aime », avec une sincérité tellement intense qu'elle a souri et m'a touché le dos de la main avec sa fourchette, comme si j'étais quelque chose qu'elle pouvait manger, et notre dîner n'a pas été gâché.

Honey a repoussé son assiette et a dit : « Tu sais, Frank, j'ai une couleur de cheveux qui n'aura jamais besoin de teinture. »

Nous avons pris des digestifs et on nous a servi ce qui s'appelait une Cadillac en or et un Marteau de velours, et nous avons fini avec un irish-coffee.

Robert Lee et Ernie ont traversé la salle à manger sans nous regarder. On a eu l'impression de les voir en rêve. Honey a dit : « Ils sont sortis de moi, Frank. » Elle m'a montré son ventre, et je peux vous assurer que c'était l'idée la plus folle qu'on pouvait avoir en cet instant.

Honey a dit : « Ton air, en ce moment, Frank. C'est pour ça que je t'ai épousé. »

Dans le hall d'entrée, j'ai eu l'impression d'être dans une sorte d'animation en suspens. *La vie est belle* continuait. James Stewart recherchait frénétiquement l'argent que son oncle avait mal placé. Ses économies et son prêt bancaire allaient s'effondrer. J'ai regardé James Stewart devenir fou de terreur et de douleur. Il secouait son oncle en l'insultant. C'était vraiment triste de voir un brave homme ne plus savoir à quel saint se vouer.

Honey a emmené Robert Lee et Ernie dans la promenade en traîneau vers l'ancienne ferme pour la dégustation de cidre. Je suis resté à l'hôtel. Il était près de neuf heures. Il neigeait abondamment.

Je suis sorti dans le froid afin que la chaleur du dîner diminue en moi, quelque chose que Ward faisait toujours à la fin des repas, et que Norman avait imité en vieillissant.

J'écoutais le vent dans les arbres. Je frissonnais et j'ai serré mes bras autour de moi, et je suis resté dans le froid jusqu'à ce que ma peau me pique et que je claque des dents. Je me suis souvenu d'une histoire que Ward m'avait racontée. Une tempête de neige les avait surpris, lui, mon père et Charlie, alors qu'ils revenaient de l'école. Ils avaient creusé un trou dans un amoncellement de neige et s'y étaient allongés, serrés l'un contre l'autre afin de se tenir chaud, pendant toute une longue nuit, dans les hurlements du vent, en se mettant au milieu chacun leur tour. La tempête ne s'était calmée que le lendemain soir, ils avaient creusé la neige pour ressortir et ils avaient traversé les champs en direction de la lumière de la ferme. À la maison, on leur avait donné à manger des oignons crus et du pain trempé dans de la graisse de lard, qu'ils avaient fait descendre avec du café noir. Ward disait qu'ils avaient l'impression que leur mère les prenait à moitié pour des fantômes, parce qu'elle avait une lueur étrange et effrayée dans le regard, et qu'elle reculait devant eux. Au début, elle avait eu peur de les toucher mais quand elle avait enfin compris qu'ils étaient bien vivants, elle s'était assise devant la table et avait pleuré comme il ne l'avait jamais vue pleurer ni avant ni après. C'était une des rares anecdotes sur son enfance que Ward nous ait jamais racontées, à Norman et à moi.

Je crois que, dans le monde moderne, nous considérons la réalité comme une chose garantie, mais il y a des années, c'était une chose pour laquelle les gens devaient lutter afin de la maintenir, et c'est pour cela que les esprits et les superstitions traversaient la membrane qui les séparait de la vie soi-disant réelle.

De retour dans le hall d'entrée, j'ai appelé Baxter pour lui demander s'il voulait bien travailler le lendemain. Il a accepté parce que officiellement l'université était fermée, mais je savais qu'il n'y mettrait sans doute pas les pieds et qu'il ne compterait pas moins ses heures.

Ensuite, j'ai téléphoné chez Norman. Martha a répondu. Sa voix n'était qu'un murmure.

J'ai dit : « Il faut que tu parles plus fort. Je ne t'entends pas.

— T'aurais dû venir, Frank.

— Martha, tu ne m'as pas rappelé après... tu sais, après que je t'ai accusée d'avoir donné les lettres à la police.

— J'ai téléphoné chez toi il y a une heure, mais il n'y a pas eu de réponse, Frank. Où est-ce que tu es vraiment ?

— Au Cedar Lodge. »

Martha n'a rien répondu.

« Il faut que tu comprennes, Honey ne veut rien avoir à faire avec tout ça. Elle a ses propres problèmes.

— Il est malade, Frank. »

J'ai dit : « Où est-ce qu'il est maintenant ?

— Il dort.

— Depuis combien de temps est-ce qu'il veut devenir professionnel de football ?

— Il a regardé un match dimanche dernier, et depuis il ne parle que de ça. »

J'ai dit : « Tu sais, il arrive des choses encore plus étranges. Une fois, j'ai lu l'histoire de...

— Non, Frank, arrête ! » Martha a baissé la voix : « Tu ne l'as pas vu, Frank. Il a perdu toute volonté de vivre.

— Vous êtes à l'abri de tout soupçon maintenant, Norman et toi. C'est Sam Green et Chester qu'on soupçonne, pas nous. De quoi est-ce que Norman peut bien avoir peur ?

— Quelque chose a changé en lui, Frank. Je ne sais pas ce que c'est. »

J'aurais dû y aller aussitôt, mais il neigeait à gros flocons. J'y serais allé si j'avais eu la Jeep de l'université. « Il a peut-être besoin de partir une semaine. Je pourrais peut-être venir faire le travail de la ferme, traire les vaches et le reste, et vous pourriez partir, Norman et toi. Je travaille de nuit, et je peux arranger ça avec le type qui fait équipe avec moi. Je suis sûr qu'on ne t'a pas fait de meilleure offre cette semaine, Martha.

— Où est-ce que je trouverais l'argent pour ça, Frank ?

— On peut trouver un arrangement. »

Martha a dit : « Attends, Frank, il faut que je mette la bouilloire sur le feu. »

J'ai entendu qu'elle posait le téléphone, mais il y avait toujours un bruit de respiration sur la ligne. J'ai dit : « C'est toi, Norman ?

— Si je me souviens bien, tu avais donné rendez-vous à Martha au lycée, hein, Frank ? » C'était la voix de Norman.

J'ai dit : « Norman, je ne m'abaisserai pas à répondre à ça », quelque chose que j'avais entendu dans un film.

Norman a dit : « Je parie que tu l'as embrassée sur la bouche. Je le parie, Frank. »

J'ai dit : « Tu parles de l'âge de pierre, de l'histoire ancienne, Norman.

— Je crois que tu lui plais encore, Frank. »

C'était une conversation qu'auraient pu avoir deux adolescents, mais à ce moment-là j'ai compris où Norman voulait en venir, il n'était pas jaloux mais il parlait comme s'il voulait savoir si je pouvais encore m'intéresser à Martha, au cas où il lui arriverait quelque chose.

J'ai dit : « Tu sais, le salaire minimum d'un joueur professionnel c'est quelque chose comme quatre-vingt mille dollars, Norman. »

Norman a claqué les lèvres, comme s'il réfléchissait. Je l'imaginais assis sur son lit, dans l'obscurité, avec son caleçon long.

J'ai entendu le bruit des chaussures de Martha qui descendait le couloir et qui a repris le téléphone.

Je l'ai empêchée de dire quoi que ce soit en parlant le premier : « Je disais à Norman que le salaire minimum d'un joueur professionnel c'est quatre-vingt mille dollars. C'est pas vrai, Norman ? »

Et j'ai continué en racontant comment Norman avait remporté le championnat d'État quand il était en seconde. Quand j'ai eu fini, Martha pleurait doucement. J'ai pris ça comme un compliment.

26

Thanksgiving est passé du jeudi au dimanche, et nous avons échappé à la pression de la vie comme seuls les gens qui ont de l'argent peuvent le faire. Au Cedar Lodge, à la télé, nous avons regardé un programme spécial Disney dans lequel des gosses trouvaient un coffre dans une grotte. Les gosses croyaient que c'était le trésor secret de Barbe-Bleue. Mais bien sûr, ça ne l'était pas, et pourtant les escrocs qui avaient caché ce trésor prétendaient être Barbe-Bleue et ses pirates quand ils découvraient les gosses qui s'habillaient avec les riches vêtements trouvés dans le coffre. Il se passait des choses incroyables avec les enfants et leur chien, Vaurien. Les enfants vivaient dans un quartier bourgeois et avaient un arbre secret sur lequel ils avaient écrit : INTERDIT AUX ADULTES ! Ernie n'avait pas l'air de bien savoir si les escrocs étaient ou non des pirates. Il était partagé entre imagination et réalité, entre le désir de connaître la vérité et celui de rester dans le domaine de l'enfance. Je regardais sa petite main tenir le bras du fauteuil, serrer son dinosaure contre lui quand Barbe-Bleue hurlait avec son faux accent d'anglais ancien. À la fin, les gosses réussissent à attraper Barbe-Bleue et les escrocs avec des frondes et des cordes. Après le spectacle, des feux d'artifice jaillissaient du château de Disney, et nous avons éprouvé une certaine mélancolie devant les choses qui se terminaient, parce que le programme Disney du dimanche soir marquait aussi la fin du week-end et le retour vers la vraie vie. Disney était la seule illusion qu'on emportait avec soi pour la semaine. La vie a paru encore plus froide quand les couleurs de Disney se sont dissoutes et que les nouvelles du soir ont recommencé.

Lorsque nous sommes arrivés chez nous, Ernie et Robert Lee dormaient. Honey était restée éveillée, elle me regardait de temps en temps et me souriait. Il avait beaucoup neigé. À cause de la neige amoncelée, il ne restait plus qu'une voie sur la route. J'ai dit doucement : « Je vais dégager la neige toute la nuit. »

Honey a dit : « Nous travaillons trop, Frank. »

J'ai posé la main sur sa jambe et je lui ai murmuré : « Il ne faut rien regretter. »

Chez Mme Brody, nous avons allumé le feu et nous avons couché Ernie. Il m'a demandé si Barbe-Bleue était vrai, s'il y avait vraiment des trésors enterrés dans les grottes.

Honey s'est installée devant sa machine à écrire et s'est mise à taper sans rien dire, mais avec une sorte de folie furieuse comme si elle voulait gagner ce que nous venions de dépenser. J'ai fait du café et j'ai coupé des tranches d'une des tartes au potiron que nous n'avions pas apportées à Martha et à Norman. Robert Lee a regardé un film d'épouvante. Il avait baissé le son. Je suis parti quand Lon Chaney se transformait en loup-garou.

La grande allée de l'université avait été dégagée mais selon des lignes irrégulières qui se croisaient ici ou là. La Jeep avait embouti un lampadaire qui penchait vers le sol comme une de ces créatures de *La Guerre des mondes*.

Quelques lampes restaient allumées dans les dortoirs, car certains gosses étaient revenus pour les cours du lendemain matin.

J'ai pris un escalier à demi recouvert de neige durcie. Dans le bureau, j'ai retrouvé Baxter qui dormait sur le canapé emmitouflé dans une couette. La pièce était glaciale mais une odeur d'alcool flottait dans l'air.

Je n'ai pas allumé et j'allais prendre la clef de la Jeep quand Baxter a ouvert les yeux et a dit : « C'est toi, Frank ? » Il avait le ton penaud d'un homme ivre mort mais qui refait surface.

Il s'est assis lentement et a posé les pieds par terre. Nous étions toujours dans une demi-obscurité. Audehors, les lumières jaunes brillaient comme de petites galaxies. Baxter a tendu le doigt vers moi : « J'ai tout fait, Frank. Tout ! » Il a écarté les bras. Sa tête est tombée en avant. Il l'a arrêtée brusquement et l'a relevée. « Des heures supplémentaires, Frank. Je t'en ai mis dix hier. »

J'ai eu peur qu'on finisse par se faire mettre à la porte tous les deux.

J'ai remonté le radiateur à gaz, les flammes bleues ont illuminé l'obscurité. Dans l'ombre, Baxter avait l'air d'un vampire.

J'ai dit : « Tu te souviens d'avoir embouti la Jeep ? »

Baxter a gratté le sol du bout du pied. « T'inquiète pas, Frank. Ça fait partie du plan. »

Je me suis senti obligé de demander : « Quel plan ?

— Mon plan, Frank. J'ai partagé soixante-dix/trente avec Herb Hansen au garage, pour qu'il répare la Jeep. Il rallonge la facture de l'université. Tu sais, cette université a trop de fric, Frank ! S'ils ne dépensent pas leur budget, l'année suivante on le réduit. C'est ce qu'on appelle une "réalité fiscale". »

J'ai préparé du café et je me suis branché sur la radio de la police. On n'entendait que des parasites à cette heure-là. J'ai attendu que le café soit prêt puis j'en ai donné une tasse à Baxter et je me suis assis en face de lui.

Baxter m'a regardé : « Tu crois qu'un mec peut trop baiser, Frank ? »

J'ai dit : « Je ne sais pas. » J'avais envie de me lever pour sortir dans le froid.

Baxter a dit : « Merde, Frank, il y a des questions fondamentales qu'on doit affronter dans la vie. »

J'ai dit : « D'accord, non, on ne peut pas trop baiser.

— Bonne réponse, Frank. »

Je voyais qu'il sortait de la mélancolie dans laquelle il avait plongé à cause de la Jeep emboutie. Il a levé les yeux vers moi et m'a dit : « Comment tu appelles une lesbienne avec des ongles ? »

Je n'ai même pas cherché à répondre.

« Une célibataire. » Baxter s'est donné des claques sur le genou après avoir dit ça.

Je pensais aux ongles de Honey, à ses doigts et à son travail de dactylo. J'ai eu envie d'en parler mais je n'ai rien dit. Baxter a répété sa plaisanterie, plus pour lui que pour moi.

Je me suis mis à parler sans raison, simplement pour rompre le silence. Je lui ai parlé du Cedar Lodge, de l'ours que j'avais vu et j'ai continué, avec le New Jersey, Honey et Ken, et mes gosses, et Norman et son rêve de devenir professionnel. C'était le monologue le plus long que j'aie prononcé devant Baxter.

Baxter m'a enfin interrompu : « Je me souviens très bien de ton frère, Frank. Merde, il a fait connaître cette ville à l'époque. Si quelqu'un peut devenir pro, c'est lui.

— Oui, peut-être », et pendant un moment j'ai essayé d'imaginer Norman riche dans une grande maison, avec des bijoux à chaque doigt. Pourquoi est-ce que ce serait impossible ? Merde, Norman était plus gros que n'importe qui. Si je souhaitais quelque chose à ce moment-là, c'était qu'il réussisse.

Le radiateur à gaz avait réchauffé la pièce. Baxter a dit : « Frank, j'ai pas l'intention de voir passer ces congés sans faire la fête. » Il a sorti une bouteille de son manteau et a dévissé le bouchon. Je me suis levé, j'ai pris deux tasses, je suis sorti, je les ai remplies de neige puis je suis revenu et je les ai posées sur la petite table devant le canapé.

J'ai bu deux gorgées rapides puis je me suis installé dans le canapé et j'ai senti que les choses se calmaient. L'effet a été presque instantané, en tout cas c'était ce que je voulais, et c'était ce que j'éprouvais.

Baxter regardait fixement sa boisson couleur ambre. Il a fait tourner son verre et fait tinter la glace. C'était un bruit réconfortant.

J'aimais bien être avec Baxter à ce moment-là. Quand nous avons été bien et saouls, j'ai dit : « Je devrais peut-être dégager la Jeep pour voir si c'est grave. »

Baxter a dit : « À la santé du professionnel de football ! À la santé de ce bon Dieu de Norman, ce bon Dieu de cinglé ! »

J'ai dit : « À la santé des rêves », et j'ai regardé Baxter s'endormir.

J'ai dégagé la neige autour de l'université et j'ai salé les allées. Je me suis servi de la vieille Jeep. À la fin, je l'ai garée et j'ai laissé le chauffage tourner à fond. J'étais saoul. J'ai baissé le dossier et j'ai fermé les yeux. Je sentais la soufflerie sur moi. J'allais m'accorder un quart d'heure de repos.

J'ai repensé au profond silence qui s'abattait après nos journées de travail à la ferme avec Ward et Norman, quand les rideaux étaient tirés et que l'obscurité nous enveloppait, quand Ward commençait ses prières. Il demandait toujours que Dieu lui pardonne, je n'ai jamais su exactement quoi, peut-être le simple fait d'exister, ou tout ce qu'il avait dû faire pour survivre, abattre la vache qui donnait le moins de lait en une saison, une statistique sinistre tenue dans un registre conservé à l'étable et mis à jour après chaque traite. C'était le seul événement qui indiquait de quoi nous étions capables, alors qu'on emmenait la vache avec une poignée de luzerne dans l'air froid du mois d'octobre et qu'on l'assommait d'un coup de gourdin, toujours après l'été indien et par une matinée resplendissante. Je me souviens d'être allé voir la carcasse qui devait rester accrochée pendant quarante jours dans une petite fosse que nos ancêtres avaient creusée pour y conserver des produits périssables. Ce brusque souvenir s'est télescopé avec la vérité de l'endroit où Ward se trouvait maintenant, comme une de ces carcasses, au froid, pas enterré.

Il était trois heures quinze du matin. Les entrailles de la Jeep vibraient. J'ai démarré et je me suis remis à travailler, des allers et retours monotones. Mais au fond de moi, je me voyais ouvrant une case de poste restante à Chicago où arrivaient les chèques de Ward. Je me penchais et je regardais dans le trou noir, et là, sur l'étagère de la case, il y avait Ken, comme il se trouvait en isolement dans sa cellule du couloir de la mort. C'était un Ken miniature, avec un bonnet blanc, assis sur son lit minuscule. Il y avait une petite cuvette de W.-C. Ken m'a regardé. Il a dit : « Tu veux ça en quoi, Frank, en billets de vingt ? » Puis il a éclaté de rire. Il a dit : « Va voir le caissier », et sur le lit, dans la cellule, Chester Green a ouvert les yeux et a crié : « Au secours ! Au secours, Frank ! » J'ai ressenti un choc quand je me suis arrêté brusquement dans un amoncellement de neige. J'ai baissé la vitre. La bon Dieu de Jeep avait une fuite. Les joints des vitres étaient craquelés et à l'arrière on sentait les gaz d'échappement. J'ai respiré plusieurs fois. L'air était glacé. Mon souffle se transformait en vapeur.

Revenu dans le bureau, je me suis senti fatigué, épuisé. Ils repassaient *Police Woman*. J'ai eu l'impression d'avoir traîné d'appartement en appartement au cours des années, d'avoir vu des rediffusions, la sensation étrange et lourde de ne pas seulement voir les spectacles, mais d'avoir le souvenir de regarder ce que j'avais déjà regardé, une impression de déjà-vu, sauf que j'avais effectivement déjà vécu ces moments-là. Si on me l'avait demandé, j'aurais pu dire clairement ce qui allait se passer, j'aurais même pu citer une réplique ici ou là, ou toute une phrase. « Rien que les faits, madame », « Inscris-le, Dano ! » ou « Qui t'aime, ma chérie ? » Comment est-ce qu'on appelle toutes ces conneries, le passé ou l'avenir récurrent ? Ou est-ce que l'avenir était le passé récurrent ? C'était un type d'insomnie machinale qui m'avait affecté au cours des années. J'avais mené cette vie-là pendant très longtemps, même depuis que j'étais marié, à regarder des ombres changeantes sur un poste de télé.

27

Une lumière douce éclairait la petite chambre du sanatorium. Chester Green avait les yeux ouverts comme toujours, dans sa veille solitaire. Des tubes glougloutaient. D'un côté des tubes l'alimentaient et de l'autre, un cathéter rempli d'un liquide jaune siphonnait son urine sous les couvertures.

Je lui ai dit que la police avait trouvé une tombe vide. Je lui ai parlé de Norman qui voulait devenir joueur professionnel de football américain. Je lui ai parlé de Ken. Parfois, je fermais les yeux. Puis je l'ai regardé, et je lui ai dit que Sam Green m'avait menacé de s'en prendre à mes enfants. Je me suis énervé. Je lui ai dit : « Espèce de salaud ! C'est comme ça que tu veux passer ta vie ? » Je lui ai dit ça à quelques centimètres du visage.

Je lui ai serré la main, mais rien, pas de réponse, juste ses yeux qui me fixaient. Sa main était blanche à part une petite cicatrice en forme de croissant sur le dos. J'ai baissé la voix pour lui dire : « Je suis désolé... » J'ai regardé Chester. « C'est comme ça que tu veux finir tes jours, seul ? »

Je cherchais ce que je voulais vraiment lui demander. J'avais le cœur qui battait. J'ai avalé ma salive et je lui ai dit : « Est-ce que je te connais, Chester ? » Je lui tenais toujours la main. « Je crois que je *dois* te connaître... Est-ce que je suis responsable de ton retour ici ? »

Dans le silence qui a suivi, il ne s'est rien passé pendant un long moment, puis une larme solitaire s'est formée au coin de son œil et a roulé sur le côté gauche de son visage, mais je n'ai pas obtenu de réponse.

Je me suis levé pour aller arpenter le long couloir. C'était l'heure du déjeuner. J'entendais les assiettes et les chariots qui sortaient de la salle principale. J'ai senti l'odeur de la purée et du morceau de viande des institutions, à laquelle se mêlait l'odeur de menthol d'une pommade.

Je suis allé dans le grand hall et j'ai pris le journal du jour. Le garçon de salle qui m'avait conduit jusqu'à la chambre se trouvait là. Il était gros, comme le sont les garçons de salle dans des endroits comme celui-ci, avec assez de force pour soulever des corps épuisés entre deux examens, assez gros pour maîtriser ou faire peur à ceux qui passeraient les bornes. Je le voyais très bien en train de mettre une camisole de force à quelqu'un. Je le voyais très bien en train de me manipuler comme le faisaient les garçons de salle à Chicago quand j'avais eu ma dépression.

Mais comme j'étais dehors maintenant, et pas un des malades, le garçon de salle m'a souri quand il m'a vu. Il a dit : « Vous voulez de la purée et une tranche de bœuf ? C'est aux frais de la princesse. »

J'ai répondu : « Non, merci. »

Le garçon de salle a dit : « Ils ne sont pas contagieux », alors j'ai pris un plateau et je me suis mis dans la queue pour avoir le menu du jour. Au début de la file, les desserts tournaient lentement dans un petit présentoir en verre. J'ai pris une tranche de gâteau.

La télé marchait en permanence. C'était encore une série, *Guiding Light*, je crois. Il y avait de la tension dans l'air. Une femme faisait un discours. Elle était au bout d'un quai et il y avait de la brume, elle parlait toute seule à haute voix, mais un homme se tenait derrière un pylône et écoutait ce qu'elle disait. Elle parlait de vengeance. Le type qui l'écoutait portait un de ces incroyables manteaux noirs au col relevé. Il avait quelque chose de l'espion de roman policier. Cela exigeait une suspension totale du doute, mais si l'on se laissait aller, on était totalement pris.

Les patients tendaient le cou comme des fleurs à la recherche de la lumière argentée de l'écran. On avait tiré les rideaux. C'était peut-être comme de la propagande, le bien contre le mal qui fait qu'on suit si facilement les séries. Sur l'écran, les gens semblaient plus beaux, et leurs peines d'autant plus importantes.

Le garçon de salle a mélangé du lait avec la purée de pommes de terre. Il versait des cuillers de purée dans un petit bol tout en me racontant des choses.

Puis il a posé la cuiller sur sa langue et léché la
purée. Il a dit : « C'est bon. »

J'ai baissé les yeux sur mon déjeuner et j'ai pris
une fourchette de haricots verts et du bœuf aux
oignons caramélisés. J'ai dit : « Rien de nouveau avec
Chester ? »

Le garçon de salle a tourné la purée dans sa
bouche avant de l'avaler. « Non. »

J'ai dit : « Le docteur Brown vient le voir ? »

Le garçon de salle m'a regardé et m'a dit : « Il
vient le soir.

— Et qu'est-ce qu'il fait ?

— Des trucs...

— Quel genre de trucs ? »

Le garçon de salle a haussé les épaules : « Des
trucs, c'est tout. »

La salle était remplie de fumée. Les cigarettes pal-
pitaient dans la lumière grise. Un type paralysé dans
un fauteuil roulant avec une trachéotomie avait près
de lui un autre malade qui lui tenait une cigarette
devant le trou de sa gorge. Puis le malade a porté la
cigarette à ses lèvres, et tout cela en silence, ils se
partageaient une cigarette comme s'il s'agissait de la
chose la plus naturelle du monde.

Le garçon de salle s'est levé et il est revenu avec
deux cafés. J'ai mangé ma tranche de gâteau. Je ne
peux pas dire s'il avait du goût. Les oignons avaient
anéanti mes papilles gustatives.

Le garçon de salle a sorti un paquet de cigarettes
et l'a tapoté sur sa paume. Il a allumé une cigarette
et a attendu, comme s'il avait quelque chose à me
dire, ce qu'il a fait : « Vous savez quoi ?

— Quoi ? »

Le garçon de salle m'a regardé. C'était un de ces types un peu bêtes qui peuvent faire un travail à un niveau superficiel sans en être affectés. « Vous êtes ami avec le docteur Brown ? »

J'ai répondu d'une façon qui n'engageait à rien, en haussant les épaules.

Le garçon de salle a bu son café, il a porté sa cigarette à sa bouche et a tiré une bouffée. « Je crois... c'est moi qui dis ça... »

J'attendais.

Il a posé son index sur la pointe de son nez. La fumée s'enroulait autour de lui dans la lumière grise. « Je crois que le docteur Brown fait des trucs... Il pique Chester Green avec des aiguilles. »

J'attendais en dissimulant mon émotion.

Le garçon de salle a encore tiré sur sa cigarette. « Il ne nous laisse pas entrer avec lui, et après son départ, je suis revenu et... disons, je lavais Chester, les pieds, et là il y avait toutes ces... piqûres d'épingles, des marques rouges sur la plante des pieds. » Le garçon de salle a écrasé sa cigarette dans sa soucoupe, puis il m'a regardé et a eu l'air de changer d'idée. « Allez, oubliez tout ça ! » Il s'est brusquement arrêté et m'a serré le bras. « Qu'est-ce que j'y connais, hein ? » Il m'a lâché le bras avec un demi-sourire pour apaiser la tension. « Je crois que j'y passe trop de temps, non ? »

J'ai dit : « Je crois que le docteur Brown testait les réflexes de Chester. »

Le garçon de salle a dit : « C'est ça. Vous avez mis le doigt dessus. » Puis il s'est levé et s'est excusé avant de partir.

J'ai pris un exemplaire du journal et je suis retourné dans la chambre de Chester, où je me suis assis pour lire la première page afin de savoir ce qui se passait dans le monde.

J'ai résisté à l'envie de regarder les pieds de Chester et j'ai continué à lire. J'ai lu pendant dix bonnes minutes avant de m'arrêter brusquement. J'ai tiré les draps entièrement et j'ai regardé la plante de ses pieds, les marques d'aiguilles rouges où on l'avait piqué plusieurs fois. J'ai regardé Chester droit dans les yeux : « Tu es là ? »

Pas de réponse. J'ai pris un linge humide et un bol d'eau sur la tablette métallique à côté du lit, et j'ai essuyé le visage de Chester, j'ai lavé ses lèvres desséchées, les croûtes du sommeil au coin de ses yeux. Son corps avait pris l'apparence d'un cadavre, il s'était atrophié depuis son immobilité. Ses mains s'étaient à nouveau refermées, comme des poings serrés. On le laissait mourir. Il n'y avait aucune prescription de thérapie, personne pour agir sur son comportement. Son père avait décidé de le laisser mourir seul. J'ai commencé à malaxer les muscles et les tendons de ses mains. Sa peau avait une couleur de cendre, comme s'il n'avait plus de sang dans le corps, sauf la cicatrice en forme de croissant, là où l'index et le pouce se rejoignaient.

J'ai répété : « Tu es là ? » et ses yeux se sont ouverts et refermés une fois.

J'ai dû retenir mon souffle en me rendant compte qu'il était revenu. J'ai dit : « C'est oui ? »

Chester Green a cligné une fois des paupières.

Dans l'entrée, les radiateurs sifflaient.

J'ai dit : « Tu ne peux pas rester caché comme ça, tu m'entends ? Le docteur Brown veut se venger, tu le sais, hein ? Est-ce qu'il t'a raconté sa théorie sur ce qui s'est passé ? »

Les paupières ont cligné une fois.

Je n'ai rien dit pendant un long moment. Puis : « Tu me connais ? » et pour la première fois Chester Green a fait oui avec ses paupières, et comme si quelque chose m'avait frappé, l'obscurité m'a empli la tête, et pour la première fois que je me retrouvais seul avec Chester Green, j'ai eu peur de lui, j'ai eu peur de ce qu'il pourrait dire s'il communiquait avec le monde extérieur. À ce moment précis, je me suis dit qu'il ne serait pas difficile de lui coller un oreiller sur la tête, de mettre un terme à ce mystère par la mort et le silence. En fait, j'ai vraiment pris son oreiller mais quand je me suis retourné, le garçon de salle et le docteur Brown étaient dans la chambre.

Le garçon de salle a dit : « Regardez, il a enlevé les couvertures. Il a fait quelque chose. Je l'ai vu. »

Le docteur Brown a dit : « D'accord, Clifford, merci, je prends les choses en main à partir de maintenant. » Puis il a dit : « Frank... Frank », en faisant *tss-tss*. « On m'a dit que tu avais fait des choses troublantes ici. » Le docteur Brown me regardait.

Le garçon de salle attendait.

J'ai senti mon cœur qui battait à tout rompre.

Le docteur Brown a dit : « Clifford, n'avons-nous pas autre chose pour nous tenir occupé ? » et Clifford est sorti d'un pas silencieux dans ses chaussures blanches d'infirmier. Le docteur Brown a jeté un coup d'œil dans le couloir puis m'a regardé. « Clifford m'a parlé en toute honnêteté de ce que tu as fait ici, il dit que tu as piqué les pieds de Chester avec des épingles. En cet instant même, Frank, je pourrais appeler la police et te faire arrêter. Inutile de te dire que je suis scandalisé. »

J'ai eu un petit rire, plus par peur qu'autre chose.

Le docteur Brown tremblait quand il a recouvert les jambes de Chester. « J'ai un témoin, Frank. Clifford est venu me raconter ce que tu avais fait. Dis-moi, Frank, peux-tu affirmer honnêtement, en regardant ses pieds, avec la couverture rabattue ainsi, que tu n'as pas fait cela à Chester ? C'est peut-être comme ces lettres que tu ne te souviens pas avoir adressées à ton oncle, Frank. Tu es peut-être malade comme nous l'avons toujours soupçonné. »

Je regardais Chester, ses hanches et ses genoux, de simples plis des couvertures, comme s'il était en train de disparaître.

Le docteur Brown a traîné la jambe jusqu'au couloir et a crié : « Clifford ! »

L'ombre de Clifford s'est dessinée dans la pièce. Il m'a pris le bras et me l'a tordu dans le dos.

Le docteur Brown nous a suivis dans le couloir. Il a dit : « Tu es témoin de ce qu'il a fait, Clifford. Je veux qu'on le note dans un rapport. »

En bas, Bob Gilmore attendait. Il a poussé un cri de triomphe. Il a dit : « Bob Gilmore pensait bien que Frank Cassidy avait été enfermé pour de bon. » Son rire m'a résonné aux oreilles. Il a aidé Clifford et m'a pris l'autre bras. Je n'ai opposé aucune résistance. Bob Gilmore a dit : « Clifford, si quelqu'un avec des personnalités multiples menace de se tuer, est-ce qu'on peut considérer ça comme une prise d'otage ? Penses-y, Clifford. »

Le garçon de salle m'a dit à l'oreille : « Espèce de salaud, fous le camp. »

28

J'ai passé le début de l'après-midi à rouler en voiture avec une étrange sensation de soulagement et de regret étroitement mêlés. J'avais failli tuer Chester Green. Je ressentais la froideur de la culpabilité, mais ce n'était peut-être que la froideur du pays, la blancheur absolue, ou simplement parce que Chester Green savait que j'avais voulu le tuer. J'avais été si près de coller cet oreiller sur la tête de Chester, de mettre fin à ce cauchemar, de réduire au silence la seule personne qui pouvait parler contre moi. Et je sentais, au fond de mon cœur, une sensation de peur qui ne me quitterait jamais tant qu'il ne serait pas mort.

Au bureau, j'ai vu Baxter qui cuvait. La pièce empestait l'alcool. Je suis allé jusqu'au bâtiment de psychologie et j'ai demandé à la secrétaire de voir l'un des professeurs, et quand on m'a conduit dans son bureau, je lui ai dit que je cherchais les enregistrements de mes séances sous hypnose.

Le professeur a téléphoné pendant que j'étais là. Il lui fallait l'année et le nom de la personne qui avait dirigé les séances. Il a transmis ces informations à celui qui était à l'autre bout du fil. En quelques minutes, la conversation s'est concentrée sur le fait de savoir qui était légalement propriétaire des enregistrements, et si même ils existaient. Je regardais le bureau de la sécurité par la fenêtre et j'ai songé à Baxter. Je crois que si j'avais respiré assez fort j'aurais senti l'odeur d'alcool en provenance du bureau.

En conclusion, je devais laisser mon adresse au professeur, qui a ajouté que si l'on avait archivé quelque chose à l'université, et que s'il n'existait aucun statut sur la propriété des enregistrements, etc., il me ferait envoyer les bandes.

Je pense lui avoir serré la main. Je n'ai même pas retenu son nom, et je ne le lui ai pas redemandé. Je savais où le trouver. Je suis parti, j'ai repris la Jeep et j'ai démarré.

Après avoir roulé pendant des siècles, je suis allé vers la maison de Ward. De la fumée s'élevait au-dessus de celle de Norman. J'aurais dû aller le voir, mais je ne l'ai pas fait. Le temps des retrouvailles était révolu. J'avais laissé passer Thanksgiving et aucun retour n'était possible, aucune vraie réconciliation.

Le ruban de balisage de la police, qui entourait la maison de Ward, était enfoui dans un amoncellement de neige. La maison était totalement abandonnée, la peinture des murs de bois s'écaillait. Un cadenas cognait contre la porte à cause des rafales du vent froid dans la grange. Il n'y avait aucune trace de roues de tracteur ni aucun signe montrant que Norman était venu. J'ai contourné la maison du côté où la neige ne s'était pas amoncelée. Je suis entré par une fenêtre, en brisant la vitre et en ouvrant le loquet.

À l'intérieur, il faisait aussi froid qu'au-dehors, mais tout était calme et gris. Le trait de craie qui dessinait la silhouette de Ward était toujours là, sur le sol de la cuisine.

Les veilleuses étaient éteintes. Je l'ai remarqué en regardant de loin. Il régnait un silence absolu, comme on ne peut pas en imaginer dans une ville. C'était l'ordre naturel des choses, le froid véritable du monde.

Dans la salle de bains, un robinet avait explosé et une chute d'eau cristalline s'était formée. La glace faisait briller le sol.

J'ai avancé dans les ombres glaciales.

Dans la salle à manger, qu'on gardait pour les grandes occasions, j'ai reconnu les assiettes anciennes en porcelaine bleue sur les étagères, les tiroirs garnis de papier paraffiné et les couverts en argent. Martha et Norman n'avaient rien pillé.

Je suis allé dans la chambre de Ward. J'ai regardé la photo de mariage de Ward et de sa femme, la seule photo que les gens d'ici concédaient à la postérité. Autrefois, les gens considéraient les photos comme des choses futiles. Il était facile d'imaginer que sa femme n'avait jamais existé. Elle était morte en mettant Norman au monde. Je gardais d'elle une seule image, alors qu'elle repassait près du feu, rien d'autre, pas même l'image de son visage, simplement sa présence.

Je l'ai regardée dans sa robe de dentelle. Elle tenait un bouquet. Elle paraissait lointaine, sans trace d'amour, fixant l'objectif d'un air de défi, mais à l'époque, tout le monde regardait un appareil photo ainsi.

J'ai jeté un coup d'œil au lit de bois avec le matelas peu épais. C'était là que Norman avait été conçu. J'ai pensé que ce qui avait été consommé l'avait été dans le froid, au moins celui du cœur.

J'entendais à l'extérieur le cadenas qui tapait contre la porte de la grange. Un de ces bruits qui faisaient naître des souvenirs anciens. J'avais vécu ici pendant des années. Cette sensation m'a submergé. Je me suis assis sur le bord du lit. Ma respiration se transformait en vapeur.

Je suis monté au grenier. Il faisait sombre mais des rayons de lumière passaient là où le bois avait gauchi. Par un petit œil-de-bœuf, je voyais la lumière dans l'atelier de Norman devenir plus vive au fur et à mesure que le jour diminuait. J'ai eu l'impression de regarder dans le passé, comme un fantôme qui hante un temps révolu.

Le plancher craquait sous mon poids. De la neige s'était infiltrée par les interstices entre les planches.

Le grenier était rempli d'objets que Norman avait démolis à cause de sa taille, quelques fauteuils aux bras cassés, un bois de lit qui s'était brisé en deux. Il y avait un siège de toilettes en porcelaine que Norman avait écrasé quand il était en cinquième. J'ai souri en y repensant. Soudain, je me suis arrêté en me rendant compte que c'était ce qui avait tué la mère de Norman, sa taille. Il ne pouvait pas sortir et on avait dû pratiquer une césarienne. Il y avait eu des complications et elle s'était vidée de son sang.

J'ai eu froid rien que d'y penser, les choses prennent fin, la mort fait partie de la vie quotidienne, un homme ou une femme meurt, et la vie continue. Aucune perte n'était irrévocable. Avec le temps, on oublierait Ken, comme on avait oublié mes parents, et mon oncle, et Chester Green.

Dans un coin du grenier, j'ai trouvé un vieux coffre recouvert d'une bâche. Il était rempli de vieux journaux, jaunis avec le temps, certains contenaient les avis de naissance et de mort de notre famille, et d'autres des histoires de batailles de la Seconde Guerre mondiale en Europe et dans le Pacifique. Il y avait la photo passée d'un défilé avec une pluie de serpentins dans le canyon de la Cinquième Avenue à New York. Sous les journaux, j'ai trouvé des vêtements de baptême et de bébé, qui pouvaient dater du siècle précédent. Je les ai sortis du coffre. Les vêtements de dentelle étaient fragiles. Je les ai posés à côté. Il y avait d'autres petites boîtes dans le coffre. L'une d'elles contenait des quittances de la ferme classées par années, et on avait attaché chaque liasse de quittances avec une ficelle. Sous cette boîte, j'en ai trouvé une autre qui contenait des lettres d'émigrés, écrites dans une langue étrangère et qui remontaient jusqu'à 1865. Le papier m'a semblé dur et froid, comme du parchemin. À ce moment précis, j'ai eu un peu honte de moi, de ce que je valais, si on considérait ce qu'ils avaient enduré pour qu'on soit en Amérique.

Il y avait d'autres lettres en vrac dans le coffre. Pas vraiment des lettres, mais des notes griffonnées. Certaines dataient de la guerre de Corée. Les enveloppes avaient le cachet de l'armée. J'en ai lu une. Elle était brève et simple.

La vie continue. J'ai vu des hommes se faire tuer et pourtant je suis encore en vie. Je ne comprends pas bien les voies du Tout-Puissant. Peut-être qu'ici, c'est l'Enfer. Peut-être que je suis déjà mort. Je me sens mort. C.

« Charlie ! Merde ! » La seule signature m'a fait mal. Un simple coup d'œil dans le désespoir de la vie de Charlie m'a obligé à m'asseoir. Un homme comme lui, abandonné par sa femme, frappé par la polio. Je me suis dit : « Merde, à quoi pouvait-il bien servir avec sa jambe foutue ? » Mais je crois que l'armée prenait tout ce qu'elle trouvait à l'époque.

J'ai vu un mandat, exactement comme ceux que je recevais à Chicago. Je l'ai examiné. Il était adressé à Ward. Sur le mandat, il y avait un cachet rouge marqué « Reçu » et le mot « Payé » écrit à la main. Il datait de onze ans plus tôt. J'ai fouillé ce qui restait dans le coffre. Au fond, dans une boîte, il y avait des paquets de mandats, avec le même cachet rouge, qui dataient des années soixante.

Mon Dieu, c'était Charlie qui avait envoyé de l'argent pendant toutes ces années. Charlie habitait à Chicago en même temps que moi, mais il restait seul. Nous ne nous étions jamais rencontrés.

J'ai calculé ce que Charlie avait envoyé, environ six cents dollars, dans les années soixante, quand une telle somme représentait vraiment quelque chose.

Charlie avait essayé de se racheter à cause de son infirmité, et parce qu'il était revenu au sanatorium quand il avait eu la polio. Quand Charlie était parti gagner sa vie ailleurs, Ward avait appelé ça un péché de vanité.

J'ai éprouvé ce sentiment étrange que donne quelque chose de sacré, le secret qu'un homme décédé n'avait jamais eu l'intention de révéler. Et à ce moment-là, j'ai senti des larmes monter en moi. Je me suis dit que c'était un héritage que je pourrais au moins transmettre à Ernie, et alors, dans les premières lueurs de l'aube, dans l'étrange lumière de la lune sur la neige, j'ai pris ce que je considérais comme mon héritage, j'ai enveloppé les lettres et les talons de mandat et certaines coupures de journaux dans un papier, et je me suis sauvé.

La simple vérité s'imposait. C'était à moi que Charlie avait envoyé de l'argent, pas à Ward. Et plus j'y réfléchissais, plus je comprenais que si le chantage s'exerçait sur Ward, c'était Charlie qui payait en définitive. Merde, et dire que je n'avais jamais rendu visite à Charlie. Je l'avais traité comme un bon Dieu de paria. En fin de compte, je ne valais pas plus cher que Ward.

Je roulais vers la maison quand j'ai vu un homme qui courait vers moi au loin. Ça ne ressemblait à rien de ce que j'avais déjà vu, un homme qui courait comme ça. En m'approchant, j'ai vu que l'homme ne portait qu'un caleçon long, de grosses bottes et un casque de football américain. Il était énorme et de la vapeur lui sortait de la bouche dans le froid du petit matin. Quand je l'ai croisé, il ne m'a même pas regardé.

J'ai encore roulé quelques centaines de mètres et j'ai eu un déclic. C'était Norman. J'ai stoppé brusquement et j'ai regardé dans le rétroviseur. Norman ne s'était pas retourné. Il était énorme et tragique, il courait avec ses bottes de travail. J'ai su que j'en garderais jusqu'à ma mort le souvenir indélébile.

Je pense que toute la gravité de ce qui se passait m'a frappé, les coups de téléphone, sa voix et celle de Martha m'ont tourné dans la tête. Et maintenant, il y avait Norman, comme venu d'un univers parallèle, inatteignable.

29

Je pense que j'étais loin d'y comprendre quelque
chose. J'avais atteint un point de profonde tristesse
et la seule chose sur laquelle je pouvais concentrer
mon esprit c'était ma famille. Je pensais à Norman
de temps en temps, mais je n'arrivais pas à me
résoudre à l'appeler. Je n'ai rien dit à Honey et je ne
lui ai pas parlé non plus des lettres et des mandats.
Elle affrontait la mort de Ken. Un matin, j'ai trouvé
une facture de téléphone dans un tiroir et j'ai découvert qu'elle avait parlé à sa sœur en Géorgie.

Nous avons reçu une caisse d'oranges et de raisin
de Floride, envoyée de Géorgie par la sœur de
Honey, ce qui a remis le problème de Ken sur le
tapis. Honey m'avait souvent raconté que chaque
année, un peu avant Noël, sa famille recevait une
caisse d'oranges et de raisin. Je suppose qu'elle et sa
sœur évoquaient le passé.

Nous avons trouvé les fruits délicieux à côté de la
nourriture fade et trafiquée que nous avions mangée
au cours de l'hiver. Honey a dévoré cinq grappes de

raisin en un seul repas. J'ai coupé des oranges en quatre pour Ernie qui a souri en mordant dedans.

Robert Lee a dit qu'il était boxeur et il s'est fait un protège-dents en collant la peau d'une orange sur ses gencives. Il a fait semblant de boxer dans la lumière du matin. Ernie l'a imité.

Dans ma bouche, des papilles gustatives que je ne connaissais pas se sont réveillées. La caisse de fruits, avec la couleur orange très vive et les fruits énormes, m'apparaissait comme la chose la plus exotique du monde devant la monotonie de la neige. Il était difficile de croire qu'on pouvait aller dans un endroit où des choses comme ça poussaient, et que c'était encore en Amérique, et qu'il ne s'agissait pas d'une sorte de rêve.

Mais, derrière chaque chose, et malgré la douceur des fruits, Noël n'était plus qu'à trois semaines et avec lui l'exécution de Ken.

Au courrier, j'ai reçu une brochure de Disneyworld. J'ai voulu demander un congé mais Honey a refusé quand je lui en ai parlé. Elle avait décidé de ne pas aller voir Ken. Elle ne l'a pas dit exactement mais j'ai compris qu'elle n'accepterait jamais qu'il la voie autrement que comme dans ses rêves.

Puis un soir, elle est rentrée du travail assez tard. Elle avait les cheveux teints en noir et coupés court. Elle a dit : « Surprise ! »

Je dois le reconnaître, il m'a fallu quelques secondes pour me rendre compte que c'était Honey. Je veux dire, je savais que c'était elle, mais ça m'a laissé bouche bée.

« Je parie que tu ne me reconnais pas, hein, Frank ? »

Ernie a répondu en poussant un cri. On était assis sur le bout du lit et on regardait la télé en mangeant quand Honey est entrée.

Honey a dit : « C'est moi, Ernie », et Ernie m'a regardé en hochant la tête. Je l'ai vu serrer son dinosaure et se mordre la lèvre.

Puis Honey m'a regardé et a dit : « Tu ne me reconnaîtrais pas, hein, Frank ? »

C'est à ce moment-là que j'ai compris ce qu'elle faisait. Elle se cachait de Ken.

J'ai donné un bain moussant à Ernie. Il avait les yeux fixés sur la porte comme s'il n'arrivait pas à croire que c'était Honey. De temps en temps, il reniflait comme s'il allait se mettre à pleurer, mais non.

Honey est passée devant la salle de bains et a dit : « J'en avais marre de tous ces cheveux, c'est tout. Tu sais que des cheveux longs, ça peut rendre une femme chauve, Frank ? Tu le savais ? » Elle a regardé Ernie.

Je me taisais. Honey n'arrêtait pas de jeter des coups d'œil dans le miroir de la salle de bains.

Je lui ai raconté que j'avais vu Norman en caleçon long sur la route, simplement pour changer de sujet.

Honey a dit : « En caleçon long ? » mais elle ne m'écoutait pas vraiment. Elle est allée dans la chambre et a tapé à la machine pendant quelque temps, jusqu'à ce qu'Ernie soit prêt à se coucher.

Honey a dit : « Je suis la même à l'intérieur, Ernie. Je t'aime. » Elle a articulé particulièrement le mot « aime ». Ernie a souri, elle lui a pris la main et l'a aidé à prononcer le mot. Ensuite, ils m'ont demandé d'en faire autant.

Nous nous sommes mis au lit, Honey et moi. Je regardais la série *L'Homme qui valait trois milliards*. Cela me rappelait toujours Ken : « ... un homme à peine en vie... Nous pouvons le reconstruire. Nous avons la technologie nécessaire », et le bruit de l'ordinateur à l'arrière-plan. J'ai dit : « Je verrais bien Ken en agent secret. »

Honey a dit : « Quoi ?

— Je verrais bien Ken en homme bionique, s'il n'était pas... donneur d'organes. Il pourrait être une arme pour le gouvernement, quelque chose qu'ils enverraient en Russie. » Je savais que j'aurais dû la fermer, alors même que je parlais.

« Vas-y, continue, Frank ! »

J'ai dit : « N'y pense plus. C'était une plaisanterie. »

Honey a élevé la voix. « Tu trouves que ce serait une plaisanterie si Ken était un homme bionique et qu'il vienne nous chercher ici, et si on roulait à cent à l'heure et que Ken se mette à courir à côté de nous, qu'on ne puisse pas lui échapper, tu trouves que ce serait une plaisanterie, Frank ? »

J'ai dit : « Je n'y ai jamais pensé comme ça. » Et pendant tout le reste de l'épisode, j'ai vu le visage de Ken, ou ce que j'imaginais être le visage de Ken, parce que pour dire la vérité, je ne l'avais jamais vu de ma vie.

C'est pendant le générique que Robert Lee est rentré à la maison. Il a regardé Honey.

« Qui est ce gosse, Frank ? » a dit Honey, comme si elle n'était pas Honey, comme si j'avais une autre femme dans mon lit. Elle a répété : « Qui est ce gosse, Frank ? » et elle a éclaté de rire.

Robert Lee a lancé un regard méchant et a dit : « Tu peux courir mais tu ne peux pas te cacher. »

Honey a cessé son petit jeu et a dit avec un rire faux : « Qu'est-ce que ça veut dire ? »

Robert Lee a dit : « Essaie de comprendre toute seule », et il a disparu dans sa chambre.

Honey m'a regardé, j'ai joué les imbéciles et j'ai dit : « Je n'en ai pas la moindre idée. Tu peux courir mais tu ne peux pas te cacher. Qu'est-ce que ça peut bien vouloir dire ? »

Honey a rejeté les couvertures, elle est sortie du lit et, devant la porte de la chambre d'Ernie et de Robert Lee, elle a crié : « Ce n'est pas une affaire d'État. Tu m'entends ? Je suis toujours la même à l'intérieur, tu m'entends ? »

Je me suis simplement retourné, et Honey est revenue se coucher à côté de moi. Elle a dit, assez fort pour que Robert Lee puisse entendre : « Tu connais une bonne école militaire, Frank ? »

Je souhaitais vraiment qu'elle ne me mette pas dans le coup.

Robert Lee a dit : « Va te faire foutre ! »

Et la voix d'Ernie a dit : « Va te faire foutre ! » et ça m'a fait mal. J'ai entendu Ernie qui pleurait, mais je ne suis pas allé voir, Honey non plus, mais elle pleurait elle aussi. Elle a dit : « Je me suis simplement fait couper les cheveux, hein, Frank ? »

Plus tard dans la nuit, je me suis habillé dans la salle de bains. Au moment de partir au travail, j'ai vu une lumière argentée qui passait sous la porte. J'ai regardé par le trou de la serrure. Robert Lee et Ernie avaient apporté une couette dans notre chambre et construisaient un tipi au pied du lit de Honey. La télé était à nouveau allumée. C'était une rediffusion de *Star Trek*. J'ai vu le capitaine Kirk se dissoudre dans son véhicule et descendre sous la forme d'un rayon sur une planète dirigée par des femmes vertes. J'avais déjà vu cet épisode. Les femmes ne luttaient pas avec leurs mains mais avec leur esprit, ce qui n'était pas très différent de ce qui se passait sur terre.

Être accroupi là, à regarder par le trou de la serrure, c'était comme de regarder dans ma propre conscience.

Au bureau, j'ai examiné ce que j'avais rapporté de chez Ward. Je ne voulais pas que Honey le voie, ni laisser quoi que ce soit à la portée de Robert Lee.

Baxter restait au bureau puisqu'il travaillait en heures supplémentaires même si ce n'était pas nécessaire. Il téléphonait et avait une discussion plutôt animée avec sa petite amie. Pour essayer de ne pas être indiscret, j'ai branché la radio et je n'ai presque rien entendu.

Baxter a raccroché : « Qu'est-ce que tu as là, Frank ?

— Des choses. Des lettres. Des lettres de la guerre que j'ai trouvées chez mon oncle. » Je lui ai montré la pile de papiers. « Mon oncle Charlie a combattu en Corée. »

Baxter a pris une lettre et l'a lue. « C'est des problèmes de merde, Frank. »

Le téléphone a sonné. Baxter a décroché. Il a dit :
« Alors t'as changé d'avis ? » Il s'est appuyé au dossier
de son fauteuil pivotant. Je savais que c'était sa petite
amie.

J'ai rangé les lettres.

Je suis sorti pour sentir le froid sur mon visage.
J'avais le cœur qui battait comme si j'avais fait un
exercice physique. Je ne voulais même pas penser à
Charlie, comment les choses s'étaient terminées
pour lui.

Après sa polio, Charlie n'avait jamais retrouvé
un vrai poste d'enseignant à plein temps, parce
qu'il était estropié et qu'il faisait peur aux enfants.
Il avait obtenu un poste de remplaçant, l'enfer
pour n'importe qui, obligé de reprendre une classe
quand le professeur titulaire était absent, mais
quelque chose de plus redoutable encore pour un
infirme comme Charlie. On avait envie de dire :
« Mais à quoi est-ce qu'elle pense cette foutue
administration quand elle fait des trucs comme
ça ? » Bien sûr, les gosses le chahutaient. On disait
que Charlie les brutalisait, mais c'étaient des foutaises. On disait ça simplement parce qu'il avait
un appareil orthopédique. Un gosse qui avait
accusé Charlie s'est rétracté, mais cinq ans après le
renvoi de Charlie, quand le mal était fait. Un
prêtre m'a raconté cette histoire à l'enterrement de
Charlie. Il lui avait trouvé de quoi se loger et
l'avait laissé vivre là parce que Charlie était très
gentil avec tout le monde et qu'il aidait à tenir les
comptes de la paroisse. Je n'arrêtais pas de me
demander : « Pourquoi est-ce que Charlie n'a pas
pris de cours de comptabilité pour se trouver un

travail dans ce domaine ? » J'ai posé la question au prêtre, mais je pense qu'il n'avait pas très envie de parler avec moi, parce que j'étais ivre, ou sur le point de l'être.

Le prêtre m'a appris aussi que Charlie avait été renversé par une voiture. Il a dit : « Je crois qu'il ne se déplaçait pas bien avec son appareil. »

De toute façon, c'était ce qu'on voulait croire. Le conducteur de la voiture n'avait pas été inquiété.

Cette nuit-là, à l'Holiday Inn, je me suis saoulé la gueule. Charlie avait une police d'assurance qui couvrait les frais de l'enterrement et quelque chose en plus pour nous payer à boire et à manger. Ça nous payait aussi les chambres, ce qui était magnanime étant donné ce qu'était devenue sa vie. Nous nous sommes parlé de vive voix pour la première fois, Norman et moi. Il venait de passer son diplôme et d'épouser Martha. Merde, ça faisait déjà sept ans. Je me souviens de Norman disant : « Charlie a bien profité de mon père, Frank », mais je ne savais pas ce que ça signifiait ; pourtant Ward n'était pas venu à l'enterrement, ce qui, bien sûr, en disait long. J'ai cru qu'il faisait allusion au fait que Charlie avait quitté la ferme et avait tout abandonné, pour revenir quand il avait attrapé la polio et que sa femme, qu'il avait épousée quelques mois plus tôt, venait de le quitter.

J'ai dit à Norman les choses comme elles étaient, pour qu'il connaisse les deux sons de cloche. Je lui ai dit : « Charlie a abandonné sa part de cette bon Dieu de ferme, Norman. Il l'a cédée par écrit à mon père qui l'a laissée à ton père, en tout cas c'est ce qui s'est passé après l'incendie, alors je ne pense pas que toi et ton putain de père vous ayez à vous plaindre. C'est vrai, Norman, je pense qu'au bout du compte, ton père a eu ce qu'il voulait. Il s'est débarrassé de moi, et il a récupéré la ferme pour toi! » J'étais saoul comme un cochon. Je pense que Norman avait peut-être bu lui aussi. Je ne sais même pas, mais je me souviens très bien qu'il n'arrêtait pas de me taper sur la poitrine avec son gros doigt. J'avais l'impression qu'on me tapait avec une barre de fer. Ce connard ne connaissait pas sa force. J'ai dit : « C'est bien de ton salaud de père de ne pas venir à l'enterrement de son propre frère! » Norman a dit : « Il fallait bien que quelqu'un reste pour traire les vaches », ce qui était vrai, mais j'ai dit : « Alors merde pourquoi est-ce que t'es venu et pas Ward? » Norman m'a dit de parler moins fort. Nous étions au milieu du salon de réception, dans la lumière violente, et quelques malheureux qui avaient partagé les dernières années de Charlie se tenaient autour de nous.

J'ai dit : « Va te faire foutre, Norman, tu sais rien de Charlie. Charlie était déjà parti quand tu es né. »

À un moment, pendant la soirée, Martha m'a dit que Norman l'avait mise enceinte et qu'il était venu pour la tirer de là, même si elle lui avait dit qu'il était libre de faire comme il voulait. Je me souviens avoir dit : « Est-ce que c'est une putain d'histoire d'amour qui est censée me faire pleurer ou quoi? Qu'est-ce que tu veux que je fasse, déclarer que c'est la fête du grand Norman? » Je pense que Martha a eu envie de me frapper.

Norman est revenu et s'est remis à me taper sur la poitrine avec son putain de doigt. Le prêtre a mis un terme à tout ça. J'étais à côté de mes pompes. Je lui ai dit : « Je pense que le Jugement dernier aura lieu dans un salon de réception comme celui-ci. Nous porterons tous notre nom sur un badge. »

Le lendemain matin, j'avais une sacrée gueule de bois. Rien que d'y penser, l'enterrement me flanque un putain de mal de tête.

Je tapais des pieds contre le froid. Baxter était toujours en ligne. Ses chaussures de travail aux bouts en acier étaient posées sur le bureau et il portait des chaussettes blanches d'athlétisme. Son pantalon faisait une bosse à l'entrejambe.

J'ai ressorti les lettres et je les ai examinées. J'en ai trouvé une datée de 1951. Je l'ai glissée dans ma poche et je me suis levé.

Baxter a dit : « Hé, Frank, ma petite amie s'est lancée dans l'humour. »

Je l'ai simplement regardé.

« Écoute sa dernière. Combien faut-il d'hommes pour tapisser une chambre ?

— Combien ?

— Ça dépend de l'épaisseur des tranches quand on les découpe. »

Baxter a dit dans le combiné : « Suce-moi la queue, tu m'entends ? » et j'en ai grimacé. Il s'est empoigné même si sa petite amie n'était pas là pour voir. « Tu trouves que c'est drôle ? »

Baxter m'a regardé et a tendu le doigt de façon obscène vers le téléphone. Il avait les yeux fatigués comme s'il n'avait pas dormi depuis longtemps.

J'ai dit : « À plus tard, Baxter. » Je me demandais ce qui était dû à la guerre et ce qui venait de Baxter lui-même, mais on ne pourrait jamais répondre à cette question.

Je suis allé à la bibliothèque. Quelque chose me turlupinait.

J'ai consulté les années dans le casier des microfilms. J'ai sorti le rouleau de 1951 et je suis allé m'asseoir à l'un des bureaux. J'ai tourné la petite roue jusqu'à ce que je repère l'article sur l'incendie. Je l'ai lu et j'ai retrouvé la référence à Charlie que je me souvenais avoir lue la dernière fois.

J'ai sorti la lettre de ma poche et j'ai secoué la tête. Merde, Charlie était dans son poumon d'acier en 1951. J'ai éteint le lecteur de microfilms et je suis resté immobile pendant un long moment.

De retour au bureau, j'ai passé une bonne partie de la nuit à parcourir les lettres. Je les avais étalées sur la table devant moi.

Baxter a dit : « On dirait un type avec une mauvaise donne au poker, Frank. Tu ferais mieux de te coucher. T'as une sale gueule, Frank. » Il a monté le chauffage. « Frank, faut pas prendre froid. Tu ne peux pas aller te balader sous la neige comme ça. Merde, t'en fais une tête, Frank.

— Quelle tête ? » Je suis allé m'allonger sur le canapé.

« Une tête que j'ai vue à des soldats qui allaient la perdre, Frank. Des types qui se mettaient à débiter des trucs cinglés, pas comme s'ils voyaient des choses, mais des trucs cinglés sur des choses simples comme leur petite amie, ou alors ils racontaient des choses de leur enfance, des cabanes dans les arbres, une bible neuve qu'on leur avait offerte, un escargot sur lequel ils avaient versé du sel un été, le goût de Kool-Aid et de la glace. Ou des types qui parlaient de l'avenir, Frank, avec des "et si", ce qu'ils allaient faire quand ils rentreraient chez eux. Crois-moi, Frank, ça voulait dire qu'on ne pouvait plus leur faire confiance. Ils regardaient en arrière ou en avant, et on ne peut pas regarder la vie comme ça, Frank. Il faut regarder l'ennemi, là, en face de toi. J'ai vu des types survivre à deux heures de garde et puis, vlan, ils se faisaient descendre comme ça, Frank, parce que le passé ou l'avenir ça ne compte pas plus que de la merde! Va dire ça aux balles qui t'éclatent ta putain de tête! » Baxter s'est arrêté brusquement, en haussant les sourcils.

Les choses s'étaient défaites dans ma tête. Je ne voulais plus penser à rien.

Je me suis réveillé de bonne heure le samedi matin. J'ai préparé du café.

Baxter dormait dans la pièce du fond avec sa petite amie. Elle était réveillée et fumait quand j'ai glissé la tête par la porte. Elle était en soutien-gorge. Baxter se trouvait quelque part sous les couvertures. J'ai entendu ses ronflements.

J'ai dit : « Vous voulez du café ? »

La petite amie de Baxter a dit : « *Bed and breakfast* ? Vous pouvez aussi m'essuyer les pieds, Frank ? »

Quand je suis revenu, Baxter se tortillait sous les couvertures. Il a dit : « Hé, Frank, je fais un petit boulot clandestin » et il a éclaté de rire comme un con.

La petite amie de Baxter a dit : « Si tu me mords, Baxter, je te tue ! »

J'étais assis à l'extérieur quand l'idée m'a frappé. Le C était l'initiale non seulement de Charlie, mais aussi de Chester.

30

Je suis retourné au travail à dix-huit heures. Baxter avait disparu. Le téléphone sonnait. J'ai répondu. C'était Martha. Elle a dit : « On vient de nous remettre la sommation, Frank. On est en faillite. » Martha a reniflé, et j'ai su qu'elle pleurait.

J'ai essayé de dire quelque chose mais Martha m'a interrompu. « Deux hommes sont venus, deux corbeaux. Ils ressemblaient à ça sur la neige.

— Pourquoi est-ce que vous ne m'avez pas dit que vous étiez au bord de la faillite ?

— Je te l'ai dit, Frank. On a été au bord de la faillite toute notre vie. »

J'ai fermé les yeux et j'ai attendu.

« Tu sais ce que Norman a fait, Frank, quand les deux hommes sont arrivés et qu'ils nous ont remis le papier ? »

J'ai dit doucement : « Quoi ? »

Martha a ri en reniflant. « Mon Dieu, je ne sais même pas pourquoi je pleure. C'est la pire chose que j'aie jamais vu faire à un être humain, Frank. » Elle a à nouveau reniflé et a pris une grande respiration. « Norman a retourné la voiture dans laquelle les hommes de la banque étaient venus, Frank. Ils étaient à la porte où ils me remettaient la sommation et Norman est revenu de courir, et il a su aussitôt ce que ces hommes faisaient. Ils ne l'ont pas vu mais Norman est allé jusqu'à leur voiture, il s'est accroupi et il a poussé un rugissement ; quand les hommes se sont retournés, il avait renversé la voiture sur le côté ! Comment s'appelle le film où le médecin se change en monstre ? »

J'ai entendu une voix de gosse à côté d'elle qui disait : « *L'Incroyable Hulk.* » Ça donnait le frisson de penser que son gosse était à côté d'elle et écoutait tout.

« *L'Incroyable Hulk.* Voilà à quoi ressemblait Norman. Et les deux hommes, Dieu tout-puissant, t'aurais dû les voir se sauver à travers champs en courant. C'est facile de s'en prendre aux femmes, mais quand ils ont vu ce que Norman avait fait, ils n'ont pas demandé leur reste. La voiture se balançait sur le côté, alors Norman l'a poussée et elle a basculé sur le toit. Les fenêtres ne se sont pas brisées ni rien. La voiture était simplement les quatre fers en l'air. »

J'ai entendu le gosse éclater de rire. Il a fait le même bruit que l'Incroyable Hulk. Et il a continué jusqu'à ce que Martha lui dise : « Ça suffit. »

J'ai attendu avant de dire : « Où est la voiture maintenant ?

— Elle est dehors, Frank.

— Ils vont vous la faire payer si vous ne la remettez pas sur les roues.

— Payer ? Avec quoi, Frank ? » À côté d'elle, j'ai entendu le gosse dire : « Payer avec quoi ? » Et Martha a répété : « Payer avec quoi ? »

J'ai dit : « Je suis allé là-bas, Martha, chez Ward, et j'ai trouvé des lettres dans son vieux coffre. »

Martha s'est énervée : « Qu'est-ce que tu faisais là-bas, Frank ? Qu'est-ce que tu cherchais ? Qu'est-ce que t'as pris, Frank ? Ça ne t'appartient pas, Frank, tu m'entends ? »

J'ai dit : « Je crois que ce qui reste d'héritage est à Norman et à moi. Je veux quelque chose... Des souvenirs. J'ai des gosses qui ont le droit de savoir des choses sur moi et d'où on vient. »

Martha s'est un peu calmée. « Je veux que ce qui reste là-bas soit partagé en deux parties égales entre toi et Norman, Frank, c'est tout. »

Je savais ce que je voulais dire, j'ai fermé les yeux et, malgré les conséquences, j'ai dit : « Chester Green est conscient, Martha. »

Martha a dit : « Il est dans le coma, Frank.

— Non, écoute-moi, je lui ai parlé. Il peut communiquer avec ses yeux. Il cligne des paupières pour répondre oui ou non aux questions.

— Frank, c'est toi qui inventes ça. Dis-moi que t'inventes ! »

Je me suis lancé dans une longue explication pour lui faire comprendre que Chester se cachait pour protéger son père, et je lui ai dit ce que le docteur Brown lui faisait.

Martha m'a interrompu : « Tu aurais dû laisser les choses tranquilles, Frank, tu m'entends ? Je n'y crois pas, et personne ne le croira ! Tout est réglé et terminé. Nom de Dieu, parler à un homme dans le coma ! »

J'ai dit : « De quoi est-ce que tu as peur, Martha ?

— Arrête, Frank. C'est de toi que j'ai peur, voilà !

— Je pense que nous devons affronter la vérité, que peut-être... je pense que Ward savait que Chester n'était pas mort. »

Martha a hurlé : « Arrête, Frank ! Tu m'entends ? Ne te fais pas du mal. Ne fais pas de mal à Norman. Pourquoi est-ce que tu en veux encore à Ward, même mort, Frank ? C'est ce que Chester Green t'a dit, Frank ? »

J'ai dit : « Non, il ne m'a rien dit.

— Voilà enfin quelque chose de sensé. Chester Green est dans le coma. Il n'a pas pu te parler ! Arrête d'inventer, Frank, d'inventer ce que tu as dans la tête, tu m'entends ? Je veux que tu penses à ta famille, Frank. Tu as envie qu'on te prenne pour un malade mental ? Si tu racontes à tout le monde que tu peux communiquer avec Chester Green, tu vas te faire mettre à la porte de ton boulot, Frank. Tu m'entends ? Même si tu n'as plus aucun sentiment pour Norman, pense à ta famille. » Martha a baissé la voix et a murmuré : « Norman arrive. Mon Dieu ! Écoute, il faut que j'y aille, Frank, mais s'il te plaît, s'il te plaît, je t'en supplie, ne raconte pas des choses comme ça sur nous, s'il te plaît. Ne fais pas ça à la mémoire de tes parents, à celle de Ward, à toi non plus ! »

Dehors, tout était dans l'obscurité. On avait allumé quelques lumières dans les dortoirs.

L'image de Norman m'est apparue entre toutes les merdes qui m'encombraient la tête. C'était une histoire pour la postérité, quelque chose qui définissait peut-être exactement notre héritage, une extraordinaire démonstration de force.

Il n'était pas loin de dix heures du soir quand je suis retourné chez Ward. Pendant toute la soirée j'avais résisté à l'envie pressante d'aller voir cette voiture que Norman avait renversée. J'ai laissé la Jeep devant chez Ward et marché jusque chez Norman. Je me suis arrêté assez près pour voir la voiture retournée devant la maison. Il y avait de la lumière dans le salon. Martha était assise dans la cuisine. J'entendais la télé et les rires préenregistrés dans l'air glacé de la nuit. De la neige tourbillonnait devant la fenêtre.

Je suis reparti vers la route. Le ciel était obscur et j'ai dû me servir de ma torche électrique dans la maison. Je suis monté au grenier et j'ai dirigé le faisceau lumineux sur l'endroit où aurait dû se trouver le coffre, mais il n'était plus là. J'ai vérifié partout dans le noir. On n'avait touché à rien d'autre. Près de la porte il y avait des traces là où Martha avait traîné le coffre vers l'escalier. J'ai eu envie d'aller la voir tout de suite pour m'expliquer avec elle, mais j'y ai renoncé.

Pendant plusieurs heures j'ai roulé sans but. Je suis revenu au travail bien après minuit, et c'était dimanche matin. Il y avait de la lumière dans l'appartement mais je ne suis pas rentré. Le monument aux morts rougeoyait comme une grotte, les personnages, qui semblaient vivants, étaient figés et recouverts d'un manteau de neige. Le vent soulevait la neige devant les devantures des magasins et des flocons tourbillonnaient sous les porches.

Sur le campus, la neige avait tout aplani, en effaçant les limites des parkings et l'entrelacs des chemins et des routes.

Baxter attendait dans le bureau, parce que nous devions être deux pour dégager la neige dans la tempête. Sur la fréquence radio de la police on annonçait un mètre cinquante de neige.

Baxter était assis devant le radiateur avec son manteau et ses bottes, et il se chauffait les mains. Il a dit : « J'ai pris cette garde, Frank. » Il buvait du bourbon sec. Il m'a regardé. « Alors, tu commences à résoudre ton mystère, Frank ? »

J'ai secoué la tête. « Il n'y a pas de mystère. C'est Chester Green depuis le début, tout, les lettres, les mandats, la merde, même la lettre qu'il m'a envoyée pour me dire : "Désolé." »

Baxter a hoché la tête. « Je m'en doutais, Frank. »

J'ai appelé Honey. Elle tapait. Il était près de deux heures moins le quart. Honey a dit : « Je suis très occupée, Frank.

— Tu es sûre que tu ne veux pas descendre en Géorgie ?

— J'ai trouvé en moi un moyen d'y retourner, Frank.

— Tu as appris quelque chose, pour Ken ? »

Honey n'a pas répondu mais elle n'a pas raccroché. Elle a simplement posé le téléphone à côté d'elle. Je ne sais pas si elle l'a fait intentionnellement ou non. Je n'ai pas raccroché non plus. Elle tapait à la machine. Je me suis allongé sur le canapé et j'ai serré le téléphone contre ma poitrine, jusqu'à ce que je m'endorme.

31

La tempête s'est calmée au matin en laissant un monde étincelant, un ciel bleu et des températures au-dessous de zéro. Mais la neige menaçait de sévir à nouveau. Plus au nord, au Canada, les lignes électriques étaient tombées et plus de soixante centimètres de neige avaient paralysé toute une série de petites villes qui étaient maintenant encore plus isolées, séparées du monde moderne et obligées de se débrouiller seules au fur et à mesure que l'hiver progressait.

Le doyen a appelé et a simplement dit : « À partir de maintenant, Frank, je veux que Baxter et vous, vous pointiez à la machine qui est à l'intérieur du bureau. Je veux que vous signiez tous les deux la feuille de présence chaque fois que vous prenez votre service. Nous avons besoin d'avoir des temps précis au moment où nous augmentons la présence de la sécurité sur le campus. »

La dernière remarque n'a pas calmé ma peur que nous nous soyons fait prendre. Baxter parlait comme un crétin paranoïaque. Il a dit : « Ils nous surveillent, Frank ! »

J'ai dit : « Combien a coûté la réparation de la Jeep ? »

Baxter a dit : « T'es avec moi ou contre moi, Frank ? » Il m'a tendu une tasse de café noir.

« Je suis avec toi. »

Pendant qu'il se couchait pour la matinée, j'ai enlevé la neige qui recouvrait la Jeep, puis j'ai fait démarrer quelques voitures. J'étais gelé jusqu'aux os. La plupart des étudiants avaient choisi de rester à l'intérieur ou de se rassembler dans leur grande salle qui avait la forme d'un pavillon de chasse, au toit mansardé. Elle était à moitié pleine et un énorme feu flambait dans la cheminée. La télévision en avait été bannie et on s'y consacrait à des activités intellectuelles, comme des lectures de poésie, un club d'échecs, un autre de bridge, ainsi que des réunions clandestines où l'on parlait de politique, de droits des femmes, de sexualité, de pacifisme et de religion. Au centre, il y avait une cuisine où les étudiants pouvaient se préparer des chocolats chauds et toute une variété d'infusions, tous fournis gratuitement par l'université.

Des services religieux avaient lieu dans la chapelle. Pour l'essentiel, c'étaient des professeurs et leurs épouses qui faisaient une modeste tentative pour maintenir un certain niveau de civilité et de vie normale malgré le temps. Après les services religieux on servait un petit déjeuner. Je sentais l'odeur épicée des saucisses.

J'ai appelé Honey à l'heure du déjeuner. Elle est venue pour utiliser la machine que nous avions au bureau parce que la sienne n'avait plus de ruban, et rien n'était ouvert le dimanche. Au bureau, nous avions une machine à écrire à boule. Honey a dit que c'était un crime que nous ayons quelque chose comme ça, puisque nous tapions nos rapports avec deux doigts.

Honey portait le chemisier bouffant qu'elle mettait pour aller au travail, et avec ses chaussures à talons hauts elle était aussi grande que moi. Elle avait mis du rouge à lèvres, du fard et du parfum. J'ai eu envie de lui dire qu'elle était belle, mais je me suis tu. Nous n'étions pas d'humeur à parler parce que Baxter était hors de lui à cause du doyen. Je savais qu'il avait la trouille.

J'ai dit : « Ton ami, de combien il a majoré sa facture de la Jeep pour l'université ? »

Baxter m'a ignoré. Il est sorti quelque temps et a dit : « Tous présents à l'appel, chef ! » et il a salué en direction du bâtiment administratif.

J'ai acheté des hamburgers et des frites. Pour la première fois Robert Lee et Ernie sont venus au bureau et ils ont mangé avec nous.

Robert Lee a dit à Baxter : « Tu as déjà tué quelqu'un ? »

Honey a dit : « Vous n'êtes pas obligé de répondre à ses questions. »

Baxter essayait d'imiter ma signature parce que, d'après son nouveau plan, nous allions vaincre le système. Il avait fait ça pendant toute la matinée et le début de l'après-midi, sans toucher à son hamburger ni à ses frites.

Honey et moi nous sommes sortis pour boire notre café. Il n'avait pas neigé de la journée.

Un groupe de jeunes filles en pull-over faisaient un bonhomme de neige géant. Leurs cris se répercutaient dans l'air glacé.

J'ai dit : « Vingt ans, merde. Il y a cinq ans, il n'y avait rien de semblable. Tu étais une femme et ta destinée était réglée. Tu te mariais rapidement ou tu restais chez toi à travailler à la ferme jusqu'à ce qu'un beau parti se présente et t'enlève à ta famille. Et merde, ce n'était pas beaucoup mieux pour moi. »

Honey serrait les bras autour d'elle à cause du froid. Elle ne me regardait pas. Elle a dit : « À cet âge-là, j'avais déjà Robert Lee, et Ken... Ken avait déjà tué ces gens. » Son café fumait dans l'air glacial. Elle s'est tournée vers moi : « Qu'est-ce qu'ils forment ici, Frank ? Des femmes de vingt ans qui ne font pas la différence entre de la merde et du cirage. »

J'ai dit : « À mon avis, c'est une garderie très rentable. »

Honey a frissonné : « Est-ce qu'il faut apprendre autant de choses pour vivre de nos jours, Frank ? »

Une des filles a planté quelque chose dans l'entrejambe du bonhomme de neige, et une autre a fait semblant de l'enfourcher et de baiser avec lui. Le bonhomme de neige avait un visage souriant traditionnel et un chapeau un peu en arrière de sa tête toute ronde.

Honey regardait les jeunes filles. Elle a dit : « Ken a cessé d'essayer de faire intervenir les tribunaux pour empêcher son exécution. » Honey ne m'a pas regardé en disant ça. Elle a continué : « Je souhaiterais qu'on tombe dans le coma pendant quelques semaines, Robert Lee et moi. J'aimerais que tout soit terminé, Frank. Qu'est-ce que j'ai bien pu faire pour avoir un fils prisonnier à vie d'un crime auquel il n'a pas participé ? »

J'ai essayé de poser ma main sur elle.

« Non, Frank. Ils vont tuer Ken pour quelle raison ? Pour économiser l'argent de l'État, pour ne plus avoir à lui fournir le vivre et le coucher ? » Elle s'est frotté le nez puis a pressé les doigts sur ses yeux avant de les essuyer. « J'ai travaillé toute ma vie pour payer ce que ça coûtait de le maintenir en vie, Frank. Pas pour Ken, mais pour Robert Lee, Frank ! Ils n'ont pas le droit de tuer l'âme de mon fils, ils n'ont pas le droit ! »

Je n'avais rien à dire. Honey m'a tourné le dos et est rentrée dans le bureau. Elle s'est remise à taper, dans l'espace obscur de sa tête.

J'ai emmené Ernie et Robert Lee dans la Jeep. Dehors, il n'y avait pas un chat, et j'ai laissé Robert Lee conduire et dégager une partie du parking de derrière. Puis j'ai pris Ernie sur mes genoux et je l'ai laissé dégager un autre parking.

Le chauffage fonctionnait. Je pense que je faisais une dépression au ralenti, si c'est médicalement possible. Je sentais le temps s'effondrer et gagner en densité. Ernie posait ses petites mains sur le volant. Il tenait son dinosaure entre ses jambes. Je sentais l'excitation de son corps.

J'ai raconté à Robert Lee ce que Norman avait fait à la voiture.

« C'était quel genre de voiture, Frank ?

— Une Ford Fairlane. »

Robert Lee a dit : « Tu te paies ma gueule, Frank ?

— Absolument pas. Une Ford Fairlane. Le genre de voiture qu'ont les banquiers. »

J'ai laissé Robert Lee dégager le parking sud, devant le bureau. Il a klaxonné et Honey a vu par la fenêtre qu'il conduisait.

La neige a recommencé avec le soir. Le ciel est devenu pommelé. Le soleil a disparu et en quelques minutes tout s'est assombri tandis que les lumières s'allumaient sur le campus.

Quand je suis rentré au bureau, la petite amie de Baxter, Linda, était là et elle s'est jointe à nous. C'était un peu étouffant de se retrouver tous là.

Le temps semblait stagner dans ces heures vaines. Ernie m'a souri. C'est peut-être là que nous avions battu en retraite, le début d'un long voyage, une calamité silencieuse sans bombes atomiques ni invasions. Ernie a dit : « J'ai envie de faire pipi. » Je l'ai emmené aux toilettes.

Je suis revenu dans le bureau. La petite amie de Baxter appelait « cocktail » tout ce qu'elle buvait. Elle n'arrêtait pas de dire « cocktail ». Elle était pas mal éméchée.

Robert Lee s'entendait bien avec elle. Il a expliqué ce que Norman avait fait, mais en parlant c'est elle qu'il regardait.

Honey a dit : « Pourquoi est-ce que tu as besoin de lui raconter des mensonges comme ça, Frank ? »

J'ai dit : « Parce que c'est vrai. »

Linda s'est versé un autre cocktail, pour elle et pour Baxter. La pièce avait une douce odeur d'alcool.

Linda a dit : « Il n'est pas à vous, Frank, il est trop beau. » Elle a regardé Robert Lee et lui a dit : « Je peux te réserver une place sur mon carnet de bal. »

Nous n'avons pas pu partir avant que Linda ait obligé Robert Lee et Baxter à faire un bras de fer pour elle. Le prix était un baiser.

Baxter a laissé Robert Lee gagner. Honey est intervenue : « Ce sera pour une autre fois, Linda. »

Nous avons dîné à la cafétéria du campus. À la fin du repas, Robert Lee a dit : « Pourquoi est-ce qu'on n'irait pas voir la voiture que ton frère a retournée, Frank ? »

Honey a dit : « Frank a tout inventé. »

Il était presque neuf heures et demie, mais j'ai dit : « Ça pourrait être une leçon pour lui. »

Honey m'a regardé : « Ah, Frank, ça va comme ça ! »

Depuis la route, je ne distinguais aucune lumière chez Norman.

J'espérais apercevoir la lueur d'une lampe tempête, d'une bougie au moins, mais en avançant avec la seule lumière orangée des veilleuses, je ne voyais qu'obscurité là où vivait Norman.

Au bout du long chemin défoncé qui menait chez Ward, l'obscurité dévorait tout. Un milliard de flocons tombaient autour de la voiture.

Peut-être que Honey a ressenti quelque chose chez moi parce qu'elle a dit : « Je pense qu'on devrait faire demi-tour, Frank. C'est dingue de s'amener comme ça. »

Robert Lee a dit : « Alors, où est-ce qu'elle est la voiture ? Je ne vois pas de voiture. »

Je me suis redressé et j'ai dit : « La maison de Norman est là-bas. » J'ai tendu le doigt vers l'obscurité, puis je suis allé dans la direction que j'avais indiquée.

Honey a répété : « On devrait s'en aller, Frank ! »

La Ford Fairlane était exactement comme je l'avais décrite, retournée. On la voyait devant la maison dans la faible lueur de mes veilleuses, comme un objet tombé de l'espace.

Honey a dit : « Eh ben, merde, Frank ! »

J'ai demandé que tout le monde attende dans la voiture et j'ai laissé tourner le moteur pour qu'ils aient chaud.

La maison était calme et sombre, abandonnée. J'ai sorti ma lampe électrique et j'ai éclairé la propriété. Je me suis dirigé vers la grange. Une odeur d'ammoniaque emplissait l'air glacial. J'ai pointé ma lampe vers le sol. La neige était de couleur rouge. Puis j'ai dirigé la lumière sur le mur de la grange. C'était comme si la grange avait saigné entre les lattes des murs.

Je me suis retourné vers la voiture. J'ai crié : « Restez là-bas. »

J'ai poussé la porte de la grange.

Dans le large rayon lumineux j'ai vu l'horreur du massacre. C'était un lac de sang poisseux recouvert d'une couche de glace. Norman avait tranché la gorge des bêtes de son troupeau. Les corps énormes comme des barriques s'étaient effondrés dans leurs stalles. On avait attaché certaines vaches comme pour les traire, sans doute pour les calmer, et elles avaient attendu patiemment comme d'habitude. La lumière repoussait l'obscurité. Les mouvements de l'ombre donnaient l'illusion que certaines vaches étaient encore vivantes. Les grands yeux bovins étaient largement ouverts, les énormes langues tirées, gonflées et rouges dans le froid, et autour de chaque cou le croissant d'une blessure rose qui allait d'une oreille à l'autre. Une vache ne s'était effondrée que dans la mort. Ses pattes postérieures avaient glissé et s'étaient écartées, en déchirant l'abdomen, une large ouverture d'entrailles sanglantes. Les pis, gonflés, ressemblaient à des ballons sous le poids de la bête morte, et les trayons étaient gelés là où du lait avait coulé.

J'ai refermé la porte de la grange.

Je me suis retourné et j'ai regardé la masse grise de la Ford Fairlane dans la cour. Robert Lee et Ernie étaient descendus de voiture. Robert Lee avait ouvert la portière de la Ford Fairlane. La lumière intérieure marchait encore. Ils riaient et Robert Lee essayait de faire levier pour voir s'il pouvait bouger la voiture, mais il n'a pas réussi.

J'ai crié : « Remontez en voiture, tout de suite ! »

Robert Lee m'a regardé : « Où est-ce qu'ils sont, Frank ? »

J'ai à nouveau crié : « Remontez en voiture tout de suite ! »

Honey a dit : « Qu'est-ce qu'il y a, Frank ? » Dans son énervement, elle a appuyé sur le Klaxon.

J'ai encore hurlé : « Restez là-bas, tous ! »

Je m'attendais à trouver Norman la cervelle éclatée dans toute la chambre et sa femme et ses enfants dans leurs lits, la gorge tranchée comme ses vaches laitières primées.

J'ai ouvert chaque porte dans la maison et j'ai regardé la nature morte et grise des décors domestiques. On n'avait pas débarrassé la table et les restes du rôti du dimanche entouré de pommes de terre ratatinées étaient au centre. Pendant le dîner, on avait bu deux pichets de lait. On avait mangé une tarte dont il ne restait que le plat où elle avait cuit. Martha avait fait du café.

C'était un repas dominical comme j'en avais mangé pendant tant d'années. Je me suis attardé dans le froid qui privait l'air de toute odeur. J'entendais le tic-tac d'un réveil dans l'entrée.

Dans le salon, un bureau ancien à cylindre était ouvert et on voyait des quittances attachées ensemble, et un bloc-notes sur lequel Martha faisait ses comptes. La lettre de saisie n'avait que quelques lignes, une lettre type sans aucun doute. Dans l'entrée, j'ai vu le téléphone d'où Martha m'avait parlé.

Mes yeux se sont habitués à la grisaille de leur vie. Je suis monté au premier. J'avais l'impression de marcher dans une maison de poupée géante.

Honey a klaxonné à nouveau et cela m'a fait sursauter.

Je n'arrêtais pas de me dire : « Je vais les trouver ici », mais dans chaque pièce pas d'horreur absolue. La seule horreur qui a fini par s'imposer, c'était la certitude froide et inévitable qu'ils étaient partis. Ils avaient abandonné la ferme que notre famille avait tenue pendant plus de cent ans.

À l'extérieur, j'ai cherché le camion de Norman. Il n'était plus là, je n'ai vu que la marque des dessins des pneus. J'ai pensé qu'ils étaient partis après le dîner.

Dans le froid, je voyais la neige lumineuse qui reflétait la lueur sourde d'une lune invisible. Il neigeait moins maintenant. Au loin, la silhouette sombre des forêts se fondait dans le ciel.

Quand je suis revenu à la voiture, Robert Lee a dit : « Il est gros comment ce type, Frank ?

— Assez gros pour être joueur professionnel de football. »

Honey fumait en silence et elle a secoué la tête. Elle ne s'est pas retournée. « Qu'est-ce qui se passe là-bas, Frank ? »

J'ai vu le regard de Robert Lee dans le rétroviseur.

Je pleurais sans bruit, je voyais tous les animaux dans ma tête, le carnage de la fureur de Norman. J'ai dû m'arrêter, ouvrir la portière et j'ai eu des haut-le-cœur.

Nous n'avons rien dit sur le chemin du retour. J'ai mis la radio pour rompre le silence, et c'est à ce moment-là que sur les ondes est venue la nouvelle qu'on avait retrouvé Sam Green mort dans sa ferme.

32

J'ai allumé la télé très tôt le matin. *McCloud* commençait. De façon tout à fait ridicule il traversait New York à cheval, dans la première séquence. Puis il y a eu le premier journal télévisé. Une tempête de neige était prévue pour plus tard dans la journée.

J'ai préparé le petit déjeuner de Honey. Le son de la télé était très bas. D'une certaine façon, la météo avait éclipsé Sam Green. Il n'y avait qu'une petite séquence tournée dans sa maison délabrée. Il neigeait beaucoup sur sa ferme. À la télé, on ne disait pas depuis combien de temps il était mort, ni comment.

Je me refusais de penser que Norman y était pour quelque chose. Mais je savais que quand la police découvrirait ce qu'il avait fait à ses animaux, on se mettrait à le rechercher. Je m'en voulais de ne pas être allé le sauver de sa folie.

Il y a eu *Good Morning America* à la télé avec Joan Lunden. Elle ne ressemblait à aucune des femmes que je connaissais. Elle parlait avec une autre femme d'une recette de cookies de Noël. La femme se trouvait dans une cuisine étincelante. Il était six heures du matin et Norman était un fugitif.

J'ai sorti un lot de petites boîtes de céréales individuelles pour Robert Lee et Ernie. Ils aimaient choisir. C'était plus cher mais ça valait la peine. Je ne cessais de réfléchir à tout ce que je faisais afin de chasser l'image des animaux. Je voulais me perdre dans la routine quotidienne comme Honey savait le faire. J'ai fait chauffer une casserole de lait en m'attendant à chaque instant à un coup de fil de la police, mais le téléphone est resté muet.

En attendant que le bacon soit cuit, j'ai éteint la télé parce que l'image était mauvaise, et allumé la radio. Toutes les dix minutes j'écoutais la liste des écoles fermées. Je pensais qu'avec la neige, il n'y aurait pas classe, mais ce n'était pas le cas.

J'ai pris la bouteille de multivitamines Flintstone. J'en ai déposé une en forme de dinosaure à côté du jus de fruit d'Ernie. Ma main tremblait. J'accomplissais chaque geste avec lenteur et détermination. Le visage de Norman m'est apparu, éclairé par la lumière verdâtre d'un tableau de bord. Il avait un air sinistre et l'ombre lui faisait des yeux obscurs et caverneux. À l'extérieur, je voyais les bornes kilométriques défiler, mais c'étaient les lignes de séparation d'un terrain de football, et Norman conduisait et hurlait : « Il est aux quarante mètres, aux trente mètres, aux vingt, aux dix... essai ! »

J'ai posé le petit déjeuner sur un plateau et je suis entré dans la chambre.

Ernie a dit   « Salut, Frank. »

Honey s'est assise dans le lit et Ernie est allé près d'elle. Je leur ai donné leur petit déjeuner.

Robert Lee est resté dans le tipi. Il a dit : « L'école est fermée, Frank ?

— Pas encore. »

J'ai mis la chaîne locale de télé. Un type qui pêchait dans la glace dans le comté voisin avait attrapé un esturgeon de concours. Il était sur la glace dans quelque chose qui ressemblait à des toilettes publiques. Puis la chaîne locale a passé la bande-annonce pour le dernier journal, sur la mort de Sam Green, et ensuite il y a eu les publicités.

Honey m'a regardé : « Où il est, Norman, Frank ? »

Robert Lee m'a regardé lui aussi.

J'ai détourné le regard vers la fenêtre. Un voile de neige était illuminé par les lampadaires de la rue.

Seul Ernie semblait ne pas savoir ce qui se passait. Il voulait mettre ses sous-vêtements de Spiderman pour aller au jardin d'enfants.

La télé a diffusé en direct depuis la ferme de Sam Green. Un reporter, engoncé dans un parka, a fait un bref résumé de la récente tragédie autour du meurtre de Ward et de la mystérieuse réapparition de Chester Green. Un policier interviewé a dit que Sam Green était mort apparemment d'une balle dans la tête. La caméra filmait longuement la campagne et, au loin, malgré la neige, on voyait la tache sombre de la maison de Norman.

Honey m'a regardé : « Comment est-ce que les flics ont su qu'ils devaient aller chez Sam Green ? »

Je ne lui ai pas répondu et Honey a fait demi-tour pour aller se changer dans l'autre chambre.

Ernie regardait toujours la télé où passait une publicité pour la poupée articulée Stretch Armstrong. Deux gosses lui tiraient sur les bras et sur les jambes. J'étais hébété. Je crois que je tremblais. J'ai regardé Ernie. « Je plains Stretch. » J'ai tendu les bras. « Allez vas-y, tire. »

Robert Lee m'a regardé. Il avait peur.

Ernie s'est levé et a tiré. Il a posé le pied sur le mien et a tiré sur mon bras.

Honey est revenue et m'a regardé avec de grands yeux.

Je n'ai rien expliqué et Ernie s'est arrêté et m'a lâché la main. Je me suis retourné et j'ai tiré ma manche sur ma main, puis je me suis mis face à Ernie. Je lui ai fait un clin d'œil et il a essayé d'en faire autant, mais il n'a fait que baisser les paupières et bien sûr cela m'a fait penser à Chester Green pendant un instant. J'ai eu comme une faiblesse. Il a fallu que je m'asseye un moment.

La télévision a donné la liste des écoles fermées sur une bande qui défilait en bas de l'écran, mais le lycée n'y était pas.

Robert Lee a dit : « Tu sais ce qu'ils nous font voir les jours comme aujourd'hui, quand les profs sont absents, Frank ? »

J'ai levé les yeux vers lui : « Quoi ?

— Des films d'éducation sexuelle. »

J'ai hoché la tête.

« Oui, ils vont sans doute nous montrer deux ombres en train de baiser, Frank. Ils vont nous entasser dans l'auditorium et nous enseigner les choses du sexe. »

Robert Lee a sorti son distributeur de bonbons et l'a tenu devant la lampe à côté du lit. L'ombre sur le mur avait le profil très reconnaissable de Nixon. « L'ancien président des États-Unis va faire une petite visite dans la salle de projection pendant le film de cul. »

Dix minutes plus tard, la bande avec les écoles fermées a défilé à nouveau en bas de l'écran, mais le lycée n'était toujours pas dans la liste.

Ernie a laissé son dinosaure pour qu'il garde l'appartement. Nous avons patienté tandis qu'Ernie lui parlait à l'oreille et lui faisait hocher la tête. Il a posé une boîte de céréales près de lui.

Honey et moi nous avons attendu que Robert Lee parte dans le bus scolaire et nous avons accompagné Ernie jusqu'à l'église. La neige tombait obliquement.

Nous avons traversé la route en direction de l'université.

J'ai dit : « Là-bas, à la maison... » J'avais du mal à articuler les mots. « Norman a massacré ses vaches. »

À l'université, les cours seraient interrompus à midi. Je l'ai appris à la radio. Puis la secrétaire administrative a téléphoné pour dire que les cours du soir étaient supprimés. Il était tombé quarante-cinq centimètres de neige pendant les douze dernières heures. La secrétaire m'a dit que je devais utiliser la sono intérieure qui était branchée dans les classes pour demander à toute la faculté de retirer les voitures des parkings.

J'ai fait l'annonce. Il y avait quelque chose d'inquiétant à utiliser ce système. Je me disais qu'un

jour j'aurais peut-être à dire quelque chose comme :
« Le monde est en guerre. L'école est finie ! »

Ensuite, j'ai téléphoné au lycée. Robert Lee revenait à la maison en bus. Puis l'église m'a appelé. Ils voulaient qu'on vienne chercher Ernie tout de suite.

J'ai téléphoné à Honey. Elle m'a dit : « Frank, tu ressemblais à Dieu le père sur la sono. » Elle a dit ça sans ironie. « J'ai pensé que c'était Dieu le père.

— J'ai besoin que tu t'occupes des gosses, Honey. Sinon ça va mal se passer avec le doyen. Il sait que Baxter l'a arnaqué. »

J'ai travaillé pendant deux heures avec tout ce grabuge en toile de fond, la folie qui faisait rage sur la ferme de Norman, l'idée que Sam Green avait un trou dans la tête. J'avais l'impression d'être comme Chester Green, qui attendait, caché derrière son masque. Qu'allait-il se passer s'il découvrait que son père était mort ? Qu'est-ce qui l'empêcherait d'essayer de mettre fin à son silence ? J'en ai arrêté le camion et respiré profondément. Je ne savais pas si quelqu'un d'autre était allé voir Chester, ou si le docteur Brown était seul responsable de son état. Mais, en ce moment même, je n'y pouvais rien. J'ai essayé de chasser tout ça de ma tête.

Les gosses de l'université avaient des petits tonneaux de bière, ils portaient des toges et ils sont sortis dans la neige. De la musique a éclaté par les fenêtres ouvertes. Des lumières de Noël clignotaient aux fenêtres et dans les arbres devant les dortoirs. Certains étudiants sont montés sur le toit d'un dortoir et y ont installé un père Noël dans son traîneau avec ses rennes qui l'emmenaient dans le ciel. Bing Crosby chantait *A White Christmas* dans le dortoir des filles.

Je suis allé dans le bâtiment de l'administration, le plus vieux du campus, construit à l'origine par la société minière. Et j'y ai trouvé l'infâme secrétaire administrative, Barb Kiester, le personnage central d'une crèche de Noël de sa propre création. Je n'avais pas envie d'avoir affaire à elle maintenant.

Je lui ai dit que je pensais demander aux assistants qu'ils trouvent des étudiants pour dégager la neige

Barb a dit : « Je m'en occupe, Frank. Attendez. »

Barb était une de ces célibataires entre deux âges qui marquait chaque fête avec un zèle tragique, des bols de M&Ms et de bonbons toujours assortis à la couleur de la saison, rouges, jaunes et bruns en automne, orange pour Halloween et Thanksgiving, bleus, blancs, rouges pour le 4 Juillet, des bonbons en forme de cœur pour la Saint-Valentin, des pots de berlingots au citron, des crottes en chocolat, et des chewing-gums recouverts de poudre avec des petites blagues à l'intérieur. Elle célébrait avec acharnement des fêtes traditionnelles et obscures, elle n'oubliait jamais l'anniversaire de Lincoln ou de Washington, la fête de Christophe Colomb, des Anciens Combattants, de l'Arbre, du Drapeau, et toutes les fêtes religieuses, laïques ou autres, et celles inventées par les fabricants de cartes de vœux, la fête des Secrétaires, la fête du Patron, la fête des Mères et la fête des Pères.

Barb a parlé au doyen resté assis à son bureau. Barb a dit très fort ce qu'on devrait faire. Le doyen a

approuvé d'un signe de tête. J'ai compris que Barb
tenait les cordons de la bourse. Le doyen n'était
qu'une marionnette.

Barb a appelé le service météo.

Je me sentais comme un con, debout devant elle.
Barb avait une grande tasse sur laquelle était écrit :
« La meilleure secrétaire du monde. » Sur les bords,
il y avait des marques de rouge à lèvres. J'ai baissé les
yeux. Barb portait des mules duveteuses, et dans ma
tête je hurlais : « Ton frère est en fuite ! Qu'est-ce
que tu fous ici ? » Mais bien sûr, je n'ai pas bougé.

Après avoir parlé au service météo, Barb a reposé
le téléphone et a secoué la tête. Le doyen a regardé
au-dessus de ses lunettes demi-lune et a dit : « Il faut
tenir encore un peu, Frank. »

Il regardait toujours par-dessus ses lunettes et ses
yeux me fixaient : « Tout se passe bien à la sécurité,
Frank ? »

J'ai dit : « Oui. » J'ai senti mes doigts de pied qui
se recroquevillaient dans mes bottes.

Le doyen a dit : « Vous pensez qu'on pourra finir
l'année avec une seule Jeep, Frank ? » Il ne m'a pas
laissé le temps de répondre. Il a dit : « Ce qu'il y a
Frank, c'est que j'ai reçu de la documentation sur le
modèle de l'année prochaine. Il est entièrement
reconçu. »

Pour dire quelque chose, j'ai demandé : « Entièrement ?

— Entièrement, Frank ! Croyez-moi, entièrement ! »

J'ai dit : « Ah, entièrement. »

Le doyen a dit : « Il va falloir qu'on prenne le
temps de discuter un peu, un de ces jours, Frank.

— À propos de quoi?

— De la sécurité sur le campus, Frank. Avec notre extension, nous avons besoin de redéfinir notre politique de sécurité sur le campus. Je sais que vous avez des idées, Frank. » Puis le doyen a baissé les yeux sur ce qu'il lisait et cela a mis fin à la conversation. Pourtant il a ajouté à voix basse : « Actuellement, c'est le cirque. »

Je me suis retourné pour partir et Barb a dit : « Bonne poire. » Je me suis arrêté net et j'ai fait demi-tour, mais Barb me tendait une poire en pâte d'amande.

Le soleil, perdu derrière les nuages, ne s'était pas montré, mais la lumière du jour déclinait et tombait inévitablement dans l'oubli.

De la musique résonnait sur le campus, diffusée par des haut-parleurs installés devant des fenêtres. Je regardais des gosses qui jouaient au football américain en équipes mixtes. Une bêcheuse m'a lancé le ballon que j'ai bloqué, et les gosses ont sifflé et applaudi. J'ai à nouveau pensé à Norman et au coup de fil de Martha.

Au bureau, Baxter m'a dit : « Hé, Frank, ce qu'il nous faut c'est une bonne bataille de boules de neige. » Il n'a pas parlé de Norman ni de Sam Green.

J'ai dit : « Et pourquoi?

— Je vais te dire pourquoi, Frank! J'ai un copain qui remplace les vitres cassées. On a un accord si quelque chose comme une bataille de boules de neige éclatait et si des vitres étaient cassées. On partage vingt/quatre-vingts. »

Je me suis laissé tomber devant mon bureau. « On n'aura pas la nouvelle Jeep.

— C'est des conneries, Frank. On va l'avoir. »

J'ai dit : « Il y a un nouveau modèle qui est entièrement reconçu. C'est ce que vient de me dire le doyen.

— Comment ça, entièrement?

— Entièrement. »

Au-dehors, l'obscurité était tombée sans même que je m'en aperçoive. Je voyais mon reflet dans la vitre. Au-delà, j'entendais la musique qui venait des dortoirs.

Le téléphone a sonné. C'était Barb Kiester. Elle a dit : « Vous savez monter un film sur un projecteur, Frank? »

J'ai dit : « Oui. »

Baxter a dit à voix basse : « C'est Barb Kiester? »

J'ai fait oui de la tête, et Baxter est sorti en laissant la porte ouverte.

Barb m'a donné quelques indications. Je devais ouvrir l'auditorium, préparer le projecteur puis annoncer qu'il y aurait une séance gratuite à dix-huit heures. L'université possédait trois films : *Le Candidat*, *Love Story* et *Airport 75*. Barb et le doyen avaient choisi *Love Story*. Je les ai écoutés en parler tout en me regardant dans la vitre. J'ai eu envie de raccrocher mais je ne l'ai pas fait.

Baxter est revenu avec une boule de neige. Il l'a pétrie jusqu'à ce qu'elle soit ronde et dure. Il a pris le micro de la sonorisation intérieure et il est ressorti. Il n'avait toujours pas fermé la porte.

Barb m'a dit à l'oreille : « Avez-vous déjà fait du pop-corn de façon professionnelle, Frank? » Je savais

où elle voulait en venir mais elle a ajouté aussitôt :
« Ça ne fait rien, nous allons commander des boissons et du pop-corn à l'extérieur. »

C'est à ce moment-là qu'un hurlement a résonné dans le campus. « Bataille de boules de neige ! Bataille de boules de neige ! » J'ai entendu une vitre tomber en morceaux. Puis une autre et encore une autre. Baxter s'est remis à crier : « Bataille de boules de neige ! Bataille de boules de neige ! » Et en quelques minutes, la plus grande des batailles de boules de neige éclatait. Cela s'est répandu comme une contagion.

La communication avec Barb Kiester s'est coupée.

J'ai commandé une pizza à emporter et je suis allé me cacher loin du monde, loin de tout.

33

Il n'y avait plus d'électricité en ville, mais il faisait chaud dans la pièce parce que j'avais chargé le poêle la veille au soir. J'ai allumé le transistor. On donnait la liste des villages isolés. Le lycée était fermé, l'université aussi. Puis on a annoncé à nouveau qu'une enquête était ouverte sur la mort de Sam Green. On mentionnait aussi la disparition de Norman et de sa famille.

Merde, Norman était assez bête pour fuir la police. Si on le poursuivait, je ne savais pas s'il s'en sortirait vivant.

J'ai entendu Robert Lee et Ernie qui parlaient dans la pièce d'à côté.

Je me suis levé. Nous avions une réserve de bougies et une lampe à pétrole que j'ai allumée. J'ai dit : « Pas d'école » dans la pénombre de la chambre de Robert Lee et d'Ernie.

Ernie a dit : « J'ai faim, Frank. »

Nous avons laissé Honey dormir et nous sommes allés dans la cuisine. Cela faisait bizarre de voir Robert Lee et Ernie dans la lumière mouvante, la forme de leurs ombres sur le mur. On avait l'impression d'être revenus dans l'ancien temps. Ils n'ont rien dit pendant le petit déjeuner, en mangeant leurs céréales à la lueur des bougies.

Le feu ronflait, une odeur épicée emplissait la maison. J'ai entendu Mme Brody qui se déplaçait à l'étage en dessous. J'ai pensé lui demander de garder Robert Lee et Ernie. J'ai dit : « Ça ne sera pas long. J'ai seulement besoin de vérifier quelque chose à l'université. »

Robert Lee a levé les yeux et m'a dit simplement . « On a la télé, Frank », mais il s'est rappelé qu'il n'y avait plus de courant.

Quand je suis descendu, il faisait jour. Mme Brody était assise dans son salon près du feu pour avoir chaud.

« Tout va bien Frank ? » Elle était assise calmement, et faisait une réussite devant une table basse sur laquelle était dessiné un jeu de jacquet. La table datait d'une époque où l'on n'avait que des jeux de société, une époque où les gens devaient affronter le silence de leur vie.

La lumière blanche du matin semblait éthérée, comme quelque chose de spirituel qu'on ne peut regarder en face trop longtemps. Le monde paraissait plus froid que jamais. Je me suis demandé jusqu'où était allé Norman avant que la tempête ne s'abatte.

L'université était une zone sinistrée, avec des vitres cassées partout, et on en avait remplace certaines par des cartons et du scotch. Je voyais les éclairages de Noël dans certaines chambres, de faibles points lumineux dans l'éclat du matin. Je me suis rendu compte que le générateur de secours s'était mis en route. Nous avions au moins de l'électricité.

Dans les arbres près des dortoirs, on avait accroché du papier toilette, des guirlandes de papier blanc qui s'agitaient au vent. Les bonshommes de neige avaient perdu leur forme, certains étaient décapités, d'autres n'étaient plus que des tas contre lesquels de la neige s'était accumulée. On avait abandonné des choses devant les dortoirs depuis la veille au soir, de petits barbecues et des assiettes en carton étaient éparpillés un peu partout. De l'autre côté de la cour, près du dortoir des filles, de gros paquets faits de draps repliés et remplis de chaussures pendaient aux arbres et se balançaient sous le ciel bleu. On aurait cru une Armada échouée.

J'ai vérifié la route principale du campus. Baxter n'avait rien dégagé. Les voitures étaient enfouies dans des amoncellements de neige. Je suis allé gratter les vitres de chaque véhicule pour m'assurer que personne n'était resté coincé à l'intérieur. Puis je me suis rendu au bureau de la sécurité. Je serrais mes bras autour de mes épaules à cause du froid vif.

Le téléphone a sonné au moment où j'entrais. C'était Barb Kiester. Elle se trouvait dans le bâtiment administratif. Elle m'a dit que le doyen et elle n'avaient pas quitté les lieux depuis la veille. Elle m'a dit : « Le doyen veut vous voir tout de suite ! »

J'ai regardé dans l'autre pièce. Baxter était couché avec sa petite amie. Ils dormaient tous les deux.

Je suis allé dans le bâtiment de l'administration. La tension de la soirée précédente s'était dégonflée comme après une révolution. Certains étudiants avaient la gueule de bois et se dirigeaient vers la salle de restaurant qui était ouverte.

Le bâtiment de l'administration avait été bombardé de boules de neige. Toutes les vitres des dortoirs qui donnaient sur la cour avaient volé en éclats.

Barb Kiester portait une doudoune. Le froid du dehors passait par les vitres brisées. Le doyen se tenait derrière Barb. Il avait une barbe de deux jours. Il a dit : « Que peut-on dire, Frank ? » Il m'a regardé droit dans les yeux. « J'aurais pu faire arrêter Baxter pour avoir déclenché une émeute. » Mais avant que j'aie eu le temps de répondre, le doyen a dit : « Mais à quoi cela aurait-il servi, Frank ? »

J'ai détourné les yeux et je n'ai pas répondu.

Le doyen a regardé Barb. « Si vous nous prépariez du chocolat chaud, Barb ? »

Le doyen m'a fait entrer dans son bureau. Toutes les vitres étaient cassées. Il avait tiré des rideaux qu'un courant d'air gonflait. Il faisait chaud ou froid selon que le vent soufflait ou non.

Le doyen était enveloppé dans un plaid en polyester et portait un nœud papillon. Il ressemblait à un vieux clown qui a cessé d'être drôle. Il s'est assis derrière son bureau d'acajou, et j'ai vu toute une collection de diplômes encadrés accrochés derrière lui. Il n'a pas parlé de Norman.

Il m'a regardé : « J'irai droit au but, Frank. Je prends l'entière responsabilité de ce qui s'est passé hier soir. » À l'entendre, on aurait cru qu'il prenait sur lui tous les péchés du monde. « Je suis la *tête* de ce *corps*, Frank, et ce qui s'est passé hier soir est symptomatique que quelque chose ne va pas dans le *corps*, c'est-à-dire le corps étudiant... » Je suivais la métaphore un peu trop forcée. J'étais à des kilomètres de ce bureau en ce moment précis. Je me suis à nouveau concentré sur le doyen.

Il n'arrêtait pas de se toucher la tête quand il prononçait le mot *tête* et la poitrine quand il prononçait le mot *corps*. « En tant que *tête*, je dois instiller un sentiment de respect dans ce que représente ce *corps* Vous me suivez, Frank ? »

J'ai dit : « Lourde est la tête qui porte la couronne », mais le doyen a continué à parler et a recouvert mes paroles.

Le doyen a dit : « Je pense que le dilemme fondamental c'est que nous sommes devenus trop grands. Nous avons construit trois nouveaux dortoirs cet automne, et franchement je ne pense pas que nous étions préparés, sur les plans logistique et psychologique, pour ce que cela a entraîné, pour une image plus grande. L'infrastructure, Frank, le physique et le psychologique doivent aller de pair, et cela n'a pas été le cas. Nous manquons de personnel, Frank. Nous ne sommes pas prêts à faire face à un corps étudiant résident, pas sous sa forme courante. Nous sommes passés d'un campus de proximité à un campus de résidents. C'est un autre jeu, Frank. C'est une autre ligue. Nous avons besoin de repenser le concept de ce qu'offre notre université, nous avons besoin de réévaluer ce que nous voulons accomplir en tant qu'éducateurs. »

Je ne voyais vraiment pas en quoi cela me concernait, mais je l'ai devancé en disant : « Est-ce que vous voulez me dire que je suis mis à la porte ? »

Le doyen était d'un sérieux absolu : « Non, Frank ! Je ne vous accuse pas, Frank. Je pose le problème dans son ensemble. Le problème que rencontre l'université alors que nous progressons. Nous sommes arrivés à un tournant et nous devons décider si nous voulons être des acteurs dans l'enseignement supérieur. En ce moment, nous violons la loi de l'État, parce que l'université n'a pas de service incendie sur le campus. Nous avons quatre-vingt-dix jours pour nous mettre en règle. » Le doyen avait lu ce dernier renseignement sur un morceau de papier. On aurait dit qu'il préparait une défense à propos de ce qui venait de se passer sur le campus. « La salle de restaurant a besoin d'un lave-vaisselle automatique. Nous avons dépassé la capacité de nos installations. Et le service de blanchisserie... Nous n'avons pas les installations nécessaires pour répondre aux besoins des étudiants, Frank... Si nous étions dans une ville plus grande, nous pourrions peut-être faire appel à des entreprises privées, mais nous devons très vite mettre au point un plan afin de devenir... »

J'ai réussi à dire : « ... autonomes. »

Le doyen a continué en disant que l'université resterait fermée, et que les examens de fin d'année seraient faits « à la maison ». Les responsables des autoroutes de l'État allaient venir à l'université et donneraient un coup de main pour dégager la neige.

Il n'était pas resté inactif. Il m'a montré une brochure avec une machine soufflante pour balayer la neige et les feuilles. « Double fonction, Frank. C'est le genre d'équipement dont nous avons besoin. Je n'ai pas raison ?

— Si, si. » J'ai eu l'impression que j'allais avoir un malaise. Je ne cessais de voir Norman sur l'autoroute, roulant à toute vitesse.

Barb Kiester est entrée avec un plateau et elle a posé sur le bureau deux tasses de chocolat chaud, de la guimauve et une assiette de cookies. Les cookies étaient en forme de père Noël, et étaient recouverts de sucre glace.

Le doyen a pris un cookie et a dit : « Ils sont faits à la fortune du pot. »

J'ai dit : « Ils sont très bons », même si je ne les avais pas encore goûtés.

Quand Barb est sortie, elle a laissé la porte ouverte.

Le doyen a croqué son cookie et bu son chocolat. « Des sablés, Frank. J'ai une faiblesse pour les sablés. » Il a regardé sur le côté et a crié : « Combien de beurre dedans, Barb ? » Il avait parlé fort en faisant pivoter son fauteuil de cuir afin de la voir.

Elle a dit : « C'est un secret de famille. »

Le doyen a dit : « C'est ça, ne me dites rien. Je ne sais pas si mon cholestérol l'accepterait. » Et il a ri très fort et a répété exactement la même chose . « C'est ça, ne me dites rien. Je ne sais pas si mon cholestérol l'accepterait. »

J'ai fait pivoter mon siège et j'ai croqué la tête du père Noël qui s'est effritée dans ma bouche. Je me suis retourné. Le doyen avait tout un étalage de photos de ses enfants, sept en tout, et son optimisme avait contaminé ses enfants qui avaient engendré quarante petits-enfants. Ils étaient tous réunis dans un portrait de famille pris devant un décor qui faisait penser à Sears ou à Montgomery Ward.

La vérité c'était que le doyen et Barb avaient une relation amoureuse juste sous le nez de tout le monde. Je me suis demandé comment on faisait pour monter si haut dans cette putain de vie qu'on pouvait se permettre de faire ce qu'on voulait, d'ôter son masque devant les autres. Je commençais à perdre les pédales. Le massacre de la ferme m'est revenu. Norman me regardait. Il a dit : « Tout passe, Frank, tout... »

Le doyen parlait toujours. Je l'ai regardé. « Permettez-moi de vous montrer quelque chose, Frank. Je veux connaître votre opinion. » Il m'a tendu un papier. C'était la description d'un travail. On pouvait y lire des choses comme : « Le candidat retenu possédera des *compétences interpersonnelles*, il sera *attentif au détail*, il devra *s'engager* à accomplir l'objectif de l'institution. » À la fin, on disait que le salaire était négociable, proportionné aux qualifications et à l'expérience du candidat.

Le doyen a jeté un coup d'œil vers Barb derrière moi puis il m'a regardé à nouveau. « Je m'occupe des gens, Frank, ma matière première c'est le *potentiel humain*, voilà ce qui m'intéresse. L'objectif de cette université est de se consacrer à servir la *volonté* de réussir, de créer un environnement qui favorise les buts et les aspirations de ceux qui veulent réussir, les *gagnants*, Frank. »

Il parlait comme une brochure sur papier glacé. Le doyen a dit : « Vous savez, vous m'avez bien plu quand vous êtes arrivé et que vous avez eu votre entretien d'embauche, Frank. »

Je n'avais jamais eu d'entretien d'embauche, mais je n'ai rien dit.

Le doyen a dit : « Je crois que nous avons devant nous un candidat qui répond à ces critères, Frank. »

Je me suis retourné, j'ai regardé Barb et j'ai dit : « Félicitations, Barb. »

Le doyen a dit : « Ah, la *modestie*. C'est le signe indubitable de l'*intégrité personnelle*, Frank. » Il s'est penché et m'a regardé droit dans les yeux. « Vous, Frank, vous avez les *compétences* pour réussir. » Il faisait référence à ma formation en criminologie, les études que j'avais soi-disant suivies. Il avait levé les sourcils en parlant. Le doyen a poussé un autre papier devant moi. Il m'a fait signe d'approcher, dans le halo de sa lampe de banquier. Un courant d'air froid m'est passé sur les pieds à cause des vitres cassées.

Je me suis penché sur le bureau et j'ai posé le descriptif du poste, le doyen l'a récupéré puis a poussé une lettre vers moi. « Lisez, Frank. »

C'était ma demande d'admission à l'université et une lettre d'acceptation signée du doyen. Pendant que je la lisais, il a dit : « Honey est *à l'essai* à l'école de commerce. Je sais de source sûre qu'elle sera acceptée au printemps, Frank. Je crois que nous pouvons réunir une aide financière attractive pour elle. »

J'ai dit : « Et je peux suivre les cours et continuer à m'occuper du bureau de sécurité ?

— Frank, cet établissement est un organisme *vivant* et, si nous avons des gens qui grandissent avec lui, cela ne fait que servir notre mission qui est l'*épanouissement personnel.* »

J'ai dit : « Je suppose que cela veut dire oui ? »

Le doyen m'a tapoté le dos de la main avec son index. « Frank, nous recherchons quelqu'un qui a de l'ambition, quelqu'un qui est prêt à s'investir dans l'institution, quelqu'un qui comprend ce que signifie la formation permanente. Les *initiatives travail-études* sont la colonne vertébrale d'une institution. » Il a énuméré une liste de choses comme le *respect de soi*, l'*accomplissement personnel*, la *conscience de sa propre valeur*, qui fondamentalement étaient des mots différents pour désigner la même chose. C'était comme s'il parlait anglais, mais pas en anglais.

Je l'ai interrompu et j'ai dit : « Et une augmentation de *salaire.* »

Quand le doyen souriait, son dentier rendait son sourire faux. « Voici exactement l'*impondérable* que nous recherchons, Frank, le sens de l'*humour...* »

J'ai dit : « Je suis sérieux à propos de l'augmentation de salaire. » Je me sentais comme lorsqu'on aspire une grande bouffée de shit et qu'on la garde dans les poumons.

La main du doyen s'est posée sur le dos de ma main. Elle était chaude d'avoir tenu la tasse de chocolat. Il avait l'haleine fraîche. Une rafale de vent a écarté les rideaux. Ils se sont gonflés puis sont retombés, et la soudaine clarté de l'extérieur s'est fondue dans la pauvre lumière de la pièce. Dans ce bref instant, on a vu que le campus était détruit.

Le doyen a retiré sa main comme si peu importait sa volonté de fuir la réalité du dehors et que les mots n'y pouvaient rien.

Il m'a regardé et a changé de ton. « Ce matin, nous avons reçu un appel téléphonique d'une entreprise douteuse qui a dit qu'on lui avait demandé de changer les vitres. Il semble que Baxter ait fait appel à leurs services, mais nous avons décliné leur offre.

— Je vois.

— Nous devons instituer une responsabilité financière et fiscale, Frank. À partir de maintenant, *toute* commande de travaux devra passer par Barb, d'accord ? Barb a négocié avec une entreprise de Traverse City qui va venir remplacer les vitres. Ils devraient être là demain matin. Je veux que vous surveilliez le travail. »

J'ai saisi l'occasion et je me suis levé pour partir.

Le doyen s'est levé lui aussi. « À propos, Frank, vous avez vu Baxter lancer la première boule de neige, n'est-ce pas ? »

J'avais l'impression de signer un armistice dans un bunker, mais j'ai fait ça pour Honey et pour mes gosses.

Je n'ai fini de dégager les trottoirs qu'en milieu de matinée. Avec un treuil j'ai sorti les voitures en panne dans le parking sud et au-dehors. Plusieurs étudiants m'ont aidé.

Baxter est venu me dire : « Mon copain des fenêtres n'a pas eu le droit d'entrer sur le campus, Frank. Quelle connerie ! » J'ai fait semblant de ne pas être au courant.

Je ne suis pas entré dans le bureau. Je suis passé devant de nombreuses fois. Je voyais Baxter à l'intérieur qui marchait de long en large en téléphonant. Je savais qu'il hurlait comme un fou. Je l'avais trahi.

J'ai vérifié tous les bâtiments et j'ai ramassé les morceaux de verre à la pelle, juste pour tuer le temps. Je m'occupais mais je ne pouvais fuir ma propre conscience.

Les responsables des autoroutes sont arrivés à l'heure du déjeuner et ont dégagé la route principale du campus et quelques routes secondaires. C'était stupéfiant de voir ce qu'on pouvait faire avec l'équipement adéquat. À deux heures, une caravane de voitures était prête à filer vers le sud pour les vacances. On s'était mis d'accord pour que les groupes partent ensemble afin d'assurer la sécurité de chacun.

Le doyen est venu présider au départ.

Malgré tout ce qui se passait, j'avais pris une initiative et fait installer une table dans la salle de restaurant, sur laquelle on offrait gratuitement du café et du chocolat chaud à tous les étudiants qui prenaient la route.

Le doyen m'a regardé et m'a touché l'épaule. Merde, il pleurait presque. « C'est de cela qu'il s'agit, Frank, la *famille*! »

Je me suis dit que le doyen et Jim Jones auraient eu beaucoup de choses à se dire.

34

Le soir, une voiture de flics est arrivée sans sirène, mais son gyrophare rouge tournait dans la nuit et c'était comme si j'avais regardé mon cœur hors de mon corps.

Deux inspecteurs, avec de lourds manteaux, se sont présentés à la porte. Ils ont réussi à me séparer discrètement de Honey.

L'inspecteur a fermé la porte. Il a dit : « Asseyez-vous, Frank », mais il avait beau utiliser mon prénom, il n'y avait rien d'amical dans sa voix. J'ai compris qu'il était de Traverse City. Il était gros et fatigué comme les flics de films. Quand il s'est assis, ses cuisses se sont étalées comme deux énormes poires.

L'inspecteur m'a demandé de lui donner tous les détails, comment et pourquoi j'étais allé chez Norman. Je lui ai raconté que j'y avais emmené Honey, Robert Lee et Ernie pour qu'ils voient ce que Norman avait fait, la voiture qu'il avait retournée. L'inspecteur a dit : « Alors, vous y étiez allé tout seul et vous y êtes revenu avec votre famille ? »

J'ai dit : « Oui. »

Puis l'inspecteur a fini par dire : « Où sont Norman et sa famille maintenant, Frank ? »

J'ai dit : « Je... je n'en sais rien. »

L'inspecteur m'a regardé dans les yeux. « Pourquoi est-ce que vous êtes allé là-bas ? »

J'ai parlé plus fort : « Je vous l'ai dit, la voiture. »

L'inspecteur s'est réinstallé sur sa chaise et a écrit quelque chose dans son carnet avant de dire : « Si nous pouvons établir quelques faits, Frank, j'essaie simplement de rendre compte des activités de chacun. » Puis il a répété : « Pourquoi est-ce que vous êtes allé là-bas ? »

J'ai secoué la tête et l'inspecteur a répété qu'il essayait d'établir les faits, alors j'ai dit : « La femme de Norman m'avait raconté ce qu'il avait fait à la voiture. Alors je suis allé voir de mes propres yeux. Plus tard, ce soir-là, j'ai raconté à Honey ce que Norman avait fait et un de mes gosses ne m'a pas cru. J'ai voulu lui montrer. »

L'inspecteur a écrit à nouveau dans son carnet. Puis il a allumé une cigarette en protégeant la flamme des deux mains comme lorsqu'on est dehors, dans le vent. Il a aspiré plusieurs fois, puis il a secoué le poignet pour éteindre l'allumette. Sa bouche formait un petit « o » quand il soufflait la fumée. Il m'a regardé à nouveau et a dit : « Où sont Norman et sa famille maintenant, Frank ? »

J'ai dit : « Je n'en sais rien. » Puis j'ai regardé l'inspecteur et je lui ai dit : « Il est parti pour essayer de trouver une équipe de football afin de devenir professionnel. »

L'inspecteur a tiré une autre bouffée et cette fois il a soufflé la fumée par le coin de la bouche, en baissant les yeux comme s'il relisait ses notes. Il ne m'a pas regardé. « Quelle équipe professionnelle, Frank, vous vous souvenez ? »

J'ai dit : « Les Dauphins de Miami. »

L'inspecteur m'a regardé : « Comment décririez-vous votre relation avec Norman ? »

J'ai essayé de trouver quelque chose à dire, mais je n'ai pas pu.

L'inspecteur me regardait toujours. « D'après vous, combien de fois lui avez-vous rendu visite ?

— Je ne suis jamais allé le voir.

— Mais vous êtes allé deux fois devant chez lui, le soir où il a disparu ? C'est bien ce que vous me dites ? »

J'ai dit : « Oui. » Je n'avais aucune envie de continuer à parler.

L'inspecteur a refermé son carnet comme si l'entretien était terminé et il a dit encore une fois : « J'établis les faits, c'est tout, Frank, je rends compte de ce que chacun a fait. » Il a tiré une dernière bouffée sur sa cigarette avant de se lever pour partir.

J'ai dit : « C'est tout ?

— Sauf s'il y a quelque chose que vous n'avez pas dit, Frank. »

Honey a attendu que les inspecteurs soient partis pour dire : « À quoi est-ce que ça rimait tout ça ? »

J'ai dit : « Je n'en sais rien. »

Honey m'a regardé : « Pourquoi est-ce que tu es allé là-bas, Frank, la première fois ? »

J'ai dit : « C'est ce qu'ils t'ont demandé ?

— Ils voulaient savoir où tu avais passé toute cette journée-là. » Honey a allumé une cigarette avant d'aller dans le salon de Mme Brody. « Merde, Frank, j'ai assez de problèmes. Ils savent tout, Frank. Ils savent que tu es allé en hôpital psychiatrique. Ils voulaient savoir comment tu t'étais comporté. » Elle tremblait. « Frank, c'est au-dessus de mes forces. Je ne veux pas revivre ça, tu m'entends ? » Elle a posé la main sur son estomac comme si elle allait être malade.

J'ai tendu la main vers elle.

« Non ! » Elle m'a regardé. « Qu'est-ce que t'as fait, Frank ?

— Rien. Je n'ai rien fait. »

Je voyais la peur au fond de ses yeux.

« Où est-ce que tu étais, Frank ? Où est-ce que tu étais le jour où Norman a disparu ? Tu étais sorti, Frank. La police sait que tu es allé là-bas... Mon Dieu, Frank, tu nous y as emmenés ce soir-là. » Elle manquait de souffle. « Espèce de salaud, qu'est-ce que t'as fait ? »

J'ai à nouveau tendu la main vers elle mais elle m'a arrêté d'un geste. « Dis-moi que tu n'as rien fait à Norman et à sa femme ! »

J'ai senti que tout s'effondrait autour de moi. L'exécution de Ken avait lieu dans une semaine.

Je suis parti sans donner d'explication. Je pense qu'on devient insensible quand on reçoit un choc. Je suis allé à l'université et j'ai pris la Jeep, mais j'ai eu beau mettre le chauffage à fond, j'avais toujours froid à l'intérieur. Je suis sorti de la ville.

Je me suis arrêté au bar où j'avais bu un verre pour la première et la dernière fois avec Ward, quand Norman avait remporté le championnat de lutte de l'État. On était samedi soir et pourtant il n'y avait presque personne. Quelques hommes étaient habillés pour la pêche sur la glace, comme des larves énormes accotées au comptoir.

J'ai choisi *We Are the Champions* dans le juke-box. Je ne voulais pas accepter la réalité que Norman ne jouerait peut-être pas au football en professionnel, que c'était quelque chose que j'avais inventé, que j'avais parlé tout seul pendant tout ce temps. Les hommes dans leur tenue de pêche se sont retournés pour me regarder, comme si j'avais perturbé la douceur de l'ambiance. Le type derrière le comptoir avait un bouton de réglage et il a baissé le son.

Je suis parti et je suis allé près de la vieille ferme, en roulant à la lueur de la lune sur la neige durcie. La maison de Ward était abandonnée, un décor en deux dimensions devant l'obscure clarté de la lune. Elle ne semblait pas avoir jamais abrité des vies, encore moins la mienne. Je me suis demandé comment Martha s'y était prise pour descendre le coffre toute seule. Il était gros, trop gros pour qu'elle ait pu le déplacer. J'ai crié : « Je n'ai *jamais* voulu de cette putain de ferme. »

Devant chez Norman, il n'y avait pas de voiture retournée. Je l'ai constaté en dépit de ce que j'avais toujours affirmé jusqu'ici ; cependant il y avait des empreintes de pas et des traces de pneus dans la dernière neige tombée. Un ruban de balisage de la police encerclait le hangar. Je l'ai franchi et j'ai ouvert la porte. Les vaches étaient toutes là, comme vitrifiées, des carcasses dissimulées dans l'obscurité.

Ce n'est que le soir que je suis arrivé au sanatorium. Bob Gilmore n'était pas là, il n'y avait qu'un type que je ne connaissais pas. J'ai demandé à voir Chester Green, le responsable du bureau a téléphoné à l'étage supérieur et on m'a laissé passer.

Une infirmière m'attendait. Clifford se trouvait là mais il est resté assis, les coudes sur les genoux, une cigarette à la bouche.

L'infirmière m'a conduit jusqu'à Chester. Elle m'a dit qu'il avait une pneumonie.

Quand nous sommes arrivés à la porte, j'ai vu que Chester était à nouveau sous respiration artificielle. L'infirmière est restée derrière moi tandis que je me tenais là.

Les yeux de Chester n'étaient pas ouverts. On aurait dit qu'il était mort. Je pense que j'aurais dû être satisfait, mais je ne l'étais pas.

Au moment où je m'en allais, le docteur Brown a ouvert la porte et m'a regardé. J'ai vu qu'il m'avait laissé venir. Il a dit : « J'ai appris que tu t'étais renseigné sur les enregistrements, Frank ? » Il maintenait une distance entre nous. Il a levé les yeux vers moi et a dit : « Chester est mon patient, Frank, à moi seul. »

Je suis parti. En un sens, cela résolvait beaucoup de choses pour moi. Le docteur Brown ne laisserait jamais sortir Chester. Il ferait ce que j'avais failli faire, au bout du compte, il prendrait la vie de Chester, ou la pneumonie le tuerait.

Puis je me suis dit : « Merde, tout pourrait finir comme ça, avec la mort tranquille de Chester. » Je voulais savoir pourquoi Norman avait bien pu aller tuer Sam Green, pourquoi il avait dû se détruire lui-même comme ça. J'ai dit : « Norman, espèce de connard, pourquoi t'as fait ça ? » Mais bien sûr, Norman était loin. Il était là-bas, quelque part sur l'autoroute. C'était ce que je croyais au plus profond de moi-même, parce que si j'étais capable de tout, je n'aurais jamais fait de mal à Norman. Absolument jamais.

Baxter était de nuit quand je suis revenu au bureau. La télé était allumée. C'était une semaine Alfred Hitchcock. Baxter m'a ignoré. Je veux dire, ce que je lui avais fait s'est dressé devant moi. J'avais assez pensé à Norman.

Baxter se taisait.

Dans cette ville solitaire et abandonnée, les oiseaux étaient perchés sur les fils qui entouraient la cour d'une école où jouaient des enfants. Il n'y avait pas de personnage principal apparent, comme dans la plupart des films, pas de héros ou de méchant identifiable, juste un sentiment de peur qui augmentait et envahissait la ville. Je regardais la télévision dans le silence qui persistait entre nous. On s'attendait à ce que tout le monde se fasse arracher les yeux, la fin inévitable. Il n'y aurait jamais de réponse qui nous dirait pourquoi cela se passait, et cela rendait le film encore plus réel et plus triste.

La bande-son m'effrayait, simplement le bruit des oiseaux, les battements d'ailes et ces cris rauques que font les oiseaux.

À la fin du film, je me suis tourné vers Baxter et je lui ai dit : « Ce film serait bien meilleur s'il y avait un peu plus de cul. »

Baxter a hoché la tête et a dit : « T'as tout pigé, Frank. » Mais il ne m'a pas regardé.

Nous avons bu du bourbon sec. Le campus était totalement mort. Le trimestre avait pris fin, comme tant d'autres choses.

Baxter a fermé les yeux et a reculé la main. « Tu sais, Frank, je devrais te tuer, putain, tu le sais ? » Il m'a fait un clin d'œil en disant ça, puis il est redevenu sérieux. « Non, vraiment Frank, je devrais te tuer, mais tu sais quoi ? Il se pourrait que tu m'aies fait une faveur. Si on me donne un traitement psychiatrique, je touche un demi-salaire et tous les avantages médicaux, avec la perspective de revenir à mon poste actuel. »

Je n'ai rien répondu.

« Laisse-moi te dire un truc, Frank, je n'aurais pas aimé combattre à côté de toi au Viêtnam, ça c'est sûr, putain. »

J'ai dit : « Mes gosses... » Mais Baxter a dit : « Hé, Frank, je veux rien entendre, d'accord ? »

Baxter a frotté son visage fatigué et s'est penché en avant. « Mais je te demande ton attention pendant quelques minutes, Frank. Je veux te raconter une petite histoire, simplement pour mettre les choses au clair et que tu saches qui je suis. » Baxter a pointé le doigt sur sa poitrine. « Ce qu'il y a là-dedans. Je veux que tu saches comment je suis devenu comme je suis, Frank, parce que je ne suis plus comme j'étais autrefois. »

Il a pris un verre, l'a tenu en l'air puis a bu. « Avant que j'aille au Viêtnam, Frank, mon père et moi, on allait chasser l'hiver. On avait une cabane là-haut, au bord du lac Prescott, pas un grand truc, mais quelque chose que notre famille possédait depuis des années. On y est allés à peu près à cette époque, en 1968. Il n'y avait presque pas de neige par terre. Il faisait trop froid pour neiger. Tout était immobile pendant qu'on marchait. On sentait le froid qui se refermait sur nous. La neige poudreuse et sèche tombait du haut des pins comme du givre. C'était vachement sinistre, Frank. » Baxter a imité la neige qui tombait avec les doigts.

« Mon père a dit : "C'est pas bon tout ça." La température est tombée de plus de dix degrés en une heure à peu près. On était assez loin dans les bois et il valait mieux essayer d'atteindre la cabane que de faire demi-tour. Je n'oublierai jamais ce froid, Frank. On peut crever comme ça, dans la nature. On a peur comme une bête, Frank. » Il m'a lancé un regard dur et a fini son verre. Alors j'ai fait comme lui. Il a rempli ma tasse. J'ai senti la brûlure du bourbon dans mon cou.

« Nos yeux nous piquaient. On a fini par ne plus rien voir. On pouvait à peine respirer un air aussi froid. Il nous brûlait les poumons. On réchauffait l'air en mettant nos deux mains autour de notre bouche. Nos jambes se sont engourdies rapidement, et c'était comme si on nous avait fait une piqûre de morphine ou de quelque chose. On pensait à notre salut, Frank, exactement comme ça. L'idée de la mort se glisse en vous tout d'un coup. » Il a avalé sa salive et continué.

Le radiateur à gaz donnait un goût sucré à l'air que nous respirions. Les rampes orange luisaient.

Baxter parlait d'une voix basse et soutenue : « On a failli ne pas atteindre la cabane. On était gelés. On a eu du mal rien que pour allumer un feu. On avait des mains comme des pattes d'animal, mais le feu a quand même pris. Je faisais ce que me disait mon père. C'était bon de suivre ses ordres. J'étais un admirateur. Je voulais qu'on me mène sur le droit chemin. »

Baxter s'est penché en avant et a bu à nouveau. « Une couche de glace s'est rapidement formée sur le lac, Frank. On l'entendait craquer. C'était comme si le monde allait se fendre en mille morceaux. Merde, c'était surnaturel. Tu as déjà eu l'impression... comme si tu avais survécu à quelque chose de terrible même si en fait il ne s'était rien passé, et c'est peut-être ce qu'il y a de pire, d'avoir l'impression d'être un survivant. » Baxter s'est arrêté et m'a regardé. « Est-ce que je parle comme un fou, Frank ? »

J'ai dit : « Non.

— Merde, Frank, maintenant j'y repense et je sais que c'est le moment où je me suis arrêté de réfléchir comme un enfant. On se sentait bien comme quand on est content simplement d'être vivant. Je voyais mon père qui me regardait comme s'il savait que j'étais devenu un homme. On sentait ce lien, ce lien du sang. On ne parlait absolument pas.

« La cabane gémissait et le bois se dilatait. Nous avons fait ronfler le feu. Il faisait sombre et, Frank, l'univers entier nous apparaissait comme ça au-dessus de nous. Nous nous sommes saoulés rapidement. Pour mon père, l'âge n'était pas une question d'années, c'était ce qu'il y avait là-dedans qui comptait. » Baxter s'est touché la tête et le cœur. « Mon père avait l'habitude de dire : "Le whisky bu avec de la glace peut vous amener à un nouveau niveau de compassion." » Baxter a fait tinter son verre contre le mien et nous avons bu. J'avais le cœur qui palpitait à cause de la chaleur, de l'alcool et de la concentration sur ce qu'il disait.

Baxter a repris : « Le feu ronflait tellement qu'on était en sueur. Nous avons dû entrouvrir une fenêtre, parce qu'on crevait de chaleur. Je regardais mon père avec son caleçon long et ses chaussettes de laine qui contemplait l'obscurité. Il a ouvert la porte. Il a offert son visage au froid et son dos à la chaleur. Il m'a demandé d'en faire autant. Mon père avait une façon particulière de faire tourner son whisky, d'un mouvement lent du poignet. » Baxter m'a montré. « C'est comme ça que je me souviens de lui, quand je veux penser à lui, le tintement de la glace contre un verre. Il m'a appelé une fois alors que j'embarquais pour le camp d'entraînement de l'armée et c'est ce bruit de la glace contre son verre pendant qu'il parlait qui m'a permis de le voir comme lorsqu'il était à côté de moi. » Baxter a souri et a fait tourner son verre à nouveau et j'ai su que, dans sa tête, il voyait son père. « J'ai perdu le fil de ce que je disais, Frank. Où est-ce que j'en étais ? Oh, ouais, la dernière année où je suis parti avec mon père. » Baxter a secoué la tête et m'a lancé un regard pénétrant.

« Alors qu'on dormait, le temps s'est réchauffé et une neige épaisse comme du coton s'est mise à tomber. C'était presque comme un brouillard blanc quand on s'est levés. On a mangé des œufs brouillés, du lait et on a pris quelque chose contre le mal de tête, comme après une nuit de beuverie. On n'a pas échangé un mot. C'était la règle, pas un mot. Un silence, j'en avais les oreilles qui sifflaient, pire que le bruit. Comme une pénitence, Frank. Puis la neige s'est arrêtée et c'était comme... comme si on avait tiré un rideau sur le monde. Rien que de regarder au-dehors nous faisait mal aux yeux. La lumière se déversait par la moindre fissure, des rais de lumière comme si Jésus-Christ nous avait attendus à l'extérieur. »

À nouveau Baxter s'est penché en avant et a bu, puis il a gardé le verre contre sa bouche et m'a regardé. Je voyais sa pomme d'Adam qui tressautait.

« Mon père m'a dit : "Prends les fusils. Tous." Et nous nous sommes mis à graisser et à charger les armes. Au loin, j'entendais un bruit que je n'arrivais pas à identifier. Nous avons mis nos raquettes. Tout était plat, rien n'avait plus de dimension. Nous sommes allés dans la direction du bruit, en faisant le tour du lac, là où l'on était à l'abri du vent qui soufflait en tempête. Nous sommes restés dehors une heure et le mercure a à nouveau chuté. Le monde a gelé autour de nous, Frank. J'ai senti mes jambes s'engourdir une nouvelle fois. Et c'est alors que le bruit est devenu plus fort, comme des bébés qui pleurent. Nous avons débouché dans une clairière près du lac. » Baxter a soufflé. Il s'est penché en avant et a murmuré : « C'était comme si quelqu'un avait peint le monde en rouge. Et je les ai vues, Frank, des centaines d'oies qui battaient des ailes pour tenter de s'arracher de la neige et de la glace qui les avaient prises au piège. Tu vois ce que je veux dire, Frank? Le gel, qui avait suivi si rapidement le dégel, les avait emprisonnées dans la glace! Des renards, des loups, des coyotes tournaient entre les oies, les déchiraient en morceaux, mais ils n'allaient pas loin. La glace les entaillait profondément. C'était un lac fait de lames. Rien ne survivrait. Nous avions rencontré la nature livrée à elle-même, Frank. Je ne pense pas que je reverrai quelque chose d'aussi triste et d'aussi beau de toute ma vie. Mais alors mon père a commencé à décharger son fusil, pan, pan, pan. Nous avons vidé toutes nos cartouches dans ce troupeau d'oies jusqu'à ce que nos bras soient endoloris de fatigue, jusqu'à ce que mon père tombe à genoux d'épuisement. Parfois, je pensais comme ça, là-bas dans la jungle, au Viêtnam. Je me disais : "Je fais ça pour leur bien. Pan, pan, pan..." »

Baxter s'est tu et a fini son verre, puis il s'est levé en trébuchant et a même failli tomber contre la table. « Je n'ai jamais revu mon père vivant, Frank, après être parti. Il est mort quand j'étais au Viêtnam. »

Il est resté tranquille pendant un petit moment. Puis il a bâillé et s'est frotté le visage. Il avait les yeux rouges et fatigués à cause de l'alcool. Il s'est redressé en chancelant et a enfilé son lourd manteau. Il m'a regardé. « Peut-être que de temps en temps, il vaut mieux sortir quelque chose de toute cette misère. Pas vrai, Frank? »

J'ai ressenti l'accusation comme une brûlure, mais je ne pense pas qu'il m'en voulait vraiment pour ce que j'avais fait.

« À bientôt, Frank. » Baxter est allé jusqu'à la sono et on a entendu un bruit de parasites. Il s'est éclairci la voix, il m'a fait un clin d'œil et a dit dans le micro : « Elvis a quitté l'immeuble ! »

35

On a appris que la police n'avait pas signalé l'existence d'une lettre de Sam Green expliquant son suicide et qu'elle l'avait gardée pendant quelques jours après sa mort. Norman a été arrêté au sud, sur la frontière du Tennessee, on l'a interrogé puis relâché. Il n'a pas téléphoné, rien. J'ai finalement lu le compte rendu des événements dans le journal, comme tout le monde. L'article a joué le rôle d'épitaphe pitoyable à tout ce qui s'était passé depuis que Chester Green avait fait voler en éclats son histoire secrète :

Copper, Michigan. – La police a publié un communiqué confirmant que la mort de M. Sam Green était un suicide. D'après les rapports de la police, M. Green est allé dans la grange de Norman Cassidy et a massacré son troupeau avant de se donner la mort.

M. Cassidy, le fils de Ward Cassidy récemment assassiné, a appelé la police quand il a entendu le vacarme dans sa grange. Quand la police est arrivée, elle a trouvé M. Green devant la grange dans un état d'égarement. Tout prouvait que M. Green avait effectivement tué le bétail de M. Cassidy, cependant M. Cassidy a décidé de ne pas porter plainte en affirmant qu'il avait l'intention d'abandonner l'agriculture et qu'il avait demandé à M. Green de l'aider à accomplir le massacre. Plusieurs heures plus tard, la police, qui est allée interroger M. Green, a découvert son corps.

Une expertise médico-légale et la lettre laissée par M. Green expliquant sa mort ont conduit la police à considérer qu'il s'agissait d'un suicide. L'écriture de M. Green a été expertisée.

La lettre, communiquée aujourd'hui à la presse, nous fait comprendre l'angoisse et l'obstination de M. Green qui a continué à nier, malgré la rumeur, qu'il avait mis en scène la mort de son fils pour toucher la prime d'assurance. La dernière ligne de la lettre de M. Green dit : « Je m'en vais dans l'au-delà retrouver mon fils à la droite de Dieu. »

Chester Green, principal suspect dans le meurtre de Ward Cassidy, est toujours dans le coma au sanatorium du comté de Copper. Les experts médicaux considèrent qu'il a peu de chances de reprendre conscience.

Norman Cassidy et sa famille se sont réinstallés ailleurs. La ferme et la propriété ont été saisies. La famille Cassidy habitait le comté de Copper depuis plus d'une centaine d'années, ainsi que la famille Green.

À l'enterrement de Sam Green, je suis resté à l'arrière sous une neige fine et maussade. J'y suis allé seul. L'enterrement a commencé à dix heures. Peu de gens y assistaient mais le docteur Brown est venu. Il a eu un petit mouvement de la tête pour me saluer.

La tombe de Chester Green n'avait pas été rebouchée. On y a descendu Sam Green, puisque c'était le caveau de famille.

Deux neveux de Sam Green avaient fait le voyage depuis la Californie pour l'enterrement. Ils représentaient ses seuls parents. Quelqu'un m'a désigné du doigt, puis les neveux se sont tournés vers moi l'un après l'autre pour me dévisager. Ils étaient bronzés tous les deux. Je m'en suis rendu compte, même de loin. La grande nouvelle de la journée c'est qu'on les avait vus faire du jogging tôt le matin. On considérait ça comme un sacrilège.

Après l'enterrement, un journaliste m'a suivi jusqu'à ma voiture. J'ai continué à marcher mais c'était un type qui travaillait pour l'une des principales chaînes de télé de Chicago. Il m'a dit : « L'ex-mari de votre femme doit être exécuté cette semaine, c'est exact ? Comment affronte-t-elle tout ça ? »

C'est ainsi que Robert Lee a appris la date de l'exécution. Honey me l'a dit quand je suis rentré à la maison. J'ai regardé la séquence au journal de treize heures, dans la cuisine, sur la petite télévision portable.

Robert Lee était sorti.

Quand je suis revenu dans la chambre, j'ai remarqué un paquet du département de psychologie de l'université d'État. Il avait dû arriver en début d'après-midi, après mon départ pour l'enterrement. Mon enfance m'était revenue dans une petite boîte, mais je n'ai ressenti aucune émotion, rien. J'ai laissé le paquet où il était.

Honey m'a fixé avec de grands yeux, puis a regardé la boîte.

Au-dehors, les gens se déplaçaient dans le froid, emmitouflés comme s'ils avaient été difformes ou blessés. J'ai dit : « La Floride c'est vraiment bien en ce moment. »

Le téléphone a sonné. Un employé de banque m'a demandé si je voulais prendre des objets ayant appartenu à la famille dans une des propriétés.

J'ai dit oui. La veille, un médecin m'avait aussi téléphoné pour me demander si je voulais les restes de Ward. Je lui avais répondu que j'attendais un appel de son fils, si bien que le corps se trouvait toujours quelque part, conservé au froid, sans sépulture.

Ernie serrait son dinosaure contre sa poitrine et ses petites mains étaient accrochées au cou de l'animal. Il regardait *Lost in Space*. Le robot se faisait insulter par le docteur Smith.

J'ai regardé Honey et j'ai dit : « Tu veux venir avec moi trier des choses à la ferme ? »

Elle fumait une cigarette et buvait un café, assise sur le lit. Elle m'a regardé : « Quelle bande de salauds, Frank ! Pourquoi est-ce qu'ils ne m'ont pas laissée en dehors de tout ça ? » Elle s'est levée pour se rendre dans la salle de bains.

Je me suis allongé sur le dos. À la fin du film, Ernie est venu près de moi et a fait marcher son dinosaure sur mon ventre. Il imitait le bruit sourd de quelque chose d'énorme qui martèle le sol. C'était agréable.

Honey est revenue dans la chambre et a dit : « Mais, arrête donc, Ernie, merde ! » et Ernie s'est arrêté.

J'ai dit : « Ne lui parle pas comme ça. »

Honey a dit : « Et toi, ne me parle pas comme ça, Frank, jamais ! »

J'ai emmené Ernie à la ferme de Ward. Il gelait mais nous sommes sortis quand même. Il était enveloppé dans son manteau des Packers de Green Bay. Je lui ai raconté que j'avais habité là autrefois. Je lui ai montré ma chambre. La forme du corps de Ward était toujours dessinée sur le sol. Ernie a regardé puis il a tourné les yeux vers moi et j'ai compris qu'il savait de quoi il s'agissait. Il avait vu suffisamment de scènes de crime à la télé.

Je n'ai rien pris chez Ward.

Chez Norman, nous avons marché dans les ombres ; une lumière froide et jaune tombait par les fenêtres. La maison était exposée au sud, et on sentait une certaine chaleur, comme dans une serre, si l'on se tenait devant les vitres.

Dans le grenier, j'ai retrouvé le coffre que Martha et Norman avaient récupéré. Tout ce qui avait une signification personnelle en avait disparu, seuls de vieux journaux jonchaient le sol du grenier, avec d'anciennes recettes de la ferme. Plus loin, au fond du grenier, j'ai découvert un autre coffre qu'on avait fouillé. J'y ai trouvé des photos de mariage de Norman et de Martha. Il y en avait aussi une du championnat d'État quand il était en seconde, ainsi que celle d'un autre mariage, avec le nom de mes parents et la date de la cérémonie écrits au dos. Je l'ai regardée et j'ai senti des larmes me monter aux yeux. Je l'ai prise.

Ernie avait découvert un cheval de bois à bascule et il se balançait dessus. Il a dit : « Hue ! »

Je l'ai regardé et il a souri. Il a voulu le cheval alors je l'ai pris.

En bas, dans la salle de séjour, nous sommes restés dans la chaleur du soleil qui passait par la fenêtre. Ernie continuait à se balancer sur son cheval.

J'ai vérifié le téléphone, il était toujours en service. J'ai appelé Honey et je lui ai dit la première chose qui me passait par la tête. J'ai dit : « J'espère que tu ne me quitteras jamais. »

Honey a dit doucement : « Je ne te quitterai pas. »

Elle n'a rien dit d'autre et dans le silence qui a suivi, j'ai entendu la télévision. C'était *Le Jeu des couples*. Puis la communication s'est coupée.

Je suis revenu dans la chambre et j'ai pris la photo de mes parents. Ernie est descendu du cheval et il est venu s'asseoir sur mes genoux. Il a mis les bras autour de mon cou. Je pleurais sans bruit. J'ai senti sur ma langue mes larmes salées. Ernie m'a regardé et a détourné les yeux, puis il m'a regardé à nouveau comme s'il pensait m'avoir fait quelque chose. Je lui ai souri et je l'ai embrassé sur le sommet de la tête. J'ai respiré un grand coup et Ernie a souri avec la timidité des enfants. Je lui ai montré la photo de mes parents. Je lui ai dit qui ils étaient. J'ai dit : « Tes grands-parents, Ernie. Ils vivaient ici, dans la ferme, avec moi. » J'ai dit : « C'est quand ils se sont mariés. » Mon père glissait l'alliance au doigt de ma mère, il la tenait entre le pouce et l'index, et elle tendait sa main délicate.

Ernie a hoché la tête, il a levé les yeux et a fait la moue. Il s'est tortillé et a dit : « Je dois aller aux toilettes, Frank. »

Dans la salle de bains, Ernie a baissé son pantalon comme le font les enfants et il s'est assis sur le siège des toilettes. Je suis resté à la porte et j'ai attendu. J'ai entendu les petits plocs, puis le rouleau de papier a tourné. Il est monté sur un petit tabouret, que Norman avait acheté pour ses gosses, afin qu'ils puissent atteindre le lavabo. Je l'observais comme s'il avait été quelque chose créé par un fabricant de jouets. Il savait que je le regardais. Quand il a eu fini, il a dit : « Pourquoi t'es triste, Frank ? »

J'ai dit : « Je ne suis pas triste. Parfois, les gens pleurent parce qu'ils sont heureux. »

Dans la cuisine, j'ai trouvé l'avis de saisie sur la table. J'ai appelé la banque et j'ai parlé de la ferme avec un homme, mais il y avait trop d'arriérés. Elle serait vendue aux enchères, la voix à l'autre bout du fil m'a dit qu'une coopérative était intéressée par la terre. La voix a dit que la ferme des Green serait proposée dans le même ensemble. La voix a dit que c'était au-delà de mes prix. Cet endroit de merde était au-delà de mes prix ! J'ai rigolé et j'ai hurlé : « C'est l'ironie la plus con de toute ma vie ! Vous m'entendez, l'ironie la plus con de toute ma vie ! »

L'homme de la banque a raccroché.

Ernie était revenu et quand je me suis retourné, il a dit : « C'est l'ironie la plus con de toute ma vie ! » en tapant du pied comme j'avais dû le faire.

Je suis reparti en voiture sans me retourner, comme Loth abandonnant tout ce qu'il avait toujours connu.

36

Le gouverneur a donné l'ordre de suspendre les exécutions jusqu'à la nouvelle année, et Noël est passé avec le spectre de la mort de Ken toujours présent. Nous avons trop mangé et trop bu. Je pense que c'est le sens des fêtes. La plupart du temps, j'étais abruti. La police n'a pas téléphoné. On ne m'a plus posé de questions. Tout s'était arrêté.

J'attendais des nouvelles de Norman et de Martha, mais rien là non plus. Je ne suis pas retourné voir Chester Green. Je pense que je ne serais plus jamais allé au sanatorium mais j'ai reçu un coup de téléphone de Baxter. Il suivait un traitement au sanatorium. Il a dit : « T'as pas l'intention de venir ici voir ton vieux copain, Frank ? »

J'ai dit : « Bien sûr que si. »

Baxter a dit : « Tu vois, là où l'"homme bionique" est marié à une des "drôles de dames" ? »

J'ai dit : « Je croyais qu'on t'aidait, là-bas.

— Hé, Frank, c'est vrai. Lee Majors est marié avec Farrah Fawcett. »

J'ai dit : « Je pense qu'ils ont le type qu'il faut pour le boulot. » Je me sentais mal à l'aise. « Tu vas bien, Baxter ?

— Je n'ai rien dans la tête dont on ne puisse pas me débarrasser, Frank. Dans peu de temps, je serai un homme sans passé. »

L'université a rouvert et Honey et moi nous sommes rentrés comme deux putain d'adolescents. Nous avons dû nous mettre en rang comme les gosses sur le campus et nous avons gagné les classes où nous étions admis, tout d'abord par le professeur, ensuite par l'administration. C'était une bureaucratie en soi, présidée par des secrétaires entre deux âges comme Barb. Honey n'arrêtait pas de dire : « Je n'ai pas l'air si vieille que ça, hein, Frank ? J'ai une belle peau. Ça a toujours été une chance pour moi d'avoir une belle peau. »

J'ai pensé à ces histoires émouvantes qu'ils racontaient chaque année sur une personne de quatre-vingt-dix ans qui recevait un diplôme du lycée ou de l'université, à cause de la guerre ou d'une tragédie personnelle. Je l'ai dit à Honey et elle m'a répondu : « Tu manques d'estime de toi-même, Frank, c'est ton gros problème. »

La vie quotidienne a effacé tout le reste comme elle le fait toujours, elle a en particulier éclipsé Norman, Martha et leurs gosses. Les journaux ne citaient même plus le nom de Chester Green au sanatorium. La réouverture de l'université était la grande nouvelle, le défilé des voitures revenant pour le trimestre, le film gratuit, *Love Story*, qui était projeté en permanence dans l'auditorium. Honey et moi nous y sommes allés, et Honey a dit : « Grâce au ciel, on n'a pas le cancer, Frank. »

Nous avons acheté ce qu'il nous fallait chez Sears, des vêtements neufs et du matériel scolaire qui nous ont coûté une masse d'argent. Mme Brody était maintenant fermement installée dans notre vie quotidienne. En voiture, elle se mettait sur le siège avant quand nous sortions, comme une grand-mère.

Quand je traversais le campus, après avoir déposé Ernie au jardin d'enfants, je me sentais revigoré par l'espoir, la jeunesse, l'amour et l'ambition qui animaient les étudiants. De temps en temps j'existais comme étudiant, et de temps en temps comme employé de l'université. J'avais fortement conscience de moi-même, comme si je vivais la rupture mentale la plus constructive possible. C'est ce que j'ai expliqué un soir à Honey quand on a eu fini d'étudier. Elle m'a regardé et m'a dit : « Considère la vie comme une maladie au stade terminal, Frank, alors chaque jour de plus deviendra une bénédiction. »

L'université était comme une religion laïque, une communauté d'esprit pratique, la façon de vivre des Américains. Il fallait comparer cette vie avec le cauchemar de Mme Brody, qui attendait les corps de ses immigrés enterrés vivants, effrayée à l'idée de prendre un mari, ou celui de Charlie, doué de génie et finissant infirme, faussement accusé de mauvais traitements sur des enfants, ou celui du bon et du mauvais Ken, la dissociation de toutes ces années entre le crime et le châtiment, Ken devenu un autre individu en captivité. Je me disais que tout ce dont

Ken avait jamais eu besoin, c'était d'un bon institut universitaire, une porte ouverte sur une autre dimension.

Un après-midi, alors qu'on allait chercher Ernie, j'ai dit à Honey : « Peut-il y avoir un salut dans un monde sans dieu ? » et elle m'a dit : « Bien sûr, je pense que tu n'as qu'à te sauver toi-même, Frank. » Puis, exactement du même ton, elle m'a dit qu'elle allait faire partie de l'équipe de bowling.

J'ai dit : « C'est difficile de croire que notre sécurité nationale est fondée sur une politique d'annihilation mutuelle et totale avec les Russes. Notre existence est assurée par un arsenal qui pourrait tuer toute créature vivante sur la planète sauf les cafards. »

Honey a dit : « Ne lutte pas contre le bonheur, Frank. »

Mais bien sûr, Ken était la cause de la migraine qui me réveillait chaque nuit, jusqu'à ce que finalement Honey me dise qu'il allait être exécuté, que la date définitive avait été fixée. Il devait mourir à minuit. D'après la loi, c'était le début d'une nouvelle journée, mais en termes humains, c'était la fin du jour.

Le matin du dernier jour de Ken sur la terre, Honey a mis ses chaussures à talons hauts dans un sac de bowling, un des rares objets qu'elle avait apportés de Géorgie. Un bourreau aurait pu y mettre une tête décapitée. Elle s'est douchée pendant une heure. J'ai bien vu qu'elle pleurait toutes les larmes de son corps.

J'ai regardé le poster de Robert Lee, celui de *Dark Side of the Moon* des Pink Floyd, la pointe de l'éclair blanc éclairant le prisme, pénétrant dans le spectre de ses couleurs cachées devant l'intensité des ténèbres du cosmos.

Nous avons tous quitté l'appartement ensemble. Robert Lee ne savait pas précisément que Ken allait mourir aujourd'hui, en tout cas je ne pensais pas qu'il le savait. Il est parti sans rien nous dire.

Nous avons déposé Ernie, puis Honey et moi nous sommes allés à pied jusqu'au campus. J'ai dit : « Ça va, Honey ? » J'ai essayé de la toucher. Elle s'est raidie.

Elle a dit : « Les Anglais ont débarqué, c'est tout, Frank. »

J'ai dit : « Tu n'as peut-être pas besoin d'aller en cours aujourd'hui. »

Honey a dit : « À tout à l'heure, Frank », et elle m'a planté là, sous la neige qui tombait. J'ai passé la matinée à essayer de calculer notre part hebdomadaire sur les amendes de parking. On venait de les instituer sur le campus, et maintenant il fallait un autocollant pour y stationner. Le doyen avait appris ça dans une conférence sur la vie à l'université. Il avait toute une chiée de projets qui n'étaient qu'une forme bénigne d'extorsion. Nous avions fixé les amendes à dix dollars. L'entourloupe c'était qu'un étudiant ne pouvait passer d'examen que s'il avait payé toutes ses amendes, ainsi on frappait pratiquement de la monnaie à chaque fois qu'on rédigeait une contravention. Ces contraventions étaient destinées à financer l'achat de la Jeep neuve.

Je suis allé voir Honey à la section commerciale, pour savoir si elle tenait le coup. Mme Brody gardait Ernie pour l'après-midi et Robert Lee s'occupait de lui-même.

Honey avait passé la journée au téléphone avec sa sœur qui était allée voir Ken, ou c'est ce qu'on m'a dit, parmi d'autres choses, par exemple que le directeur de la section laissait Honey téléphoner gratuitement et que l'école réglait la note. La femme qui s'occupait de la ronéo m'a chuchoté ça rapidement. Elle avait les mains tachées d'encre bleue. Je n'ai pas compris son nom.

J'ai descendu un long couloir pour aller jusqu'au bureau de Honey, devant celui du directeur, exactement comme dans le bâtiment administratif avec Barb et le doyen. Le directeur était là où aurait dû se trouver Honey et il consultait des dossiers.

Le directeur m'a empêché d'aller plus loin. La porte de son bureau était fermée. Il s'est levé et m'a emmené dans le couloir. Il m'a posé la main dans le dos comme lorsqu'on veut consoler un veuf. Il a dit : « Je crois qu'on s'en est bien tirés, Frank. »

Je portais ma tenue d'agent de sécurité. J'avais une impression d'insignifiance comme seul un uniforme peut vous en donner. Le directeur sentait la saucisse. Il finissait son déjeuner quand j'étais arrivé. J'ai dit, pour meubler : « Qu'est-ce qu'il y a dans les saucisses de Bologne, monsieur le directeur ? »

Il n'a pas su quoi me répondre. À la place, il a dit : « Peut-être que Honey peut régler ça dans mon bureau, Frank. Nous payons les communications, vous n'avez pas à vous inquiéter. »

Le directeur s'était fait faire une implantation de cheveux complètement ratée. Sous la lumière, on voyait les endroits où on lui avait planté des cheveux dans la peau du crâne.

Honey est sortie du bureau et cela a supprimé la tension. Nous nous sommes retournés tous les deux et nous l'avons regardée. On aurait dit qu'elle avait pleuré. J'ai hésité à aller vers elle.

Honey a dit : « Tu sais, Frank, le directeur a un vélo d'appartement dans son bureau et il en fait en regardant la télé. Il a parcouru quelque chose comme mille cinq cents kilomètres devant son écran. »

Le directeur l'a interrompue : « Deux mille deux cent vingt exactement. »

Cela a impressionné Honey ou elle a fait semblant de l'être. On tournait autour du pot, comme on dit.

J'ai dit au directeur : « C'est pas rien. Je parie que vous êtes capable de faire cuire votre repas par vos propres moyens, monsieur le directeur. »

Il m'a ignoré et a dit à Honey : « Vous tenez le coup ? » Il lui a pris les mains et lui a dit : « Vous avez déjà vu quelqu'un taper aussi vite que cette femme, Frank ?

— Non. »

Le directeur a dit : « Et c'est aussi une joueuse de bowling.

— Elle est meilleure joueuse de bowling que dactylo, enfin c'est ce que je crois. »

Honey a eu l'air stupéfait mais elle a essayé de sourire.

J'ai dit : « Tu veux un peu d'eau, Honey ? » et elle a fait oui de la tête.

J'ai rempli un gobelet en carton et je le lui ai donné, elle a tendu la main mais s'est arrêtée et a dit : « Ken a demandé des frites, un hot-dog et un Coca-Cola comme dernier repas. » Le simple fait de dire ça l'a fait pleurer. Elle a ajouté : « C'est le menu préféré de mon fils, monsieur le directeur. C'est vrai, hein, Frank ?

— Oui. »

Le téléphone a sonné et Honey s'est précipitée dans le bureau du directeur, mais l'appel était pour lui. Honey a insisté pour qu'il aille répondre dans son bureau. Elle s'est essuyé les yeux qui étaient rouges à force d'avoir pleuré.

Nous avons attendu tous les deux dans le bureau. Elle m'a dit qu'une équipe de médecins était venue avec des glacières, prête à récupérer les organes de Ken. Je n'ai pas fait de commentaire.

L'air avait une odeur de vomi mais ce n'était qu'une boîte de conserve que le directeur avait entamée. Il y avait aussi un sachet en plastique avec des carottes et du céleri.

Honey m'a raconté que sa sœur lui avait dit que Ken s'était entraîné et avait surveillé son poids pendant les derniers mois de sa captivité, après avoir signé l'accord selon lequel il donnait son corps à la science. Il voulait que ses organes soient en bon état pour les hôtes. Honey a dit : « C'est ainsi que Ken appelle les gens qui vont recevoir ses organes, les "hôtes". » Honey a répété le mot « hôtes » plusieurs fois, et je voyais qu'elle avait les yeux remplis de larmes.

À la fin, je lui ai dit : « Tu veux passer tes coups de fil depuis la maison ? Ce n'est pas le moment de s'inquiéter de ce que ça coûte, tu m'entends, Honey ? »

Honey a dit : « Il faut d'abord que je me compose un visage, Frank. On verra après, d'accord ? » Elle m'a pris les mains et les a embrassées. « Je crois que Robert Lee est au courant, Frank. Il ne sait pas le jour précis. Je ne lui ai pas dit. Mais il m'observe, Frank. Il sait. »

Je suis allé chez Ward pendant ma pause. Un bulldozer avait déjà détruit sa maison ainsi que celles de Norman et de Sam Green. Sur un panneau on pouvait lire les noms des nouveaux propriétaires.

Norman et Martha n'étaient plus là, et je me suis senti seul de le savoir, seul d'une façon étrange, comme lorsqu'on comprend que quelque chose est terminé, ou plus exactement que c'est terminé depuis longtemps, tout comme Ken était mort depuis le jour où on l'avait reconnu coupable et condamné à la peine capitale.

Je me suis servi du café de ma Thermos. Il était amer et brûlant. Sa chaleur s'est répandue dans ma poitrine. Je suis resté assis dans la voiture à regarder l'espace défoncé où j'avais vécu, et mon reflet m'apparaissait comme un fantôme inquiétant qui me fixait dans la lumière du soir. J'attendais une compréhension totale, une révélation, mais il n'y avait rien que l'ombre grandissante des forêts lointaines. Il ne restait plus que Chester Green.

De retour à l'appartement, je suis allé voir Ernie. Il se balançait sur le cheval à bascule que nous avions pris chez Norman. Mme Brody semblait avoir bu. Elle m'a dit : « Je crois qu'avoir un enfant, c'est comme une histoire d'amour qui ne se termine jamais. » Je savais qu'elle pensait à Robert Lee. Elle avait sorti un album de photos d'elle quand elle était jeune. Je le lui ai pris et elle m'est apparue comme la plus jolie femme que j'aie jamais vue. À mon regard, elle a dû comprendre ce que je pensais. Sous la photo, on pouvait lire : « Espoir, 1912. » Mme Brody a souri et a dit : « C'est mon prénom, Frank, Hope, Espoir, une enfant née à la fin du dix-neuvième siècle. » Elle a baissé les yeux vers la photo. « C'est mon quinzième anniversaire, Frank. Le même âge que Robert Lee... »

J'ai dit : « Je crois que ça lui plaira. »

Mme Brody a soupiré : « Avant qu'il y ait une Première ou une Seconde Guerre mondiale, avant les bombes atomiques... » Elle avait les yeux brillants. « Nous avons trouvé tellement de remèdes pour tellement de choses, Frank, alors nous avons trouvé d'autres façons de mourir... de nous tuer. »

J'ai pris les enregistrements dans notre appartement et j'ai embrassé Ernie avant de partir.

J'ai fait le tour du campus à pied, en entendant le gémissement des autoneiges au loin dans les collines et en suivant des yeux les faibles rayons de lumière à l'est. Les autoneiges avançaient le long de l'ancienne ligne de chemin de fer qui conduisait aux mines et à l'ancien cimetière. Je voyais le scintillement des lumières de la dernière mine de cuivre en activité. Il y avait les coups sourds d'un compresseur qui creusait. On aurait dit qu'un cœur battait dans la terre.

Je suis allé jusqu'au bâtiment de psychologie, j'ai traversé la vieille construction en préfabriqué pour revenir à l'endroit où les bandes avaient été enregistrées, la seule lumière étant les lampes indiquant les issues de secours. J'ai retrouvé mon chemin dans le labyrinthe des couloirs, comme un voyage dans mon subconscient. Je n'ai pas allumé et mes yeux se sont habitués à l'obscurité.

J'ai continué dans les préfabriqués jusqu'à la petite pièce où j'avais aperçu Ward assis des années plus tôt. Je voyais ce regard dans ses yeux, la peur, alors qu'il savait que je parlais de lui, de ce qu'il avait fait à la ferme.

Dans la salle d'audiovisuel, j'ai sorti le lecteur de bandes magnétiques. Il était attaché par une chaîne à un chariot métallique comme ils le sont toujours. J'ai poussé le chariot dans un des petits laboratoires et refermé la porte derrière moi. Je tremblais. J'ai dû tendre les mains et me calmer avant de pouvoir prendre la première bande et la glisser dans le lecteur. J'ai appuyé sur « marche », et je me suis assis pour écouter la petite voix tremblante de mon innocence. Je n'oublierai jamais le sentiment de solitude qui m'a écrasé la poitrine alors que j'étais allongé dans le noir et que je m'écoutais parler au-delà du temps.

Cela ressemblait à la radio d'autrefois, des craquements et des parasites. Ma mémoire s'est accordée au son. J'ai écouté. Il y a un homme près du feu mais je ne peux pas le voir. Il hurle le nom de Charlie. Je m'entends sur la bande dire le nom de Charlie. Le docteur Brown intervient et me demande qui parle, j'hésite et je ne réponds pas à sa question, alors il la répète : « Qui parle, Frank ? Qui est-ce ? » Il décrit ce que j'ai déjà dit et il me pousse pour que j'identifie l'homme, et il finit par dire : « Est-ce ton père ? » et je dis « Oui », alors il me répète la question et me demande si c'est mon oncle, et je dis « Oui », et le docteur Brown s'énerve sur la bande. Apparemment il parle avec quelqu'un, puis il répète une nouvelle fois sa question, et je réponds comme avant, je dis oui à sa question principale, sans jamais lui répondre entièrement. Une autre voix dit : « Est-ce que c'est le père Noël ? » et je dis « Oui » et le docteur Brown hurle : « Coupez ! »

Le calme semble revenu, comme si le temps avait passé. Quand la bande recommence, je décris ma mère allongée sur le sol de la cuisine. Je ne dis jamais son nom. Je me cache à l'étage et je regarde en bas. Je me décris caché. J'emploie la troisième personne. Je dis : « Frank a peur. » Je décris ainsi ma peur. C'est ce qui est apparent, ma propre peur, la sombre horreur qui m'a fait fermer les yeux sur ce que je vois. Je peux me situer dans la maison mais je suis incapable de regarder en face les gens qui sont là avec moi. Je parle de quelqu'un qui se déplace dans la cuisine. Je dis : « Frank voit l'homme méchant », puis je dis : « Frank veut sa maman. Frank est gentil. » On entend le docteur Brown qui dit : « Frank est un gentil garçon. » Sur la bande, le docteur Brown veut me faire dire un nom, il essaie de définir des traits caractéristiques, de limiter mes choix, de m'obliger à regarder de plus près dans ma mémoire afin de voir cet homme méchant, mais je m'arrête très souvent et je recommence en disant des choses absurdes. À un moment, je dis au docteur Brown que je veux un petit chien après qu'il m'a demandé de décrire l'homme, peut-être pour la centième fois, et on entend le docteur Brown qui me crie après. Il dit : « Un petit chien ! Il n'y a pas de petit chien, tu m'entends, Frank ? Je veux que tu m'écoutes, Frank ! Qui est l'homme méchant ? Que fait l'homme méchant, Frank ? Tu n'as plus rien à craindre maintenant, Frank. Dis-le-nous, Frank. Si tu es un gentil garçon, dis-le-nous qui est l'homme méchant. Qui est l'homme méchant, Frank ? » Il y a de longues pauses avec soit des parasites, soit les murmures d'une conversation qui a lieu à côté.

Sur une autre bande, je décris deux hommes qui parlent, mais je n'entends pas ce qu'ils disent. Ils boivent. Parfois, ils poussent des cris puis se calment. Je décris une odeur très forte dans la chambre. Je reviens encore et encore sur cette odeur. Le docteur Brown essaie de savoir si cette odeur est acide ou si c'est une odeur de brûlé. Il dit : « Du bois carbonisé ? » mais je ne réponds pas et la voix de l'assistant dit : « Je crois qu'il ne comprend pas "bois carbonisé" » et le docteur Brown ronchonne et décrit du bois qui a brûlé, quelle en est l'odeur, mais je ne peux pas identifier l'odeur. Alors le docteur Brown essaie de savoir si c'est avant ou après l'incendie, si la femme est toujours sur le sol de la cuisine, si l'odeur vient d'elle, mais je ne peux pas répondre à ça. Il me pousse pour que je réponde et finalement je dis « Oui », mais c'est une concession à la suite de questions sans cesse répétées. Plus loin, sur la bande, je décris mon oncle qui se retourne et qui me voit me cacher, et cette fois je dis bien son nom. Je dis simplement : « Mon oncle est méchant. Frank est un gentil garçon », et le docteur Brown essaie de savoir si c'est avant ou après l'incendie, et j'ai l'air de m'embrouiller sans pouvoir répondre et je ne sais plus où j'en suis, je perds le fil de mon histoire, et le docteur Brown doit me répéter ce que j'ai dit tout à l'heure, et il y a un sentiment de dissociation évident sur la bande, je ne peux, étant un enfant, comprendre que le docteur Brown répète ce que j'ai dit, et quand il me demande de continuer j'en suis incapable. Le docteur Brown semble perdu.

Pendant plusieurs minutes, le docteur Brown essaie de me ramener aux deux hommes que j'ai vus, puis il y a de longues pauses silencieuses. Sur une autre bande, j'identifie un des deux hommes comme mon oncle, mais je ne vois pas l'autre visage. Je reviens à l'odeur et le docteur Brown me demande si c'est une odeur de nettoyant chimique, de pin ou d'eau de Javel. Mais je ne fais qu'hésiter, et je ne peux répondre, je dis seulement : « Frank n'aime pas la mauvaise odeur. » Une nouvelle fois, le docteur ne peut me faire préciser à quel moment cette odeur apparaît. Je parle de vers. Je parle de vers sur plusieurs bandes. En fait, sur deux bandes je commence par parler de vers. Je dis : « Les vers sont dégueulasses. Frank n'aime pas les vers. »

Sur une autre bande, le docteur Brown me demande si ma mère est toujours allongée par terre, parce que je décris une femme allongée par terre, mais après des questions insistantes pour savoir s'il s'agit de ma mère, je demande : « Qui est allongé par terre ? » et le docteur Brown me répète en détail ce que j'ai dit de la femme allongée par terre, et je dis : « Par terre ? » Puis je parle à nouveau des vers, en utilisant toujours la troisième personne, en parlant toujours de Frank comme si ce n'était pas moi. Je dis : « Est-ce que Frank va aller au lit sans souper ? » et le docteur Brown dit : « Non, Frank est un gentil garçon. » Puis je dis : « Les vers sont dégueulasses. Frank n'aime pas les vers. » Cela met le docteur Brown hors de lui. À un moment, il dit : « Frank doit être gentil sinon les vers vont le manger ! » et à l'arrière, l'assistant dit : « Docteur Brown, mon Dieu ! » et la bande s'arrête. On sent l'exaspération du docteur Brown, l'inutilité de ce qu'il est en train de faire.

Plus tard, je m'entends parler, mais c'est un son lointain et la voix du docteur Brown recouvre la mienne, puis je parle alors que je suis déjà en train de parler sur la bande. On dirait qu'ils me font écouter ce que j'ai dit avant. C'est une stratégie qui se retourne contre eux parce que je ne comprends pas ce qu'ils ont fait, et le docteur Brown me pose des questions sur l'histoire que raconte la voix sur l'autre bande. Je n'arrive pas à l'identifier comme étant ma voix ni à faire un lien avec l'histoire. Je dis : « Qui est-ce qui parle ? » Le docteur Brown dit : « C'est toi qui parles », et je ne comprends pas. Mais le docteur Brown insiste et laisse la bande tourner, puis il l'arrête aux endroits critiques et me demande de continuer, mais je ne le fais pas. Pourtant, je ne cesse de revenir sur la mauvaise odeur et le docteur Brown

dit : « Ce doit être une odeur de brûlé » à son assistant qui dit : « Tu sais ce que c'est la fumée ? » et je
dis : « Oui », et le docteur Brown semble agacé par
son assistant, et il me pose la question lui-même, et
je réponds « Oui », puis il dit : « Est-ce que c'est une
odeur de fumée ? » et je dis : « Non. » Puis il se lance
dans une longue litanie de choses qui sentent, et vers
la fin de sa liste je ne sais plus de quoi on parle et je
dis « Quelle odeur ? » et la bande s'arrête brusquement. Je peux seulement imaginer l'angoisse du docteur Brown.

Sur des bandes qui datent de plusieurs semaines
après les premiers entretiens, je décris Frank qui se
cache au milieu des vaches. La grange est éclairée par
les lueurs de l'incendie. Le docteur Brown me
demande comment Frank est arrivé là, mais Frank
ne s'en souvient pas. Je dis : « Frank a mal à la tête. »
Dans l'obscurité, Frank entend un homme qui
hurle. Frank identifie l'homme comme étant son
oncle.

Je ressens la fracture dans ma propre conscience,
dans le simple fait d'écouter cette voix, cette peur, la
volonté inconsciente d'un enfant de se cacher derrière la troisième personne, même à cet âge, d'avoir
l'instinct de se cacher de ce qui a été vu.

Je me décris voyant mon oncle devant l'incendie
qui brûle et qui illumine la nuit. Il y a un autre
homme qui court partout. « Deux hommes ou un
homme ? » Le docteur Brown pose la question deux
fois avant que je réponde : « Frank voit deux
hommes », mais je ne peux pas les voir ensemble ni
identifier l'autre homme, simplement mon oncle,

parce qu'à un moment il entre dans la remise et me voit debout contemplant l'incendie, et il pousse un cri, puis je ne me souviens plus de rien jusqu'à ce que je sois dans une pièce et il n'y a plus de feu. Ce n'est pas la grange. Le docteur l'établit. Je décris comment j'entends mon oncle hurler, et à nouveau le long examen du docteur Brown reprend, il m'interrompt, il me demande si mon oncle hurle dans la grange et si l'incendie continue, et j'ai l'air perdu, et à nouveau le docteur Brown s'énerve. Après un autre long silence, je dis que je quitte la pièce, que je m'avance lentement vers les voix qui parlent, que je tourne la poignée mais la porte est fermée à clef. Mon oncle dit : « Merde ! » et c'est le silence. Sur la bande, je pleure. Je dis : « Frank veut sa maman. » Je décris comment Frank tourne à nouveau la poignée de la porte, comment il entend une voix derrière la porte, comment il met son œil au trou de la serrure, et comment il voit son oncle qui le regarde. Le docteur Brown attend jusqu'à ce que la voix enregistrée de Frank s'arrête et il lui demande si c'est avant ou après l'incendie, et la voix de l'autre Frank, le petit enfant enfermé dans le laboratoire, dit : « Quel incendie ? » La coupure dans les personnalités entre les deux voix est évidente. La voix du deuxième Frank est plus essoufflée, plus effrayée.

En écoutant simplement ces bandes, je sens l'inévitable perplexité du docteur Brown, l'aspect inapproprié de ses méthodes. Il n'y a aucune chronologie des événements, rien qui ait une vraie substance. Je suis un témoin sur qui on ne peut pas compter, les deux personnages existent, chacun faisant front comme il peut. Cela me frappe, le manque de précision du subconscient, la collusion des volontés, le docteur Brown qui me mène vers ce qu'il croit. Ma peur est partout présente sur les bandes, mais rien n'implique mon oncle, rien qu'on aurait pu utiliser devant un tribunal, en tout cas. À un moment, je prononce le nom « Chester Green », sans aucun lien avec le reste, quand le docteur Brown me demande sur une des bandes avec qui mon oncle est en train de parler. Il dit : « Chester Green est là ? » et je dis « Oui », mais plus tard je ne me souviens pas du nom de Chester Green. Et c'est ainsi que commence la longue méthode qui consiste à me faire réécouter mon propre témoignage, et le docteur Brown dit · « Tu vois Chester Green, n'est-ce pas ? » et je dis « Oui », mais en entendant ça, on a la sensation qu'on m'a soufflé la réponse « Oui ». À nouveau le technicien anonyme dit quelque chose à voix basse, et le docteur Brown demande : « Qui est là, avec ton oncle, Frank ? » mais je ne réponds pas la troisième ou quatrième fois, même quand ils me poussent, même quand le docteur Brown me donne une liste de noms. Je dis : « Frank n'aime pas la mauvaise odeur », à nouveau, tout d'un coup, et c'est la voix du Frank qui parle des vers, mais le docteur Brown s'énerve et dit : « Oublie ces bon Dieu de vers ! » puis il dit : « Efface ça, tu m'entends ? » et l'assistant dit quelque chose et à ce moment-là, même le docteur Brown a oublié ses questions. Finalement, le docteur Brown dit : « Je veux que Frank arrête de se cacher. Je veux que le vrai Frank sorte. » Mais c'est inutile et le docteur Brown finit par dire : « Coupez ! » Et l'on entend des parasites.

Je suis resté assis et quelques minutes plus tard la bande s'est arrêtée.

On ne pouvait rien tirer des bandes, simplement le triste fait que j'avais été détruit, que j'étais un enfant qui souffrait.

Quelque chose me trottait dans la tête, cette odeur. Je ne m'en étais pas souvenu, mais maintenant je reniflais, à la recherche de cette odeur.

Plus tard, j'ai vu ma mère en flashes très brefs, au pied de l'escalier, le visage contre terre. J'en ai eu un frisson. J'ai fermé les yeux et j'ai vu sa tête tournée et ses yeux ouverts, mais quand je lui ai parlé elle ne m'a pas répondu. Elle avait un regard fixe comme Chester Green au sanatorium, un regard de mort.

J'ai secoué la tête, le choc de sa mort ou de son agonie m'est revenu. Je la vois allongée au pied de l'escalier. Elle a un gros ventre, comme si elle était enceinte sous sa robe.

Et peut-être que dans ce premier souvenir, j'ai commencé à comprendre.

J'ai tout remis en place, j'ai rangé les bandes et j'ai refermé la porte du bâtiment.

Arrivé devant le bureau du docteur Brown j'ai ouvert la porte, et il a levé les yeux du livre qu'il lisait, des yeux déformés par les verres de ses lunettes. J'ai hurlé : « Si vous touchez encore au Dormeur, je vous le jure, je vous tue ! Vous m'entendez, espèce de salaud ! Vous n'êtes pas Dieu le père ! » Je n'avais pas vérifié si le Dormeur n'était plus sous assistance respiratoire.

37

Il était onze heures quand je suis revenu sur le campus. Il neigeait. L'idée de ma mère enceinte me glaçait. Je la voyais morte. Les années se confondaient, et je ressentais en moi la tristesse d'un enfant. Je n'aurais pas dû écouter les bandes cette nuit, mais c'était fait.

J'ai trouvé Honey seule dans le bureau du directeur de la section commerciale. Elle était au téléphone.

J'ai parlé à la sœur de Honey pour la première fois. Elle avait la même voix que Honey, mais elle employait des expressions du Sud que Honey avait abandonnées depuis longtemps. Elle a dit : « V's' allez avoir une sacrée tempête là-haut, pas vrai ? »

J'ai dit : « Comment c'est, là-bas, en Géorgie ? »

La sœur de Honey m'a donné la température.

J'ai dit : « C'est une température idéale pour dormir. »

Honey tendait la main, elle voulait que je lui repasse l'appareil.

La sœur de Honey avait épousé un Noir, Seymore Sykes, quand on ne faisait pas ce genre de chose dans le Sud. J'imagine que Honey et sa sœur devaient se ressembler, deux belles filles du Sud qui avaient atteint une maturité physique, à défaut de maturité de l'esprit, et assumaient des actes qui pouvaient pourtant les faire souffrir.

J'ai attendu assis au bureau de Honey pendant qu'elle finissait de parler.

Quand Honey a raccroché, j'ai dit : « Est-ce qu'il a jamais reconnu avoir tué ces gens ? »

Honey a secoué la tête et a murmuré : « Non. »

J'ai demandé : « Il n'a jamais rien dit ? »

Honey a murmuré : « Je me souviens de Robert Lee assis devant la télé qui regardait les informations sur Nixon et Ken a dit : "Qu'est-ce qu'on peut bien attendre d'une nation qui espionne tout le monde ? Pourquoi est-ce que les gens s'imaginaient que Nixon allait faire autre chose qu'enregistrer ses putain d'ennemis ?" Ken se sentait escroqué à propos de tout. » Honey a baissé la tête. « Merde, 1973 a été la pire année de ma vie, l'année où Ken a été condamné à mort. » Honey s'est tue un moment. « Tout ce qu'a jamais dit Ken c'est que c'était comme un tapis roulant sur l'autoroute devant le motel. C'est comme ça qu'il disait quand on s'asseyait sur le balcon qui donnait sur l'autoroute. » Honey avait fermé les yeux. « À un moment, ce qu'il voyait ce n'étaient pas des gens, pas des voitures, mais de l'argent qui passait. Tout avait le visage de George Washington, tout ressemblait au portrait du billet de un dollar. C'est ce qu'il me disait. Les choses avaient changé dans son cerveau, Frank. » Honey s'est tue à nouveau puis elle a repris doucement :

« Et je croyais en lui, Frank, comme quand on entend des gens dire que le Saint-Esprit les habite ou qu'ils savent parler des langues. Je ne pense pas qu'il a vraiment cru qu'il avait tué ces gens-là. »

Dès lors, je me suis mis à appeler tout ce qui avait un rapport avec Ken « Kengate ».

Nous sommes rentrés à la maison. Dans le vestibule de Mme Brody, Honey a essayé de respirer profondément pour apaiser son émotion. C'était difficile de la regarder appuyée contre la rampe de l'escalier et haletant. Honey a dit : « Mon Dieu, comment des gens peuvent-ils survivre à un tel froid ? » Elle tremblait.

Mme Brody se tenait de l'autre côté de la porte en verre dépoli, dans son petit appartement. Elle avait allumé du feu dans le salon, simplement au cas où nous aurions envie de descendre. Je me tenais dans l'embrasure de la porte. J'ai vu qu'elle avait sorti son plus beau service de porcelaine. Honey était près de moi. Elle m'a serré le bras puis a détourné le regard.

J'ai dit : « Tu veux que Robert Lee et Ernie descendent ? »

Honey a secoué la tête. Elle a dit : « J'ai tellement de travail, Frank. »

Nous sommes montés et Honey est allée directement dans la salle de bains et a refermé la porte derrière elle.

Robert Lee et Ernie étaient dans l'appartement, dans leur tipi de fortune. Ils regardaient une rediffusion de *The Brady Bunch*. Robert Lee ne m'a rien dit. Le son était très fort. C'était juste à l'époque où des rumeurs se répandaient disant que Greg avait baisé Florence Henderson dans la réalité. La perte de l'innocence.

Honey est sortie de la salle de bains. Elle avait enfilé sa robe d'intérieur. Elle a dit comme si c'était une soirée normale : « Frank, branche la bouilloire. » J'ai allumé la plaque chauffante. Honey s'est assise devant sa machine à écrire et s'est mise à taper.

J'ai soufflé sur une vitre pour faire un trou dans le givre et j'ai vu les nuages qui couraient devant la lune.

J'ai regardé le temps s'en aller lentement vers la fin de la journée. J'étais soulagé de savoir que Ken allait enfin mourir, que les appels et l'attente étaient terminés. Pendant toutes les années que j'avais passées avec Honey, je n'avais jamais vu Ken. Il existait comme une puissance sombre et invisible, comme la gravité qui exerçait sa force sur moi. Je me suis souvenu d'un cours à l'école où on nous avait expliqué comment des scientifiques avaient prédit la présence de Pluton en étudiant les irrégularités elliptiques de l'orbite de Neptune. Cela était peut-être aussi valable pour mes parents et Ward, pour Norman et Martha, et maintenant pour l'image de ma mère morte, des forces tangentielles à la périphérie de ma vie.

J'ai regardé le visage de Robert Lee. Il avait de longs cheveux filasse, comme en portaient les gosses. Il ressemblait à un Jésus-Christ jeune, le Jésus-Christ adolescent qui n'est mentionné dans aucun des Évangiles.

Une rediffusion de *Gilligan's Island* a commencé. C'était l'épisode dans lequel les Harlem Globetrotters sont abandonnés sur cette putain d'île. Il valait mieux laisser son cerveau au vestiaire pour regarder cette connerie, mais Ernie était rivé devant la télé et Robert Lee semblait intéressé. Cela exigeait qu'on cesse de se montrer incrédule, ce qu'on acceptait volontiers envers la télévision car on se soumettait aux règles du spectacle, mais pas envers la vie réelle ni même la religion. On se conformait au scénario. Je me disais : « C'est l'île dans laquelle on devrait envoyer Ken », une île mystérieuse d'où les réprouvés ne s'échapperaient jamais mais où on pourrait aller les chercher si on avait besoin d'eux.

Honey a tapé jusqu'à l'exécution de Ken, mais de façon saccadée, rapide, puis plus lentement, comme si son cerveau passait en revue ce qui se déroulait à plus de mille kilomètres, dans la chaleur de la nuit de Géorgie. Dans une arrière-salle quelconque, on ouvrait le corps chaud de Ken et on y fouillait pour la résurrection de tant d'infortunés dans l'attente.

38

Le lendemain, Robert Lee est parti à l'école, et nous avons fait comme si rien ne s'était passé. Nous avons conduit Ernie au jardin d'enfants. À midi, Honey et moi nous sommes sortis de classe et nous sommes revenus dans l'appartement. Je pense que si l'on oublie comment pardonner, c'est qu'on a perdu son humanité. Nous avons fait l'amour les yeux fermés. Faire l'amour quand on sait qu'on devrait être ailleurs peut être la sensation la plus puissante du monde.

Dans le silence qui a suivi, dans la lueur jaune du monde extérieur, avec la lumière qui traversait la pièce, j'ai imaginé Robert Lee assis dans le réfectoire, faisant face à l'image de son père. Je le voyais distribuant des Coca et des friandises, faisant ce truc avec le distributeur, comme le miracle des pains et des poissons. Robert Lee, le messie de la cafétéria.

Je sentais que j'étais à un tournant, que nous nous dirigions vers la rédemption, que nous avions souffert pour le péché originel avec lequel nous étions nés. La radio jouait *Rain Drops Keep Falling on my Head*.

Honey s'est tournée et m'a embrassé sur la partie molle et humide en dessous du bras.

J'ai murmuré : « Tu as déjà vu le film *Butch Cassidy et le Kid*? »

Honey n'a rien dit.

J'ai murmuré : « C'est mon film préféré, peut-être à cause du nom Cassidy. Qui ne voudrait pas être associé à Paul Newman ? Dans la première scène, Butch surveille la banque qui est devenue moderne, et qu'il ne réussira jamais à voler. Il dit au garde : "Qu'est-ce qui est arrivé à l'ancienne banque ? Elle était belle." Et le garde lui répond : "Les gens n'arrêtaient pas de la voler", mais Butch dit : "Ce n'était pas cher payer pour tant de beauté." »

Honey a ouvert les yeux, comme si elle m'écoutait. Elle m'a caressé le côté du visage.

« Butch, ce hors-la-loi vieillissant, parle de la Bolivie. À un moment, après avoir parlé au Kid de la Bolivie, de ses richesses, il dit : "J'ai eu une vision, et le reste de l'humanité porte des lunettes à double foyer." J'aime bien cette réplique. Il y a une patrouille qui suit Butch et le Kid, jusqu'en Bolivie, une patrouille, on la voit toujours de très loin, comme une autorité lointaine, comme la peur qui s'accumule. C'est comme ça que j'ai tout ressenti. »

Il a moins neigé dans la dernière partie de janvier. Nous avons eu plus de ciel bleu mais la température est restée en dessous de zéro, et les étudiants ne sortaient pas.

Quelque chose de mélancolique se cachait sous la vie normale qui s'installait autour de nous. C'était comme une sensation de claustrophobie dans l'œil de la tempête, mais l'orage était passé, et cette impression de calme s'annonçait comme quelque chose à quoi on devait s'habituer. Nous n'avions plus besoin de penser à Ken. Robert Lee semblait laisser sa douleur s'enfoncer quelque part, au plus profond de lui, et Ernie était Ernie.

Certaines nuits, pendant mon service, je revenais à l'appartement simplement pour voir Ernie. Une nuit, il était réveillé, il voulait aller aux toilettes et je l'ai conduit. Ernie était comme une apparition, accroché à son dinosaure. Nous avons mangé des céréales dans la cuisine, près de la grande pièce. Il était trois heures du matin. J'ai dû préparer un bol de céréales pour le dinosaure d'Ernie.

Je disais des choses comme : « Tu aimes bien Frank, Ernie ? » Il y avait une lumière très dure dans la cuisine, comme dans une salle d'interrogatoire, que renforçait l'obscurité derrière la fenêtre. Je parlais à la troisième personne comme sur l'enregistrement, en disant : « Frank. »

Ernie m'a regardé comme s'il n'avait pas compris la question. Il a regardé son dinosaure. Il a baissé la tête comme si lui et le dinosaure avaient eu des choses à se dire. Puis il a fait oui de la tête. Il tenait sa cuiller au-dessus de son bol. Une goutte s'était formée en dessous.

J'ai dit : « Allez, Frank veut que tu manges. » Je me suis senti gêné de poser à mon fils des questions comme ça, au petit matin. Je me suis levé pour me servir un café. J'ai jeté un coup d'œil à Ernie. C'était une vraie personne en miniature. Il balançait les jambes sous sa chaise. Il avait ce sourire secret qu'il m'adressait parfois, comme s'il avait su que j'avais besoin de quelque chose pour continuer, pas des mots, mais ce regard qui n'était que pour moi. On aurait dit une page blanche sur laquelle s'écrit notre histoire. Parfois, j'avais envie de lui demander ce qu'il pensait de tout, d'entendre la vérité qui sort de la bouche des enfants. Dans certaines dynasties, les enfants étaient rois.

Et derrière tout cela, je commençais lentement à comprendre mon propre passé. Certaines nuits, je réécoutais les bandes dans le laboratoire en préfabriqué. Je savais maintenant que ma mère était morte à la suite d'une chute. Je voyais le sang près de sa taille. Quand j'étais allé près d'elle pour la toucher, j'avais vu cette chose, cette chose avec des yeux entre ses jambes. Elle était tombée, et l'enfant qu'elle portait était à moitié sorti.

Parfois, je regardais cette unique photo de mariage, mon père glissant l'alliance au doigt de ma mère, une dernière image de leur existence.

Nous avons rendu visite à Baxter au sanatorium après son traitement, dans les semaines qui ont suivi la mort et l'enterrement de Ken.

Baxter n'était plus le même. Il m'a souri en me voyant entrer, en ayant l'air de me reconnaître, puis il a vraiment su que c'était moi, et il a dit mon nom Honey, Robert Lee et Ernie attendaient dans la salle commune devant la télé.

Baxter avait une odeur de maladie. Il portait un peignoir et des pantoufles assorties que sa petite amie lui avait apportés. J'ai vu où on lui avait fait l'électrochoc, deux légères marques de chaque côté de la tête, là où on lui avait brûlé les fils de la mémoire. Ses mains tremblaient sur ses genoux. On l'avait installé devant le soir magnifique. Je voyais clairement les petites îles comme des bosses dans le grand lac où flottaient de petits bancs de brume.

Robert Lee et Ernie regardaient *Superman* avec des anciens combattants. Je ne cessais de me retourner pour surveiller Robert Lee qui regardait fixement entre le poste de télé et les anciens combattants.

Baxter les a vus et m'a dit : « Fais-les entrer Frank. »

Dans la salle commune, Superman faisait tourner le monde à l'envers, pour remonter le temps et changer l'histoire afin de sauver Lois Lane, qui était morte. J'ai regardé l'image floue du mouvement de recul.

Honey a murmuré : « Je n'arrive pas à comprendre comment Lois ne se rend pas compte que Superman et Clark Kent sont une seule et même personne. »

J'ai dit : « Je pense que nous voyons ce que nous voulons voir. »

Dans la lumière de milieu d'après-midi, tout prenait l'apparence du gel, comme si on avait regardé à travers de la gelée. Tout avait une odeur de térébenthine et d'eau de Javel, l'odeur de la désinfection de la maladie.

Baxter avait du Coca et des friandises. Il a versé du Coca dans cinq verres en plastique mais ses mains tremblaient tellement à cause de l'effort qu'il en a renversé sur son peignoir, mais il a insisté et j'ai résisté à l'envie de l'aider. Je voyais ses veines bleues sur ses mains blanches et sans poils.

Nous avons trinqué à sa santé et un étrange sentiment de calme s'est abattu sur nous. Baxter faisait du bruit en claquant des lèvres. « La prochaine fois, Frank, le bourbon sera très apprécié. » Baxter s'est éclairci la voix et a continué : « Quand tu planes, tu retombes de plus haut ! Tu sais qui a dit ça, Frank ? » Baxter m'a fait un clin d'œil et j'ai répondu : « C'est Icare qui a dit ça, juste après être tombé. »

On a regardé un cerf qui marchait sur la neige. La lune était déjà levée.

Baxter a dit : « J'ai eu un gosse au Viêtnam. J'ai demandé à l'administration des anciens combattants de retrouver mon dossier. Je crois qu'un gosse, c'est peut-être ce dont j'ai besoin. » Il m'a regardé. « Il y a déjà quelque temps, on a fait un frottis vaginal à Linda, et il n'était pas bon. Je crois que l'idée ne lui déplaît pas. »

Dans le silence qui a suivi, Baxter a dit brusquement : « Hé, petit, je veux ma revanche », et Baxter et Robert Lee ont fait un bras de fer, et cette fois, c'est Robert Lee qui a laissé Baxter gagner.

À la fin, Baxter a dit : « Une petite histoire, Frank, pour la route. Adam et Ève ont fait un mariage idéal. Il n'a pas eu à l'entendre parler de tous les hommes qu'elle aurait pu épouser, et elle n'a pas été obligée de l'entendre parler de la cuisine de sa mère. » Il m'a souri. « C'est la plus correcte que je connaisse étant donné la compagnie, pas vrai, Frank ? »

Dans le couloir étroit du sanatorium, les tuyaux sifflaient et cognaient. La chaleur emprisonnée recouvrait les vitres de buée. Je savais dans mes tripes la vérité sur toute l'affaire. Quelque chose s'était mis en place pendant que j'écoutais les bandes. L'image de la mort de ma mère ne me quittait pas, son sourire béat sur son visage, la façon dont je tournais autour d'elle, comme un animal effrayé, regardant fixement le sac de membranes et de sang qui s'étalait sur le sol. Ce n'était pas quelque chose que je m'étais autorisé à voir auparavant, mais maintenant cette image me hantait.

Je me suis arrêté dans le vestibule et j'ai pensé au Dormeur dans son purgatoire, quelque chose que Dieu avait oublié de prendre en charge, quelque chose qui continuait à vivre à un niveau cellulaire, ou ce que j'espérais le voir devenir, quelque chose sans conscience.

Je me suis tourné vers Honey et je lui ai dit : « Je veux te montrer quelque chose. » Nous avons pris la direction de la chambre aussi petite qu'une cellule, nous sommes passés devant Clifford qui a levé les yeux de son journal et qui a fait mine de vouloir m'arrêter mais qui n'en a rien fait quand il a vu ma famille.

Nous nous sommes entassés dans la petite chambre qu'éclairait la seule lumière qui passait par l'œil-de-bœuf. Dans la pénombre, nous avons regardé l'homme allongé sur le lit.

Honey a fait un signe de croix. Ernie s'est rapproché d'elle en serrant son dinosaure. Robert Lee m'a regardé.

J'avais l'impression de regarder par le mauvais bout d'une lunette, la sensation d'avoir une vision étroite des choses. C'était comme une déchirure du temps, d'être là avec cet homme, cette chose atrophiée qui n'avait plus qu'une trace infime d'humain, un reste étiolé d'humanité, avec des mains comme des serres repliées vers une origine fœtale.

J'ai dit : « J'ai amené ma famille pour qu'elle te voie. » J'ai donné leurs prénoms, comme si je faisais l'appel. J'ai dit au Dormeur que Robert Lee portait le nom d'un général et que c'était un rebelle, comme un héros de guerre. J'ai demandé à Robert Lee de s'avancer pendant quelques instants. Puis j'ai dit : « Ernie porte le prénom d'un personnage de *Sesame Street*. »

J'ai dit : « Mais c'est ainsi qu'on choisit des noms, aujourd'hui, en regardant la télévision. »

J'ai dit : « Tu sais comment on a donné son prénom à Ward ? » J'ai regardé Honey et elle m'a dit à voix basse : « Comment ? » Elle avait l'air de quelqu'un qui cherchait à comprendre ce que je faisais ici.

J'ai dit : « Ward a été le premier de la famille à naître dans un hôpital. Quand mon grand-père est allé le chercher, il s'est perdu et à l'hôpital on n'arrêtait pas de lui demander : "Dans quelle salle est votre femme [1] ?" Quand il est parti, ils lui ont dit : "Alors vous avez trouvé la bonne salle !" et c'est pour ça que mon grand-père a décidé d'appeler le bébé Ward ! »

J'ai continué lentement : « Et voici Honey. Son prénom veut dire qu'elle est douce mais qu'elle peut aussi piquer [2] », et Honey a dit : « Frank... » mais

---

1. *Ward* : « salle d'hôpital ». *Maternity Ward* : « maternité ». (*N.d.T.*)
2. *Honey* : « miel », mais aussi « chérie ». (*N.d.T.*)

j'avais mis un genou à terre, comme un pénitent, et j'ai murmuré : « Et moi, c'est Frank, comme toujours, je m'appelle comme *toi*. »

J'ai ouvert la patte fermée du Dormeur, et dans les plis de la peau, entre le pouce et l'index, se trouvait le secret de qui il était, la cicatrice en forme de croissant.

Honey a murmuré : « Mon Dieu... »

Mon père pleurait sans bruit. On aurait dit une de ces statues religieuses qui soi-disant saignent de temps en temps, et annoncent des choses comme la fin du monde. J'avais la photo de leur mariage sur moi, je l'ai sortie et je l'ai montrée à mon père. J'ai montré sa main et la cicatrice de l'homme sur la photo.

J'ai dit : « C'est toi, ici ? »

Et malgré le masque gris de la mort, les yeux se sont ouverts et fermés une fois.

La Jeep était glacée. J'avais mis le chauffage au maximum. Honey s'est pelotonnée contre le froid quand nous sommes partis. Elle a simplement dit : « Comment, Frank ? »

J'ai dit : « Ce n'est pas le comment qui est difficile, c'est le pourquoi. »

Vue de loin, la station-service, où se trouvait l'ours, ressemblait à un vaisseau spatial posé au milieu de nulle part. J'ai éteint les phares et nous avons roulé ainsi pendant le dernier kilomètre sur la cicatrice de goudron de cette route de campagne. Plus rien n'avait de couleur en dehors de l'aura de lumière brumeuse et bleuâtre de la station-service.

Nous avons donné à manger à l'ours dans l'obscurité jusqu'à ce qu'une lampe s'allume là où vivait le type qui tenait la station. J'ai vu son ombre à l'intérieur. Il tenait ce que j'ai pensé être un fusil.

Je suis revenu sur la route et j'ai roulé jusqu'à la propriété détruite. J'ai déterré le panneau avec la pelle.

Robert Lee et Ernie souriaient.

Honey a dit : « Ça suffit, Frank », mais j'ai poussé la Jeep jusqu'à la maison qui n'existait plus, vers le cauchemar des animaux massacrés, vers ce que Ward et mon père avaient fait, ces profanateurs de sépulture, qui avaient ouvert la tombe de Chester Green, qui avaient amené son corps à la ferme, qui avaient mis le feu à la maison en laissant Chester Green avec le corps de ma mère dans une sorte de bûcher funéraire primitif. Deux frères, liés par la pauvreté et le désespoir, et un autre frère abandonné au sanatorium avec la polio, le prodige prodigue. J'avais gardé le silence sur leur acte, caché dans la grange, il y avait si longtemps.

Dans le clair de lune, on voyait très loin. C'était une lune énorme et blanche, une lune de l'Arctique. J'ai dit : « C'est comme si on n'avait jamais existé. »

Honey est restée dans la voiture avec Robert Lee et Ernie.

Je suis descendu et j'ai poussé un hurlement comme un animal, comme une créature qui communique au travers des siècles, au travers de l'espace et du temps.

39

Le bureau du juge a appelé environ une semaine plus tard pour me demander de reprendre le corps de Ward parce que l'enquête était terminée.

J'ai téléphoné à la police de l'État. Ils m'ont dit que Norman se trouvait dans un motel qui s'appelait The Gator.

Je suis allé jusqu'à la fenêtre du bureau et j'ai regardé dans la nuit. Il était près de sept heures. Le temps s'était réchauffé. Au-dehors, le campus brillait dans la lumière jaune des lampadaires. J'ai décroché le téléphone et j'ai composé le numéro.

C'est Martha qui a répondu et elle ne s'attendait pas à moi. Elle a toussé et s'est éclairci la gorge.

J'ai parlé simplement. J'ai dit que j'allais récupérer le corps de Ward chez le juge et qu'on le mettrait en terre dans une semaine. C'est tout ce que j'ai dit.

Martha avait dû se lever pour ouvrir la porte qui donnait sur l'extérieur parce que tout ce que j'entendais c'était le bruit des insectes dans la nuit. Elle semblait avoir sa propre conversation. Elle a dit : « Il fait vingt degrés et le ciel est clair, il est huit heures du soir, Frank. On a une piscine ici, Frank. Toutes les chambres sont autour de la piscine. »

D'après le numéro de la chambre, j'ai vu qu'elle était au premier étage. Je l'ai imaginée appuyée à la rampe dans l'air chaud du soir.

Un des gosses de Norman a dit quelque chose à Martha et elle a répondu : « D'accord, mais pendant dix minutes. Tu restes là où tu as pied. »

Martha a repris le téléphone. « Tu sais, Frank, la réception a la gueule d'un alligator. On entre dans cette grande gueule pour s'inscrire. C'est quelque chose à voir, Frank. » Martha a continué en parlant des nuits de Floride. Elle a dit : « On a une amie qui s'appelle Dolores, elle est sirène dans un Water World. Elle habite ici, au motel. »

J'ai dit : « Dans la piscine ? »

Martha a éclaté de rire. « C'est très drôle, Frank. Dans la piscine. C'est drôle. » Puis elle s'est arrêtée de rire. Elle a dit : « Tu sais, Frank, ça semble évident que c'est d'ici qu'ils lancent des trucs dans l'espace. »

J'ai dit : « Écoute-moi. »

Mais Martha m'a devancé : « Tu sais, ils lancent des fusées dans l'espace à la télé, ici, le matin. Ils arrêtent les programmes réguliers pour les montrer en direct. L'autre jour, je regardais un lancement, Frank, et c'est incroyable de voir tout ce qu'il faut pour mettre quelque chose en orbite, tous ces réser-voirs d'essence et ces moteurs d'appoint, mais tout ça retombe et il ne reste que la capsule, avec juste ce qu'il faut pour survivre. Je suis sortie pendant un lancement, Frank, et la fusée était dans le ciel bleu en route pour le cosmos. »

Martha s'est tue. Les insectes nocturnes poussaient des cris aigus. J'ai entendu un bruit d'éclaboussement. « Tu devrais les voir nager, Frank. Ils ressemblent à des têtards quand on les regarde d'en haut. On voit leurs jambes sous l'eau, elles s'ouvrent et se referment. »

J'ai fait passer le téléphone sur l'autre oreille.

Quelqu'un a prononcé le nom de Martha et elle a répondu. Elle m'a dit : « C'est la sirène, Frank. Elle nage le soir. »

J'ai dit : « Où est Norman ? »

Martha n'a pas répondu tout de suite. « Norman est sorti. Norman est Neptune au Water World, Frank. C'est provisoire, avant l'entraînement de printemps, avant de signer pour jouer en professionnel. »

J'ai dit : « On dirait que tu parles d'une galaxie lointaine. »

Martha a dit : « J'ai l'impression de ne plus rien avoir, et c'est agréable. Je veux que tu saches qu'on a trouvé le paradis, Frank. »

Ward a été enterré dans le carré familial, au cours d'une cérémonie privée. J'ai mis une annonce dans la rubrique nécrologique. Quelques personnes ont assisté à l'enterrement. J'ai envoyé l'annonce à Martha mais elle ne m'a pas répondu.

À l'automne, Norman a enfin joué en professionnel avec les Dauphins. Ça m'a fait quelque chose de le voir un dimanche après-midi. Je l'ai vu dans une interview après un match. Il portait une chemise orange et une chaîne en or autour du cou. Je pense

qu'il avait une grande maison et une voiture rigo-
lote.

Au cours de l'été 1979, le ciel est tombé sur la
terre, en tout cas Skylab est retombé sur terre, en se
désintégrant pendant sa rentrée dans l'atmosphère.
Je l'ai vu à la télé avec Ernie, un reportage qui a duré
toute la journée. J'ai eu la sensation que la terre
n'était qu'une rampe de lancement pour l'espèce
humaine, que nous, nous finirions par nous
répandre dans la galaxie. Cette nuit-là, nous avons
regardé les étoiles sur le toit de Mme Brody. J'ai
essayé d'expliquer à Ernie ce qu'étaient les années-
lumière. Robert Lee était avec nous. Il a dit : « Le
New Jersey, Ernie. C'était il y a des années-lumière,
hein, Frank ? »

Ernie a regardé Robert Lee comme les grands
frères aiment qu'on les regarde.

Je ne peux pas dire que je serai un jour le père de
Robert Lee mais nous ne nous battons plus comme
on le faisait. Cet été il suivait des cours de géométrie
au lycée. Il partait chaque matin à bicyclette. Honey
se mettait à la fenêtre et le regardait s'en aller. Elle
disait souvent : « La vie passe si vite, Frank. » C'est le
dernier été où il a fait du vélo comme ça. On a
économisé afin de faire un marché avec Robert Lee :
s'il avait ses examens, on lui achèterait une voiture.

Il a fait beau cet été-là, de la chaleur et du ciel
bleu. Honey et moi, nous avons suivi des cours d'été
tout en continuant à travailler. Nous vivions dans
un petit monde, tout se trouvait à quelques minutes
à pied. J'étais heureux pour la première fois de ma
vie. Je pense que rien ne vaut le travail, avec comme
but le développement personnel.

Mon père est mort cette année, à la fin de l'automne. Nous étions devenus amis, mon père et moi, je venais lui faire la lecture l'après-midi avant de prendre mon service. Parfois je rapportais du travail à la maison. Cet été-là, mon père est lentement sorti de son Locked-In Syndrome et il a pu s'asseoir dans un fauteuil roulant, mais ses membres étaient tellement atrophiés qu'il n'a jamais retrouvé de véritable mobilité.

Au début de sa guérison, un inspecteur est venu s'asseoir près du lit de mon père, mais il a fini par abandonner parce que mon père continuait à se cacher derrière son masque, sans jamais laisser voir qu'il comprenait quelque chose.

En général, quand j'allais le voir, il était assis dans son fauteuil roulant. Il avait toujours des perfusions et un cathéter, et tout cet équipement brillait dans la lumière des longs jours d'été. Ils l'installaient devant l'immensité du monde extérieur.

Parfois, le docteur Brown me regardait passer dans les couloirs alors que je me dirigeais vers la chambre de mon père, mais il ne m'adressait jamais la parole. Je lui faisais un signe de tête, un geste conciliant, ou je le voyais qui traînait la patte dans les longs couloirs de son propre emprisonnement. Il m'arrive de me demander s'il connaît mon secret, s'il comprend cette intimité qui me ramène vers cette petite chambre, s'il se rend compte qu'il s'est trompé sur toute la ligne. Après tout, il est intelligent.

Lentement, très lentement, au cours des mois, la trachéotomie a fini par guérir, et d'une voix sifflante, presque un murmure fait de souffles, mon père m'a raconté la triste histoire de notre secret bien dissimulé, le long et douloureux cauchemar, comment en ces heures de folie et de ténèbres, après le malaise et la mort de ma mère pendant l'accouchement, les choses s'étaient précipitées, comment Ward et mon père avaient eu l'idée de l'arnaque à l'assurance pour sauver la ferme, comment ils avaient décidé de mettre le feu. J'ai appris comment mon père, au bord du suicide, avait accepté l'idée folle d'exhumer le corps de Chester Green afin qu'on retrouve deux corps dans les ruines et comment il avait disparu quelques jours plus tard pour le purgatoire de la Corée, une guerre que personne ne voulait faire, en prenant l'identité de Chester Green afin d'affronter une mort qu'il pressentait. Mais la mort n'était pas au rendez-vous.

C'est un complot caractéristique de ces années de peur, une détente dans la guerre froide de cette existence solitaire, dans laquelle mon oncle obtenait ce qu'il avait toujours désiré, la ferme, et mon père, qui n'en avait jamais voulu, finissait par s'échapper de son existence, si toutefois on peut lui donner ce nom. Le matin, quand la nuit avait ouvert ses rideaux d'obscurité, le bûcher de cendres portait le témoignage des actes de deux hommes désespérés dans des temps de désespoir.

Bien sûr, en racontant cette histoire, j'y ai mis ma part d'invention, j'ai donné une intensité tragique à ce récit.

Nous n'avons pas parlé seulement de cette époque-là, parce que le passé était derrière nous, quelque chose que nous ne pourrions jamais retrouver, ni comprendre entièrement, et je voyais la peine qu'en éprouvait mon père. Je voulais seulement que nous commencions à partager le présent, je voulais m'asseoir à côté de lui et m'imprégner de sa seule présence. Nous avons suivi les matches de base-ball de la saison à la radio, tout au long des jours de ce merveilleux été, ainsi qu'en automne, et le championnat national. Il existe un code secret entre le joueur qui lance et celui qui attrape, un langage fait de hochements de tête et de grimaces et, parfois, seul à la maison, je coupais le son en regardant un match à la télé et j'observais ce langage silencieux, et c'était comme mon père et moi, une intimité que nous partagions au-delà des mots.

En automne, j'ai emmené Ernie au sanatorium pour être avec mon père. Nous avons passé l'après-midi à écouter le claquement de la balle sur la batte, la clameur du public hurlant dans les stades. Ernie avait hérité de Charlie le génie des maths, et il connaissait par cœur les pourcentages et les statistiques, les ERA et les RBI [1], lui et ses dinosaures assis par terre, à côté de mon père proche de sa tombe, trois générations liées les unes aux autres. Je posais des questions à Ernie sur la moyenne des balles frappées et mon père avait un faible sourire, en sachant que la lignée des Cassidy continuait.

---

1. ERA (*earned run average*) : point qui n'est pas marqué à la suite d'une erreur. RBI (*run batted in*) : balle frappée. (*N.d.A.*)

Cette année-là, nous avons écouté un match de championnat qui est allé vers un incroyable septième jeu, et un neuvième tour de batte avant que le champion soit déclaré. Nous avons suivi Willie Stargell qui a emmené son équipe des Pirates de Pittsburgh jusqu'à la Terre promise avec sa batte, et cela n'a pas été loin d'être le plus grand suspense de ma vie, sans connaître le résultat jusqu'au dernier instant.

Je sais très bien que mon père est revenu voir Ward qui avait un cancer au stade terminal. Il me l'a dit. Ward l'a découvert et, dans la maison silencieuse, je pouvais seulement imaginer les visages des deux frères à la fin de leur vie, assis dans la lumière d'automne, se demandant à quoi tout cela avait servi, confrontés à l'éternité, avec le loquet de la porte de la grange qui tapait, comme la mort elle-même qui leur faisait signe de passer sur l'autre rive. Je ne sais pas qui a appuyé sur la gâchette. Je n'ai pas posé la question à mon père parce que, en fin de compte, cela n'a pas d'importance. Tous deux étaient morts depuis longtemps. Les expertises médico-légales laissent penser que Ward s'est fait sauter la cervelle. Il avait des traces de poudre sur les doigts et mon père n'en avait pas, ou les résultats des analyses étaient peu concluants, ainsi je garde l'image de Ward posant son fusil contre sa tête. Cela colle parce que cela explique le choc, le traumatisme qui a fait que mon père est resté dans la maison. J'imagine Norman, ce pauvre Norman, tirant sur le diable.

Parfois, dans la nuit, je me demande si mon père aurait disparu, sans l'arrivée de Norman. On n'aurait jamais rien su. La nuit, je prie pour Sam Green, parce que c'est lui la seule vraie victime, mais je n'ai pas le courage de blanchir la mémoire de Sam Green et de son fils. Je suis un lâche. Je me dis que, sans ma famille, j'aurais mis les choses au clair.

Pendant cet automne et pendant l'hiver, j'ai aussi montré à mon père les lettres que j'avais trouvées, je lui ai lu les images obsédantes de ses errances sans but dans la guerre, pour savoir pourquoi il avait continué à vivre. Cela ressemblait tellement à l'image qu'on se faisait de Chester Green, l'image d'un homme avec un secret. Mon père s'est contenté de hocher la tête. Je lui ai expliqué ma confusion devant ces lettres, devant le C de la signature, qui pouvait signifier Charlie ou Chester, et mon père m'a dit : « Cassidy, Frank », et nos regards se sont croisés et j'ai vu la tristesse de son regard à cause de ce que j'avais vécu.

J'ai raconté à mon père ce souvenir ineffaçable de Sam Green qui était venu à la maison la nuit où Chester était en train de mourir, quand il criait que Chester brûlait dans son lit, que Chester était brûlant. J'ai tout dit à mon père, qui le savait déjà, de l'ironie tragique qui m'avait fait établir sous hypnose un parallèle entre la mort de mes parents et celle de Chester. En décrivant l'incendie, j'avais mentionné le nom de Chester. Je lui ai dit comment cette simple métaphore hurlée par Sam Green avait failli nous détruire tous, comment le docteur Brown s'était trompé en construisant tout sur cette simple association et qu'il nous avait conduits au bord de la folie, et comment, si l'on avait exhumé le corps de Chester Green à l'époque, Ward aurait sûrement été démasqué.

Le déroulement de toute l'affaire avait-il été une coïncidence ou un châtiment ? Je suppose que cela dépend de la conception qu'on se fait de Dieu et de la justice. Aucun de nous n'a réussi à fuir. Nos vies en sont devenues amères. La peur a endurci Ward qui a fini par me le reprocher. Et mon père, réduit à une existence marginale, a vu son fils devenir fou. Et, ironiquement, Norman avait trouvé la liberté grâce à son innocence. J'aime l'imaginer terrassant ses démons personnels sur un terrain de football, remportant le championnat d'État en seconde avec un esprit d'enfant.

Il m'a fallu un certain temps pour trier toutes ces lettres et ces noms, les allers et retours d'argent. Quand j'étais allé à Chicago, mon père avait pris un appartement près de chez moi. Il m'a dit qu'il me suivait en ville. Il s'asseyait à côté de moi dans les bus. Il aurait tellement voulu me dire qui il était. Il m'avait envoyé de l'argent.

Mon père avait commencé à signer ses dernières lettres à Ward avec le prénom, *Frank*, mais il avait toujours signé les mandats postaux d'un C parce qu'il devait utiliser ce faux nom quand il les remplissait au bureau de poste.

J'ai présenté à mon père un mandat et une lettre, et je lui ai montré la signature, le C. Je crois que je voulais lutter contre ma propre peur. Je voulais que mon père sache que j'avais failli l'assassiner, enfin je veux dire, Chester Green. Même aujourd'hui, j'avais du mal à garder ça dans la tête.

J'ai appris que Ward et mon père s'étaient aidés mutuellement et qu'au début mon père avait envoyé de l'argent à Ward pour mon entretien. Mais après son accident de travail mon père avait demandé à Ward qu'il lui prête de l'argent et, bien sûr, c'était ce qu'avait découvert Martha, la correspondance la plus récente de mon père, signée *Frank*. Ward avait déjà rangé l'ancienne correspondance et les reçus des mandats dans le grenier.

Et, finalement, j'ai compris pourquoi la police ne m'avait pas interrogé sur les lettres signées *Frank*. L'échantillon d'écriture manuscrite que leur avait donné Baxter ne correspondait pas. C'était aussi simple que ça.

Je vous dirai encore ceci. Dans le froid déroulement des choses, mon père aurait pu continuer encore longtemps, mais j'ai dû intervenir. J'y suis allé un samedi soir alors que Honey jouait au bowling avec l'équipe de l'université. Bob Gilmore regardait *Love Boat*. Il a fredonné le thème dans les couloirs en m'accompagnant jusqu'à l'ascenseur.

Mon père était à nouveau sous assistance respiratoire. Un masque lui couvrait le visage. Je voyais bien qu'il aurait voulu être ailleurs. Je lui ai enlevé le masque et j'ai posé mes lèvres sur son front, puis j'ai murmuré un acte de contrition à son oreille. J'ai posé la main sur sa bouche comme si je voulais l'empêcher de me dire un secret, et il m'a regardé, une seule fois, puis il a fermé les yeux et est entré dans l'obscurité, dans le pays des morts, d'où il était sorti quand il avait quitté la ferme des années plus tôt.

Quand je suis parti, Bob Gilmore regardait *Fantasy Island*. Il a dit : « Regarde ça, Frank », et il a imité Tattoo : « L'avion, l'avion ! » Une nouvelle vague de voyageurs arrivait pour vivre ses fantasmes. Ricardo Montalban portait son costume blanc, comme Dieu le père.

Mon père a été enterré par l'État. Il n'a pas eu de pierre tombale, simplement une petite croix en fer. Le journal a signalé sa mort comme il se doit, mais on lui a donné le nom de Chester Green.

Baxter est revenu et travaille à temps partiel. Nous buvons de temps en temps, en souvenir du bon vieux temps, mais ce n'est plus pareil. Il n'a jamais recherché ce gosse qu'il avait eu au Viêtnam, et ça le tourmente, on le voit à son visage. Mais un soir, alors qu'on buvait un coup, il m'a dit : « Je suis content que tu sois resté ici, Frank, que tu rendes quelque chose. » Je n'ai pas compris ce qu'il voulait dire mais j'ai fait oui de la tête.

Baxter s'est penché vers moi : « Ils savaient. Certains vieux savaient, Frank. »

Je me suis senti rougir. J'ai dit : « Je ne vois pas de quoi tu parles, Baxter. »

Baxter s'est servi un autre verre. « À l'hôpital, j'ai parlé à des vieux, Frank, des gens qui se souvenaient, qui se souvenaient d'un tas de choses, Frank, des gens qui ont une mémoire à la place du visage, des gens qui se souviennent de tous les problèmes qu'il y a eu avec le docteur Brown, à propos de ses accusations. »

C'était difficile de ne pas détourner le regard.

« Une ville comme ça a ses secrets, Frank, des secrets qu'elle ne révèle pas au monde extérieur. » Il a relevé ses cheveux de sur son front. Il n'était pas rasé. Il ressemblait à Jack Nicholson dans *Vol au-dessus d'un nid de coucous*. Je le lui ai dit.

Baxter a tiré la langue, comme Nicholson dans le film. « Ouais, Frank, je suis un putain de cinglé », puis il a parlé doucement. « Mais je veux être sûr que tu t'es tiré de ça sans mal. Je veux que tu saches que je ne savais rien, Frank, tu m'entends ? Je ne t'ai pas cassé les couilles pour m'amuser, Frank. Je veux que tu le saches. C'est quand j'ai été soigné au sanatorium que j'ai tout découvert. »

Avec le doigt il a fait le geste de tirer une fermeture Éclair devant ses lèvres. Il a eu un demi-sourire comme lorsqu'il était saoul. « T'as eu de la chance, Frank. On a amené Sam Green pour qu'il voie le Dormeur mais tu sais quoi, Frank ?

— Quoi ?

— Sam Green ne voyait pas plus loin que le bout de son nez. C'est vrai, Frank. Il avait un glaucome. Je crois que c'est ce qui l'a rendu dingue, de ne pas être capable de savoir ce qui se passait, de ne pas pouvoir voir le visage qui était devant lui. »

Je n'ai pas eu le courage d'admettre quoi que ce soit.

J'imagine qu'il y avait trop de choses à perdre en se donnant en spectacle, avec tous ces vieux capables de raconter notre histoire. Nous n'aurions été que ces amuse-gueules de curiosité humaine qui, de nos jours, passent pour des nouvelles, une ville envahie par des caméras itinérantes à la recherche d'une histoire, quelque chose pour créer un pastiche du passé et du présent, une histoire pour retenir l'attention des téléspectateurs entre les publicités, avant que la télé ne fasse ce pour quoi elle a été créée, nous vendre des choses.

Une nouvelle histoire est en train de se dérouler dans notre ville. L'université est un succès. On parle d'une station de sports d'hiver, d'un palais des congrès ou d'un pavillon de chasse. Le doyen a de grands projets pour nous tous, si nous acceptons ses conceptions.

Je suivais un cours d'histoire politique au semestre de printemps, quand j'ai été frappé par une citation de Richard Nixon. Alors qu'on l'interrogeait sur son héritage historique, sur ses mémoires, sur les cartons qu'il n'avait pas donnés aux procureurs, il a répondu avec sincérité : « Quand je prendrai ma retraite, je passerai mes soirées au coin du feu à trier ces cartons. Il y a dedans des choses qui doivent être brûlées », et je pense que cela résume bien les tristes années de notre histoire politique et personnelle, le besoin de vaincre l'histoire, de nous cacher de notre passé. Cela nous dit que nous ne devrions peut-être pas donner de preuves pour qu'on nous juge, que le moment historique et les crimes dont on nous accuse ne peuvent être pleinement compris. Ou peut-être n'est-ce que ma façon de pardonner à mor père et à mon oncle, ainsi qu'à tous les Ken du monde. Peut-être est-ce pour cela que les vieux ont gardé le silence pendant l'enquête.

Honey et moi, nous sommes maintenant diplômés de l'université. Comme le veut la tradition ici, la remise des diplômes a eu lieu sur le terrain de football et toute la classe a jeté des souris blanches en l'air. J'ai pensé que c'était la chose la plus cruelle qu'on pouvait faire pendant ce qu'on appelait le plus beau jour de notre vie. À la fin de la journée, les souris mortes ressemblaient à de petits tampons ensanglantés avec des queues fines et longues qui me donnaient le frisson. Mais le goût du sang survit à l'éducation, malgré nos efforts pour nous civiliser. Nous ne sommes pas tellement éloignés de nos ancêtres, les trappeurs et les chasseurs de fourrure qui, les premiers, ont erré dans ce pays sauvage que nous appelons l'Amérique.

IMPRESSION : CPI BRODARD ET TAUPIN À LA FLÈCHE
DÉPÔT LÉGAL : MARS 2013. N° 110906 (72046)
IMPRIMÉ EN FRANCE

Pimp
Iceberg Slim

Robert Beck, jeune vaurien de Milwaukee, n'a qu'un rêve : devenir le plus grand mac des États-Unis. De 1940 à 1960, il devient Iceberg Slim, patron d'un harem et maître du pavé de Chicago. Impitoyable et accro à la cocaïne, il est toujours à la recherche d'une proie à envoyer sur le trottoir. Plein de sueur, de sexe et de violence, ce document unique sur les bas-fonds de l'Amérique est un livre culte.

« *Un livre effrayant et prodigieux considéré comme un classique.* »

Le Nouvel Observateur

Cotton Point
Pete Dexter

Paris Trout accepte de prêter aux nègres... à condition qu'ils le remboursent. N'obéissant qu'à sa propre loi, il assassine de sang-froid une jeune femme noire pour une affaire de créance oubliée. Ainsi vont les affaires dans cette petite ville du Midwest au milieu des années cinquante. À moins qu'enfin les mentalités ne changent et que l'on se décide à punir ce criminel trop arrogant...

National Book Award

*« Pete Dexter construit son récit
à coups de scènes inouïes
et se révèle au final tendre
et mélancolique. »*

Télérama

Julius Winsome
Gerard Donovan

Julius Winsome vit seul avec son chien, Hobbes, au fin fond du Maine le plus sauvage. Éduqué dans le refus de la violence et l'amour des mots, ce doux quinquagénaire ne chasse pas, contrairement aux hommes virils de la région. Il se contente de chérir les milliers de livres qui tapissent son chalet. La vision de Hobbes ensanglanté et mourant le changera en tueur fou...

« *La folie, la violence, la vengeance, la frontière entre civilisation et barbarie au cœur d'une très belle fiction, tout ensemble poétique et allégorique.* »

Télérama

« *Magnifique, tendu, envoûtant.* »

Lire

Dope
Sara Gran

Josephine devrait être morte. D'une overdose, ou d'une balle. Pourtant elle tente de refaire sa vie. Un couple fortuné lui propose de rechercher leur fille, Nadine, disparue après avoir sombré dans la drogue. Elle relève le défi. La voici donc de retour dans les bars de nuit des bas-fonds de Manhattan, parmi les junkies, les dealers, les prostituées et les fantômes de son propre passé.

« *Un noir parfait.* »

George Pelecanos

« *Si Raymond Chandler vivait aujourd'hui, il n'aurait pas fait mieux.* »

Lee Child

Le cadavre dans la voiture rouge
Ólafur Haukur Símonarson

Divorcé, chômeur, Jonas accepte un poste d'instituteur dans un petit port perdu au nord de l'Islande. Il espère y mener une vie paisible, loin des hommes, mais la réalité s'avère un peu plus lugubre. Sourires hypocrites, intimidations, menaces, tentatives de meurtre... Dans le brouillard islandais, ce lieu supposé être un havre de paix ressemble furieusement à un traquenard !

Prix de littérature nordique des Boréales de Normandie

« Ólafur Haukur Símonarson a implanté dans le fascinant paysage d'Islande un polar qui a su puiser aux meilleures sources des auteurs américains. »

Télérama

Éditions Points

Le catalogue complet de nos collections est sur
Le Cercle Points, ainsi que des interviews de vos
auteurs préférés, des jeux-concours, des conseils
de lecture, des extraits en avant-première…

www.lecerclepoints.com

Collection Points Roman noir

Collection Points Policier

DERNIERS TITRES PARUS

Collection Points